TOM ARDEN

Das Geheimnis im Spiegel

Buch

Der junge Jemany hat seine Lebensbestimmung erkannt: Er ist ausgezogen, die fünf Edelsteine des Orokon wieder zu vereinen, um seine Heimat, das Königreich Ejland, vom Chaos des Bürgerkriegs zu befreien. Auf der Flucht vor seinen Feinden nehmen ihn die geheimnisvollen Vagas mit und bringen ihn unerkannt nach Agondon. Hier erwartet ihn bereits sein neuer Beschützer, Lord Empster. Er soll den unerfahrenen Jem ausbilden und auf seine große Aufgabe vorbereiten. Doch der Lord treibt ein doppeltes Spiel: Er ist ein Anhänger des bösen Zauberers Toth-Vexrah, der ebenfalls hinter dem fehlenden Kristall her ist …

Autor

Tom Arden wurde 1961 in Australien geboren, spielte in diversen Pop- und Punk-Bands und arbeitete als Diskjockey bei einer Radiostation. Nach Abschluß seines Studiums der englischen Literatur zog er 1990 nach Großbritannien, wo er heute an der Universität Belfast unterrichtet. Seine lebenslange Liebe zur Geschichte und Literatur des 18. Jahrhunderts inspirierte ihn zur Welt seiner Romane. Die Idee zum »Kreis des Orokon« kam ihm auf einer Bahnfahrt durch die Tschechische Republik, als ihm ein Fremder das Symbol des Orokon erklärte.

Bereits erschienen:

Tom Arden: Der Kreis des Orokon 1. Der Tanz des Harlekin (24745)
Tom Arden: Der Kreis des Orokon 2. Der rote Schlüssel (24746)
Tom Arden: Der Kreis des Orokon 3.
Das Geheimnis im Spiegel (24747)

In Kürze erscheint:

Tom Arden: Der Kreis des Orokon 4.
Der goldene Baum (24832)

Weitere Bände sind in Vorbereitung.

Tom Arden

Das Geheimnis im Spiegel

Der Kreis des Orokon 3

Aus dem Englischen
von Wolfgang Thon

BLANVALET

Die englische Originalausgabe erschien 1998
unter dem Titel »Second Book of The Orokon.
The King and Queen of Swords« (Parts 1 + 2)
bei Victor Gollancz Ltd., London

Umwelthinweis:
Alle bedruckten Materialien dieses Taschenbuches
sind chlorfrei und umweltschonend.
Das Papier enthält Recycling-Anteile.

Blanvalet Taschenbücher erscheinen im Goldmann Verlag,
einem Unternehmen der Verlagsgruppe Bertelsmann GmbH.
Deutsche Erstveröffentlichung 5/99

Umschlaggestaltung: Design Team München
Umschlagillustration: Agt. Schlück/Keulers
Satz: deutsch-türkischer fotosatz, Berlin
Druck: Graphischer Großbetrieb Pößneck
Verlagsnummer: 24747
Redaktion: Alexander Groß
V. B. · Herstellung: Peter Papenbrok
Printed in Germany
ISBN 3-442-24747-0

1 3 5 7 9 10 8 6 4 2

Für
Ruth Helena Harmes
1918–1981

Die Brennenden Verse

1

ALLES IST ZITRONE, UND NICHTS IST LIMONE,
ABER SELBST DIE WAHRHEIT WIRD BALD ENTHÜLLT WERDEN;
DANN WERDEN WIR AUS DEN SCHEINBAUM-KALEBASSEN TRINKEN
UND SPEISEN MIT DEM KÖNIG UND DER KÖNIGIN DER SCHWERTER!

2

ALLES IST VERBORGEN, UND NICHTS IST BEKANNT,
DENN SELBST DIE WAHRHEIT IST WIE DIE KNOCHEN
EINES ALTEN KÖTERS;
KOMMT, LASST UNS AUF DEN SCHEINBAUM-DIELEN NIEDERKNIEN
UND FÜR DEN KÖNIG UND DIE KÖNIGIN DER SCHWERTER BETEN!

3

ALLES IST WASSER, UND NICHTS IST NASS,
UND SELBST DIE WAHRHEIT IST WIE EINE UNBEZAHLTE SCHULD;
WAS, IHR WOLLT DIE LORDS DES SCHEINBAUMS AUSPLÜNDERN?
DANN WERDEN DER KÖNIG UND DIE KÖNIGIN DER SCHWERTER
STERBEN!

5

ALLES WIRD FALLEN, DOCH NICHTS STÜRZT HERAB,
OBWOHL SELBST DIE WAHRHEIT VERSCHWINDET,
WENN DU SIE RUFST;
KOMMT, LASST UNS ALLES NEHMEN, WAS DIESER SCHEIN-SPOTT
HERGIBT ...
KOMMT, LASST UNS IM LAND DER SCHWERTER LEBEN!
KOMMT, LASST UNS IM LAND DER SCHWERTER TRÄUMEN!

Dramatis Personae

JEM, der Held, der Suchende nach dem Orokon
CATA, die Heldin, der man ihr Gedächtnis geraubt hat
UMBECCA VEELDROP, ihre hinterhältige Großtante
POLTY, ein böser junger Armeeoffizier
VLADA FLAY (TANTE VLADA), die Bemerkenswerte alte Dame
RAJAL, ein Vaga-Junge und Freund von Jem
MYLA, ein Vaga-Mädchen, Rajals Schwester
XAL, die Große Mutter der Vaga, eine Zauberin
ZADY, ein Gimpel, Xals Vetter
GOUVERNEUR VEELDROP, Umbeccas kränkelnder Ehemann
EAY FEVAL, Umbeccas geistlicher Berater
NIRRY JUBB, ihr leidendes Dienstmädchen
HARLEKIN MIT DER SILBERMASKE, ein älterer Unterhalter
CLOWN, sein langjähriger Gefährte
WYNDA THROSH, eine ältere Schlampe
ARON THROSH (BOHNE), ihr Sohn, Poltys Freund
JAC BURGROVE, der bestaussehende Junggeselle in Varby
PELLI PELLIGREW, eine unschuldige junge Dame
WITWE WAXWELL, ein moderne Apothekerin
FRANZ WAXWELL, ein moderner Apotheker
LORD MARGRAVE, ein loyaler Staatsdiener
HEKA und JILDA QUISTO, Mädchen der feinen Gesellschaft
STEPHEL, Kutscher, Nirrys Vater
HARION KORNFELD und BIERJACKE, Soldaten
EDELLEUTE, SOLDATEN, VAGA, TRUNKENBOLDE, HUREN, GEFANGENE
etc.

IN AGONDON:

EJARD BLAU, der unrechtmäßige König
TRANIMEL, sein böser Erster Minister
MATHANIAS EMPSTER, ein vornehmer Lord, Jems Beschützer
JORVEL VON IXITER, Erzherzog von Irion, Jems Großvater
CONSTANSIA CHAM-CHARING, vornehme Gastgeberin
JELICA VANCE, eine junge, moderne Dame
PELLAM PELLIGREW, Pellis Bruder
SIR PELLION PELLIGREW, sein alter Großvater
ELSAN MARGRAVE, Freund von Lady Cham-Charing
FREDDY CHAYN, Sproß eines unbedeutenden Fürstentums
MISTRESS QUICK, Leiterin eines exklusiven Mädcheninternats
GOODY GARVICE, ihre treue Assistentin
OBERST HEVA-HARION, ein hochnäsiger Blaurock
JU-JU, Gesellschafterin von Jelica Vance
MADDY CODA, eine rothaarige Schauspielerin
JAPIER QUISTO, Agondons bester Herrenschneider
WEBSTER, Kaffeehausberühmtheit
BERTHEN SPRATT, ein Dienstmädchen, wird auch ELPETTA und VANTA gerufen
DER ERZMAXIMUS und andere MÄNNER DER KUTTE
DER AUSGESTOSSENE auf der Regentenbrücke
HÖFLINGE, DIENER, PÖBEL
etc.

IN ZENZAU:

BOB SCARLET, ein geheimnisvoller Wegelagerer
LANDA, ein wunderschönes Zenzanermädchen
DOLM, ihr Vater, Diener auf Schloß Oltby
ORVIK, ihr Verlobter, ein einfältiger Prinz
MORVEN und CRUM, Blauröcke
HUL und BANDO, Rebellen der Rotröcke

RAGGLE und TAGGLE, Bandos Söhne
PRIESTERIN AJL, die Hüterin von Vianas Glauben
KORPORAL OLCH (Zappelphilipp), Nirrys Verlobter
SOLDAT ROTTS, Zappelphilipps Freund
SERGEANT BUNCH, ihr Kompaniesergeant (Spieß)
SERGEANT FLOSS, Sergeant eines anderen Regiments
LORD MICHAN, Kolonialgouverneur von Zenzau
LADY MICHAN, seine Frau, ehemalige Mazy Tarfoot
Ein fauler MÖNCH
MILITÄRS, ZENZANER, REBELLEN
etc.

HINTER DEN KULISSEN – ODER TOT:

EJARD ROT, der abgesetzte König
SILAS WOLVERON, Catas Vater
GOODMAN WAXWELL, ein verruchter Mediziner
BARNABAS, ein zauberkundiger Zwerg; gilt als vermißt
LADY ELABETH, Jems Mutter
TOR, Jems geheimnisvoller Onkel
ULY und MARLY, Tanta Vladas Cousinen
ONKEL ONTY, ihr ehrgeiziger Vater
PELLEAS PELLIGREW, Bruder von Sir Pellion
HARTIA FLAY, die Diva von Wrax
MISS TILSY FASH, die Nachtigall von Zaxon
MISS VYELLA REXTEL und andere VERMISSTE PERSONEN
LADY LOLENDA, die vielleicht zurückkehrt
DER ZUKÜNFTIGE PRINZ von Urgan-Orandy
GAROLUS VYTONI, Zenzaus größter Philosoph
LADY RUANNA, Schwester von Umbecca, eine berühmte Schriftstellerin
SIR BARTEL SILVERBY, ebenfalls ein berühmter Schriftsteller
HERR COPPERGATE, ein berühmter Poet
DR. TONSON, HERR EDDINGTON und andere AUTOREN

PROFESSOR MERCOL von der Universität von Agondon
HELDEN und BÖSEWICHTER aus Silverbys Romanen
HISTORISCHE GESTALTEN aus Ejlands Vergangenheit
etc.

GÖTTER UND MERKWÜRDIGE WESEN:

OROK, Ur-Gott, Göttervater
KOROS, sein Erstgeborener; Gott der Finsternis
VIANA, Göttin der Erde
THERON, Gott des Feuers
JAVANDER, Göttin des Wassers
AGONIS, Gott der Lüfte
TOTH-VEXRAH, böser Anti-Gott, ehemaliger SASSOROCH
LADY IMAGENTA, seine Tochter, die zurückkehren wird
DER HARLEKIN, der vielleicht Tor ist, oder auch nicht
DER LADENBESITZER VON WRAX
DER GRÜNE und DER GOLDENE MANN, aus Bandos Lied
KÖNIG UND KÖNIGIN DER SCHWERTER
EO, ein Vertrauter von Myla
PENGE, ein Vertrauter von Polty
BOB SCARLET, der gleichnamige Vogel
RING und RHEEN, Metamorphe
DER VORNEHME GENTLEMAN in der Geschichte vom Ladenbesitzer
DIE VARBY, Bewohner einer geheimnisvollen Höhle
DAS VICHY, ein Monster aus Schlamm und Blättern
Andere KREATUREN DES BÖSEN
etc.

Was bisher geschah:

Es steht geschrieben, daß früher einmal die fünf Götter auf der Erde gelebt haben und daß die Kristalle, die ihre Macht verkörperten, in einem Kreis vereint waren, den man den OROKON nannte. Der Krieg trieb einen Spalt zwischen die Götter, und die Kristalle wurden zerstreut. Jetzt, da die Welt sich dem entsetzlichen Bösen gegenübersieht, ist es die Aufgabe eines Jungen namens Jemany Mißgeburt, die Kristalle zurückzuholen.

Im *Tanz des Harlekin* und im *Roten Schlüssel*, den beiden ersten Bänden des ersten Buchs des Orokon, wurde erzählt, wie Jem als Krüppel geboren wurde, aber zu gehen lernte, nachdem er den ersten Kristall gefunden hatte. Er wurde von seiner bösartigen Tante Umbecca erzogen, und seine Aussichten waren mehr als trübe, bis er sich in das wilde Mädchen Catayane verliebte. Cata verfügte über mystische Kräfte und half Jem, seine Bestimmung zu erkennen. Und während Jem von seiner Aufgabe erfuhr, fand er auch heraus, daß er keineswegs eine Mißgeburt oder ein Bastard war, sondern der Sohn von Ejard Rot, dem rechtmäßigen König, den die Blauröcke abgesetzt hatten.

Nun drängte der Harlekin Jem, die Welt seiner Kindheit hinter sich zu lassen. Sein Dorf war zu einer Garnison der Blauröcke geworden, und Umbecca, die mittlerweile mit Veeldrop, dem Militärgouverneur, verheiratet war, hatte eine noch größere Plattform für ihre Listen und Ränke gefunden. Catas Vater, Jems Mutter und sein heißgeliebter Onkel Tor erlitten alle schreckliche Schicksale, durch Umbeccas Schuld. Inzwischen hatte Veeldrops sadistischer Sohn Polty Cata den Klauen eben dieser Umbecca überantwortet. Das wilde Mädchen wurde seines Gedächtnisses beraubt, geschrubbt und zivilisiert und zu einer feinen Dame gemacht. Cata erinnert sich nicht mehr an ihre Macht – und auch nicht an Jem.

Als sein neues Abenteuer beginnt, ist Jem ein Abtrünniger, verfolgt von der Justiz der Blauröcke. Er hat sich als umherziehender Vaga verkleidet und schlägt sich nach Agondon durch. Dort, im Haus eines gewissen Lord Empster, soll der nächste Abschnitt seiner Suche beginnen.

Aber Jems Feinde sind näher, als er glaubt.

Und Cata auch.

Königreiche
EJLAND & ZENZAU

1 Kolkos Aros (Kristallhimmel)
2 Täler der Tarn
3 Irion
4 Derkold
5 Ober Harion
6 Chayn
7 Südlande
8 Vantage
9 Holluch auf dem Berge
10 Die Fahle Landstraße
11 Wrax
12 Die Hügel von Wrax
13 Ara Zenzau
14 Die Agonistische Erlösung
15 Zaxos
16 Das Innere
17 Varby
18 Orandy
19 Mittel Lexion
20 Nieder Lexion
21 Insel Xorgos
22 Yarl
23 Tiralos
24 Die Uralten Lande
25 Wraxweg

Königreiche
EJLAND
&
ZENZAU
EJLAND
ZENZAU
ANA ZENZAU
RIEL
AGONDON
GOLF von EJLAND
1
2
3
4
5
6
7
8
9
10
11
12
13
14
15
16
17
18
19
20
21
22
23
24
25

Teil Eins

Die Varby-Frist

1. Ein Fenster in Varby

Liebste Cousine,

oder sollte ich lieber sagen, meine ehemals liebste Cousine? Du bist eine Betrügerin, Miss Jelica Vance, oder vielmehr Eure Zukünftige Königliche Hoheit! Kann es denn richtig sein, von der Zofe meiner Tante zu hören, daß meine beste, meine heißgeliebteste Freundin das Herz eines der begehrtesten Junggesellen der neun Provinzen erobert hat? Falsches Geschöpf, wärst Du doch nie geboren worden! Als wir uns vor den Toren von Herrin Quicks Internat trennten, versichertest Du mir unter Tränen, daß wir uns nur körperlich trennen würden. Päckchen auf Päckchen sollte aus den Weinbergen von Orandy hierherfliegen. Und in unserer Vorstellung, so versprachst Du, sollte Deine geliebte Pussikatze neben Dir schweben wie ein Phantom und Dich auf all deinen Spaziergängen in diesem duftenden südlichen Klima begleiten. Ihre Phantomröcke sollten leise in den kühlen Fluren des weißen, niedrigen Hauses rascheln, und wenn die Herbstbälle beginnen, sollte dann nicht die Phantom-Pussikatze neben ihrer geliebten Jeli herumwirbeln, während sie mit diesem oder jenem Verehrer tanzt? Die arme Pussikatze! Wie hätte sie wissen sollen, daß ihre Jeli mit niemand anderem den Tanzboden teilte (vielleicht sogar noch mehr?) als dem Zukünftigen Prinzregenten von Urgan–Orandy und daß alle Gedanken an ihre beste, ihre liebste Gefährtin wie Spreu im Wind aus ihrem wankelmütigen Verstand geweht würden? Und kann man es der betrogenen Pussikatze übelnehmen, wenn ihr einige Zeilen von Mr. Coppergate einfallen?

Der nördliche *Verehrer muß Sorgfalt walten lassen,*
aber südliche *Ladies? Leichte Beute!*
So heiß wie die Sonne richten sich ihre Augen auf alle:

So sahen Lexions *Länder gar manchen fallen.*
Wie rasch fiel die Zitadelle, die so schwer zu erobern war,
unter Orandys *kühlen Säulengängen!*

Ich verbleibe, meine Liebe, Deine sehr gekränkte …

Die junge Frau unterschrieb mit einem schwungvollen Schnörkel und lehnte sich zufrieden zurück.

Aber nur einen Augenblick.

Sie runzelte die Stirn. Unsicher überflog sie noch einmal, was sie da geschrieben hatte. Waren das wirklich die richtigen Worte? Neben ihr auf dem Schreibtisch lag Mr. Coppergates *Poetisches Werk*, das an der Stelle aufgeschlagen war, die sie zitiert hatte. Sie hatte lange gesucht und war stolz, daß sie die Verse gefunden hatte.

Aber nein, irgend etwas stimmte nicht.

Sie zerknüllte den Brief und warf ihn ins Kaminfeuer.

Die junge Frau ging unruhig auf dem Teppich auf und ab. Sie trug ein feines, hauchzartes Kleinmädchengewand aus Spitze und war zum Mittagsschlaf in ihrem Zimmer eingeschlossen. Jeden Tag war es das gleiche Spiel: Wenn das Mittagessen vorbei war, klingelte ihre Tante ungeduldig nach dem Dienstmädchen und befahl ihr, ihr Mündel nach oben zu bringen.

Also wirklich, ich bin doch kein Kind mehr! protestierte die junge Frau, während ihr das Dienstmädchen aus dem Morgenmantel half. *Ihr seid ein Mädchen, das man von vorn bis hinten bedienen muß*, erwiderte das Dienstmädchen anklagend. *Immer noch.* Als wenn damit alles gesagt wäre.

Der Name der jungen Frau war Catayane Veeldrop. Sie war ein großes, gertenschlankes Geschöpf mit alabasterfarbener Haut und dichtem, schwarzem Haar, das sie bis zu ihrer Einführung in die Gesellschaft offen trug und das ihr in fließenden Wellen über die Schultern reichte. Ihre Augen waren dunkelgrün, fast wie bei einer Katze, und ihre Lippen waren rosenrot, auch ohne daß sie Farbe zu Hilfe nehmen mußte.

Dennoch würde man sie nicht schön nennen – sie war eher eine imponierende Persönlichkeit. Und ihre Gesichtszüge hatten etwas Harsches, Unnachgiebiges.

Ihre Cousine Jeli hingegen, mit ihren blonden Locken und ihren blauen Augen, war das, was Männer als wunderschön bezeichneten. Aber Cata wollte nicht tauschen, sehnte sich nicht nach den süßen, teilnahmslosen Gesichtszügen ihrer Cousine. Eines Tages würden andere Dinge wichtiger sein als Schönheit, das spürte sie. Obwohl sie nicht genau sagen konnte, was das für Dinge sein sollten.

Cata überkamen häufig merkwürdige Gedanken.

Sie trat wieder ans Fenster. Der Himmel war noch immer regenverhangen. Sie teilte den schweren Vorhang und sah hinaus in die nasse Welt.

Dann stieß sie einen leisen Freudenschrei aus.

Ihr Fenster lag hoch über dem Platz der Lady, der ein zentraler Treffpunkt des prachtvollen Kurortes war. Wegen des Regens glich der Platz einem Meer aus Regenschirmen, blauen und roten, grünen, gelben und purpurnen. Es war der Platz vor der majestätischen Fassade der Abtei von Varby.

Trotz des Regens und des nahen Endes der Saison war die gesamte bessere Gesellschaft auf den Beinen und absolvierte ihren Mittagsspaziergang. Die Farben glänzten von der Nässe und leuchteten prachtvoll. Zwischen den Schirmen erspähte Cata einen Schal mit eingewebten Goldfäden, die »Wrax-Spitze«, einen Straßenhut aus Silbergaze und eine Ausgehuniform in strahlendem »Ejard-Blau«. Ein kleiner Schoßhund mit einem diamantenbesetzten Halsband trippelte nervös hinter den rauschenden Röcken seines eleganten Frauchens her, und zwischen all den wunderschönen Gestalten huschten Bedienstete hin und her, in Schwarz und Weiß gekleidet und alle naß bis auf die Knochen.

Einen Augenblick sehnte sich Cata danach, in den Regen hinauszulaufen und sich unter die wogende Menge zu mischen.

Sie sah ihre Tante.

Deren fette Gestalt war unübersehbar. Umbecca Veeldrop hatte in einem Bogengang unter der Uhr der Weissagung vor dem Regen Schutz gesucht und neigte den Kopf, während sie sich angeregt mit dem Prinzen von Chayn unterhielt. Die kleinen Schweinsäuglein der fetten Frau glitten fröhlich hin und her, und sie klatschte in die Hände, wenn sie über eine Galanterie des gutaussehenden Gentlemans juchzte.

Cata war plötzlich ganz elend zumute. An den Nachmittagen ging ihre Tante allein aus und traf all diese interessanten Menschen. Es war so unfair! Cata hatte sie angefleht, ihr nur ein kleines bißchen Freiheit zu gewähren, aber die fette Frau wollte nichts davon hören.

Freiheit, also wirklich!

»Wie soll ein Mädchen jemals ehrenhaft verheiratet werden, wenn sie herumläuft und sich mit *Gentlemen* trifft? Und Kind, die Gefahr – bedenke doch die Gefahr!«

Stets hieß es: Bedenke die Gefahr! Zwar war die Tugend einer jungen Dame immer in Gefahr, aber in der letzten Saison war der Kurort von einer Flut von merkwürdigen Entführungen erschüttert worden. Was war aus der jungen Lady Vantage geworden? Keiner wußte es. Miss Mercia Teasle? Wer konnte es sagen? Erst vor einem Monat hatte das plötzliche Verschwinden von Miss Vyella Rextel ganz Varby geschockt. Die »Herrliche Vy« war lange Zeit das Subjekt glühendsten Interesses gewesen. Sie war verlobt mit Sir Turvy Badgerback, wurde umworben von Lord Aldermyle und heiß und hoffnungslos geliebt – das wußten alle – vom Marquis von Heva-Harion. Als Vy verschwand, war dies mindestens einen Tag lang das einzige Thema in den Parkanlagen, wo *man* sich traf.

Die »Varby-Entführungen«, wie man sie nannte, folgten einem merkwürdigen Muster. In jedem Fall wurde ein Lösegeld gefordert – und auch bezahlt. Aber die Opfer wurden niemals wiedergesehen, und zwar in keinem Fall. Das Beunruhigendste jedoch waren wohl die Lösegeldbriefe. Sie waren nicht unterschrieben, doch auf dem unteren Rand eines jeden Briefes, wo normalerweise die Unterschrift stand, befand sich statt dessen die Inschrift:

Mehr nicht.

Was hatte das zu bedeuten? Niemand wurde schlau daraus.

Etwas klopfte an das Glas. Es war ein Vogel, ein kleiner Vogel mit einer hellroten Brust, der auf dem Fensterbrett gelandet war. Cata blickte lächelnd in seine stecknadelkopfgroßen Augen. Sie fühlte sich oft zu Vögeln hingezogen, wie überhaupt zu Tieren. Es kam ihr vor, als würden sie etwas tief in ihr wachrufen, eine Erinnerung vielleicht – eine tief vergrabene Erinnerung.

Fragend sah der Vogel sie durch das Fensterglas an. In Ejland nannte man einen solchen Vogel »Bob Scarlet«. Soweit Cata wußte, war er ein Vogel der Koros-Jahreszeit. Sie fragte sich, was er hier wohl zur Zeit der Tag- und Nachtgleiche machte. Unwillkürlich kam ihr der Gedanke, ihn zu fragen, als ob ein Vogel – oder irgendeine andere dumme Kreatur – mit ihr wie ein Mensch sprechen könnte.

Was für eine närrische Vorstellung!

Trotzdem schob Cata das Fenster hoch. Der Vogel sprang auf ihr Handgelenk und hielt sich mit seinen scharfen Krallen fest. Mit seinen kleinen Augen starrte er eindringlich in die ihren. Es war höchst merkwürdig. Einen Augenblick kam es ihr so vor, als könnte er tatsächlich in ihren Verstand hineinblicken – aber das dauerte nur einen Augenblick. Als sie versuchte, den kleinen Vogel auf ihrer Hand durch das Fenster zu heben, wurde er unruhig und flatterte davon.

Cata seufzte, warf sich auf ihr Himmelbett, rollte sich auf den Rücken, atmete tief und ruhig und betrachtete den prachtvollen Stoff des Baldachins, dessen Stickerei das Muster einer Blüte mit Stiel bildete.

Sie dachte wieder an Jeli.

Am Vortag war Cata über der Lektüre eines alten Romans eingeschlafen. Sie träumte gerade, als jemand über die Treppe trampelte und ihre Zimmertür aufflog. Es hätte Lord W... aus dem Roman sein können, der die schöne Donnabella erobern wollte.

Statt dessen stand Tante Umbeccas Dienstmagd in der Tür.

»Miss Cata! Miss Cata!« Nirry rang mühsam nach Luft.

Brannte es? Herrschte Mord und Totschlag?

Mitnichten! Es ging um eine Heirat!

Die Geschichte ist schnell erzählt: Nirrys Freundin, das Dienstmädchen von Lady Sowieso, hatte von der Gouvernante von Miss Soundso gehört, daß Lady Irgendwers entfernte Base eine aufsehenerregende Partie gemacht war ... Und wer war wohl Lady Irgendwers entfernte Base?

Nirry straffte sich, und ihre glänzenden Augen traten gefährlich aus den Höhlen.

Miss Jelica Vance!

Erneut wurde Cata von einer Woge heißen Neides durchströmt. Sie kletterte aus dem Bett, nahm ihren Federhalter und kritzelte rasch einen Text in blauer, sosenicanischer Tinte auf ein Blatt Papier.

Falsche Freundin!
Kann es denn wahr sein, daß dies hier tatsächlich eine Welt ohne Ehre ist? Denn so muß es sein, wenn die Versprechen meiner Jeli – selbst meiner Jeli – als pure Ungezogenheiten einzustufen sind! Was für Beteuerungen! Was ist aus meiner Freundin geworden, die wie ein liebevolles Phantom über meine Schulter blickte, jedesmal, wenn ich traurig in den Spiegel sah? Ich fürchte, sie ist vergangen, wie der Beschlag auf dem Spiegel.

In der letzten Nacht hatte Cata kaum schlafen können, weil sie immer an Jelis großes Abenteuer hatte denken müssen. Bei Herrin Quick war ihre Freundin eine Musterschülerin gewesen. Am Abschlußtag war sie in allen Reden gelobt worden, und zwar mehr als jedes andere Mädchen seit vielen Jahren. Als sie die heiligen Hallen verließen, hatte sie nicht nur den Königlichen Gedenkpreis im

Gepäck, die Cham-Charing-Schale und das Ejard-Zertifikat, sondern darüber hinaus auch noch eine schwere, vergoldete Ausgabe von Coppergates Gedichten, die ihr vom greisen Coppergate selbst überreicht worden war.

Also wirklich! Was für eine eitle Heuchlerin!

Zum ersten Mal nahm Cata es ihrer Freundin übel. Bis zu diesem Zeitpunkt hatte sie nur gedacht, daß es Jeli nicht erlaubt wurde, nach Varby zu kommen. Man hinderte sie daran, hatte sie in ein Gefängnis gesperrt, das noch schlimmer war als ihr eigenes.

Jedenfalls hatte es so ausgesehen.

Cata blickte einen Moment starr geradeaus und kaute am Ende ihrer Schreibfeder.

Dann kam die Inspiration.

Aber ich mache nur Spaß.

Arme Jeli! Du bist ein ungezogenes Mädchen – aber wie langweilig muß es für Dich in der Provinz sein, wenn selbst Deine hübsche kleine Schreibhand nicht inspiriert wird! Mein Mitgefühl für Dich ist grenzenlos. Wie gut ich mir die kühle, weiße Villa vorstellen kann, in der Dein Großvater residiert, die wunderschönen Hügel, die Zitronen- und Limonenhaine … Aber die Gesellschaft! Wer war noch dieser Bursche, der Dir einmal bei Quicks seine Aufwartung gemacht hat? Der Zukünftige Prinz (war das nicht so?) von Urgan-Orandy, oder trug er irgendeinen anderen wertlosen Titel? Auf jeden Fall war es ein fürchterlicher, polternder Lümmel! Du mußt mir erzählen, ob Du noch andere komische Begegnungen mit ihm hattest. Auch wenn ich um Deinetwillen hoffe, daß Du davon verschont geblieben bist. Trotzdem, man konnte fast wünschen, daß die arme Kreatur von ihrem Elend befreit wäre. Vielleicht wird irgendwann eine gelbliche alte Jungfer mit Gaumenspalte und Pockennarben sein Werben erhören, glaubst Du nicht auch?

Ach ja, die Provinzen!

Meine Liebe, ich muß eilen – ich schreibe Dir diese Zeilen nur rasch in den Pausen zwischen dem Ankleiden, dem pausenlosen Um-

ziehen für den Empfang heute abend. (Könnte ich Dir doch nur entfernt mein Kleid beschreiben!)

Ich muß gehen – C.

(Hab Mitleid mit deiner armen Pussikatze – sie weiß nicht mehr, wo ihr der Kopf steht!)

Cata preßte die Lippen zusammen. Sie fächerte den Brief in der Luft, damit die Tinte schneller trocknete, faltete das cremefarbene Papier zweimal und fuhr mit ihrem spitzen Fingernagel über die Kanten. Dann schmolz sie einen kleinen Klecks Siegelwachs und preßte das Siegel ihres Onkels darauf.

IDSKAM: *Im Dienste Seiner Kaiserlichen Agonistischen Majestät.*

»Soso, dann ist sie heute gar kein müdes Mädchen, nein?«

»Tante!« Cata schrak zusammen. Sie war so in ihr Vorhaben vertieft gewesen, daß sie nicht gehört hatte, wie die fette Frau mühsam die Treppe heraufgestiegen war. Sie drehte sich um und lächelte unbekümmert. »Ich habe gerade Jeli geschrieben. Und ihr gratuliert.«

»Hmph!« Tante Umbecca sah sich mißtrauisch im Zimmer um, betrachtete stirnrunzelnd das offene Fenster und die wehenden Vorhänge. »Es wird dir nur wenig nützen, wenn du Korrespondenz mit albernen Mädchen pflegst, die sich dem ersten verfügbaren Freier an den Hals werfen. Eine Provinzheirat, also wirklich! Kind, wenn ich nicht der festen Überzeugung wäre, daß du eine bessere Partie bekommen könntest, würde ich dich noch in diesem Augenblick auf die Straße setzen. So, und wo bleibt mein Tee? Also, man kann hier wirklich verhungern, während man auf dieses nichtsnutzige Mädchen wartet! Nirry! Nirry!«

2. Die Frau in Grün

Eine Frau in Grün. Ein Mann in Schwarz.

In einem Zimmer auf der anderen Seite des Platzes, gegenüber von Catas Fenster, steht eine Frau in einem prächtigen grünen Kleid. Sie hat eine Weile hinausgesehen und die Bewegungen des Vorhangs vor Catas Fenster betrachtet. Die Frau wendet sich vom Fenster ab, holt jedoch zuvor noch ein kleines Geschöpf herein, einen rotbrüstigen Vogel, der zu ihr zurückgeflattert ist.

Lächelnd streichelt sie den zahmen Vogel.

Der Mann in Schwarz ist nur ein Bild in ihrem Kopf.

Die Frau setzt sich an den Frisiertisch. Traurig mustert sie ihr Spiegelbild. Zwar zeigen sich kaum Falten in ihrem Gesicht, aber trotzdem sind es nicht die Züge einer jungen Frau. Der Schwung ihrer Brauen, ihre hohen Wangenknochen strahlen etwas Altes, etwas fast schon Ewiges aus ... ein aristokratisches Gesicht, sicher, aber mehr als das. Vielleicht sogar mehr als menschlich.

Durch das Fenster fällt ein Lichtstrahl schräg ins Zimmer, dessen goldener Schein von den Regentropfen reflektiert wird. Manchmal trifft ein Strahl auf das Smaragdband an dem blassen Hals der Frau. Aber ihre Augen, ihre außergewöhnlichen Augen, glühen in einem viel intensiveren Grün.

Der Spiegel schimmert, und die Reflexion verschwindet.

Statt ihrer erscheint der Mann in Schwarz in dem Glas.

»Seid gegrüßt, alter Verräter.« Die Frau lächelt.

Weit entfernt in Agondon erwidert der Mann das Lächeln. In seinen Augen und seinem Gesicht zeigt sich dasselbe uralte Geheimnis. »Also seid Ihr jetzt bei ihnen in Varby?«

»Allerdings. Weit weg von zu Hause. Zu weit.«

»Aber der Plan verläuft ordnungsgemäß?«

»Sollten wir nicht lieber sagen, ich habe meine erste Möglichkeit gesichert?«

»Möglichkeit? Ich dachte, der Plan wäre felsenfest.«

»Wir wußten doch, daß ich ein wenig improvisieren mußte, oder? Ich mußte die Karten neu mischen. Immer und immer wieder sprach das Mädchen von ihrer Freundin ... mich beschleicht allmählich der Verdacht, daß mich die Freundin vielleicht mehr interessieren könnte.« Die Frau deutet auf den roten Vogel, der vor ihr auf dem Frisiertisch herumhüpft. »Ring hat Nachforschungen angestellt. Das hast du doch, Ring, hab ich recht?«

Der kleine Vogel beäugt aufmerksam seine Herrin.

»Er hat Nachforschungen angestellt?«

»Über die Freundin. Ob sie vielleicht diejenige ist, die wir suchen, weiß ich noch nicht. Aber vielleicht ist etwas an ihr ... ungewöhnlich.«

»Was! Ihr zieht also statt dessen ein ganz gewöhnliches Mädchen vor?«

»Spaßvogel! Soll ein gewöhnliches Mädchen Königin von Ejland werden?«

»Nie und nimmer.« Der Mann in Schwarz lächelt und zieht an der Pfeife mit dem Elfenbeinmundstück. Hinter ihm ist ein luxuriös eingerichtetes Zimmer zu sehen. »Aber Priesterin, Euer Plan macht mir Sorgen. Es bleibt zu wenig Zeit, viel zu wenig Zeit.«

»Ihr habt also kein Vertrauen in meine weibliche Vorgehensweise?«

»Ich sage nur, daß Euer Plan gefährlich ist.«

Die Frau wirft dem Mann einen sarkastischen Blick zu. Ihre Zimmertür ist angelehnt, und ein wundervoller schwarzer Kater kommt durch den Spalt in den Raum geschlichen. Er reibt seinen großen Kopf genüßlich an dem grünen Satin ihres Kleides. Sie streckt die Hand aus und streichelt seine Ohren. Ihr Blick hellt sich ein wenig auf, aber ihre Stimme klingt ernst.

»In diesen finsteren Zeiten ist alles gefährlich. Es muß eine Hochzeit geben, hab ich recht? Und ich sage Euch, wenn es eine Königin gibt, werde ich sie beherrschen. Sie wird mir gehorchen!«

»Aber es ist nur eine Königin! Priesterin, wie könnt Ihr an ihren

Einfluß glauben, wenn der König selbst nur eine Marionette ist, die an den Fäden des Ersten Ministers zappelt?«

»Der König hat nicht die Macht meiner Schwestern hinter sich.«

»Schwestern? Vergeßt Ihr da nicht etwas, Priesterin? Rutscht Ihr in die Vergangenheit ab?«

»Ich vergesse gar nichts! Die Macht meiner Schwestern lebt immer noch in mir, trotz allem, was sie mir genommen haben mögen. Soll Hara, Wächterin des Glaubens an Viana, vor dem verfluchten Tranimel kuschen? Sich von Eurer widerwärtigen Bruderschaft einschüchtern lassen?«

»Nennt sie nicht die meine! Ich bin nur ein Infiltrator, das ist alles.«

»Aber Ihr geht doch heute abend dorthin? Ah, ich sehe es in Eurem Blick ... Ihr geht! Fürchtet Ihr nicht, daß Ihr selbst vergiftet werdet?«

»Priesterin, Ihr vergeßt, daß auch ich über gewisse Kräfte verfüge!«

»Ich vergesse vor allem nicht, daß Ihr ein Mann seid – oder vielmehr, daß Ihr die Schwächen eines Mannes in Euch habt.«

Die geheimnisvolle Gestalt setzt zu einer scharfen Entgegnung an, senkt dann jedoch statt dessen den Blick, und seine Miene wird traurig. Ah, er kennt seine Schwächen nur zu gut! Die Priesterin lehnt sich zurück und zündet einen Tobarillo an. Blauer Rauch schlängelt sich um ihre Schläfen.

»Ich kann mir vorstellen, daß ihre Zeremonien ziemlich derb sind«, frotzelt sie.

»Es sind schrille, blutrünstige Orgien.«

»Das wußte ich bereits.«

Die Priesterin lächelt erneut. Mittlerweile ist der Vogel, den sie Ring genannt hat, zu Boden geflattert. Er hoppelt zum Ofen, zwitschert und pickt die Krumen auf, als der schwarze Kater urplötzlich zuschlägt. Mit einem Lächeln verfolgt die Frau die Szene und macht keinerlei Anstalten einzuschreiten, als scharfe Krallen die strahlendrote Brust aufreißen.

Sie dreht sich wieder zum Spiegel um. »Und der Junge? Wo ist der Junge?«

»Bald wird er bei mir sein ... Sehr bald.«

»Und wird seine Suche bald beginnen?«

»Wir haben noch ein bißchen Zeit. Ein klein wenig. Der Junge ist noch so grün hinter ...«

Die Augen der Frau blitzen. »Der Kristall ist grün!«

»Und er wird ihn finden ... Ihn und die anderen. Aber ich fürchte, daß er viel lernen muß, bevor er Manns genug ist, um es mit dem aufzunehmen, was vor ihm liegt.«

»Manns genug!« Die Priesterin lacht. »Und wie wollt Ihr dafür sorgen?«

»Sagen wir einfach, ich habe einen Lehrer gefunden. Euer junges Mündel hat doch einen Bruder, stimmt's?«

»Ha! Wie ich sehe, zeichnet sich eine erfreuliche Symmetrie in unseren Angelegenheiten ab.«

»Priesterin, ich fand Eure Symmetrie immer schon erfreulich.«

»Ihr alter Schlawiner! Selbst wenn ich mich der Leidenschaft der Liebe hingeben würde, wüßte ich, daß es eine andere gibt, die Euer Herz besitzt.«

Er schwieg einen Augenblick. »Hara, sprecht nicht von Dingen, die mir nur Schmerzen bereiten.«

»Wie sollte ich das bewerkstelligen, wenn ich überhaupt etwas sagen will? Das Böse greift nach uns, peitscht durch die Luft wie die fliegende Schlange, die, wie wir jetzt wissen, nur seine bisher schrecklichste Manifestation war. Aber dieses Gerede ist müßig. Der Tag der Abrechnung steht bevor, und wir dürfen nur an den Feldzug denken, der vor uns liegt.«

»Ihr sprecht die Wahrheit, Priesterin!«

»Nennt mich nicht Priesterin. Man kennt mich wie Euch unter einem anderen Namen.«

»Aber natürlich: die Bemerkenswerte Vlada Flay.«

»Eine amüsante Identität, findet Ihr nicht?«

»Eine berüchtigte jedenfalls. Wenn es hier in Ejland überhaupt noch jemanden gibt, der sich an diese Frau erinnert. Aber sagt, was ist aus der *echten* Lady Vlada geworden?«

Wieder lächelt die Priesterin. Der schwarze Kater springt auf ihren Schoß und fängt an zu schnurren. Sie streichelt seinen Kopf und das weiche Fell. »Ihr habt doch sicher von dem Wegelagerer gehört, der mein Land terrorisiert hat?« fragt sie. »Ein gewisser Bob Scarlet.«

»Wie der Vogel? Ich wußte nicht, daß Ihr so intim mit ihm wart.«

»Ich bin mit keinem Mann intim«, erwidert die Frau kühl. »Ich sage nur, daß der Wegelagerer weiß, was aus Vlada Flay geworden ist.«

»Priesterin, ich fürchte, Ihr seid eine grausame Frau.«

»Grausamer als Ihr? Und nennt mich Vlada. Habe ich ihre Essenz nicht vollkommen aufgesaugt?«

»Es muß schwer sein, diese Projektion aufrechtzuerhalten.«

»Für eine, die immer noch die Macht der Schwesternschaft in sich birgt?«

Der Mann will etwas erwidern, aber in diesem Augenblick kommt jemand an die Tür. Schnell wendet sich die Priesterin – oder Lady Vlada – vom Spiegel ab. Hinter ihr verblaßt das magische Bild, und vor ihr steht eine rotgesichtige, schweratmende Frau in dem schwarzen Gewand einer Gouvernante.

Das alte Weib wirkt erregt.

»Witwe Waxwell!« Die angebliche Lady Vlada lächelt freundlich. »Sagt doch, wo ist Euer tugendhaftes junges Mündel?«

»Oh, Lady Vlada ...« Die Witwe ringt mühsam um Atem. »Eure verruchte Nichte hat ... Sie ist einfach entwischt! Sie ist in einer Kutsche davongefahren. Mit ... Mit Mr. Burgrove!«

Das sind schockierende Nachrichten, aber seltsamerweise ist Lady Vlada nicht beunruhigt. Statt dessen lacht sie unbekümmert. »Aber Witwe, natürlich. Ich habe es erlaubt, ja, sogar befohlen ...«

»Erlaubt? Aber ...«

Dann fällt der Blick der Witwe auf den toten Vogel, und sie schreit.

»Lady Vlada« hat auch dafür nur ein Lachen übrig.

3. Tobarillo

»Heka, ich rutsche!«

»Oh, Jilda, nimm meine Hand.«

Die jungen Damen Quisto liefen kreischend durch den strömenden Regen zum Teehaus. Im nächsten Augenblick würde ihre Erzieherin sie zweifellos rügen, und die albernen kleinen Biester würden atemlos kichern und sich heimlich Blicke zuwerfen. Ihre Gouvernante regte sich zwar über den Schmutz auf ihren zierlichen Schühchen und ihre durchnäßten Taftkleider auf, ahnte jedoch nicht im geringsten, daß ihre beiden Mädchen, die mit ihren Bändern im Haar, den Löckchen und ihren roten Pausbacken so unschuldig wirkten, beinahe weit mehr ruiniert hätten als bloß ihre Kleidung.

Als sie um die Kurve des Waldweges verschwanden, wurden sie von einem gutaussehenden jungen Mann mit gewachstem Schnurrbart beobachtet, der wissend lächelte. Er trug die Uniform eines Dragonerhauptmanns und war ebenfalls gerade aus dem dunklen Wald herausgetreten. Allerdings erheblich gemächlicher als die beiden kleinen Biester. Jetzt stand er unter dem schützenden Dach dicker Äste, schüttelte die Regentropfen von seinem Dreispitz und glättete seine zerknitterte Uniform.

Wie schade, daß es regnen mußte, dachte er bedauernd. Die ersten klatschenden Regentropfen hatten den beiden Quisto-Mädchen den Vorwand geliefert, den sie brauchten, um sich rasch wieder in Sicherheit zu bringen. Aber die Hübschere der beiden, Jilda, hatte mehr als nur einen flüchtigen Kuß mit zusammengepreßten Lippen gewollt, davon war er überzeugt. Wer wußte schon, welche Bastionen sie noch preisgeben würde, wenn er sie nur von ihrer langweiligen Schwester trennen konnte? Als sie sich von ihm gelöst hatte, hatte sie der Hauptmann mit einem rauhen Flüstern inständig um ein neues Treffen gebeten.

Hier, am Morgen des Kanonischen Tags. Ganz früh. Allein.

Ah, welches Vergnügen würde er ihr dann bereiten!

Der Hauptmann seufzte und berührte die beachtliche Wölbung in seiner Hose. Aufgrund des Regens waren die Straßen beinahe menschenleer. Niemand war zu sehen, aber er wartete trotzdem einen Augenblick, nur einen kurzen Moment, bevor er den Mädchen folgte. Man konnte nicht vorsichtig genug sein. Der Klatsch blühte in Varby: Es war eine typische Bäderstadt.

Zur Jahreszeit des Theron kam der Adel nach Varby und erging sich in Lobpreisungen, wie angenehm es war, der Hitze, dem Gestank und dem Bahrtuch der Mattigkeit zu entrinnen, das sich während dieser Mondleben über die Hauptstadt legte. In dem Kurort gab es kein Ausgehverbot, kein Getuschel über den Krieg und keine abergläubische Angst, die geschürt wurde, weil sich der tausendste Zyklus des Sühneopfers näherte. In dem Taumel der Vergnügungen war all das vergessen ... und doch hätten die Zecher von Varby nur nach oben blicken müssen, auf die Hügel, die sich über ihren prächtigen Straßen erhoben, dann hätten sie die Mahnmale bemerkt, die an die finsteren Zustände erinnerten, die zur Zeit herrschten.

Während der ganzen Jahreszeit des Theron von 999d hatte sich Holluch-auf-dem-Berge auf den nächsten Zenzanischen Krieg vorbereitet. Zum Klang von ohrenbetäubenden Trommelwirbeln waren Regimenter aus Lexion und Orandy und dem Inneren durch das Tal in die Garnisonsstadt gezogen. Die Klänge von Exerzier- und Schießübungen wehten von den Hügeln herunter. Über die eleganten Promenaden des Kurortes spazierten an ihren freien Tagen häufig Soldaten. Aber in Varby synkopierten die Gewehrschüsse nur die Rhythmen der Reigen, und die strahlenden Uniformen der Blauröcke bildeten lediglich Farbtupfer in der bunten Parade der Flanierer.

Der junge Hauptmann griff in seine Jackentasche, zog eine silberne Tabatiere hervor, ein Geschenk einer gewissen Lady, die im Inneren Zirkel wegen ihrer Tugendhaftigkeit berühmt war.

Von allen Illusionen der Welt und ihren mannigfachen Täuschungen fand der Hauptmann die der weiblichen Tugend besonders verachtenswert. Die Ehre einer Frau, ha! Gerade erst heute morgen hatte er die Verlobte eines seiner Kameraden besucht ... Er leckte sich die Lippen, als er an den wippenden Kopf, die fliegenden Locken dachte. Wie teuer ist eine Lady? Eine Frau von der Straße hätte fünf oder sogar zehn Kronen verlangt, um sich zu einer solchen Verworfenheit zu erniedrigen. Doch unter ihrer feinen Seide und ihrer Spitze waren die Blumen der gehobenen Gesellschaft nicht besser – eher schlimmer! – als die pockennarbigen Huren, die hinter den Regimentern des Königs herzogen und sich den Offizieren feilboten. Die feinen Damen dagegen machten sich keine Sorgen um ihre Tugend, sondern um ihren Ruf. Jeder kühne Bursche bekam sie umsonst, wenn es bloß keiner erfuhr ...

Der Regen ließ nach. Der Hauptmann tippte die Spitze seines Tobarillo gegen den Deckel der Dose. Dann flammte ein Zündholz kurz auf und leuchtete hell auf dem dunklen Waldweg. Hinter ihm schwebten Rauchwolken in der Luft, als er langsam zu den Toren des Parks schlenderte.

Wo war eigentlich sein fauler Offiziersbursche geblieben?

Ul ... ul ... ul ... ul ... ul!

Ein Vogelschrei schrillte über den Anger. Es war der Lockruf einer Taube, einer regenbogenfarbenen Wenaya-Taube, die hoch über den Köpfen der beiden Quisto-Mädchen hinwegflog.

»Heka, es ist das Schwertspiel ...«

»Schwester, nein! Wir müssen zurückgehen!«

»Ach, laß uns zusehen, Heka. Nur ein bißchen! Du hast die Vaga doch immer gemocht. Das weiß ich ganz genau ...«

»Also wirklich, Schwester! Eine schmutzige, kleine Straßentruppe ...«

Aber die ältere Schwester hatte sich bereits in die Menge der vornehmen Damen und Herren gestürzt, die an diesem Tag dem Regen im Park trotzten. Mit der Autorität ihrer Regenschirme und raschelnden Taftgewänder schoben sich die Schwestern durch die müßig herumstehenden Bediensteten, Dienstmädchen und Erzieherinnen, die ihre Schutzbefohlenen festhielten. Sie alle lungerten hinter den Edelleuten herum und verrenkten sich die Hälse. Kichernd drängten sich die beiden Mädchen zwischen dem Reifrock einer Dame und dem geflochtenen Rollstuhl eines gichtkranken alten Gentlemans hindurch. Ein junger Blaurock tippte höflich an seinen Hut und rückte ein Stück zur Seite, damit sie besser sehen konnten.

Jilda betrachtete ihn. Er war groß, sah aber nicht besonders gut aus und war außerdem nur Leutnant. Ein Schauer des Entzückens rann ihr über den Rücken, als sie an das kurze, aber höchst intensive Vergnügen dachte, das ihr der Hauptmann bereitet hatte. Was für ein Mann! Sie mußte unbedingt die Verabredung einhalten, unbedingt! Am Kanonischen Tag? Das war ja schon morgen! Es war der letzte Kanonische Tag dieser Jahreszeit ... ihre letzte Chance. Jilda schloß die Augen und hätte beinahe gestöhnt, als sie sich die zärtliche, sanfte Liebkosung ihres Geliebten vorstellte ...

Ul ... ul ... ul ... ul ... ul!

Der Lockvogel landete auf seiner Stange über der Vaga-Manege und stieß einen letzten, schrillen Schrei aus, bevor er den Schnabel in sein helles Gefieder steckte und augenblicklich zufrieden einschlief. Die kleine Menschenmenge blickte gespannt zur Bühne. Das Arenatheater, eins von vielen in dem Kurort, stand an einer Kreuzung der Spazierwege, die sich durch den Eldrics-Park schlängelten. Das Dach hatte eine Markise, die wie das Gefieder des Vogels bemalt war, und überragte eine kleine Manege, wie ein winziger Musikpavillon, der auf einem steinernen Podium ein Stück oberhalb des Weges thronte. Regen tropfte stetig von den geschwungenen Giebeln, und ein schwerer blauer Vorhang, der mit Sternen bestickt war, blähte sich zwischen schlanken, moosbesetzten Säulen auf.

Hinter dem Vorhang ertönte plötzlich das hohle, schwere Bimmeln einer Glocke. Der gichtige Gentleman im Rollstuhl seufzte, als wäre dieser Klang eigenartig beruhigend. Jilda kicherte, und Heka meinte, ihr wäre langweilig. Nur der junge Blaurock schwieg und sah nachdenklich zu, wie eine schlanke, braune Hand zwischen den Vorhängen erschien und sie langsam zurückzog. Dahinter verströmte eine verzierte Lampe ihr Licht und erhellte die feuchte Dunkelheit mit ihrem goldenen Glanz. Von Räucherkerzen stieg duftender Rauch in Spiralen in die Luft empor.

Bei den Vaga-Spektakeln blieben die Vorhänge oftmals halb zugezogen und erschwerten es den Zuschauern zu sehen, was dahinter vorging. Eine vornehme Lady reckte den Kopf mit der schweren Perücke, und Jilda verrenkte sich den Hals, während sie in die Schatten spähte. Die Vaga traten vor. Zuerst kam, wie immer, der Rote Spieler. Er trug ein Wams aus Samt, in der Farbe des tiefsten Sonnenuntergangs.

Aber etwas stimmte nicht. Der Spieler hätte eigentlich elegant sein sollen, ja fast schon ätherisch. Statt dessen war da ein großer, stiernackiger Kerl mit einem plumpen Gang und einem blöden Grinsen auf dem Gesicht. Ein buschiger schwarzer Bart bedeckte Kinn und Wangen. Die Leute lachten, als er sich zu seinem Platz begab und sich unbeholfen am Ende der Bühne hinhockte.

Der Rest der Truppe enttäuschte genauso. Gold-Grün, die Sängerin der Weisheit, war ein pummliges kleines Mädchen. Schicksal-Blau und sein Gegenspieler, der Rote Ringer, waren zwei gertenschlanke Jünglinge im peinlichen Alter, denen es beträchtlich an der erforderlichen Würde fehlte. Und was den Sehnsüchtigen Pierrot, den Schwarzen Wächter, den Hüpfenden Jongleur und all die anderen Figuren in den Schwertspielen anging ... Es war keiner da, der sie hätte spielen können. Es gab nicht einmal Kaiserliche oder Betrachter, die sich an den Händen hielten und tanzend durch die Menge schwärmten.

»Hmph!« Der gichtkranke Gentleman war offensichtlich alles andere als angetan. Heka verdrehte die Augen, und ihre Schwester kicherte. Sie hatten die besten Schauspielgruppen gesehen, derer sich das Reich rühmen konnte, in den Volleys, in der Wrax-Oper, in den Ollon-Lustgärten. Erst im letzten Jahr waren die berühmten Silbermasken der Höhepunkt auf Lady Cham-Charings Festspiel-empfang gewesen. Die fünfhundert Mann starke Truppe hatte sogar fünfzig Affen, ein Einhorn, einen springenden Löwen und tausend abgerichtete Vögel dabeigehabt. Sicher, Straßen-Vaga konnten so etwas natürlich nicht bieten, aber selbst eine kleine Straßentheatergruppe sollte ihre Lizenz wert sein! Dieser schäbige Haufen, dachte Jilda empört, war nicht gut genug, um vor Edelleuten spielen zu dürfen.

Anscheinend waren die Adligen ihrer Meinung. Viele schlenderten davon. Selbst unter der Dienerschaft wurde ständig gemurmelt. Aber der junge Blaurock betrachtete immer noch gefesselt die Bühne.

Eine merkwürdige Trauer zeichnete sich auf seinem Gesicht ab, als die Schwertspiele begannen.

Jedermann wußte, daß die Vaga eine faule, ausschweifende Rasse waren, nomadische Heiden mit einem Hang zu allen Arten des Lasters. Sie waren Gefolgsleute des dunklen Gottes Koros und in vielen Teilen des Reiches zu Rechtlosen erklärt worden. Nur in den südlichen Ländern des Inneren wurden sie als Zauberer, Tänzer und Schauspieler geduldet. Aber selbst hier gab es manchen, der fand, daß man sie ins Exil treiben oder in besonderen Lagern internieren sollte. Der junge Leutnant dachte nicht so. Ihm gefiel sogar diese Vaga-Veranstaltung. Gerade wegen ihrer Schäbigkeit erinnerte sie ihn an seine Kindheit und an die Vaga, die auf dem Dorfanger gespielt hatten.

Wie lange das schon her zu sein schien!

Dem jungen Leutnant traten Tränen in die Augen, als der große, ungeschlachte Vaga in Rot nach oben starrte. Anscheinend bemerkte er nicht, daß die Zuschauer sich abwandten. Er hielt die Hand über seinen Kopf. Dort baumelten – gerade noch in Reichweite – Taue, wie Lianen im Dschungel, die aus vielen bunten Strängen geflochten waren. Er griff in diesen Lianenwald und packte zu. Der Leutnant wischte sich die Augen. Das Läuten einer Glocke erklang. Sie war in dem Dach der Vaga-Manege verborgen, und sie klang traurig.

Es bimmelte sechsmal, und jedesmal war es eine andere Glocke. Eine für jeden der fünf Götter und die sechste für den Göttervater Orok. Dann, allmählich, wichen die einzelnen, wohltönenden Laute einem dauerhaften Glockenspiel, *bimmbamm, klingeling, klingelingeling.* Erst waren es zwei Glocken gleichzeitig, dann überlagerten sich die Klänge, bis sie eine Melodie ergaben. Schon bald wurde aus dem, was vereinzelt gewesen war, ein Vielfaches, und alles wurde mit einer überraschenden Eleganz von dem bulligen Mann kontrolliert. Er erhob sich langsam aus der Hocke, bis die bunten Stränge des Glockenspiels ihn einhüllten wie hüpfende, leuchtende Gitterstäbe eines Gefängnisses.

Der Blaurock trat vor, dann der in Rot, und jeder schwang ein schweres, goldenes Schwert. Der junge Leutnant ließ sie nicht aus den Augen. Er wußte natürlich, daß die goldenen Schwerter in Wirklichkeit kaum Gewicht hatten und daß sie auch nicht aus Gold bestanden. Wenn sie aufeinanderprallten, würde nur das dumpfe Geräusch von Holz ertönen. Aber vergoldet mit der strahlenden Vaga-Farbe, schienen sie im unirdischen Licht der Manege seltsam magisch zu leuchten. Verstohlen und lautlos umkreisten sich die Jungen. Aber wenn sie Feinde waren, dann ohne Leidenschaft, Gegner, die sich auf einen Kampf ohne Wut und Glut vorbereiteten.

Der goldene Schein der Lampe vermischte sich mit der Abenddämmerung und tauchte alles in ein diesiges Zwielicht. Dann begann Gold-Grün zu singen. Ihre Stimme klang außergewöhnlich rein, wie das hohe, vibrierende Klingen, das entsteht, wenn man über den Rand eines Kristallglases streicht.

Beide Jungen machten erst einen, dann einen zweiten langsamen Ausfall mit dem Schwert. Der Leutnant wußte, daß in wenigen Augenblicken die Magie beginnen würde. Die hölzernen Schwerter würden gegeneinanderschlagen, als wären sie wirklich aus kaltem Metall, und ihr Hall würde die Luft erfüllen. Vielleicht würden sich dann auch die Vorhänge bauschen und Phantomschatten aus dem Dunst auftauchen. Das Regenbogenmuster des Daches würde sich verändern und drehen – und wie hell leuchtende Bänder strahlen.

Dann würden die Duellanten, die mit den Bändern tanzten, vielleicht in die Menge springen und mit ihren Schwertspitzen die prächtigen seidenen Taschentücher, die glitzernden Münzen, die flatternden, bunten Vögel zum Sein erwecken, was Ausrufe der Begeisterung auslösen würde, sowohl bei den Adligen als auch bei den gewöhnlichen Zuschauern.

Aber nein.

Nein, natürlich nicht.

Heute würde all dies nicht geschehen. Der junge Leutnant war in einen Tagtraum verfallen. Während er fasziniert den glitzernden Schwertern zugesehen hatte, waren die anderen Zuschauer fast alle weggegangen. Die vornehmen Damen und Herren waren fort, und sogar die Bediensteten hatten sich verzogen. Und die, die ausharrten, buhten und zischten. Der gichtkranke alte Gentleman drohte mit seinem Stock und bedeutete seinem Diener, ihn fortzurollen.

Der junge Leutnant biß sich auf die Lippen. Wieder überfiel ihn Trauer und drückte schwer auf sein Gemüt. Er richtete seinen Blick auf das Schwertspiel. Nein, keine Magie, nicht einmal eine schwache Aussicht darauf. Dort oben standen nur zwei unbeholfene Jungen in albernen Kostümen und spielten mehr schlecht als recht einen Kampf, während ein fettes Mädchen ein schrilltönendes Mantra heruntersang.

Dann sprang auf einmal der rote Junge auf der Bühne herum. Er ließ die einstudierten Finten Finten sein und spielte plötzlich ganz unpassend den wilden Krieger, schwang sein hölzernes Schwert und schlug es dem blauen Jungen ins Gesicht. Ob er die Geduld mit dem blauen Jungen verloren hatte oder wütend über die Gleichgültigkeit der restlichen Zuschauer war, war schwer zu sagen. Auf jeden Fall war es ein merkwürdiges Verhalten für einen Vaga.

Der blaue Junge wurde wütend. Schließlich wußten doch alle, daß Blau und nicht Rot triumphieren mußte. Erst versuchte er sich zu wehren, dann jedoch sprang er zurück. Doch als der rote Junge nicht abließ, warf sein Gegner wütend sein Schwert weg.

Die Leute lachten spöttisch und spendeten ironischen Beifall.

Miss Jilda Quisto hatte genug. »Ach, Heka, laß uns doch gehen …«

»Nein, Jilda, noch einen Moment …«

»Heka, also wirklich! Du willst doch nicht behaupten, daß du diese vulgäre …«

Eine dritte Stimme unterbrach sie. »Wollten die Damen gerade gehen?«

Der junge Leutnant drehte sich um. Er sah den tiefen Bückling, die ernste Haltung und das tiefe Schwenken des Dreispitz. Unglaublich, daß sein Freund dieses feine Benehmen beherrschte!

Miss Jilda Quisto kicherte und ließ rasch den Ärmel ihrer Schwester los. Ihre Wangen brannten, und verlegen rang sie um Beherrschung. Sie lächelte und gewährte dem gutaussehenden jungen Mann die Gunst, seine Lippen auf ihre behandschuhten Finger zu drücken. Allerdings nur einen kurzen Augenblick; dann wandte sie sich ab, drehte ihren Sonnenschirm in der Hand und zog ihre widerstrebende Schwester hinter sich her.

Aber dieser kurze Moment genügte. Der Hauptmann sah ihr mit funkelnden Augen hinterher. Jetzt wußte er es: Er konnte sich Miss Jildas sicher sein! Morgen früh würde er im Schatten des Waldwegs warten … begierig warten.

Bete, o bete nur darum, daß es nicht regnet!

»Kaum zu glauben, daß solche Mädchen noch unberührt sind. Findest du das nicht auch, mein Freund?«

Der junge Leutnant warf seinem Gefährten einen bewundernden Blick zu. Der gewachste Schnurrbart schimmerte dunkel in dem goldenen, warmen Licht. Der gutaussehende Bursche interessierte sich nicht für die Vaga-Truppe, sondern zog an seinem Tobarillo und schaute den davoneilenden Mädchen nach. Sein Blick verriet unverhülltes Begehren. An einem Finger der Hand, mit der er den Tobarillo hielt, glänzte ein Amethystring.

»Ganz schön leidenschaftlich«, sagte er. »Besonders die Jüngere. Lexion-Blut, man sieht es in ihren Augen. Wie heißt es noch in dem Gedicht:

Der nördliche Verführer muß sich ordentlich müh'n, doch nicht bei den Mädchen aus Lexion so kühn ...

Irgendwie so. Vielleicht soll ich ja etwas bei der Schwester für dich unternehmen, mein Freund, nachdem ich Miss Jilda verführt habe?«

Der junge Leutnant protestierte geziert. Der Hauptmann lachte, nahm seinen Offiziersburschen am Arm und zog ihn ohne Gegenwehr von der Vaga-Manege weg. Als er weitersprach, klang seine Stimme leise, flüsternd. Vielleicht war es Ironie, aber wer konnte das schon wissen? Der Hauptmann war zuvorkommend, und selbst während er mit seinem schlaksigen Offiziersburschen flüsterte, achtete er sorgfältig darauf, gewisse Blicke aufzufangen, die ihm die Flaneure in dem Laubengang zuwarfen. Die Damen warfen den Kopf zurück und fächerten sich eifrig Luft zu.

»Du urteilst zu hart, mein Freund«, sagte der Hauptmann. »Es gilt, ein unbekanntes Land unter Miss Jilda Quistos Röcken zu entdecken. Schon bald wird dein teurer Freund der erste sein, der es erforscht. Aber solange die schöne Jilda mein ist, sollte ich da etwa meinem treuen, loyalen Freund eine einfachere Eroberung mißgönnen ...?«

»O nein, das wollte ich nicht ...« Der arme Leutnant war genauso rot angelaufen wie Miss Jilda einige Augenblicke zuvor.

»Freund, ich weiß doch!« Dem Leutnant war nicht genau klar, was sein Freund wußte. »Aber jetzt beurteilst du dich selbst zu hart! Du bist genauso ausgestattet wie ich ... Nun ja, jedenfalls fast. Aber so manche hübsche Kühne würde liebend gern unter dir stöhnen. Denk nur an die Gelegenheiten, die du verstreichen läßt.«

Der Leutnant hatte oft genug daran gedacht. Aber irgendwie bekam es ihm nicht, wenn er darüber nachdachte. Einmal, ermutigt vom Bier, hatte er seinem Freund gestanden, daß er Damen respektierte, sie zu sehr respektierte, und sich nur bei gewöhnlichen Frauen Erleichterung verschaffte, wie er es ausdrückte. Sein Freund hatte nur gelacht und ihn einen Narren gescholten, aber das stimmte nicht ganz.

Eigentlich stimmte es ganz und gar nicht, und natürlich wußte der Hauptmann das.

»Es wird dunkel«, sagte er gerade. »Zeit für einen kleinen Schluck Abendnektar, findest du nicht auch?«

Der Leutnant strahlte, doch während die jungen Männer zu den Toren des Eldrics-Parks gingen, griff der Hauptmann das alte Thema wieder auf, und seine Stimme klang so süß wie Honig.

»Freund, es mangelt nicht an Behältnissen für deine Lust. Für ein paar Münzen kann sich selbst der gemeinste Soldat vom Latrinenreinigen in den Armen irgendeiner willigen Metze erholen. Es sind genug Schlampen da für alle! Ach, mein Freund, du versagst in deinen Mannespflichten!«

»Ich weiß, Polty, ich weiß!« erwiderte der Leutnant kläglich.

Bei diesen Worten packte der Hauptmann seinen Burschen unvermittelt am Arm, sah ihn erneut an und preßte ihm einen Finger auf die Lippen. »Bohne, als wirklich! Wie oft muß ich es dir noch sagen? Vergiß nicht, daß ich Foxbein bin, Hauptmann Foys Foxbein. Und du bist Leutnant Bage Burry.«

Der arme Bohne fühlte sich daraufhin nur noch elender.

4. »Peitscher«

»Hüh!«

Stephel zog seinem Pferd aufmunternd die Peitsche über, und die Kutsche begann ihre regelmäßige Runde. An jedem Nachmittag während der Varby-Saison, wenn das blauweiße Tageslicht sich rötete und schwand, fuhren die Adligen durch die schmalen Gassen am Königlichen Kursaal und am Eldrics-Park vorbei und dann hinaus durch die Stadttore und an den baumgesäumten Ufern des Riel entlang. Für einige war diese tägliche Promenade eine besondere Freude, füllte sie doch die Kluft zwischen Tag und Abend und bot

Gelegenheiten, bei denen mit einem unmerklichen Blick oder dem Fächeln eines Fächers ein höchst subtiles und intimes Einverständnis zwischen zwei Kutschen hergestellt wurde.

Umbecca nutzte diese Ausfahrt, damit Cata einmal am Tag an die frische Luft kam, und sie zog sie der höchst beunruhigenden Liederlichkeit eines Spazierganges auf den Prachtstraßen oder den allseits beliebten Rasenflächen vor. Eine Unberührte konnte hier mit ihrer Tante in Sicherheit entlangfahren, falls die Fenster der Kutsche mit dichter Gaze verhüllt waren, worauf die Tante bestand. Wie die Vorhanggaze in Catas Zimmer. Es kam Umbecca allerdings nicht in den Sinn, daß eine »verhüllte Kutsche« die Neugier einiger nur noch mehr anfachen würde, vor allem, wenn diese in Frage kommende Kutsche besonders prächtig war und zudem das Wappen eines kaiserlichen Gouverneurs an ihren Türen prangte.

Cata schaute gelangweilt durch den Schleier nach draußen. Heute waren nicht viele Kutschen unterwegs. Der Regen war zwar zu einem feuchten Dunst abgeklungen, aber ganz Varby schien von der bevorstehenden Mittsommernachtswende gepackt zu sein. Von blühenden Bäumen fielen schon die ersten Blätter, und es wurde bereits früher dunkel. Die Kienspanjungen waren schon damit beschäftigt, die Lampen an der Promenade des Eldrics-Parks zu entzünden.

»Ich habe sie immer für sehr vorwitzig gehalten. Für übereilt«, sagte Umbecca.

»Hm? Ach so, Jeli meinst du«, erwiderte Cata gedankenverloren, als könnte man von ihr nicht erwarten, daß sie noch an ihre Cousine dachte. Aber dann raffte sie sich auf und fügte hinzu: »Man mußte immer befürchten, daß Jeli eine überstürzte, unüberlegte Heirat eingehen würde. Herrin Quick hat oft gesagt, daß sie ein impulsives Mädchen wäre. Natürlich hat sie auch wie verrückt mit jedem Gentleman geflirtet, der zu Besuch gekommen ist.«

»Männliche Besucher?« Umbecca spitzte die Lippen. »Bei Quicks sind doch sicherlich keine Gentlemen zu Besuch gekommen?«

Cata lachte. »Aber Tante, du bist komisch! Einige der Mädchen hatten glühende Verehrer – man konnte sie kaum daran hindern, die Tore zu stürmen!«

»Also wirklich, Kind!« Umbecca war schockiert. Sie wußte, daß diese Geschichte eine Lüge war. Aber was sie entsetzte, war, daß ihr junges Mündel eine solche Lüge erzählte. Das sprach wohl kaum für die Tugend eines Quick-Mädchens, und wie alle wußten, war »Tugend« die Parole bei Quicks.

Auf dieser Akademie wurden die blaublütigen Mädchen in den notwendigen Fertigkeiten ihres Geschlechtes ausgebildet – Haltung, Benehmen, Sticken und höfliche Konversation. Aber vor allem in der Neigung zur Reinheit, die, und da waren sich alle einig, das größte Plus eines Mädchens war. Herrin Quick prahlte gern damit, daß ein Quickie, wie sie ihre Mädchen scherzhaft nannte, garantiert ganz schnell eine passende Partie fände, wie Miss Jelica Vance ja offensichtlich bewiesen hatte. Seit mindestens zwei Generationen, obwohl es schon wie eine Ewigkeit wirkte, waren die Töchter der vornehmsten Familien Ejlands Quickies gewesen. Und wenn jedes Jahr eine frische Ladung ihr Debüt gab, sagte man unzweifelhaft von den Vornehmsten und Schönsten unter ihnen, daß sie ebenfalls durch die Portale von Quick ins Leben getreten waren.

Man merkte es sofort.

Das Jahr, das Cata bei Quicks verbracht hatte, war für ihre Tante eine Zeit heimlicher Verzweiflung gewesen. Umbecca mochte ja nie ein Quickie gewesen sein, aber sie kannte die Akademie trotzdem sehr gut. Als junges Mädchen war sie oft an dem großen, schönen Haus auf der anderen Seite der Ollon-Sümpfe vorübergegangen und hatte sehnsüchtig die weißgekalkten Wände angestarrt. Und es stieg heiß in ihr hoch, wenn sie daran dachte, daß Cata jetzt all die Privilegien genoß, die man ihrer Tante verweigert hatte!

Aber es war zu ihrem Besten. Alles nur zu ihrem Besten.

Als Kaplan Feval ihr seinen Plan zum ersten Mal unterbreitet hatte, war Umbecca empört gewesen. Dann jedoch hatte sie allmählich begriffen, worauf er hinauswollte. Welchen Nutzen hatte es, wenn man das Kind in Irion festhielt? Der Gouverneur glaubte, daß sein Sohn sie heiraten würde, aber schließlich war der arme alte Gentleman ja auch senil. Nein, meinte der Kaplan, die kleine Miss Catayane konnte viel nützlicher sein. Hatten sie nicht gehofft, daß Umbeccas armer Ehemann zum Lord ernannt würde? Wohlan, ihre Hoffnungen waren zerschmettert! Aber dennoch stand ihnen möglicherweise ein anderer Weg offen, um der Schande der Provinz zu entrinnen. Miss Cata war ein erstaunliches Kind, fast schon ... exotisch. So mancher Gentleman – oder vielleicht sogar ein Lord – würde teuer für ein solch feines Mädchen bezahlen! Was würde es für Vorteile bringen, wenn man das Kind verheiraten konnte, und zwar gut verheiraten!

Natürlich hatte Feval das alles nur angedeutet, unterschwellig darauf angespielt, und selbstverständlich nicht einfach schamlos ausgesprochen. Bis jetzt hatte Umbecca sogar noch glauben können, daß dieser Plan altruistisch war, ein nobler Akt der Menschenfreundlichkeit, nur zum Besten für die teure kleine Cata.

Doch noch immer brannten dunkle Leidenschaften in Umbecca. Erst kamen die Gier und der verborgene Ehrgeiz.

Dann der Zweifel ... und schließlich der Widerwillen.

Silas Wolverons Tochter bei Quicks?

Es dröhnte unheilvoll am Himmel.

»O meine Güte, hör nur!« sagte die fette Frau. Sie war froh über diese Ablenkung. »Heute müssen wir leider auf Vospers Schleife verzichten, Liebes!«

»Aber Tante, das ist nicht fair! Du hast mich schon seit Tagen nicht mehr zur Schleife hinausgefahren!«

»Aber Kind! Kann ich etwas am Wetter ändern? Ein Sturm kommt auf, da bin ich ganz sicher.« Umbecca klopfte an die Decke der Kutsche. »Stephel! Dreh an den Toren um, hörst du?«

Cata schmollte. Vospers Schleife war ein Teil des Rundkurses und lag außerhalb der Stadtmauern. Der Schlackeweg wand sich von der Landstraße bis zum Fluß hinunter. An einem schönen Tag war es wundervoll, auf das Wasser und die fruchtbaren Wiesen dahinter zu blicken, die von Trauerweiden gesäumt waren. In der Hochzeit des Theron wuchsen dort Wicken und Kletterblumen, und die duftende Luft drang selbst in ihre geschlossene Kutsche. Der Geruch war so stark, daß er selbst den beißenden Gestank nach poliertem Holz und Leder überdeckte.

Es war berauschend; doch wie großartig würde der Fluß erst unter einem regenschweren Himmel aussehen! Cata stellte sich den peitschenden Sturm vor, wie er sie schlagartig überfiel. Sie würde aus der Kutsche stürzen und im Regen tanzen.

Und wie sie tanzen würde!

Manchmal überkamen Cata die merkwürdigsten Bedürfnisse, Sehnsüchte, die ihre Tante schockieren würden, das wußte sie. Und die Mädchen von Quicks auch. Ganz zu schweigen von Herrin Quick. Und den Damen der vornehmen Gesellschaft. Und den Gentlemen ... vor allem dem Gentleman, der sie einmal heiraten würde ...

Was war mit ihr los?

Oh, wie sie sich nach einer Abwechslung sehnte!

»Tante?« fragte sie und summte ein kleines Lied. Einen Varby-Walzer.

Umbecca seufzte. Sie wußte, was jetzt kam. Der Mittsommernachtsball! Aber die fette Frau würde niemals nachgeben. Nicht um alles in der Welt würde sie sich dieselbe Laschheit erlauben, die andere durchaus für angebracht hielten. Ihr junges Mündel durfte das Vaga-Spiel und das Feuerwerk mitansehen, aber Schlag vierzehn mußte sie nach Hause, wie es auch jedes andere unberührte Mädchen tun sollte.

Kein Mittsommernachtsballkleid, keine Quadrille, keine Lexion-Polonaise, kein Holluch-Reigen.

Und kein einziger Varby-Walzer.

Also wirklich! Warum waren sie wohl in die große Welt hinausgegangen? Etwa zum Vergnügen? Die Gentlemen mochten vielleicht mit albernen Mädchen herumpoussieren, aber was wurde aus diesen Mädchen, wenn ihre Blüte befleckt war? Sie konnten noch einen Kaufmannssohn heiraten, wenn überhaupt! Umbecca schüttelte sich allein bei dem Gedanken daran. Sie mußten die Regeln befolgen, und zwar bis aufs I-Tüpfelchen. Nur ein Mädchen mit untadeliger Tugend konnte einen Graf, einen Marquis, einen Herzog oder sogar einen Prinzen zum Gatten gewinnen!

»Pelli bleibt auch«, versuchte es Cata.

»Was meinst du, Liebes?«

»Pelli bleibt. Auf dem Ball.«

Das war Catas bestes Argument. In diesem Jahr war Miss Pelli Pelligrew, ohne ihr Wissen, für Cata eine Stütze und ein Halt geworden. So ein nettes Mädchen, murmelte Umbecca, als sie ihr junges Mündel mit Pelli zusammenbrachte. Und obwohl Cata dem nicht zustimmen konnte, war sie froh über ihre unerwünschte Begleiterin. Pelli befand sich schließlich genau wie Cata selbst im »Wartestand« und litt unter der Fuchtel eines noch schlimmeren Vormundes als sie selbst. Außerdem fehlte es Pelli an Charme, sie war farblos, langweilig und dumm. Cata fand, daß sie ihr in jeder Hinsicht unterlegen war.

An der Akademie gehörte Pelli zu den Mädchen, denen Jeli einmal scherzhaft den Spitznamen *Die Mitgift* angehängt hatte. Mit ihrem sandfarbenen Haar und ihrer öligen Haut schien nur ihre beträchtliche Mitgift der öden Pelli eine Zukunft zu sichern. Jedenfalls behauptete das Jeli und lachte dabei überheblich. Cata hatte nur zu erfreut zugestimmt. Schon bald überschwemmten sie die Akademie mit Witzen über Pellis Mitgift, über deren Schönheit, Tugend und Grazie. Wie lange, so kicherten sie hinter vorgehaltener Hand, würde Pellis Mitgift wohl intakt bleiben? Es war ein wundervolles Spiel, und in dieser Nacht in der Studentinnenverbindung war es am schönsten. Sie nahmen Pelli in die Mitte, drängten sich dicht an sie und riefen: *Mitgift! Mitgift!*, bis Pelli in Tränen aufgelöst war.

»Miss Pelligrew?« sagte Umbecca. »Auf dem Mittsommernachtsball? Also wirklich, Kind, du mußt dich irren. Miss Pelligrews Erzieherin empfindet genau wie ich und würde niemals erlauben …«

Doch das Gespräch wurde nicht weitergeführt. Ein Donnern ertönte, aber es war nicht das Geräusch, das ein nahendes Gewitter ankündigte. Es war ein Dröhnen von Hufen und ratternden Rädern. Adlige würden niemals so schnell fahren!

Umbeccas Blick verfinsterte sich, Catas Augen hingegen glühten.

Ein »Peitscher«.

Sie kannte das Geräusch sehr gut. An verträumten Nachmittagen in der Akademie hatte sie oft mit Jeli am Fenster gesessen und die Fahle Landstraße betrachtet, die jenseits der Sümpfe lag. Sie waren zwar der Welt überdrüssig, oder jedenfalls sahen sie sich gern so, aber die Ankunft eines edlen Gespanns strafte diese Behauptung Lügen. Eine Staatskutsche mit dem königlichen Wappen weckte Träume von Palästen und Prinzen in den Köpfen der Mädchen. Die Barouche oder der Landauer irgendeines vornehmen Lords beschwor Schimären von Bällen und Banketten herauf – oder von vorteilhaften Eheverträgen. Selbst eine schlichte Postkutsche ließ die Mädchen von der Welt hinter ihren Mauern träumen. Aber das Aufregendste war ein »Peitscher«, eine leichte, offene Kutsche, der angeblich die Rennkampfwagen aus Unang Lia Modell gestanden hatten. Nur die kühnsten der Kühnen wagten sich an diese Kutschen heran.

Cata schob rasch den Gazevorhang vor dem Fenster beiseite.

»Kind!«

Catas Verhalten war schockierend, absolut unerzogen. Aber als sich Umbeccas junges Mündel zu ihr umdrehte, sah die Tante, daß Cata selbst fassungslos war. Das junge Mädchen sperrte ungläubig den Mund auf, und ihr Gesicht war kalkweiß.

»Kind! Was ist los?«

»Tante, das ist Pelli!«

»Miss Pelli Pelligrew?« Was meinte das Mädchen damit?

»Wow!« Die männliche Stimme klang jung und ausgelassen. Die Pferde schnaubten, als der »Peitscher« neben sie fuhr. Umbecca war entsetzt. Der Kutscher war Mr. Burgrove, ein höchst unmoralischer junger Mann, und auf dem Kutschbock neben ihm saß, in aller Öffentlichkeit, schamlos lachend Miss Pelli Pelligrew!

»Teure Miss Veeldrop, ich grüße Euch!« Mr. Burgrove hob den Hut und verteilte damit Regentropfen über ... natürlich, über Umbeccas Haube!

Die fette Frau schrie auf. Von allen Gentlemen in Varby fürchtete sie in dieser Saison Mr. Jac Burgrove am meisten. Er war außerdem eigentlich gar kein richtiger Gentleman. Alles an ihm zeigte seinen Mangel an Bildung, von seiner Krawatte aus goldfarbenem Tuch, die an seinem Hals erstrahlte, bis zu den übergroßen Schnallen an seinen glänzenden Schuhen. In ihrer Unterkunft hatte Umbecca den Dienstmädchen befohlen, Herrn Burgrove freundlich, aber bestimmt klarzumachen, daß Miss Veeldrop nicht zu Hause war. Soll der anmaßende Kerl seine Aufmerksamkeit doch auf jemand anderen richten, hatte Umbecca gedacht. Allerdings hatte sie nicht erwartet, daß er ausgerechnet die kleine Miss Pelligrew damit beehren würde.

Sie hatte das Mädchen mit Cata zusammengebracht, weil sie glaubte, daß Pelli eine sichere Bank war – ein guter Einfluß!

Umbeccas Miene verfinsterte sich vor Wut.

Jac Burgroves Pferde stampften und schnaubten.

»Catty, es ist ein unglaubliches Vergnügen!« rief Miss Pelligrew. Sie schrie doch tatsächlich über die ganze Straße! »Jac hat mich auf den Rundkurs mitgenommen. Wir sind so schnell gefahren, wie wir konnten. Und jetzt versuchen wir, noch vor dem Regen wieder zurückzukommen!«

Pelli kicherte und drehte wirbelnd ihren Schirm.

Cata war kalkweiß, und Ärger und Neid raubten ihr fast die Besinnung.

»Catayane, schließ das Fenster!« befahl Umbecca energisch. Dann wandte sie sich verwirrt dem anderen Mädchen zu. »Miss Pelligrew, was fällt Euch ein? Wo ist Eure Anstandsdame?«

»Wollt Ihr uns nicht Gesellschaft leisten, Miss Veeldrop?« rief Jac Burgrove und deutete einladend auf den Kutschbock neben sich.

»Catayane, setz dich!« Hastig klopfte Umbecca dem Kutscher. »Stephel! Fahr weiter!«

Die Kutsche begann sich in Bewegung zu setzen, und Cata fiel auf ihren Sitz zurück. Die jungen Leute im »Peitscher« johlten und lachten. Jac Burgrove ließ die Peitsche knallen, und sie donnerten davon. Die behäbige Kutsche überholten sie im Handumdrehen.

Catas Wangen brannten, und ihr standen heiße Tränen in den Augen.

»Die arme Catty«, drang ein Schrei durch die Luft. »Sie ist ja so ein braves Mädchen!«

5. Fünf Briefe

Teuerste, teure Madam ...

Euer letztes Schreiben liegt vor mir auf dem Sekretär, während ich dies hier verfasse. Hat seit Eurem letzten, Eurem vorläufig letzten Brief etwas Wertvolleres hier gelegen? Vielleicht erinnere ich mich ja noch an einen Tag, an dem Eure Hand, Eure teure Hand höchstpersönlich, einen zärtlichen Augenblick verweilte, als ihr neben mir ruhtet, damals, in den Tagen (wie weit entfernt sie doch scheinen!), als die Distanz, die grausame Entfernung, noch keine Barrieren zwischen uns errichtet hatte! Aber würde ich auch nur einen Hauch von mangelndem Respekt einer Lady gegenüber riskieren, die wie eine ätherische Erscheinung über all dem schwebt, das bloß zum Reich des Fleischlichen gehört? Ach, laßt solche Grobheiten nicht durch einen Busen flattern, in dessen Herzen die fünf Tugenden wie in ihrem Namen eingraviert sind! B-E-C-C-A.

Euer Brief hat mich auf eine leidenschaftliche Reise mitgenommen. Kann denn das Große Rad selbst, das seine Kreise durch die Luft des Ollon-Lustgartens dreht (Ach, könnten wir doch zusammen in der Hauptstadt sein!), mein Sein mit Empfindungen durchfluten, die schmerzhaft zwar und dennoch wundervoll sind? Habe ich in Eurer phantasierten Gesellschaft nicht zunächst das Lachen mit Euch geteilt, dann den Zorn und anschließend (oh, wie wunderbar!) Tränen, köstliche Tränen, die auf Eure Seiten getropft sind, bis sich (o weh!) Eure süße Tinte auflöste und verlief? Mit welchem Witz und wie stilsicher Ihr die Varby-Promenade beschreibt! Könnte die Feder von Coppergate selbst, dieses tintige Rapier, die Possen des Brunnenzimmers oder den Königlichen Kursaal schärfer skizzieren? Und dann (Jetzt tönen die Stentorakkorde!), mit welcher Rechtschaffenheit enthüllt Ihr das Böse, die Verdorbenheit, die wie ein gieriger Krebs am Herzen der Gesellschaft frißt! Wie hell Euer eifriges Feuer brennt! (Ist das Gouvernantentum und das damit verbundene Böse jemals genauer, gerechter gegeißelt worden?) Teure Dame, gehörtet Ihr zum starken Geschlecht, würden Eure Deklamationen wie eine Glocke durch die Lande hallen und dieses Königreich auf den Pfad zurückrufen, auf dem alle eigentlich sanftmütig schreiten sollten, mit demütigem Blick und in den Fußstapfen des heiligen Herrn Agonis! Was sage ich! Ihr solltet der Seelenlehrer von ganz Ejland sein! Nur ein Dummkopf würde seine Zeit mit Dr. Tonsons *Wanderer* vertun, mit Mr. Eddingtons *Der Spekulant!* Hah, und wer (aber sprecht es nicht aus!) würde noch dem Erzmaximus zuhören, wenn er seine moralische Lektion von einem männlichen B-E-C-C-A bekommen könnte?

Aber gepriesen und gedankt sei dem Herrn Agonis, daß der süße, *heimliche* Lehrer meiner Seele tatsächlich dem schwachen Geschlecht angehört, denn wer sonst als diese höchst ehrfurchteinflößende Kreatur der Schöpfung – ich spreche, selbstverständlich, von einer TUGENDHAFTEN FRAU! – könnte mein Herz vor mitfühlenden Tränen überfließen lassen, wenn ich von Eurer Sorge um Euer junges Mündel lese, Eure *Mehr als nur eine Tochter*? Aber teuerste Dame, fürchtet nicht um sie, ich flehe Euch an. Denn muß nicht alles gesegnet sein, das in der Aura Eurer gewaltigen Ausstrahlung liegt? Es ist wahr, die Herkunft des Mädchens ist von Nachteil, aber wurde sie nicht gezogen, gezähmt und zurechtgeschnitten wie ein wilder Wein, der sich um den festen Stengel der Rechtschaffenheit windet? Ihr zittert um die Unversehrtheit dieses

Jungfernhäutchens, das dieser verdorbene Jemany so barbarisch verletzt hat, aber denkt – denkt doch nur! –, daß Eure *Mehr als eine Tochter* nun unter dem Schutz dieses Busens ruht, in dem alle Tugenden zu finden sind: Barmherzigkeit, Edelmut, Charisma, Charme und Altruismus!

Doch halt, Euer teurer Gatte ruft mich wieder an seine Seite, und ich muß eilen.

Ich verbleibe
mit allem Respekt
in der Liebe des Herrn Agonis
und bin, meine liebste Dame,
Euer untertänigster geistiger Diener
E. Feval

P. S.: Stimmt es, daß eine neue Reihe von »Varby-Entführungen« diese wundervolle Stadt in Angst und Schrecken versetzt, in der ich einst so unbeschwerte Tage verlebte? Sagt mir, daß es nicht wahr ist! Aber (leider!) kommt die *Gazette* zu spät in diese ferne Provinz. Ich bete darum, daß sich alles wohl verhält, wenn Ihr diesen Brief erhaltet, und es sich bei diesen Gerüchten nur um Klatsch handelt.

Teuerster geistiger Gefährte,
Eure wundervollen Worte haben mein Herz gerührt. Welcher Trost, welche Freude zu wissen, daß es selbst in diesen verdorbenen und frevelhaften Zeiten einen gibt, wenigstens einen in der weiten Welt, dem eine einfache Frau unverstellt ihr Innerstes öffnen kann. Wenn wir nur wieder zusammensein und unsere täglichen Gespräche genießen könnten, die uns so lange eine so glühende und so süße Befriedigung bereitet haben!

Mein Teuerster, Catayane bereitet mir immer noch Sorgen. Es ist klar, daß sie ein ungewöhnliches Mädchen ist, aber andere junge Damen haben einen ganzen Zyklus bei Quicks verbracht, bevor sie ihr Debüt gegeben haben. Kann denn schon die Zeitspanne von fünf Jahreszeiten alle Spuren ihres früheren Lebens ausradieren? Ihr schreibt, das Mädchen sei gezähmt und geformt worden, aber Eay, ich erhasche immer öfter einen Blick auf ihr eigensinniges Wesen. Und immer häufiger sehe ich Spuren von dem Mädchen, das sie einst gewesen ist. Ihre Augen blitzen vor Trotz. Die Zofe berichtet, daß sie unruhige Träume habe. Kann sie wieder zurückgleiten? O betet, betet, daß sie uns nicht verlorengeht, bevor wir sie in ein vornehmes Haus verheiratet haben!

Wahrlich, sie ist nicht schlimmer als viele ihrer Altersgenossinnen. In meinen Jugendjahren waren meine Entbehrungen größer als all das, was diese Mädchen im Wartestand erdulden müssen. Meine Schönheit sollte als Zweitgeborene verwelken, unerkannt und ungesehen. Aber hat mich nicht der Glaube gelehrt, mein Schicksal tapfer und mit Gleichmut zu ertragen und für jede kleine Gabe dankbar zu sein, die mir zufiel? Welche Tugenden dürfen wir von Mädchen erwarten, die nicht einmal mit Geduld die trivialen Unbequemlichkeiten der Varby-Frist ertragen können?

Aber ich bin müde, und ich kann nicht weiterschreiben. Fragt mich nicht nach diesen »Varby-Entführungen«! Ich fürchte um Catayane, das ist wohl wahr, aber niemals werde ich zulassen, daß meine Wachsamkeit auch nur für einen Augenblick nachläßt, wie bei einigen Schlampen von Gouvernanten! Es gibt immerhin ein paar Dinge, die ich nicht fürchte.

Ach Eay, wenn ich doch noch einmal zu dem Rhythmus Eurer Litanei beben könnte! Hingerissen von der Festigkeit Eurer Rechtschaffenheit! Schreibt mir, mein Teuerster, von den Angelegenheiten in der Provinz, damit ich mir vorstellen kann, wie wir beide in meiner Kemenate in Irion sitzen. Wie sehr ich mich auch nach der berauschenden Luft von Agondon sehne, die ich so lange nicht mehr geatmet habe, so weiß ich doch, daß es nur ein albernes Lüftchen ist, wenn Ihr nicht an meiner Seite seid.

Verwünscht seien die Pflichten, die uns trennen!

Teuerster, ich bin für immer

Eure

U.

P. S.: Ich habe den beigefügten Brief von unserem lieben Poltiss erhalten. Er ist kein allzu fleißiger Schreiber, wie er auch selbst einräumt, aber er ist so ein einfacher, guter Junge! Ich habe Angst um ihn in der Wildnis von Zenzau (Kann das denn sein?), aber ich vertraue darauf, daß er sich im kaiserlichen Dienst auszeichnen wird; ebenso vertraue ich darauf, daß er reichlicher und großzügiger belohnt wird als einige andere!

Aber ich darf mich jetzt nicht über dieses peinliche Thema grämen.

(In demselben Umschlag:)

Geehrte HERZENSMUTTER,
entschuldigt, darum bitte ich Euch, die vielen Mondleben, die verstrichen sind, seit sich mein Stift das letzte Mal gerührt hat. Aber warum bitte ich um Vergebung, wenn die Vernachlässigung einer so teuren Person niemals aus dem Buch der Sünden getilgt werden kann? Dort wird sie unter meinem Namen eingraviert bleiben, und ich kann nur darum beten, daß die Liste meiner Tugenden länger werden wird! Aber teure MUTTER, hier in dieser abgelegenen Wildnis kann Euer armer HERZENSSOHN nur phantasieren, daß sein ganzes Leben vorher lediglich ein zärtlich Traum war, nicht mehr! Trotzdem (wie Ihr und mein EHRENWERTER VATER es mich gelehrt habt) muß ich diesen Schmerz ertragen, damit unser glorreiches Reich die barmherzige Liebe des heiligen Herrn Agonis überall hinbringt, selbst an Orte, an denen vollkommene Finsternis herrscht.

Ihr versteht sicher, daß ich nicht schreiben darf, wo ich mich befinde (Nur eins sollt Ihr wissen: Ich bin weit, weit weg!). Laßt mich nur andeuten, daß man Gerüchte (allein, was heißt schon Gerüchte?) über einen neuen Feldzug der Zenzaner hört. Kann es denn wahr sein, daß die Rebellen in den Steppen von Derkold eine neue »Mistgabel-Armee« ausheben, wie man sagt? Oh, wie barbarisch! Aber zittert nicht um mich, Mutter, wie ich meinerseits darum ringe, nicht zu zittern, wenn ich an die Prüfungen meiner LIEBEN CATAYANE denke. (Wie fürchte ich um sie in der mondänen Welt! Können sie denn wahr sein, diese Geschichten, die mir zu Ohren drangen, selbst hier, teure MUTTER, über diese »Varby-Entführungen«? Betet, betet, daß meine HERZ-SCHWESTER sicher sein möge, vor allem, was solch ein zartes Pflänzchen verletzen könnte!)

Wie wünschte ich mir, daß wir nicht hätten marschieren müssen! Möge unsere liebe FAMILIE an einem schönen Tag wieder zusammensein, in der Sicherheit von Irion ... Euer armer SOHN kann nur wünschen, daß es so kommen möge und daß er bald, bald – aber seine Pflichten fesseln ihn hier! – wieder seine teure MUTTER an seinen pochenden Busen drücken möge, wie auch seine SCHWESTER und (ach, wie sehr zittre ich auch um diesen armen Gentleman!) seinen höchst VEREHRTEN VATER, dessen erlöschenden Augen Ihr, liebe MUTTER, noch einmal solche Freude beschert habt!

Ich verbleibe
Euer liebender
POLTISS

(Ach, küßt nur, küßt unsere LIEBE CATAYANE von mir!)

Grausame Madam!

Was können diese Episteln anders anrichten, als mir Schmerzen zu bereiten? Ah, meine Liebe, aber es ist ein süßer Schmerz, wie alles nur süß sein kann, das von einer so feinen Dame kommt. Eine DAME, sage ich, im wahrsten und aufrichtigsten Sinne des Wortes. Denn gilt im Geiste diese gewisse »B-E-C-C-A Lady« nicht soviel wie die größte, die stolzeste Baroneß, Gräfin oder Herzogin im Lande? (Gewiß mehr, und damit will ich es bewenden lassen, als diese pompöse Witwe Constansia Cham-Charing!) Ich gelobe, daß eines Tages, eines bestimmten Tages, das, was in den Herzen all derer anerkannt ist, die Euch lieben, von allen zugegeben wird, in aller Öffentlichkeit. Sagt nicht, daß Ihr verwelkt seid –

»O brich, mein Herz, brich, wenn dies wahr sein sollte!«

Teure Dame, der Weg, der vor uns liegt, mag beschwerlich sein, aber die Zeit Eures Aufstiegs naht rasch heran, ich weiß es!

Dennoch rühren mich Eure weiblichen Ängste. Das Mädchen, das muß man zugeben, war immer ein Risiko, aber können wir sagen, daß es ein Risiko ist, das sich schon als nicht lohnenswert herausgestellt hat?

Beschwichtigt Eure Ängste, meine Liebe, und überlaßt das Mädchen dem offenen Meer der besseren Gesellschaft! Was aus ihr wird, könnte von großem, was sag ich, *unermeßlichem* Vorteil sein.

Aber halt, ich werde in den Glasraum gerufen und muß abbrechen.

(Ich fahre fort)

Ihr habt mich gebeten, von den Angelegenheiten im Lande zu schreiben, aber wie könnte ich mich Euch gegenüber, meine Liebe, über das Schafescheren im Tal von Rodek auslassen, über einen Überfall im Trägen Tiger, eine Vaga-Hinrichtung auf dem Dorfanger? Einer Lady gegenüber, die schon lange innerhalb der Mauern des vornehmen Lebensstils eingekerkert ist, könnte ich diese Themen vielleicht mit pastoralem Charme ausschmücken. Doch was außer Ekel und Überdruß kann ich schon bei einer Dame von so ungekünstelter und erlesener Sensibilität hervorrufen?

Jedoch gibt es eine Angelegenheit, die sich vielleicht geziemt, Euch zur Kenntnis zu bringen. Teure Dame, es geht um Euren Ehemann. Leider konnte seinem Verfall kein Einhalt geboten werden. Er erhebt sich nur noch selten von dem großen Bett, das jetzt die *Lichtung*, wenn ich so sagen darf, in dem Raum füllt, aus dem ich soeben zurückgekehrt bin. Die Feldscher sind nutzlos, weil sie kein Gegenmittel wissen außer Blutegeln, Abführmitteln und der Knochensäge. Während ich dies hier schreibe, ist der alte Mann wie eine Blase aufgebläht, voller Exkremente und Eiter, und droht jeden Augenblick zu platzen. Ich bete, daß eine kleine lokale Erleichterung es ihm für eine Weile erträglicher macht. Denn wenn schließlich seine Beförderung kommt (Teure Dame, beachtet meine Worte!), dann kann er sie nur empfangen, wenn er noch lebt! (Habe ich schon erwähnt, daß ich dem Unter-Staatssekretär geschrieben habe? Oh, betet, daß Eure Hoffnungen nicht schon wieder zunichte gemacht werden!)

Aber teure Dame, wie müssen Euch meine Worte schmerzen! Wie untröstlich müßt Ihr sein, daß Ihr nicht an seiner Seite weilen könnt! Daß jemand wie Ihr zerrieben wird zwischen den Pflichten als Ehefrau und Mutter, ist eine Tragödie, die nur der Feder eines Coppergate wert ist!

Meine Teure, jetzt und für immer,

Euer

Eay

(Mein armer, armer Kommandeur! Meine arme, arme Lady!)

6. *Das Vaga-Tor*

Klack-klack! Klack-klack! machte das Holzschwert an den Eisengittern des Eldrics-Parks. Es war eins der Schwerter des Schwertspiels, und der Junge in Rot hielt es in der Hand. Er summte beiläufig eine kleine Melodie, während er über den breiten gepflasterten Weg schlenderte.

Schicksal-Blau ging ein gutes Stück voraus, drehte sich um und rief: »Wir sollten uns lieber beeilen!« Seine Stimme klang beunruhigt. Die kleine Gruppe hatte keinen Nachtstempel und mußte vor Einbruch der Dunkelheit die Stadt verlassen haben. Es dämmerte schon, und die Lampen wurden angezündet.

Der rote Junge stürmte vor und schwang sein Schwert: »Zur Bresche! Zur Bresche!« Das goldfarbene Schwert blitzte in dem wäßrigen Licht des Sonnenuntergangs auf. »Zieht, Sir Rajal!«

Sein Gefährte zischte ihm jedoch nur zu: »Hör auf damit, Nova!«

Edelleute, die den Park verließen, drehten sich nach ihnen um. Andere konnten sie aus ihren Fenstern auf der anderen Straßenseite sehen. Was stand da noch in der Direktive Nummer 3? *Die Kinder des Koros müssen die öffentlichen Wege leise und mit gesenktem Blick passieren und immer dafür sorgen, durch ihre Gegenwart so wenig Anstoß wie möglich zu erregen.* Es stand unübersehbar auf ihrem Passierschein.

Warum war Nova nur solch ein Narr? Es war schon schlimm genug, daß er ihr Spiel ruiniert hatte. Wußte er nicht, daß es immer nach demselben Schema ablaufen mußte?

Eines schönen Tages würde er sie noch alle in Schwierigkeiten bringen.

Sie waren zu viert auf dem Rückweg ins Vaga-Lager. Eigentlich waren sie fünf, wenn man die Taube mitzählte, wie Myla es gern tat. Myla war Rajals kleine Schwester, das kleine Mädchen, das Gold-Grün spielte. Ihre Beine waren genauso kurz und pummlig wie ihr übriger Körper, aber sie bemühte sich, Schritt zu halten, und lief beherzt hinter den Jungs her. Auf ihrer Schulter hockte der Lockvogel. Er hieß Eo.

Der Rote Spieler war der eigentliche Kämpfer ihrer kleinen Gruppe. Er bot einen merkwürdigen Anblick. Der ungeschlachte Bursche erregte genauso Aufmerksamkeit wie der ausgelassene Nova. Wenn er sich vergaß, dann blieb der große Mann stehen und betrachtete ausführlich das Gras zwischen den Pflastersteinen oder die grünen Stachel der Gitter oder einen dicken Ulmenzweig, der über ihre Köpfe hinausragte. Mit ausdruckslosem Gesicht und schlaff herabhängenden Händen sah er dann fasziniert zu, wie ein einzelnes trockenes Blatt sich von einem Zweig löste und langsam zu Boden schwebte.

»Zady, komm schon!« rief Myla von Zeit zu Zeit, lief zurück und zog an seiner Hand.

»Armer Raj!« sagte Nova. »Alles was du jemals sagst, ist: ›Nova, tu das nicht!‹ Kannst du nicht einmal sagen: ›Nova, tu das!‹?«

»Das kann ich mir nicht vorstellen.« Rajal schritt zielstrebig weiter. »Und jetzt kommt endlich. Es wird bald regnen!«

Nova drehte sich auf den Fußballen herum, schwang sein Schwert hoch in der Luft und ließ es dann fallen.

»NOVA!«

»Bakschisch?« sagte der Torwächter am Vaga-Tor.

Runzlige Finger rieben ungeduldig aneinander, während sich Rajal abwendete und sich mit dem Strick des kleinen Lederbeutels abmühte. Er war verärgert. Normalerweise hatte er das Bakschisch bereits in der Hand, aber heute abend hatte Nova ihn abgelenkt.

Zwei Wachen standen am Tor – oder vielmehr, sie kauerten dort. Sie hätten eigentlich auf beiden Seiten der Tür stehen sollen, mit ausdruckslosen Gesichtern und mit geschulterten Musketen. Statt dessen kicherten sie und rauchten Tobarillos. Einer hatte sich nicht einmal die Mühe gemacht, sich zu rasieren. Sein Kinn war stopplig wie ein Kornfeld im Harion, nach der Ernte. Der andere hatte sich seine Jacke mit Bier vollgekleckert.

Schließlich schoben sie nur Vaga-Wache.

»Beeil dich, Abschaum«, befahl Harion Kornfeld und drückte Rajal sein Bajonett in die Seite.

Rajal lief vor Wut rot an. Myla summte eine alberne Melodie, und er hätte ihr gern befohlen zu schweigen. Seine Finger rutschten ab, und die Münzen fielen klirrend zu Boden. Sofort waren Nova und Myla neben ihm und klaubten sie wieder aus dem Schlamm.

Die Wachen brüllten vor Lachen. Die kleinen braunen Hände fegten die Münzen zusammen und hoben sie auf. Der Vogel auf der Schulter des Mädchens öffnete verschlafen die Augen und krächzte.

Glühend vor Scham schob Rajal dem Torwächter eine Münze zu.

»Pah!« sagte der nur.

Eine zweite Münze.

Dann eine dritte.

Schließlich drehte sich der alte Mann gelangweilt um und öffnete eine Schublade unter dem Tresen seines Häuschens. Er zog den Passierschein heraus, den die kleine Gruppe heute morgen übergeben hatte, damit sie in die Stadt durfte. Er warf einen Blick darauf, zählte die Vaga-Gruppe auf einem Abakus ab, eins, zwei, drei, vier, schnüffelte und ließ den Passierschein in den Dreck fallen.

Die Wachen schüttelten sich vor Lachen, als Rajal sich rasch nach der zerknitterten Karte bückte und sie aus der schlammigen Pfütze zog.

»Gute Einnahmen, Vaga-Abschaum?« meinte Bierjacke verächtlich, als die kleine Gruppe das Tor passieren wollte.

Rajal schlug die Augen nieder. *Das Schwein will mich nur reizen, das ist alles.* Es war für Vaga verboten, innerhalb der Stadtmauern mit Ejländern zu sprechen. Wenn Rajal antwortete, dann würde man ihn an den Haaren ziehen, ihm eins hinter die Ohren geben und ihm in den Hintern treten.

Oder so ähnlich.

»Ich sagte, gute Einnahmen? Wir haben eure Einnahmen gesehen, Junge. Bakschisch, Bakschisch.«

Rajal unterdrückte eine Erwiderung. Hatte er denn nicht schon genug gegeben? Außerdem waren ihre Einnahmen so gut wie nichts wert. Kleingeld, fleckige kleine Bronze- und Kupfermünzen, Einer, Fünfer und Zehner. Alles zusammen machte das kaum eine Krone aus, geschweige denn eine Epikrone. Was glaubte das Schwein denn, was sie waren? Silbermasken? Sie waren Wanderspieler. Auf den Straßen wurden sie ausgeraubt, und ihre Lager wurden überfallen. Das Gesetz schützte sie nicht, aber trotzdem wurden sie ohne Gnade von der Steuer geschröpft. Wo auch immer sie hingingen, streckten sich ihnen die hellen Handflächen der Ejländer entgegen, wie die von diesem Schwein, und verlangten Bakschisch, Bakschisch ... Aber Ejländer, das wußte Rajal, glaubten, daß alle Vaga reich wären, Bündel von Blauen Ejards in ihre Wämser eingenäht und geheime Taschen mit Silber und Gold vollgestopft hätten, mit glänzenden Epikronen und Sovereigns und Tirals und Therons mit ihrer geschwungenen Prägung. Rajal hätte am liebsten gelacht. Der einzige Theron, den er je gesehen hatte, war aus Lehm gewesen, und er war zwischen seinen Zähnen zu Staub zerkrümelt.

Er griff gerade nach dem kleinen Lederbeutel, als Nova ihm energisch in die Seite stieß.

»Wir haben doch bezahlt!« zischte Nova.

»Was war das, Vaga?« Grinsend drehte sich Harion Kornfeld zu dem in Rot gekleideten Jungen um. »Hier haben wir wohl einen frechen kleinen Bettler, was?«

Rajal sandte ein lautloses Gebet zum Himmel. *Koros aus dem Fels, hör dein Kind. Bring Nova zum Schweigen. Bitte!*

Aber Nova schwieg nicht. Er musterte den Wachtposten kühn. »Ich sagte, wir haben bezahlt.«

Bierjacke schnaubte verächtlich. »Du Vaga-Balg, du hast noch nicht mal angefangen zu bezahlen!« Er trat vor und hob die Muskete. Im nächsten Moment stieß er einen erstickten Schrei aus. Die Muskete fiel polternd zu Boden.

»Schaff ihn mir vom Hals! Schaff ihn mir vom Hals!« keuchte Bierjacke.

Es war Zady. Der große Mann war vorgesprungen und hatte Bierjacke die Hände um den Hals gelegt. Harion Kornfeld holte mit dem Kolben seiner Muskete aus und schlug sie dem Angreifer mit voller Wucht gegen den Kopf. Diesmal mischte sich niemand ein.

Zady fiel zu Boden.

Harion Kornfeld trat ihm gegen den Kopf.

»Oh, hört auf! Hört doch auf!« jammerte Myla. »Er ist doch nur einfältig, seht Ihr das denn nicht! Hört doch bitte auf!«

»Schnauze!« blaffte Harion Kornfeld, aber es war nicht ganz klar, ob er Myla oder seinen stöhnenden Kameraden meinte. Bösartig musterte er die Vaga. Myla kniete neben Zady und tröstete ihn. Sie half dem großen Kerl hoch, bis der schwankend auf den Beinen stand. Über ihnen flatterte nervös die Taube.

Ein gerissener Ausdruck glitt über das unrasierte Gesicht der Wache. Sie hätten die Vaga auf der Stelle verhaften und sie ins Loch werfen können.

Aber das wollte er gar nicht.

Harion Kornfeld hielt seine Hand auf. Rasch riß Rajal den Beutel von seinem Wams und drückte ihn dem wartenden Wächter in die Hand.

Dröhnendes Gelächter folgte den verängstigten Vaga, als sie durch das Tor stürmten und sich aneinanderklammerten. Nur der alte Mann in dem Häuschen schwieg, sah ihnen mürrisch zu und bohrte mit einem runzligen Finger in der Nase.

Aber gleich würde er seinen Anteil aus der Börse verlangen.

»Verdammt! Verdammt!« Rajal trat wütend gegen die Steine der Stadtmauer. »Alles, was wir verdient haben. Alles, was wir hatten. Futsch!« Er drehte sich wütend um, wütend auf seinen Gefährten, seinen Partner, seinen Schwertbruder. »Bist du jetzt zufrieden, Ejländer? Hast du deinen Gefühlen Luft gemacht?«

»Raj, es tut mir leid. Ich weiß, daß es falsch war. Aber es lag an der Art und Weise, wie dieses Schwein dich angesehen hat. Ich habe es nur für dich ...«

»Für mich!« spie Rajal förmlich aus. Er schlug Nova gegen die Brust. Der rotgekleidete Junge stolperte zurück. »Ejländer, wenn dir das nächste Mal danach zumute ist, etwas für uns zu tun, laß es sein. Laß es einfach sein. Wir brauchen dich nicht. Wir kommen auch ohne dich hervorragend zurecht ...«

Es regnete, und Myla kümmerte sich, mittlerweile beunruhigt, um Zady. Der große Mann hatte eine Gehirnerschütterung und konnte nur unbeholfen gehen. Er schwankte, und seine Beine gaben unter ihm nach.

»Bruder Raj, so hilf ihm doch!«

Aber ihr Bruder hörte nicht zu.

Wütend stürmte Rajal weiter, über den schlammigen Weg, der zum Lager führte. Außerhalb der Stadttore war die Welt nur eine aufgewühlte Masse aus Schwarz und Grün, Grau und Braun, Rot und Blau. Über ihnen drohte ein finsterer Himmel jenseits der Hügel, und am Fuß des Tals schäumte der reißende Riel und trat ungestüm über seine Ufer. Sie gingen zwischen einer dichten Ulmenreihe hindurch, die das Vaga-Lager von Varby abschirmte.

»Ihr kommt ohne mich aus?« Rajal wirbelte herum, als Nova seinen Arm packte. »Klar. Wie damals in dem Hinterhalt in Jarl. Oder beim Überfall am Lygar-See. Was willst du tun, Raj? Willst du dich immer weiter treten lassen? In Ärsche hineinkriechen und dich für diese Gnade auch noch bedanken?«

»Immerhin hat man mir nicht beinahe das Gesicht zertreten ...«

»Und ich bin nicht auf dem Boden herumgekrochen ...«

»Bruder Raj«, jammerte Myla, »irgendwas stimmt mit Zady nicht ...«

Aber Rajal hatte nur Augen für den Jungen in Rot. Er lachte verbittert auf. »Ja, ich *bin* gekrochen. Das ist ekelhaft, stimmt's? Es ist ekelhaft, daß ich nicht unsere ganzen Einnahmen weggeben wollte, sondern nur einen Teil, weil wir dagegen nichts machen können. Es ist ekelhaft, nicht die Nacht in einer Zelle verbringen zu müssen und am frühen Morgen genüßlich ausgepeitscht werden. Es ist ekelhaft, daß ich nicht unseren Passierschein verloren habe, so daß wir wieder nach Norden in die Gefangenenlager zurückgeschickt werden. Ekelhaft, wirklich ekelhaft. Aber, natürlich, ich hab's vergessen ... Du warst ja noch nie in einem Gefangenenlager, hab ich recht, Ejländer?«

»Oh, Raj, Raj«, murmelte der Junge in Rot. Er knirschte mit den Zähnen und runzelte die Stirn. Während dieser Vorwürfe war er langsam im Kreis herumgegangen und hatte zweimal mit der Faust in die offene Hand geschlagen. Der Regen tropfte an ihm herunter, und bald würde die dunkle Farbe in seinem Haar ausgewaschen sein.

Rajal ließ nicht locker. »Oh, ich weiß nicht, was du getan hast, und ich weiß auch nicht, warum du wegläufst. Aber du bist weit genug gekommen, Ejländer, stimmt's? Die Täler der Tarn sind tausend Jels weit entfernt. Warum wäschst du dir nicht einfach diesen Beerensaft ab und kehrst zu deinesgleichen zurück? Sie werden deine weiße Haut lieben und dein strohgelbes Haar. Warum trittst du nicht ins Militär ein, hm? Als Blaurock, warum nicht? Das ist ein einfaches

Leben. Du hockst dich in einen nach Pisse stinkenden Torbogen, hältst den ganzen Tag die Hand auf und sagst: ›Bakschisch, Bakschisch ...‹«

Nova hatte sich abgewendet, als wollte er nicht, daß sein Freund ihn sehen konnte. Doch dann wirbelte er herum und schlug Rajal die Faust ins Gesicht. Im nächsten Moment lagen die Jungen auf der Erde, rangen miteinander, schlugen und traten sich. Einen Augenblick später sprang Nova auf und rannte blindlings in den Regen hinaus. Er stürmte durch das Ulmenwäldchen und war verschwunden.

Rajal ließ sich wieder in den Schlamm sinken. Seine Nase blutete, und etwas schmerzte in seiner Brust.

Ach, Nova, Nova.

Dicke Regentropfen klatschten ihm ins Gesicht.

Myla schüttelte ihn an der Schulter.

»Bruder Raj, irgendwas ist mit Zady. Er kann nicht gehen. Er bewegt sich gar nicht mehr, Bruder Raj. Oh, bitte, Bruder Raj, hilf ihm!«

7. *Die Heilung*

»Zady ... Lieber Zady.«

Runzlige Finger strichen das blutverschmierte Haar zurück. Schweratmend lag der große Mann auf einer der beiden Bänke, die sich an den Seiten des vollgestopften Wohnwagens befanden. Die Wunde auf seiner Stirn war tief.

»Er stirbt doch nicht etwa, Große Mutter?«

»Aber nein, Mädchen!« Die Große Mutter drehte sich zu dem Ofen um, der in der Mitte des Wagens stand. Auf einem Dreibein erhitzte sie eine kleine Messingpfanne. »Cousin Zady hat einen Schlag auf den Kopf bekommen, mehr nicht. Der Hieb hätte ausgereicht, jedem anderen Burschen den Verstand zu rauben. Aber mein armer Vetter hatte schon längst keinen Verstand mehr, als er heute durch das Varby-Tor gegangen ist, stimmt's?«

Mit einem Lächeln nahm die alte Frau das Pfännchen vom Herd, hielt es sich unter die Nase und sog den Duft tief ein. Allerdings war das gar nicht nötig, denn das schwere Aroma erfüllte den Wagen. Es war eine machtvolle Mischung aus Kräutern und Gewürzen, Tränken und Pulvern, die die Große Mutter rasch aus ihren vielen geheimnisvollen Fläschchen und Beuteln, Kanistern und Phiolen zusammengebraut hatte. Ohne auf die Hitze zu achten, nahm sie eine Handvoll heraus und trug die Salbe dick auf Zadys Wunde auf.

Der Vogel auf Mylas Schulter zwinkerte erwartungsvoll. Anscheinend war er mit der Macht der Großen Mutter zufrieden. Myla auch. Sie hatte die Augen aufgerissen und sah die alte Frau liebevoll und bewundernd an. *Werde ich eines Tages dieselbe Macht haben wie die Große Mutter?* dachte sie. *Werde ich dann selbst eine Große Mutter werden?* Sie wagte es nicht, diese Frage zu stellen, aber sie hoffte inständig, daß es so kommen würde!

Allerdings kam es ihr nicht in den Sinn, daß die Große Mutter vielleicht nicht mehr bei ihr sein würde, wenn das eintrat. Myla war ein sehr ernsthaftes und kluges Kind, aber dieser Gedanke überstieg selbst ihre Vorstellungskraft. Wie sollte sie ohne die Große Mutter leben? Wie sollten sie alle ohne die Große Mutter weiterleben? Für das Vaga-Kind war die Große Mutter etwas Besonderes, weil in ihr der Schlüssel für die Bestimmung ihrer Rasse lag.

Zuerst hatte Myla nicht gewußt, was ihre Leute meinten, als die Straßen-Vaga bewundernd geflüstert hatten, daß die Große Mutter es gewesen war, *die den ersten Schlag geführt* habe. Der Irion-Tag, der in den Legenden und Sagen der Vaga weiterleben würde, war für das Kind nur eine undeutliche Erinnerung, obwohl es dabeigewesen war. Es war fast wie eine Geschichte, die es gehört hatte. Konnte es denn sein, daß diese runzlige alte Frau, die so geduldig und freundlich war, diese große Schlacht angezettelt hatte? Auf jeden Fall verbreitete sich die Geschichte rasch, und selbst Vaga, die noch nie im Tarn gewesen waren, sprachen nur gedämpft vom Irion-Tag und verbeugten sich respektvoll vor der Großen Mutter. Wie gern Myla dasselbe getan hätte! Doch die alte Frau meinte nur, sie solle nicht albern sein.

Der Vogel zupfte an seinem Gefieder. Zady stöhnte und würde gleich die Augen öffnen.

Rajal saß in einer Ecke und schmollte. Er hatte eine bunte Decke um sich geschlungen und sah so fast aus wie ein Stück des bunten Krams, der den Wohnwagen beinahe zum Bersten brachte. Überall standen Sachen herum, die im Licht der schwankenden Lampe glänzten und Schatten warfen. Die Kochtöpfe, die Schöpfkellen, Löffel und Messer, die prachtvollen Stoffballen, die Vorhangschnüre und Vorhänge, die Urnen, Flaschen, Kisten und Säcke. Alles ächzte, knarrte, schepperte und bebte.

Es war eine stürmische Nacht. Heute würden sich alle Vaga in ihren Wohnwagen verkriechen. Es würde nicht gehandelt werden, denn kein Ejländer würde auftauchen, begierig nach der stärkeren Magie, die nur außerhalb der Stadtmauern blühen konnte, nach der fremdartigen Medizin, nach den Prophezeiungen der Zukunft, den Liturgien, die man in den Tempeln des Agonis nicht zu hören bekam. Keine glitzernden Münzen würden den Besitzer wechseln, im Austausch für diese oder jene exotische Beute, heute würden keine Lagerfeuer brennen, niemand würde singen, niemand tanzen, keine Trinkbecher mit heißem Jarvel-Elixier würden mit breitem Grinsen von Hand zu Hand herumgereicht, während der Wind warm und sanft die Blätter in den Bäumen rascheln ließ.

Sie hätten auch auf See sein können, im Bauch eines Schiffes. Der Regen prasselte erbarmungslos auf das hölzerne Dach des Wohnwagens. Sie hörten den Wind durch die Zweige der Bäume neben dem Lager pfeifen und das wilde Rauschen des Flusses weiter unten, der von den Hügeln herunterströmte, wie ein Gefangener, der plötzlich von unerbittlichen Ketten befreit war. *Ja, es ist eine stürmische Nacht, und wo kann Nova hingegangen sein?* fragte sich Rajal. In seinem Inneren kämpfte der Ärger auf Nova mit der Sorge um ihn. Sollte er mit einer Laterne hinausgehen und sich im prasselnden Regen die Kehle nach ihm heiser schreien?

Aber die Große Mutter sagte nur: »Nein, laß ihn in Ruhe. Laß deinen Bruder in Ruhe.«

Mein Bruder, dachte Rajal verächtlich. Und dann schämte er sich deswegen, weil er nicht nur Nova, sondern auch die Große Mutter verachtet hatte. Schließlich mußte das, was sie sagte, stimmen. Aber wie schwierig es doch manchmal war, es zu glauben!

Am einem strahlenden Morgen am Rand des Wildwaldes, weit in den nördlichen Tälern der Tarn, hatte Rajal den Jungen zum erstenmal getroffen, den sie Nova nennen sollten. Seitdem waren viele Jahreszeiten verstrichen, aber Rajal konnte sich immer noch genau daran erinnern. Damals waren sie nur zu viert gewesen: er selbst, Myla, Zady und Xal. Sie waren auf der Flucht und hielten sich versteckt.

In der Nacht, bevor Nova zu ihnen stieß, hatten sie sich in einem leerstehenden Bauernhaus verkrochen, eines von vielen, die nach der Belagerung wie ausgehöhlte Muscheln in den Tälern verstreut lagen. Sie hatten sich als Bauern verkleidet, die von ihrem Land vertrieben worden waren, und folgten der Fahlen Landstraße nach Süden. Auf eine einsame Vaga-Gruppe lauerten unbekannte Gefahren, wenn sie die weite Einöde des Harion-Landes durchquerten. Aber es blieb ihnen nichts anderes übrig. Sie mußten zum Inneren gelangen, wo die Vaga Konzessionen als Sänger, Zauberer und Tänzer bekamen und geduldet wurden.

Im Tarn trieb man sie nur zusammen und erschoß oder henkte sie.

An diesem Morgen war Rajal mit Myla losgezogen, um Holzfleisch, süße Blätter und Beeren zu sammeln. Die Große Mutter hatte ihnen eingeschärft, nicht zu lange wegzubleiben, aber sie wanderten tief in den Wald hinein. Als sie wieder zum Bauernhaus zurückkamen, stand die Sonne schon hoch am Himmel, und Zady hatte seinen Wagen bereits fertig beladen.

Ohne ein Zeichen von Überraschung oder Beunruhigung drehte sich die Große Mutter zu ihnen um. Rajal hatte die Arme voller süßer Baumknollen. Myla hatte in ihrer Schürze Blätter, Beeren und Nüsse gesammelt und hielt sie am Saum fest. Aber ihr Inhalt fiel zu Boden, als der Fremde sich ihnen zeigte, der sich hinter dem Karren versteckt hatte.

Langsam trat er vor. Er hatte ein eingefallenes Gesicht und war drahtig. Gekleidet war er wie sie alle in ein Bauerngewand. An diesem ersten Tag war er noch sehr schüchtern und senkte die Augen, aber Rajal hatte schon gesehen, daß sie strahlend blau leuchteten. Und sein helles Haar krönte seine blasse Gestalt.

»Der Junge heißt Nova«, erklärte die Große Mutter. »Nehmt ihn auf wie einen Bruder, meine Kinder, denn er wird wie ein Bruder für euch sein.«

Rajal war entsetzt. »Große Mutter, haben Euch Eure Augen im Stich gelassen? Dieser Junge ist nicht von unserer Art. Er ist ein Ejländer – ein Anhänger des glattzüngigen Agonis! Habt Ihr schon das Gemetzel vom Irion-Tag vergessen? Erinnert Ihr Euch nicht mehr an die Galgen auf dem Anger? Denn wenn Ihr auch Euren Sohn vergessen haben mögt, Große Mutter, ich habe meinen Vater nicht vergessen!«

Mit diesen Worten wollte Rajal vortreten und den blassen Ejländer zu Boden schlagen. Doch statt dessen stolperte er zurück und stürzte in den Staub. Er sah zur Großen Mutter hoch, die neben Zady auf dem Kutschbock saß. Wie leicht sie ihn bezwingen konnte! Er spürte das heftige Pochen des Vaga-Mals, das sich wie eine Wunde auf seinem Oberschenkel ausbreitete. Er wurde ein Mann, und er hatte versucht, wie einer zu sprechen.

Aber seine Stimme hatte schrill geklungen und sich überschlagen, wie auch seine Entschlossenheit schnell in sich zusammenfiel.

Der blasse Ejländer reichte ihm die Hand, aber Rajal verschmähte sie und stand allein auf. Er war vor Scham rot im Gesicht und wäre am liebsten davongelaufen, über die überschwemmten Weiden geflohen. Aber das konnte er nicht tun. Er sah Myla an. Das Mädchen hockte selbstvergessen auf der staubigen Erde und schnappte der Taube die Früchte weg, die auf den Boden gefallen waren, bevor sie sie mit ihrem spitzen Schnabel aufpicken konnte.

»Kind Rajal«, sagte die Große Mutter liebevoll. »Wie könnte ich die Erinnerung an deinen Vater verlieren? Jeden Tag blutet mein Herz und trauert um die einzige Frucht meiner verdorrten Lenden, die zur Blüte gelangen sollte, wenn ich einmal das Reich des Seins verlassen habe. Aber in dir, Rajal, sehe ich, daß mein Sohn lebt, und in dir wird er auch weiterleben.

Dieser Junge hier ist ebenfalls ein Feind unserer Feinde, und wenn er hier in den Tälern der Tarn bleibt, dann ist sein Leben nicht sicherer als euers oder meins. Sieh unter die Oberfläche, Rajal, mein Kind. Die Verzückung wirkt nicht so stark in dir wie in deiner Schwester. Aber kannst du nicht erkennen, daß bloße Haut trügt?«

Sie winkte den Fremden zu sich und rollte seinen Ärmel hoch. Die weiße Haut des Unterarms blendete Rajal beinahe.

»Sein Körper hat die Blässe des Winterlichts, und obwohl er fast schon zu einem Mann herangewachsen ist, trägt er immer noch nicht das Mal, das die Männer unseres Volkes auszeichnet. Nein, dieses Kind ist kein Kind des Koros, aber wenn wir durch die Harion-Länder reisen, werden Zeiten kommen, in denen seine Blässe uns von Nutzen sein wird. Mit ihm scheinen wir alle blasser zu sein, und später wird eine Zeit kommen, in der wir ihn verbergen müssen, seine Haut mit Schlamm einreiben und sein Haar mit Beerensaft färben werden.

Oh, meine Kinder, wir werden in der Schuld vieler Menschen stehen, aber diese Schulden werden bald zurückgezahlt. Die Zeit vergeht, aber bald wird uns endlich die Bedeutung aller Dinge enthüllt.«

Rajal schloß die Augen und drängte die Tränen zurück. Denn er wußte, daß die Worte der Großen Mutter stimmten.

Zady öffnete die Augen.

»Base Xal ...« Vertrauensvoll blickte er in das runzlige, freundliche Gesicht.

»Lieber Zady ... Still, nur still.« Mit sanftem Druck brachte ihn seine Base dazu zu schweigen, aber Xal wußte, daß ihre Medizin wirkte. Sie lächelte unmerklich und ging vorsichtig um den Ofen herum. Sie schob einen Stapel bunter Kleidungsstücke beiseite, teilte einen Perlvorhang und schob ein Paneel am Ende des Wagens hoch.

»Große Mutter, die magische Musik?« Mylas Stimme wurde zu einem bewundernden Flüstern.

»Sie gehört zur Heilung. Das Auftragen der Salbe ist nur der erste Teil; dies hier ist der zweite, und es wird auch noch einen dritten Teil geben. Aber vielleicht weißt du das ja bereits, Myla-Kind? Du wirst es jedenfalls rechtzeitig erfahren, wenn die Verzückung in dir stärker geworden ist.«

Mylas Herz schwoll vor Freude an. Sie *hatte* es gewußt! Sie streckte die Hand aus und glättete das bunte Gefieder ihres Vogels, als die Große Mutter vorsichtig und feierlich mit ihren knochigen Händen den zweiten Teil von Zadys Heilung ans Licht zog. Erst mußte sie eine große Decke abnehmen und dann einige Schichten von hauchdünnem Stoff herunterschälen. Ein dumpfer Klang erfüllte die Luft, und der Firnis glänzte in dem goldenen, schimmernden Lampenlicht.

»Vetter Zady, komm«, sage die Große Mutter leise und legte ihm das Instrument vorsichtig in die Hände. Es war eine Trippel-Laute, eines der seltensten Produkte der Vaga-Handwerkskunst. Drei dünne Hälse mit mehreren Saiten gingen von einem spröden, gerundeten Klangkorpus ab, der mit komplizierten, geschnitzten Symbolen verziert war. Sie wurde nur bei besonders ernsten Anlässen gespielt, und es war nur Zady, der darauf spielte.

Es sah so aus, als würde das Instrument in den großen, plumpen Händen in tausend Stücke zerspringen. Doch diese Hände waren überraschend zartfühlend, und die Finger spielten eine Melodie, die all die Anmut besaß, die dem Spieler zunächst abzugehen schien.

Langsam und dann immer schneller zupften die Finger in immer komplizierteren Mustern über die Saiten.

Xal schloß die Augen. Sie wußte, was kommen würde. Hinter der Musik und dem Trommeln des Regens hörte sie das Blubbern der kleinen Schlammbäche, die unter ihren Rädern daherrannen und die losen Erdklumpen gefährlich durchnäßten. In einiger Entfernung wieherte ein verängstigtes Pferd. Gleich würde dieses komplexe Muster aus Klängen von einem schnellen, drängenden Klopfen unterbrochen werden, das den ganzen Wagen erschütterte.

Wer konnte das sein?

Xal wußte es. Es war Vetter Emek, der sie warnen würde. Der Fluß stieg hoch, viel zu hoch. Sie mußten die Wohnwagen wegfahren und die Pferde anspannen.

Rajal sollte es wie ein Alptraum vorkommen, wieder in den prasselnden Regen hinauszugehen. In dem grellen Licht der zischenden Laterne wirkte die ganze Welt wie böser, trügerischer Schlamm, und dem gesamten Lager, mit seinen Wagen und Karren, seinen Pferden, Kindern und Hunden, seinen gestreiften Markisen, seinem Weihrauch und seinen Perlschnüren, schien es bestimmt, gleich im Fluß zu versinken. Sie kämpften schreiend und mit aller Kraft dagegen an, vergeblich. Vetter Emek würde außer sich sein, aber gerade, als der Zusammenbruch unvermeidlich und alles verloren zu sein schien, sollte Zady ruhig seinen Platz neben ihnen einnehmen und seine kräftigen Beine in den aufgeweichten Boden stemmen.

Hinterher war der duftende Balsam von seiner Stirn gewaschen, und seine Wunde war verschwunden. Das Mädchen würde ihn mit wachsendem Verständnis betrachten und begreifen, daß der große Mann den dritten Teil seiner Heilung vollendet hatte.

Aber das lag noch in der Zukunft.

Jetzt spielte Zady, und Myla sang. Zunächst hatte ihr Lied keine Worte, und die Melodie breitete sich in merkwürdigen Wellen aus, bis sie sich in eine melancholische Weise verwandelte, die Rajal schon einmal irgendwo und irgendwann auf der Straße gehört hatte.

Ein Ritter mag eine Lady lieben,
gekleidet in feinster Seide und Spitze,
aber wenn sie ihn nicht auch liebt,
dann sind all seine Mühen vergeblich …
Feine Ladies, schöne Ladies
glätten seine sorgenvolle Stirn,
aber ist er sich auch sicher, daß sie ihn
wirklich verstehen?

»Die Stimme des Mädchens wird immer hübscher, findest du nicht, mein junger Kämpfer?«

Aber Rajal hörte kaum zu. Gelassen entzündete Xal ein Streichholz am Ofen und hielt es an ihre geschmückte Pfeife. Wolken von süßlich duftendem Rauch erfüllten das Wageninnere, während sie sich neben ihren zusammengekauerten Enkel setzte. Sie sah ihn traurig an. Ihre Stimme war ein heiseres Flüstern und ging beinahe in der Musik und dem Prasseln des Regens unter.

»Mein armes Kind, grolle deinem Bruder nicht in deinem Herzen. Oh, ich kenne den Schmerz, der zwischen euch herrscht. Der eine blickt in die Augen des anderen – und was sieht er? Hier ein unbesonnener Narr, der auf einer Giebelwand balanciert, und dort ein Feigling, der sich duckt und in Höhlen verkriecht, wenn er Schritte hört. Und in seinem Herzen umarmt jeder von euch seinen Widerpart. Sagt der eine: *Leichtsinnig? Ich bin nur mutig, wo er schwach ist.* Antwortet der andere: *Feigling? Das ist eine Verleumdung. Ich werde gedeihen, wenn er längst am Boden zerschmettert ist.«*

Ein Ritter sucht vielleicht einen geheimen Preis,
der so hell glänzt wie Gold.
Aber sollte er seine Ehre verlieren,
dann wird er diesen Preis niemals erhalten.
Gute Geister, schöne Geister,
tanzen in der Luft um ihn herum,
aber sind sie mehr als Bilder im Sand?

»Mein Kind, jeder von euch wird nur mit dem anderen gedeihen, und deshalb müßt ihr mit der Zeit eine Lektion lernen. Halte das Ejländer-Kind nicht für einen Schwächling. Es ist so stark wie du, aber es ist eine andere Art von Stärke. Und wende dich jetzt deinem Herzensfreund wieder zu, denn ohne ihn wirst du deine Bestimmung niemals erfüllen. Deine Geschichte fängt gerade erst an. Diese Nacht wird vergehen. Umarme den Ejländer wie einen Bruder und denke an die Zukunft.«

Ein ruhmvoller König mag kommen,
der seine verlorene Krone wiedererlangen will.
Aber sollte er seinen geheimen Vertrauten verfehlen,
wird sein Feind ihn niederstrecken.
Edle Königreiche, schöne Königreiche,
entstehen und vergehen,
aber wird auch dieses Land vergehen,
dieses heilige Land?

Der Schlamm blubberte unter den Bohlen des Wagens. Es regnete immer stärker, und die Musik im Inneren des Wagens wob sich durch die Luft, vereinigte sich mit dem Rauch, dem Licht der Lampen und den Myriaden von Dingen.

»Aber Große Mutter«, fragte Rajal, »wohin ist Nova gegangen?«

Für eine Antwort blieb jedoch keine Zeit mehr. Jemand hämmerte kräftig an die Tür des Wagens.

8. Der Harlekin mit der silbernen Maske

Nachdem Jem sich von Rajal getrennt hatte, war er achtlos durch den Schlamm und das nasse Gras gelaufen. Er rannte Vospers Schleife entlang und lief und lief, ohne anzuhalten. Vor sich sah er nur graubraunen Schlamm, und er hörte nur den Regen, der herunterprasselte.

Er sah den »Peitscher« nicht, der sich ihm näherte, und er hörte ihn erst, als das Leitpferd ängstlich wieherte, eine junge Frau schrie und eine Peitsche scharf knallte.

Jem brach zusammen.

»Vaga-Abschaum, wetten?« Jemand lachte rauh, während der »Peitscher« um die Kurve verschwand.

Jem lag auf dem Rücken in einem Graben. Es kümmerte ihn kaum. Die Peitsche hatte ihn an der Wange getroffen und seine Haut aufgerissen. Er blutete, aber er spürte noch keinen Schmerz. Sein Kopf war voll mit den Gedanken an die Aufgabe, die vor ihm lag. Er wußte, daß er Angst hatte, schreckliche Angst, die in dem närrischen Kampf mit Rajal hervorgebrochen war. Bis jetzt schien Jems Bestimmung immer in sicherer Entfernung gelegen zu haben. Jetzt jedoch war sie näher gerückt, beinahe zum Greifen nah. In einigen Tagen würde die kleine Vaga-Gruppe Agondon erreichen. Und in ein paar Tagen mußte Jem sie verlassen.

In der großen Stadt Agondon, die sich über das Delta des Flusses Riel erstreckt, wirst du eine Straße suchen, die Davalon-Allee heißt, hatte der Harlekin gesagt. *Und in diesem luxuriösen Viertel gibt es ein Haus mit goldenen Schnörkeln über Türen und Fenstern. Es ist das Haus eines Gentlemans, den man Lord Empster nennt. Gehe zu ihm, Jem, und er wird dich empfangen.*

Vielleicht hätte Jem jetzt allein weitergehen sollen, wo Agondon schon so nah war. Er hätte sich den Beerensaft von der Haut schrubben und zu Fuß weitermarschieren sollen. Aber er konnte es nicht. Es war gefährlich, allein zu reisen, zu gefährlich. Und wie sollten die Vaga Varby verlassen, bevor die Saison zu Ende war?

Jem wußte, daß er ein feiger Narr war.

Er schüttelte sich und tastete nach dem Kristall, den er in einem Lederbeutel um den Hals trug. Ein leichter Schmerz durchströmte sein Herz, als er an die Kristalle dachte, die er noch suchen mußte. Wie groß die Aufgabe doch war, die da vor ihm lag! Als Kind hatte er sich nach Abenteuern gesehnt, und die hatte er auf der langen Reise mit den Vaga zur Genüge erlebt.

Doch jetzt, wo größere und noch gefährlichere Abenteuer auf ihn warteten, wünschte sich Jem oft, daß er wieder zu Hause wäre. Wie oft er von Cata träumte, von der lieben Cata und der Liebe, die sie sich gegenseitig im Wildwald geschenkt hatten! Aber das schien schon so lange her zu sein, so hoffnungslos lange zurückzuliegen ... Jem wußte, daß er niemals zurückgehen konnte.

Wenn ihm nur noch einmal der Harlekin erscheinen würde und ihn mit Kraft erfüllte, Kraft für die Aufgabe, die vor ihm lag!

Eine Kutsche rumpelte auf der Straße entlang.

»Kutscher! Kutscher, sag ich!« Die gebieterische Stimme übertönte den Regen und wurde vom Läuten einer raffinierten kleinen Klingel begleitet. »Stoppt gefälligst!«

Eine andere Stimme meldete sich zu Wort. Sie klang düster. »Was gibt es denn jetzt schon wieder? Wir sind bereits weit hinter unserer Gruppe zurück. Können wir uns nicht beeilen? Man wird sich noch den Tod holen ... Man hat sich schon den Tod geholt. Man stirbt, alter Knabe, man stirbt!«

»Du stirbst nicht. Wirklich, denkst du denn niemals an andere? Eine junge Person, vermutlich männlichen Geschlechts, liegt neben der Straße.«

»Im Regen und im Schlamm? Dann ist er zweifelsohne tot.«

»Nein, aber er ist vielleicht verwundet.«

»Oh, ich werde nicht hinsehen, sag ich. Fließt da etwa Blut?« *Klingeling.* »Kutscher, fahrt weiter, Kutscher!«

Wieder klingelte das Glöckchen. »Nein, halt!« Ein Kopf beugte sich unerschrocken aus dem Fenster der Kutsche. »Er mag zwar schmutzig sein, aber man kann sehen, daß er das Gewand des Roten Rächers trägt. Wir können ihn nicht einfach zurücklassen. Junge Person, junge Person da im Schlamm, sag ich ...!«

Jem richtete sich plötzlich auf und holte tief Luft. Er hatte solch eine Kutsche noch nie zuvor gesehen. Sie war in einem dunklen, beinahe schwarzen Purpur angemalt, und an den Türen prangte golden das königliche Wappen. Vier prachtvolle schwarze Pferde trugen dieselben Livreen wie der Kutscher und waren auch genauso durchnäßt. Aber es war das Gesicht, das Jem aus dem Fenster der Kutsche anstarrte, das seine Aufmerksamkeit fesselte.

Es war hinter einer silbernen Maske verborgen.

»Seid Ihr verletzt, junge Person? Könnt Ihr gehen?«

Jem rappelte sich auf, ohne dabei seinen Blick von der silbernen Maske abzuwenden.

»Euer armes Gesicht! Oh, wie gern würde ich es mit meinem Batisttaschentuch abtupfen ... Fürchtet Euch nicht, junge Person. Wir sind von Euresgleichen. Kommt, wir wollen Euch unter unsere Fittiche nehmen ...«

Die Tür schwang auf.

»Bist du verrückt geworden, alter Knabe? Dieses Kind ist ein Schurke, ein Vagabund. Oh, wir werden dahingemeuchelt werden ...«

Klingeling!

Und noch einmal: *Klingeling!*

»Du vergißt, daß wir alle Schurken und Vagabunden sind!«

Jemand streckte seine Hände aus und zog Jem in das Innere der purpurschwarzen Kutsche. Die Glocke ertönte ein weiteres Mal, und Jem blickte sich um. Das Innere der Kutsche war ebenfalls bemerkenswert luxuriös eingerichtet. Die Polsterung bestand aus demselben dunklen Farbton, und überall lagen verzierte Kissen und flauschige, gemusterte Teppiche und Decken herum. In eine davon wurde Jem sofort eingewickelt.

Er blinzelte ungläubig und strich sich sein nasses Haar zurück.

Eine kleine Lampe baumelte an der Decke, und in dem warmen, weichen Licht erkannte Jem seine neuen Gefährten zum ersten Mal richtig. Der eine trug eine Maske aus Metall, doch der andere war, wenn auch auf eine andere Art, ebenfalls maskiert. Die düstere Stimme gehörte zu einem Gesicht, das, wie Jem jetzt sah, unter einer dicken Schicht Make-up verborgen war. Es war ein weißes Gesicht, blendend weiß, bis auf den Mund. Die Lippen waren beinahe grotesk nach unten gezogen. Die Haut unter dem Make-up war aufgeschwemmt und von tiefen Furchen durchzogen. Dieses Gesicht würde Kinder in ihren Träumen verfolgen. Es war das Gesicht eines Clowns, der nicht lachen konnte.

Plötzlich spürte Jem die Gefahr. Er war nicht nur schmutzig, sondern ihm war auch kalt, und er hatte Schmerzen. Er war schwach und verletzlich. Warum war er in diese merkwürdige Kutsche eingestiegen? Die Maske hatte ihn fasziniert, wie sie ihn angestarrt hatte, das wußte er. Es war eine Maske, die er schon vorher gesehen hatte.

Aber nein, das konnte nicht sein.

»Wir sind vielleicht Vagabunden«, fuhr der Clown fort, »aber wir sind keine Nichtsnutze! Der Junge ist ein ganz gewöhnlicher Straßen-Vaga, ein Landstreicher, nicht mehr. Komm schon, alter Knabe, wirf ihn raus! Setz ihn an die Luft!«

»Clown, wo bleibt dein Mitgefühl? Dieser Vaga-Junge ist von Dieben überfallen worden, davon bin ich überzeugt ... Diese schlimme Verletzung! Wo ist denn bloß mein Batisttaschentuch ...?«

»Überfallen? Vermutlich ist er selbst ein Dieb!«

»Unsinn. Man sieht doch sofort, daß er ein verirrter Unschuldiger ist.«

»Alter Knabe, du bist zu romantisch.« Das traurige Gesicht wandte sich Jem zu. »Erzähl uns deine Geschichte, Vaga-Junge. Wie lautet sie?«

Jems Herz hämmerte in seiner Brust. In dieser kurzen Zeitspanne war ihm etwas Bemerkenswertes aufgefallen. Seine seltsamen Gefährten waren beide in dunkle Mäntel gehüllt, und er konnte die Kostüme nicht erkennen, die sie darunter trugen. Genausowenig wie er ihre wahren Gesichter sehen konnte. Aber vielleicht war das Purpurschwarz der Kutsche Hinweis genug, vielleicht waren die Teppiche und Stoffe, die vertrauten prächtigen Muster ...

»Ihr seid Vaga!« sagte Jem.

Schweigen antwortete ihm. Maske sah Clown an, und Clown erwiderte den Blick. Dann lachte Maske laut auf. Jem biß sich auf die

Lippen. Sie waren Vaga, sie mußten welche sein, aber wie konnten sie in dieser prachtvollen Kutsche fahren?

Dann erinnerte er sich.

Rajal hatte oft von den Silbermasken gesprochen, den gefeierten »Königlichen Vaga«. Sie waren der Stoff unzähliger Vaga-Legenden. Sie hatten ihre Lizenz vom König selbst, und ihre Gesellschaft hatte seit Epizyklen auf den höchsten Ebenen der Ejländer Gesellschaft ihre Kunst dargeboten. Für die Masken auserwählt zu werden, so sagten manche, war das höchste Ziel, das ein Vaga erreichen konnte. Selbst der geringste Jongleur oder Tänzer genoß Privilegien, die sogar gewöhnlichen Ejländern verwehrt blieben, ganz zu schweigen vom gewöhnlichen Vaga-Pack. Diese Perlen der Gesellschaft lebten im Luxus wie die Edelleute. Blajir Harest, der große Pierrot, war angeblich der meistgeschätzte Höfling der Heiligen Kaiserin.

Die Masken waren der Gegenstand der Vaga-Träume, und Rajal dachte voller Stolz nur an den Tag, an dem er endlich zu ihnen stoßen durfte, das wußte Jem.

Sie fuhren nach Varby zum Mittsommernachtsball.

MASKE: Vaga! Na ja.

CLOWN: Wäre dir der Ausdruck Kinder des Koros lieber?

MASKE: Nein, nein. Diese Unschuld ist charmant.

CLOWN: Lümmelhafte Unwissenheit!

MASKE: Komm, Clown, du mußt doch sehen …

CLOWN: Was sehen? Meine Augen verweigern mir den Dienst.

MASKE: Dieses Kind ist der, den wir suchen. Jedenfalls der Neueste.

CLOWN: Nein, nein. Er ist zu provinziell.

MASKE: Die Provinzen haben auch ihren Wert.

CLOWN: Schnickschnack! Willst du, daß wir in den Tiefen von Nieder-Lexion spielen, in den entferntesten Tälern von Varl? Ein Aspekt von Qualität, alter Knabe, ist die Geographie.

MASKE: Und die Geburt sicher auch.

CLOWN: Geburt! Ha, wäre ich nur der Erbe von …
MASKE: Heva-Harion? Vantage? Irion?
CLOWN: Wirklich komisch. Aber Irion, ja. Ein uralter Titel …
MASKE: Tiefste Provinz.
CLOWN: Was, Provinz? Der Erzherzog ist eine führende Gestalt der Gesellschaft …
MASKE: Sein Titel stammt aus der tiefsten Provinz …
CLOWN: Schnickschnack! Man träumt nicht von seinem Titel, sondern von seiner gesellschaftlichen Stellung!
MASKE: Das eine bedeutet nichts ohne das andere.
CLOWN: Ist das so?
MASKE: Clown, du bist ein Narr!

Verwirrt senkte Jem den Blick. Er hatte sich in Gedanken über die Hand gerieben, vom Knöchel bis zum Handgelenk und wieder zurück. Doch plötzlich hielt er inne. Der Trank, der seine Haut gefärbt hatte, war zwar stark, aber nun sah er, daß der Sturm zu heftig gewesen war. Und jetzt hatte er die aufgeweichte Farbe weggerieben. Von seiner Vaga-Verkleidung konnte nicht mehr viel übrig sein, und die beiden Fremden sahen ihn aufmerksam an.

CLOWN: Narr, sagst du? Für einen Clown ist das ein Kompliment. Verstehst du, ich fasse es freundlich auf. Andere würden das nicht tun, wenn du sie Narren schimpfen würdest.
MASKE: Hast du jemand Bestimmten im Sinn?
CLOWN: Unseren jungen Freund hier, zum Beispiel.
MASKE: O nein. (Er wandte sich an Jem.) Narr, Narr! Siehst du, er reagiert nicht.
CLOWN: Dann ist er wirklich ein Narr.
MASKE: Grausamer Clown. Er ist jung. Ein Kind unter Waffen.
CLOWN: Waffen! Das Kind ist doch gar nicht bewaffnet, oder? Die Straßen werden jedes Jahr gefährlicher.
MASKE: Das ist weniger komisch als langweilig. Aber, alter

Knabe, du mußt doch wissen, daß dies hier der Junge ist.

CLOWN: Der, den wir gesucht haben? Ich meine, den Neuesten.

MASKE: Aber natürlich. Für mich ist das ganz klar. Kannst du das nicht erkennen?

CLOWN: Ich sagte schon, daß meine Augen mir den Dienst versagen. Er ist zu schmutzig.

MASKE: Wir werden den Schmutz wegwischen.

Die Maske suchte, während sie sprach, anscheinend unter ihrem Mantel nach dem versprochenen Taschentuch. Endlich zog er es hervor, aber Jems Aufmerksamkeit war von etwas ganz anderem gefesselt. In dem Augenblick, als der Mantel sich geteilt hatte, konnte er einen Blick auf das Kostüm erhaschen, das sich darunter verbarg. Es strahlte hell in den bunten Rhomben des Harlekins.

Konnte das sein?

Eine Hand tupfte vorsichtig mit einem Taschentuch Jems verletztes Gesicht ab. Jem packte das Handgelenk. *Umarme mich jetzt, mein Kind,* hatte eine Stimme einst gesagt. *Denn es werden lange Jahreszeiten vergehen, bis du mich wiedersehen wirst.*

Verzaubert sang Jem leise:

Heh, ho, der Kreis ist rund.
Wo er anfängt und wo er endet …

Seine Stimme stockte. Die Hand des Harlekins schwebte bewegungslos vor ihm in der Luft wie ein totes Ding. Und in dem Licht der schwankenden Lampe erkannte Jem, daß sie alt war, schrecklich alt. Die Haut war steif, mit Leberflecken übersät und runzlig.

Der Bann war gebrochen.

Der Harlekin zog die Hand abrupt zurück. »Willst du mich verspotten, Junge? Du bist doch von unserer Art. Weißt du denn nicht, daß dieses Lied dem Harlekin zusteht? Allein dem Harlekin?«

»Ich dachte …«

Jem schwieg. Er war ein Narr gewesen. Das war nicht der Harlekin, nicht *sein* Harlekin. Dies war der Harlekin der Silbermasken.

Er schloß die Augen. Er mußte sich zusammenreißen, nur an das denken, was jetzt wichtig war.

Er mußte zurück zum Lager.

Sofort, auf der Stelle.

»Der König!« ertönte plötzlich ein Chor aus rauhen, respektvollen Stimmen. Sie fuhren durch den Bogen der Vaga-Tore. Wachen in Habachtstellung grüßten, wie es sich gehörte, die Kutsche mit dem Wappen des Königs.

»Ich muß gehen …« Jem sprang vor und griff nach dem Türöffner der gepolsterten Tür. Er wollte hinausspringen und schnell durch das Tor davonlaufen.

Maske erwischte ihn am Arm. Ihr Griff war hart und scharf, wie die Klauen eines Vogels. »Heda, Vaga-Junge! Wohin willst du denn plötzlich so eilig?«

»Das Ausgehverbot …«

»Ausgehverbot? Wer glaubst du, wer wir sind? Für uns gibt es kein Ausgehverbot … Genausowenig wie Passierscheine oder Bakschisch.«

Jem versuchte sich zu befreien. »Was wollt Ihr von mir?«

Das Lachen klang schrill. »Du bist nur ein junger Wandervogel, hab ich recht? Ein Reisender, möchte ich sagen, der mit einer unbedeutenden Truppe umherzieht und auf den öffentlichen Straßen um Einer und Fünfer spielt, die er vom Boden aufklaubt? Das Leben kannst du hinter dir lassen, mein Kind! Mit uns hast du eine neue Sphäre betreten! Wir werden schon bald in unserem luxuriösen Quartier ankommen, Varby-Aal und Rehbraten speisen, der von beflissenen Ejländern serviert wird. Und wir saufen die besten Varl-Weine, die süßesten Tiralos. Vielleicht wird dann sogar Clown lächeln, aber, Vaga-Junge, eines weiß ich gewiß: Du wirst lächeln. Heute nacht schläfst du unter seidenen Laken …«

»Ich muß zurück …!«

»Du undankbares Gör! Als unser Freund trägst du die feinste

Kleidung, fährst in unseren Kutschen, lernst unsere Manieren! Clown und ich haben viele solche Freunde gehabt, stimmt es nicht, Clown? Ach, Kind, denk an die Welt, die sich vor dir öffnet ...«

»Ich habe gesagt, daß ich gehen muß!« rief Jem, während er sich wand. Gewaltsam riß er sich los, trat zu und traf den Harlekin am Schienbein.

»Au! Kutscher, Aua!« stieß der Harlekin hervor, halb vor Schmerz und halb vor Vergnügen, während er nach der Glocke tastete.

Klingeling! Klingelingeling!

Zu spät. Einen Augenblick danach hatte Jem bereits die gepolsterte Tür aufgestoßen und sprang auf die Straße hinaus. Bis der Kutscher seine Pferde gezügelt hatte, war der Junge schon weg, im Schutz der regnerischen Nacht verschwunden.

CLOWN: Dieses Jahr werden wir eine kalte Mittsommernachtswende erleben.

MASKE: *(sich das Schienbein reibend)* Die Jahreszeiten sind nicht mehr das, was sie einmal waren, Clown.

CLOWN: Nein, und leider auch nicht die hungernden Landstreicher.

MASKE: *(Seufzt. Das Seufzen eines traurigen, alten Mannes)* Aber der Junge war vielversprechend.

CLOWN: Oh, sicher, höchst vielversprechend! Hat er dich vielleicht zufällig an einen Jungen erinnert, den wir einmal getroffen haben?

MASKE: An einen ganz besonderen Jungen. *(Pause)*

CLOWN: An unser Schoßhündchen, unsere Stütze und unseren Halt, an unseren kleinen, verschwundenen Musterschüler?

MASKE: Alter Knabe, du kennst mich einfach zu gut. *(Seufzt wieder)* Aber ach, kann ein Junge wie *Tor* einem zweimal im Leben über den Weg laufen? *Rumpelnd fahren sie weiter in ihre luxuriöse Unterkunft.*

9. *Lady Vornehm*

»Es gibt nur wenig Dinge«, sagte Umbecca, »die mich mehr anekeln als eine Erzieherin. Was könnte dekadenter sein als ein zartes, unschuldiges Mädchen, das sich zitternd am Übergang zur Frau befindet, in die Obhut, wenn es denn überhaupt eine Obhut ist, einer angestellten Dienerin zu geben? Habe ich nicht viele Zyklen der geistigen, moralischen und körperlichen Pflege meiner armen Nichte Ela gewidmet? Hätte ich zusehen können, wie sie mir vom Busen gerissen wird? Und sollte ich jetzt, wo ein anderes zerbrechliches Gefäß in meine Obhut gegeben wurde, es einfach nachlässigen Händen überlassen? Allein der Gedanke ist ungeheuerlich!«

Umbecca hätte noch mehr Derartiges sagen können, und das tat sie auch häufig, aber sosehr sie auch die Kaste der Gouvernanten verabscheute, sie nahm doch jedesmal eine Person aus.

»Versteht mich richtig, meine Liebe, meine Kommentare treffen auf Euch natürlich in keiner Weise zu.«

Das war auch gut so, denn die Gouvernante, die sie meinte, war gleichzeitig die einzige, die Umbeccas Tiraden über sich ergehen lassen mußte. Es war ihre alte Freundin aus Irion, die Witwe Waxwell. Nach dem tragischen Tod ihres Ehemannes hatte die Witwe noch einige Monate in der Blütenhütte gelebt, allein mit ihrem greisen Dienstmädchen. Aber es war klar, daß sie unglücklich war, jedenfalls bestand Umbecca darauf. Konnte Berthen denn diese einsamen Zimmer ertragen, die jetzt ihres geliebten Ehemannes beraubt waren? Daß sie erklärte, sie sei's zufrieden, war völlig belanglos. Die Trauer mußte die arme Frau verwirrt haben. Also nutzte Umbecca ihre Macht als Gattin des Gouverneurs, entließ die Dienerin und nahm die Witwe in den Haushalt des Gouverneurs auf.

Diese mitfühlende Tat wurde im Dorf sehr begrüßt, vor allem, nachdem es Eay Feval an einem Kanonischen Tag zum Thema gemacht hatte.

Eine Weile lebte die Witwe glücklich als Gefährtin ihrer teuren Freundin, jedenfalls waren alle davon überzeugt. Deshalb waren die Dorfbewohner ziemlich überrascht, als sie erfuhren, daß sie eine Stellung angenommen hatte. Wenn die Jahreszeit des Theron sich näherte, wollte sie sich nach Varby aufmachen. Einen Monat lang drehten sich die Gespräche der Dörfler um kein anderes Thema. Einige empfanden tiefes Mitgefühl für die arme Madam Veeldrop und äußerten ihr Befremden über den Undank der Witwe. Andere lehnten die Vorstellung ab, eine bezahlte Beschäftigung anzunehmen. Wieder andere machten ziemlich unverblümt klar, daß sich die Witwe für eine solche Stellung wohl kaum eignete.

Schließlich hatte sie ja nur eine Hand.

Umbeccas Reaktion dagegen überraschte alle. Man hätte erwarten können, daß sie diese Verrücktheit einfach verbieten würde, aber im Gegenteil! Sie betrachtete die neuen Aussichten der Witwe sehr zuversichtlich. Es war nur gut, daß Berthen sich einen neuen Platz in der Welt einrichtete. War es denn etwa würdevoll, von der Barmherzigkeit anderer zu leben? Und wieso sollte es eine Schande sein, eine respektable Stellung anzunehmen? Wenn es Erzieherinnen geben mußte, war es dann nicht hervorragend, daß diese Posten von Frauen wie Berthen Waxwell besetzt wurden, Frauen von untadeligem Charakter und mit der höchsten Moral?

Wenn Umbecca etwas bedauerte, dann höchstens, daß ihre teure Freundin ihre Talente für das Kind einer anderen, man konnte ruhig sagen, einer völlig Fremden, verschwendete. Miss Cata sollte ebenfalls bald ihr Debüt geben. Man hätte vielleicht hoffen können, daß Dankbarkeit der Witwe die Augen darüber öffnete, wo ihre Verantwortung lag. Andererseits, erklärte Umbecca mit einem Seufzer, durfte man kaum Perfektion in der Welt erwarten, und außerdem mußte man einer Frau, die wahnsinnig vor Trauer war, gewisse Zugeständnisse machen.

Als die Witwe allerdings nach Varby abreiste, war Umbecca an ihrer Seite.

»Nirry!« schrie die fette Frau, als sie in ihre Unterkunft stürmten.

Umbeccas Dienstmädchen rannte herbei. Sie war beunruhigt, weil ihre Herrin so früh zurückgekehrt war. Als Nirry schließlich ihre Befehle ausgeführt hatte, war sie erschöpft. Bring die Kleider weg, verstau die Juwelen! Sieh dir die Wohnung an! Führte Nirry etwa den Haushalt einer Metze? Was? Das Teegeschirr war noch nicht weggeräumt? Warum war das Feuer nicht entzündet? Sie wollten in ihrer Suite zu Abend essen, und zwar sofort!

Nur ein frühes und reichhaltiges Mahl konnte die Wut besänftigen, die in Umbeccas Herz tobte. Und nur diese Mahlzeit war in der Lage, ihre Lenden für die Auseinandersetzung zu gürten – so drückte Umbecca es aus –, die ihr bevorstand.

Das Mahl war schauerlich. In der Öffentlichkeit benahm sich Umbecca geziert, aß vornehm mit Messer und Gabel und nahm nur kleine Bissen. Doch an ihrem eigenen Kaminfeuer, über ihr Tablett gebeugt, stopfte sie sich den Mund zum Bersten voll mit Kuchen und kaltem Hühnchen, mit Eistich und Nierchen, mit Fruchttorten und Gepökeltem, ohne dabei besonders auf die Reihenfolge zu achten. Mit fetttriefenden Fingern riß sie ihre Nahrung auseinander. Und zwischen zwei Bissen verfluchte sie die Witwe Waxwell, weil sie ihre Pflichten so traurig und feige vernachlässigt hatte.

Aber sie würde nicht ungeschoren davonkommen!

Nirry rannte derweil die Treppe rauf und runter, stürmte immer wieder die Vorratskammer.

Cata hingegen schob das Essen nur auf ihrem Teller herum. Ihre Tante ermahnte sie, doch dann schnappte sie sich Catas Teller, füllte das Essen auf ihren und stopfte sich das Fleisch, das Kürbismus und die Rote-Bete-Scheiben in den eigenen Schlund.

Hinter den Vorhängen peitschte der Regen gegen die Fenster.

Schließlich erhob sich Umbecca vom Kamin. Vor dem Essen hatte ihre massige Gestalt gezittert, gebebt wie ein monströser Pudding. Doch jetzt bot sie der Welt die Stirn wie ein solider Fels, und ihre kleinen Schweinsäuglein glühten in ihrem aufgedunsenen Gesicht.

»Ab ins Bett mit dir, Mädchen«, dröhnte sie und befahl Nirry, ihr Schirm und Umhang zu bringen.

»Aber Tante«, protestierte Cata. »Es ist noch so früh!«

»Früh?« Umbecca schob ihre Nichte beiseite. »Verdienen alberne Mädchen, die Leuten wie Mr. Burgrove hinterherschmachten, denn etwas Besseres? Beantworte mir diese Frage!«

Aber Umbecca wartete nicht lange auf eine Antwort.

»Und jetzt in dein Zimmer mit dir. Nirry, den Schlüssel!«

Cata blieb nicht lange auf ihrem Bett liegen, nachdem sie eingeschlossen war. Ungeduldig sprang sie auf, zog die Vorhänge vom Fenster weg und blickte in die Finsternis hinaus. Überall auf dem Platz hatte man Lampen entzündet. Und die nassen Pflastersteine reflektierten ihren Glanz. Umbecca überquerte den Platz und strebte, beschützt von ihrem Schirm, wie ein beherzter Krieger zwischen den Pfützen der Wohnung zu, in der Pelli bis heute abend das Regime der Witwe Waxwell hatte ertragen müssen.

Was konnte geschehen sein? Cata hatte häufig das Loblied auf die Witwe angehört. Berthen Waxwell, wurde Umbecca nicht müde zu betonen, war das perfekte Exemplar einer Gouvernante, hielt ihr Mündel an der kurzen Leine und duldete keinen Widerspruch – ganz im Gegensatz zu den laschen, liberalen, modernen Erzieherinnen!

Cata wandte sich vom Fenster ab. Ihr war elend zumute. In Gedanken sah sie wieder das lachende, mädchenhafte Gesicht, das auf dem Kutschbock des »Peitschers« neben Mr. Burgrove thronte. Der Neid brodelte wie Eiter in ihrem Inneren. Sie hüllte sich fester in ihren Nachtschal ein und sank vor dem Kamin zusammen. Jeli zu beneiden, die schöne, beliebte Jelica Vance, war eine Sache.

Aber Pelli Pelligrew! Was für eine Blamage!

Der Wind rüttelte an den Fensterläden, und der Regen prasselte wie ein Trommelwirbel gegen das Holz.

Pelli! Pelli! schien er zu rufen.

Jems Herz hämmerte in seiner Brust. Er hatte hinter einer hohen Giebelwand Schutz gesucht und lag schweratmend auf dem Rücken, irgendwo in einer Seitengasse in der Nähe des Königlichen Kursaals. Er war aus der Kutsche des falschen Harlekins gesprungen und blindlings durch den abendlichen Verkehr gelaufen. Instinktiv hatte er die dunkleren Viertel der Stadt aufgesucht. Was für ein Ende dieses Tages! Ihm war kalt, er war naß, schmutzig und heute nacht in den Mauern Varbys gefangen.

Kläglich sah er hoch. An einem Ende warf eine Laterne ihr trübes Licht in die Gasse und zeigte den Weg zurück in die strahlenderen Viertel. Das andere Ende der Gasse war dunkler und tastete sich in ein anderes Varby, das vor den Augen der Edelleute verborgen war. Es war das Varby der engen Seitenstraßen, wo Diener und Kutscher und einfache Leute lebten, die ihren Vergnügungen nachgingen, für kurze Zeit aus den Fesseln ihrer Pflichten entlassen. Aus dem ersten Varby hörte Jem, durch das Prasseln des Regens, den Klang eines Cembalos, aus dem zweiten einen erstickten Fluch und ein heiser vorgetragenes Trinklied.

Sein Weg lag klar vor ihm. Konnte sich in dem Labyrinth der Straßen hinter dem Königlichen Kursaal ein Vaga-Junge verbergen?

Natürlich nicht. Die Soldaten waren überall.

Jem sammelte in seinen Handhöhlen den Regen und wusch sich das Gesicht. Der Riß in der Wange schmerzte fürchterlich, aber er rieb dennoch heftig an seiner Vaga-Farbe.

Und dann waren da noch seine Kleider.

Ein Geräusch in der Nähe schreckte ihn auf. Es war ein leises Plätschern. In der Dunkelheit sah Jem eine schwankende menschliche Gestalt. Es war ein Dienstbote, der pinkelte. Der Page von irgend jemandem. Er trug einen Umhang und einen Hut mit Feder.

Jem sprang vor. »Tut mir leid, Freund!«

Der Urinstrahl zuckte heftig die Wand hoch.

Nur einen Augenblick später tauchte Jem mit einem Umhang im schäbigen »Rotlichtviertel« unter, wie das andere Varby von denen genannt wurde, die es besuchten. Abwasser, Rauch und Räucheraromen mischten sich in der dunstigen Luft. Jem zupfte an seinem neuen Hut und sah sich um. Wie konnte es sein, daß es hier einen solchen Ort gab, wenn nur knapp hundert Längen weiter, nur durch eine dicke Mauer getrennt, Edelleute in ihrem vornehmen Putz herumliefen?

Ein zerlumptes Geschöpf taumelte vorbei und hielt eine Gin-Flasche hoch. »Auf dein Wohl, Jungchen!« stieß die Kreatur undeutlich hervor und nahm einen Schluck. Dann drehte sie sich um und legte Jem eine Hand auf den Arm. »Ist der junge Herr vielleicht ein bißchen einsam?«

Die Kreatur verstärkte ihren Griff, und Jem sah, daß das Wesen eine Frau war. Was sie am Leib trug, waren die Reste eines ehemals vornehmen Abendkleides. Ein säuerlicher Geruch stieg von der Frau auf, und trotz des dämmrigen Lichts sah Jem, daß sie ein verlebtes Gesicht hatte.

»Tut mir leid, ich ...«

Die Tavernentür lockte und kam ihm plötzlich sehr einladend vor. Jem riß seinen Arm los und floh, während die Hure ihm gellend hinterherlachte. »Trink nur, junger Bursche. Ich bin noch hier, wenn du dir genug Mut angesoffen hast!«

Die Taverne hatte eine niedrige Decke, war verräuchert und gut besucht. Auf dem Boden lag Stroh, das von vergossenem Bier verklebt war. In einer schönen Nacht würden die Zecher hinaus auf die Straßen gehen. Heute jedoch drängten sie sich im stickigen Inneren. Jem sah schwankende Blauröcke, großmäulige Pferdeknechte, Lakaien und Küchenhilfen, die dicht an dicht dastanden. Jungen mit Bierkrügen schlängelten sich wie Gespenster zwischen ihnen hindurch, und die einzigen Frauen, die sich hier aufhielten, waren Huren. Huren mit Schönheitsmalen, die grotesk auf ihren weißgepuderten Wangen klebten, und Brüsten, die aus ihren enggeschnürten Miedern zu quellen drohten. Irgendwo in dem Gewühl sangen Stimmen wüste Trinklieder.

In den Taschen des Mantels, den Jem dem Pagen abgenommen hatte, fand er ein paar Zehner und Einer. Er drängte sich zur Bar durch.

»Freund!« rief jemand hinter ihm. Eine Hand klatschte ihm auf die Schulter und drehte ihn herum. Ein junger Mann in einem gelben Wams sah ihn freudig lächelnd an. Doch das Lächeln erstarb sofort wieder, als er seinen Irrtum erkannte. »Ich dachte, du wärst ...«

Jem reagierte rasch. »Er kommt heute nicht. Doppelte Schicht.«

»Aber wer bist du?« Der Junge deutete auf die Livree, die Jem trug. »Ich dachte, ich würde alle Diener des Prinzen kennen.«

»Er führt ein großes Haus, mein Freund!« murmelte Jem mit einem unverbindlichen Lächeln und drehte sich um. Er hatte ein schlechtes Gewissen, als er an den Pagen dachte, der zusammengesunken in einem Torweg lag. Er würde morgen früh Kopfweh haben, aber immerhin: Er hatte seinen Kopf noch. Und jetzt konnte er auch noch eine aufregende Geschichte erzählen.

Einige Augenblicke später kämpfte sich Jem mit einem Bierkrug in der Hand zu einer Bank durch, auf der noch ein Platz frei war. Es war der einzige freie Platz, den er finden konnte, und er lag am äußersten Ende der schäbigen Taverne. Über ihm standen Kerzen gefährlich schräg in einem Halter und tropften, und in einer Ecke daneben hatten sich Blauröcke im Kreis aufgebaut, die Arme verschränkt, und stimmten das nächste ihrer Lieblingslieder an.

Beim Refrain schwenkten sie ihre Krüge fröhlich hin und her.

TRINKLIED

Er wischte sich die Nase mit Taschentüchern
von feinster Varby-Spitze,
doch bis er die hübsche Lady traf,
saß er allein da mit seiner Hitze.
    O feine Lady, Lady so schön,
    fuhr mit ihren Fingern durch sein Haar,
    lächelte und nahm den hitzigen Burschen
    an die Hand!

Er zielte mit seinem Gewehr auf das Wild,
das lief und sprang und trottete,
doch bis er die hübsche Lady traf,
verfehlte sein Schuß immer das Ziel.
Oho, feine Lady, Lady so schön,
fuhr mit den Fingern durch sein Haar,
lächelte und nahm den hitzigen Burschen
an die Hand!

Er war in Parks und Palästen gewesen
und auch in prunkvollen Sälen,
doch bis er die schöne Lady traf,
war er niemals auf Bällen gewesen.
Ohoo, feine Lady, Lady so schön,
fuhr mit den Fingern durch sein Haar,
lächelte und nahm den hitzigen Burschen
an die Hand!

Jetzt aber, all ihr einsamen Soldaten,
steht steif da und stramm,
sucht euch selbst eine hübsche Dame,
die euch hilft, euren Teil dazu beizutragen –
Ohooho, feine Lady, Lady so schön,
streicht mit den Fingern weiter nach unten,
lächelt und nimmt den hitzigen Burschen
in die Hand!

Das Lied endete mit Gelächter und unzüchtigen Gesten. Jem wandte sich ab, und sein Gesicht glühte vor Verlegenheit. Der arme Jem! Er war in vielerlei Hinsicht noch immer so unschuldig. Er wußte nicht, daß die Leidenschaft der Liebe viele verschiedene Gesichter trug, ja, tragen mußte. Er schloß die Augen und dachte an Cata. Was sie getan hatten, war fein und edel gewesen. Was sie getan hatten, war rein gewesen.

Heiße, bittere Tränen traten ihm in die Augen.

Jem hob gerade den Krug an die Lippen, als jemand gegen seinen Ellbogen stieß. Er drehte sich verärgert um, aber der Übeltäter grinste ihn nur liebenswürdig an. Der Mann war untersetzt, trug einen Kutschermantel und nuckelte an einer Pfeife. Jem entspannte sich. Wenigstens war es ein Diener und kein Blaurock. Der Kutscher zwinkerte Jem zu und machte eine Bemerkung über das Wetter.

»Schlimme Wunde hast du da, Bursche«, fuhr er dann fort. »Du stehst also im Dienst des Prinzen von Chayn, hm?«

Jem nickte. »Und Ihr?«

Der Kutscher deutete auf das Wappen, das seinen Mantel zierte. Jem trank einen Schluck und tat uninteressiert. Aber sein Herz hämmerte schon wieder wie wild. Im ersten Augenblick hatte er den Kerl vor sich nicht erkannt.

Damals in Irion war Stephel ein heruntergekommener Säufer gewesen.

»Irion?« sagte Jem vorsichtig.

»Aha, er kennt anscheinend seinen Adel. Nun, das ist auch lebenswichtig für unsresgleichen, Bursche. Früher lernte man die Livreen, die Wappen und Devisen aller neun Provinzen und auch der Erlösung. Wir lernten sie auswendig, das taten wir, sonst wurden sie uns eingeprügelt.«

Jem lächelte höflich, aber im Inneren schrie er: *Stephel, erkennst du mich denn nicht?* Einen Moment wollte sich Jem zu erkennen geben, aber der Augenblick verpuffte sofort, als Stephel ihn scharf musterte und sagte: »Heh, Bursche, hab ich dich nicht schon mal irgendwo gesehen?«

Jem erbleichte. Plötzlich bekam er Angst. Sollte er nicht unerkannt bleiben und inkognito reisen? Mit gespielter Beiläufigkeit zog er seinen gestohlenen Hut tief in die Stirn.

Aber Stephel beantwortete seine Frage selbst. »Hah! Was fällt mir da bloß ein? Für einen Augenblick hast du mich an einen anderen Burschen erinnert. Na ja, der wäre wohl kaum ein Dienstbote, glaube ich. Außerdem ist er tot.«

»Der arme Bursche!« Jem hielt es für besser, nicht mehr zu sagen. Ein merkwürdiges Gefühl überkam ihn, eine Mischung aus Euphorie, Traurigkeit und Furcht. Ja, er war tot, jedenfalls für die Seinen zu Hause. Für Stephel, für Nirry, für Tante Umbecca. Und für Polty.

Für Cata. Ich bin auch für Cata gestorben.

Jem schüttelte sich, kämpfte gegen seine Gefühle an. Er lächelte Stephel zu. Ihm war klar, daß er unter einem Vorwand gehen und den alten Mann allein lassen sollte.

Aber etwas hielt ihn auf der Bank.

»Ihr seid weit weg von zu Hause«, erklärte er. Es war eine gerissene Bemerkung, denn ihm war soeben eine alarmierende Möglichkeit eingefallen. »Man sagt, die Weißen Berge seien eine Treppe in den Himmel. Ist das so?«

Der Kutscher knurrte. »Ich würde mir über die Weißen Berge keine Gedanken machen, Bursche. Die grünen Hügel von Varby machen den Pferden schon genug zu schaffen.«

»Aber Ihr kommt daher? Von den Bergen?«

Stephel beantwortete die Frage nicht. »Ich bin nicht dafür geschaffen, viel herumzuziehen, ich nicht. Ich halte nichts von Veränderung. Wenn alles noch so wäre wie damals, als ich in deinem Alter war, dann wäre ich glücklich. Damals war jeder dort, wo er hingehörte. Und heute, hah! Heute kennt ein Mann nicht mal seinen Herrn!«

»Nicht?«

»Ich habe zu meiner Tochter gesagt: Sind wir nicht in Diensten des Erzherzogs? Und wo ist der Erzherzog, frage ich dich? In Agondon, und er kommt nicht nach Hause! Da ist der Tarn, in den Händen eines Fremden, und jetzt bin ich, ein Tarn-Mann, in Varby! Ach, daß ich diese verkehrte Welt noch erleben muß!«

Stephel hätte noch mehr gesagt, aber vielleicht merkte er, daß seine Gedanken sich in eine gefährliche Richtung bewegten.

Man konnte nicht vorsichtig genug sein.

Er seufzte. »Es ist dieses junge Mündel, weißt du. Deshalb bin ich hier. Die junge Miss … und ihre Herrin.«

Stephels Miene verzog sich zu einem komisch säuerlichen Ausdruck, und Jem tat, als müßte er lachen. Er hätte am liebsten Fragen nach der jungen Miss gestellt, hielt sich aber zurück.

Statt dessen berührte er den verborgenen Kristall in dem Beutel an seiner Brust, als wäre er ein Glücksbringer.

Langsam, langsam.

Jemand schlug ihm auf die Schulter. »Da bist du ja! Was versteckst du dich in den Ecken?« Es war der junge Mann in Gelb. Anscheinend hatte er weiter getrunken, aber er suchte wohl immer noch den Pagen. »Oh, er ist es gar nicht ... Wer sagtest du noch, bist du? Ich dachte, ich würde alle Pagen des Prinzen kennen ...«

Jem kehrte ihm entschlossen den Rücken zu.

»Heh, Kellner!« Stephel hatte seinen Krug geleert, und Jem gab ihm einen frischen aus. Der Kutscher bedankte sich und nannte ihn Freund.

»Euer Herr«, setzte Jem wieder an. »Ich habe gehört, daß er den bösen König gefangen hat.«

»Aye. Mein Herr ist ein großer Mann, das ist er.« Stephel machte eine Pause und fuhr dann ausdruckslos fort: »Er hat mit den Zenzanern unter einer Decke gesteckt, das hat er.«

Nein, nein, man konnte nicht vorsichtig genug sein.

»Euer Herr?«

»Mein Herr? Der rote König, Junge! Wenn es nach dem roten König gegangen wäre, dann wären wir jetzt eine Provinz von Zenzau statt anders herum. Er hat den agonistischen Glauben wiederbelebt!«

»Ejard Rot?«

»Nein, Ejard Blau! Beim Herrn Agonis, was bist du ahnungslos. Wo wären wir jetzt ohne den blauen König, frage ich dich? Wir würden uns im Dreck wälzen, wie in einem Schweinestall!«

Hinter ihnen fiel ein Krug zu Boden, als zwei Blauröcke, die um eine Hure stritten, aufeinander losgingen. Ein paar drängten sich heran, um zuzusehen, schrien und lachten, andere dagegen leerten ihre Krüge, während um sie herum gepfiffen und gejohlt wurde.

Der mit dem gelben Plüschwams hielt sich aus der Schlägerei heraus. *»Ihr habt eine häßliche Wunde da auf der Wange«*, zischte er in Jems Ohr.

Jem achtete nicht darauf und rückte näher an den Kutscher heran. »Diese junge Lady …«

»Das ist eine Hure, Kerl!« Der Grund des Streits stand dicht neben ihnen und quietschte aufgeregt.

»Ich meine Eure junge Lady …«

Stephel fuhr hoch und packte Jem am Kragen.

»Nennst du meine junge Lady eine Hure?«

Jem begriff, daß Stephel trotz seiner schönen neuen Kleidung ein Säufer geblieben war.

»Nein, nein.« Er schob die Hand weg. »Ich meinte, daß sie sicher ein außergewöhnlich schönes Geschöpf sein muß.«

»Dieser Mantel paßt Euch nicht besonders gut«, zischte der Gelbe wieder in Jems Ohr.

Stephel benahm sich wieder wie zuvor. Umständlich sog er an seiner Pfeife und produzierte eine gewaltige Rauchwolke. Hinter ihnen segelte ein Stuhl gegen ein Tablett mit Krügen, und Jem bemühte sich, seine Aufmerksamkeit auf die umwölkte Gestalt vor sich zu richten.

»Aye, sie ist eine gute Partie. Sie wäre sogar für einen König geeignet«, sagte Stephel. »Man sagt ja, daß die Dunklen die besten sind, obwohl die Hellen die schönsten seien.«

Jem seufzte. »So ein schönes Mädchen würde ich gern einmal sehen!«

Es war ein Risiko. Der Kutscher würde vielleicht erneut wütend werden.

Doch diesmal lachte er nur.

»Ach, Junge, die ist nichts für dich! Gewürm wie das da …«, er deutete auf die Hure, »… ist alles, was uns bleibt. Hah, du hättest schon Schwierigkeiten, meine junge Lady überhaupt zu Gesicht zu bekommen! Bei den Entführungen kann man gar nicht vorsichtig genug sein.«

»Entführungen?«

Stephel leerte seinen Humpen. »Junge, wo hast du gesteckt? Hast du nicht von Miss Vyella Rextel gehört?«

Jem wollte ihn gerade nach der »Herrlichen Vy« fragen, als jemand seinen Arm packte.

»Ha, wußte ich's doch!« Es war wieder der Gelbe, der jetzt noch betrunkener war. Er kniff wegen des Rauchs die Augen zusammen und musterte den Umhang. Dann schlug er zu. »Was hast du mit ihm gemacht? Was hast du gemacht?«

»Eh, immer ruhig, Jungs!« schrie Stephel.

Aber niemand kümmerte sich mehr um den Kutscher. Einen Augenblick später war er verschwunden, und Jem lag am Boden. Er rollte sich herum und wehrte sich gegen den Griff des Gelben. Für die anderen schien es, als gehörte es zu dem ersten Kampf, dem Streit um die Hure, an dem mittlerweile die halbe Taverne beteiligt war. Das wäre auch durchaus denkbar gewesen: Blauröcke, Huren, Dienstboten, Stallknechte und Lakaien und selbst die Kellnerburschen beteiligten sich eifrig an der Keilerei und johlten durchdringend, als der Gelbe Jem ins Stroh preßte, seine Brust mit den Knien niederhielt und ihm die Kehle zudrückte.

Jem versuchte verzweifelt, sich zu befreien. Es kümmerte ihn nicht, ob man dachte, er sei ein Feigling. Er wollte nur entkommen. Er wand sich aus dem Griff, aber ein Blaurock packte ihn und schubste ihn zurück. Wieder riß Jem sich los, doch dann sprang der Gelbe rasch auf und zog ihn erneut herunter. Erst beim dritten Mal konnte Jem entkommen, weil der Blaurock und ein Kellner sich ernsthaft prügelten und eine gelangweilte Hure dem Gelben einen Tritt versetzte, als dieser sich aufrappelte.

Einige Augenblicke später war Jem draußen im Regen und lief durch die schmutzigen Gassen davon.

10. Todes-Traum

Mitternacht.

Jetzt, wo sich die schwärzeste Nacht über das Land senkt, wollen wir unseren Blick kurz von Varby losreißen und auf eine andere, größere Stadt richten. Es ist die Stadt, die Jem erreichen muß, die wie eine große Spinne mitten in ihrem Netz hockt und auf ihn lauert.

Agondon, die Hauptstadt von Ejland.

Unsere Szene spielt auf der Regentenbrücke, die sich über den majestätisch breiten Riel spannt. Düster schlagen die Glocken in der Finsternis die Fünfzehnte und verkünden das Ende des Tages. Mitten auf der Brücke verharrt ein Mann. Er trägt einen dunklen Umhang. Vielleicht ist er unsicher. Das Gesicht unter dem breitkrempigen, großen Hut liegt im Schatten.

»Es ist vorherbestimmt.«

Er spricht flüsternd mit sich selbst, und seine Stimme klingt heiser und drängend. Der Mann im Umhang versucht vielleicht, sich von etwas zu überzeugen, sich dazu zu zwingen, seinem Vorhaben zuzustimmen. Hinter ihm liegen auf der Südseite der Brücke die modernen Unterkünfte und Häuser der Neustadt von Agondon. Vor ihm der steile Hügel der Insel, das dunkle Labyrinth der Altstadt, die sich geheimnisvoll um den Großen Tempel des Agonis schart.

Bald wird es Zeit für die Beschwörung.

»Ja«, flüstert er wieder. »Es steht geschrieben.«

Der Mann in dem dunklen Mantel legt seine Hand auf das Geländer und schaut traurig zum Fluß hinunter. Wie eine gewaltige Schlange windet sich der Riel durch die Stadt. Seine Oberfläche kräuselt sich in silbrigen Wellen. Die Jahreszeit des Theron ist fast vorbei. Und das ist gut so. Wenn die heiße Luft aus den südlichen Ländern über die Stadt streicht, dann verwandelt sich Agondons Fluß in etwas sehr Häßliches. Am Tag steigt ein feuchter, fauliger Gestank in den Himmel hinauf und schwebt wie ein Leichentuch des Bösen über der Stadt. Und wenn die Hitze am stärksten ist, schrumpfen die faszinierenden Fluten wie eine abgeworfene Schlangenhaut, bis der ekelhafte Schlamm zutage tritt, der darunter lauert.

Tote Hunde. Müll. Die Fäkalien der Abwasserkanäle.

Jetzt löst sich eine dünne Wolke in dem Mondlicht auf. Die schwappenden Fluten schimmern noch intensiver. Wie wundervoll sie scheinen! Wie faszinierend! Andererseits ist die Dame im Mond immer schon eine Betrügerin gewesen. Vielleicht ist es auch deshalb verboten, zur Zeit des Hornlichts in ihr rundes Gesicht zu blicken.

Der Mann hebt den Blick. Verwüstungen, die wie Pockennarben aussehen, entstellen die strahlende Scheibe. Einer alten Sage zufolge war der Mond damals, als die Erde noch jung war, schön und schien jede Nacht in voller Pracht. Aber jetzt, nachdem die Erde gealtert ist, krank und verdorben wurde, ist auch die Monddame gealtert und dahingeschwunden. Ihr Gesicht ist ruiniert. In ihrer verletzten Eitelkeit versucht sie sich abzuwenden, und deshalb wächst und weicht ihr Licht. Aber sie kann sich nie für immer wegdrehen. Sie ist an ihren Platz gebunden, denn es ist ihr Schicksal mitanzusehen, was auf der Erde geschieht.

Einige sagen, daß dann, wenn die ruinierte Welt wiederhergestellt ist, auch die Monddame ihre volle Schönheit wiedererlangt.

Monddame, Monddame,
du wirst wieder zum Leben erweckt:
aber nur durch die Macht
der fünf Kristalle!

Mit einem ironischen Lächeln stimmt der Mann in dem Umhang den alten Vers an.

Aber dann ertönt eine andere Stimme, ein pfeifendes Krächzen: »Hornlicht.«

Der Mann in dem Umhang wendet langsam den Kopf. Er hat den Ausgestoßenen nicht gesehen, der, in seine Lumpen gehüllt, am Fuß der Statue in der Mitte der Brücke kauert. Das Ausgehverbot ist längst überschritten. Der Ausgestoßene hätte sich verbergen sollen, sich unter den dunklen Bögen der Böschung oder in den Torbögen düsterer, enger Gassen verstecken sollen. Hier auf der Brücke werden die Wachen ihn bald finden.

Und töten.

Der Ausgestoßene ist aufgestanden und schlurft auf den Mann zu. Seine Füße hat er mit schmutzigen Lumpen umwickelt. Er streckt fordernd die Hand aus, die Handfläche erwartungsvoll nach oben gekehrt. Es ist eine steife Klaue, und sie könnte einem verkrüppelten alten Mann gehören, aber das Gesicht unter dem flaumigen Bart ist jung – viel zu jung.

Die Stimme ertönt erneut. Sie klingt wie ein tödliches Rasseln. »Hornlicht.«

Es ist eine Forderung, die man seit vielen Jahreszeiten nicht mehr im Reich von Ejland gehört hat. Seit der Krönung von Ejard Blau zum König steht das Betteln um »Hornlicht-Almosen« unter Strafe.

Der Mann in dem Umhang seufzt. Mit einer schnellen, eleganten Bewegung sucht er nach einer Münze, zieht einen Gold-Tiral heraus und hält die Münze zwischen seinen behandschuhten Fingern hoch. Sie glänzt im Mondlicht. Ein Tiral, dieser eine Tiral, könnte den Ausgestoßenen einen halben Monat lang ernähren oder ihm einen vollen, euphorischen Tag in den Gin-Kneipen verschaffen. Aber der Mann greift nicht hastig nach der Münze und entblößt auch nicht seine schlechten Zähne in einem schiefen Grinsen. Die zerlumpte Gestalt scheint vergessen zu haben, wo sie ist und was sie angefangen hat.

Das muß einer von den Schlimmsten sein, denkt der Mann in dem Umhang. Einer der Chronischen, der seinen Geist genauso verloren hat wie seinen rechtschaffenen Platz in der Welt. Die behandschuhten Finger entspannen sich, und die Münze fällt scheppernd auf die Pflastersteine.

Der Mann in dem Umhang wendet sich ab.

Aber jetzt packt der Ausgestoßene seinen Arm und schwingt sich mit einem kleinen Tanzschritt herum, um ihm ins Gesicht zu sehen.

Der üble Atem dringt durch den Mund mit den verrottenden Zähnen. Der Mann im Umhang schüttelt sich vor Widerwillen. Er hätte sich losgerissen, aber der Ausgestoßene hält ihn fest und starrt ihn mit hervortretenden Augen an, in denen der Wahnsinn flackert, während er versucht, Worte zu formulieren, die ein Lied zu sein scheinen:

Alles ist … und nichts ist …
Alles …

Der Ausgestoßene wird von einem Hustenanfall überwältigt, aber seinen Griff lockert er trotzdem nicht. Der Mann in dem dunklen Umhang spitzt die Lippen. Er kennt das Lied. Es ist eine alte zenzanische Weise, die man zur Zeit der Heiligen Kaiserin aus den Kolonien mitbrachte. Damals haben es die Spielleute zu einem Tanz gesungen, und es war sehr beliebt bei Hofe. Mittlerweile ist es zu einem Schlaflied herabgesunken, das flüsternd vorgetragen wird, um schlaflose Kleinkinder zu beruhigen. Vielleicht beruhigt es ja auch den Ausgestoßenen, möglicherweise sehnt sich der ruinierte junge Mann danach, beruhigt zu werden.

Jetzt packt der Mann in dem dunklen Umhang den Ausgestoßenen und intoniert das Lied. Seine Lippen bewegen sich dicht an dem verschorften Ohr:

Alles ist Zitrone, und nichts ist Limone,
aber selbst die Wahrheit wird bald enthüllt werden;
dann werden wir aus den Scheinbaum-Kalebassen trinken
und speisen mit dem König und der Königin …

»Ja! Ja!«

Der Ausgestoßene lächelt und will vor Dankbarkeit auf die Knie sinken. Doch als er einen Augenblick später auf das Pflaster stürzt, geschieht das aus einem anderen Grund. Mit derselben gewandten Eleganz, mit der er die Münze hervorgeholt hat, bringt der Mann in dem Umhang jetzt einen anderen Gegenstand zum Vorschein. Diesmal glänzt das Objekt nicht, obwohl es scharf und blank ist. Denn diesmal steht sein Besitzer mit dem Rücken zum Mond und schirmt die kalten Strahlen des Gestirns ab. Die beiden Gestalten scheinen sich zu umarmen, während der Umhang sie umhüllt. Auf dem Gesicht des Ausgestoßenen zeigt sich ein beinahe verzückter Ausdruck, eine Ekstase, die nicht geringer wird, sondern sich wie von selbst noch weiter ausbreitet und glüht, als er langsam begreift, was da passieren wird.

Der Dolch dringt mit Leichtigkeit in seinen Bauch ein.

Das harte, erbarmungslose Mondlicht läßt das Weiße seiner Augen leuchten, aber der Ausgestoßene schreit nicht auf, nicht einmal, als das Messer seinen Brustkorb hinaufgleitet und dann in seinem Inneren rasch vor- und zurückstößt, wobei es seine Organe in kleine Stücke zerfetzt.

Es ist im Nu vorbei.

Der Mann in dem Umhang seufzt befriedigt auf, als der dürre Körper in seinen Armen erschlafft. Warum hat er den Ausgestoßenen getötet? Vielleicht hat ihn plötzlich Mitleid gepackt, drängend wie Lust, und ihn dazu getrieben, derartiges Elend aus der Welt zu entfernen. Er zieht das Messer heraus. Geschickt breitet er die Lumpen des Bettlers über die Wunde und verbirgt damit das dunkle Blut. Dann nimmt er den zerbrechlichen Leichnam hoch und trägt ihn ohne Mühe zum Geländer.

Das Klatschen wird von der schwülen Luft gedämpft.

Der Mann in dem Umhang eilt weiter, und seine Stiefel klacken scharf auf den Pflastersteinen. Vor ihm führen die engen Gassen zum Großen Tempel hinauf. Hinter ihm liegt der Gold-Tiral, glitzernd und funkelnd.

Ja, es wird Zeit, daß die Beschwörung beginnt.

Rajal konnte nicht schlafen.

Wie sehr er sich wünschte, daß die Nacht warm wäre. In der Hochzeit des Theron hatten sie draußen geschlafen, in der Stille, die nach Tausenden Düften roch. Dann war das Gurgeln des Flusses nur ein beruhigendes Murmeln, das sich im Einklang befand mit dem Krabbelgeräusch eines Insektes, dem entfernten Schrei einer Eule, dem ruhigen Knistern eines erlöschenden Feuers. Er würde in dem weichen, kühlen Gras liegen und in eine brillante Finsternis hinaufblicken, deren Ungeheuerlichkeit von blinkenden Lichtern belebt wurde.

Aber nicht heute.

Sie hatten endlich die Wohnwagen aus der Gefahrenzone gebracht und sie weiter oben auf die Hügel gestellt, die zu den Stadtmauern führten. Das Lager schmiegte sich jetzt eng an die Bäume, die es tagsüber vor der Fahlen Landstraße und der gewundenen, verwegenen Kurve von Vospers Schleife verbargen. Hier konnte der Fluß sie nicht erreichen, aber Rajals Herz schlug immer noch heftig. Er wickelte sich fester in seine Decke und drehte sich rastlos von einer Seite auf die andere. Über ihm prasselte der Regen, hämmerte seinen Rhythmus auf das dünne Dach aus Segeltuch. Wie beneidete er seine Schwester heute nacht, die sicher im Wohnwagen der Großen Mutter schlummerte! In Schutznächten mußten die Jungen in Zadys Wagen schlafen, einem schmutzigen Karren mit splitterndem Holz und hervorstehenden Nägeln.

Zady bedeutete er Heimat, und der Gimpel schlummerte bei jedem Wetter zufrieden auf der Strohmatratze in seinem schäbigen Karren. Seine Atemzüge waren gleichmäßig wie die eines Hundes. Es ist schon merkwürdig, dachte Rajal, daß ausgerechnet Zady ein Held ist. Er hat das Lager gerettet, und das nicht zum ersten Mal. War er vielleicht der wahre Held von ihnen allen? Doch am Morgen würde sich der große Mann an nichts erinnern, was am Tag zuvor geschehen war. Es war schrecklich, tragisch.

Oder?

Manchmal fragte sich Rajal, ob es wirklich so schlimm war, einfältig zu sein. Vielleicht war es sogar besser. Viel besser.

Platsch! Ein Tropfen löste sich von dem feuchten Segeltuch und klatschte auf seine Wange. Und noch einer.

Sie waren kalt wie Eis.

Rajal dachte an die Zeit unterwegs, an ihre lange Reise vom Norden herunter, als sie der Fahlen Landstraße gefolgt waren. Wie oft hatten sie in Heuschobern, Wäldern, auf grasigen Ebenen und Kornfeldern geschlafen? Er erinnerte sich an die Nacht irgendwo in den Harion-Ländern, die sie in den Zweigen einer Uralt-Eiche verbracht hatten, weil sie sich vor den herumstreunenenden Steppenwölfen fürchteten. Eine Nacht hatten sie mitten auf einem See verbracht, wo sie auf den Blättern riesiger Lilien geschlafen hatten. Eine andere Nacht hatten sie sich in einem Sonnenblumenfeld versteckt. Am Morgen waren sie in einer Welt aufgewacht, die gänzlich gelb geworden zu sein schien. Mit gelbem Tageslicht und gelben Schatten, die hin und her schwankten, als sich die Blütenblätter über ihnen in einer Brise bewegten.

Es ist wie Magie, hatte Rajal gesagt.

Es ist Magie, hatte Nova geantwortet.

Traurig blickte Rajal auf den Platz, an dem jetzt eigentlich Nova liegen sollte. Würde er zurückkommen? Der Sonnenblumenmorgen war einer der besseren Tage gewesen, einer von vielen guten Tagen. Aber die schlechten Tage überwogen scheinbar immer die guten.

Rajal dachte wieder an den Kampf vom Vortag. Er wußte, daß es falsch gewesen war, aber wie hätte er aufhören sollen? Nova war ein Narr, ein hitziger Narr. Was mit Zady am Vaga-Tor passiert war, war Novas Fehler gewesen, daran konnte es keinen Zweifel geben. Trotzdem hatte die Große Mutter ihn mit keinem Wort gescholten, sondern ihnen nur befohlen, im Band der Liebe zu leben.

Der arme Rajal! Immer und immer wieder sollte er sich sagen: *Ich werde ihn lieben wie meinen Bruder.*

Wie schwer das war!

Aber seit Nova weg war, vermißte Rajal ihn schmerzlich.

Natürlich müssen wir zu dem Mann im Umhang zurückkehren.

Im Tempel bewegt sich der dunkelgekleidete Mörder rasch durch die höhlenartigen Gänge. Er hat nicht mehr viel Zeit, und dennoch bleibt er gelassen stehen und blickt zu dem heiligen Altar hinauf. In den Strahlen des Hornlichts glüht unheimlich und kalt der riesige Kreis des Agonis. Der Mann starrt gleichmütig auf das goldene, juwelengeschmückte Symbol, ohne Anstalten zu machen, sich zu verneigen. Dann hebt er den Blick zu dem Fenster darüber. Im bleichen Mondlicht ist dessen Pracht nur schwer zu erkennen, obwohl noch ein Rest Tageslicht dahinter schimmert. Das Werk von Ejlands größten Handwerkern zeigt in dem gewaltigen Mosaik aus gefärbtem Glas die Gestalt eines Mannes und einer Frau. Sie sind nackt und halten sich an den Händen.

Der Herr Agonis.

Die Lady Imagenta.

Neben dem Altar erhebt sich eine gewaltige Kanzel aus geschnitztem Stein, die die Last eines gewaltigen El-Orokon trägt. Nur auf dem Pergament der heiligen Seiten sind der Mann und die Frau so vereint wie auf dem Mosaik. Es ist eine Szene, die niemals wahr geworden ist, eine Szene, die nur geweissagt wurde. Wenn schließlich der Herr Agonis die Lady findet, die er verloren hat, die Lady, nach der er sucht, dann wird diese Welt erlöst werden. So glaubt man.

Jedenfalls die, die einfachen Gemütes sind.

Andere reden von den *Fünf Kristallen.*

Der Mörder lächelt. Aber es ist kein überhebliches Lächeln.

»Imagenta«, flüsterte er traurig. »Ach, Imagenta.«

Erst jetzt entbietet er seinen Gruß und sinkt zu Ehren einer heiligen Frau auf die Knie.

Hinter ihm verschwinden die langen Bankreihen, die mächtigen Pfeiler, die uralten Tafeln und Bildnisse in der Dunkelheit. Der Tempel ist der größte und schönste auf der ganzen Welt. Zumindest in der Welt, die man als Ejland kennt. Hier liegen die Gräber von Hunderten von Königen und Königinnen. Hier haben Hunderte von königlichen Vermählungen stattgefunden. Hier haben sich seit Generationen Stimmen zu den gewaltigen Deckengewölben erhoben, in Zeiten der Freude und auch in Zeiten des Wehklagens. Könnte man das Wesen einer Rasse zu einer Essenz destillieren, dann wäre diese Essenz hier, eingebettet in den uralten Hölzern und Steinen. Wenn ein Ort wie ein Kelch die Versprechen und Bedeutung eines Glaubens enthalten könnte, dann wäre dieser Tempel ein solcher Kelch.

Wer würde es wagen, die Heiligkeit eines solchen Ortes zu entweihen?

Der Mörder faßt sich. Er muß sich beeilen. Schnell, schnell. Auf der Rückseite des Altars öffnet er mit einem Hebel ein Paneel in der Holztäfelung. Über eine Wendeltreppe gelangt er in die tiefsten Gewölbe des Tempels. Fackeln brennen an den feuchten, finsteren Wänden.

Tief in den Gewölben liegt eine unterirdische Kapelle. Aber sie unterscheidet sich vollkommen von den Kapellen, die man oben im Tempel finden kann. Oh, es gibt auch hier Bänke. Und einen Altar. Und auch eine Gemeinde. Aber wer ... was ... wird hier angebetet?

Verhüllte Köpfe wenden sich dem Neuankömmling zu. Mit einem ironischen Lächeln läßt der Mörder seinen Blick über die versammelten, schwarzgewandeten Gestalten gleiten.

Zehn, fünfzehn, zwanzig, vierundzwanzig.

Er ist als letzter der Bruderschaft eingetroffen.

Rasch zieht der Mörder seine Kapuze über und setzt sich in eine Bank am Ende des Raums.

Sein Name?

Aber ja doch, es ist der Mann, der sich Lord Empster nennt.

Lord Mathanias Empster.

In dieser Nacht hat Cata einen lebhaften Traum.

Sie wird oft von Träumen heimgesucht. In ihnen sieht sie sich an den merkwürdigsten Orten und benimmt sich manchmal höchst beunruhigend. Sehr oft läuft sie durch einen Wald, barfuß und nur notdürftig bekleidet. Brombeersträucher und Dornbüsche zerkratzen ihre Arme und Schenkel, aber sie spürt keinen Schmerz, nur eine tiefe Freude, die aus ihrem Innersten entspringt. Manchmal träumt sie von einer blumenübersäten Lichtung, auf der Vögel, Bären und Füchse ihr wie Freunde begegnen. In dem Traum scheint es ihr, als könnte sie mit ihnen sprechen und als könnten sie auch mit ihr sprechen.

Einmal hat sie von einer geheimnisvollen gestreiften Kreatur geträumt, die aus dem Unterholz sprang und wieder dort verschwand. Dann hat sich diese Kreatur – ein fürchterlicher Tiger! – in ihre Arme geschmiegt, und sie hat ihn gestreichelt und geküßt. Dieser alberne Traum kam mehrere Nächte hintereinander. Dann, eines Nachts, war diese Kreatur kein Tiger mehr, sondern ein merkwürdiger Junge, der neben ihr lag. Nackt und schöner als jeder andere Junge, den sie je gesehen hatte. In ihren Träumen liebkoste sie ihn mit einer Leidenschaft, die sie erschütterte und ihr beinahe den Atem nahm. Sie schluchzte erstickt.

Für eine tugendhafte junge Dame war das ein beschämender Traum, aber wenn sie aufwachte, verschwand Catas Scham rasch, und sie sehnte sich danach, zu dieser leidenschaftlichen Phantasie zurückzukehren.

Aber manchmal waren die Träume auch erschreckend. Einmal, nein, mehr als einmal, hatte Cata von einem alten Mann geträumt, der seinen Kopf unter einer großen Kapuze verbarg. Sie rannte durch den Wald zu ihm hin, und ihr Herz schwoll vor Freude an. Doch wenn er die Kapuze zurückzog, verwandelte sich ihre Freude in blankes Entsetzen, denn wo eigentlich seine Augen sein sollten, hatte der alte Mann nur noch ausgebrannte, leere Höhlen.

Doch heute nacht war Catas Traum anders.

Heute träumte sie von Pelli Pelligrew.

In dem Traum saß sie wieder in der verschleierten Kutsche und rumpelte schnell durch die nassen Straßen. Die Räder erzeugten zischende Geräusche, und das Hufgeklapper war unnatürlich laut.

Stephel ließ die Peitsche knallen.

Schneller.

Dann begriff Cata, was sie taten: Sie jagten den »Peitscher«!

Es donnerte gewaltig, und sie fegten durch die Stadttore. Sofort befanden sie sich in dem nassen Tal, das smaragdgrün in der Dämmerung leuchtete. Cata nahm den Anblick der Hügel und des rauschenden Flusses in sich auf, sie sah die Stadtmauern von Varby hinter sich und vor sich die Peitsche, die im Wind schwankte. Sie rasten auf den Abhang von Vospers Schleife zu. Das Gesicht ihrer Tante war eine verzerrte Maske. Sie trieb Stephel mit wildem Klopfen an.

Schneller! Schneller!

Cata war begeistert. Sie beugte sich gefährlich weit aus dem Fenster, während ihre Tante, die sie eigentlich hätte zurückziehen müssen, wie ein fettes schwarzes Küken auf und ab hopste.

»Kind!« kreischte sie. »Kannst du sie sehen?«

Erst konnte Cata das noch. Sie sah Pellis weißen Regenschirm kreiseln. Doch dann war der »Peitscher« plötzlich verschwunden.

Sie konnten nicht weiterfahren. Der Schlamm spritzte unter ihren Rädern. Die Straße war genauso zähflüssig wie die schwarzen, bedrohlichen Regenwolken. Die Pferde wieherten. Die Kutsche erzitterte.

»Stephel?« kreischte Umbecca. »Stephel?«

»Herrin!« Das runzlige braune Gesicht war plötzlich an der Scheibe. Es hing kopfüber wie die Schnauze einer Fledermaus. »Herrin, wir müssen umkehren ... umkehren ... umkehren!« Die Stimme klang schrill, und die Worte wurden ein bedeutungsloser Singsang.

Cata hörte sie kaum. Sie sah an dem Fledermausgesicht vorbei in den Regen hinaus und beobachtete etwas. Jemanden. Es war eine Gestalt am Straßenrand. Eine Frau, die mit ausgestreckten Armen tanzte. Das Haar klebte an ihrem Kopf, und ihr durchnäßtes Kleid schmiegte sich an ihre vollen Brüste. Fasziniert reckte die Frau ihr Gesicht zum Himmel und öffnete weit den Mund, als wollte sie den Regen trinken. Sie war vielleicht eine Vision – oder ein Omen. Es dauerte einen Augenblick, bis Cata begriff.

Die Gestalt war sie selbst.

Sie hörte wie aus weiter Ferne, daß ihre Tante sie rief. *Komm zurück, komm zurück!* Aber sie würde nicht zurückkommen. Sie konnte es nicht. Cata befand sich in einem Delirium. Der Himmel über ihr war purpurrot, und die Fluten, die sich daraus ergossen, waren wie ein Mahlstrom. Sie wirbelte immer wieder im Kreis herum, bis sich ihr Saum, der schwer war vom Schlamm, zwischen ihren Füßen verfing und sie zu Fall brachte. Sie rappelte sich auf und lachte. Sie entledigte sich mit zwei raschen Tritten ihrer Schuhe. Wie wundervoll der schwarze Schlamm zwischen ihre Zehen quoll!

Dann kam der Reiter.

Cata rannte, doch unvermittelt blieb sie stehen. Der Reiter, den sie zuerst für Mr. Burgrove gehalten hatte – doch nein, er war älter –, kämpfte sich mühsam durch den Regen. Er hatte vor sich auf dem Sattel eine schwere, menschliche Last liegen. Cata fühlte, wie ihr das Herz bis zum Hals schlug, wie eine hartnäckige Glocke. Über den Lärm und das Getöse des Sturms hinweg konnte sie die geschrienen Worte des Reiters kaum hören:

»Es hat einen Unfall gegeben.«

Umständlich stieg der Reiter ab und zog die Last von seinem Pferd. Cata sah nur fassungslos zu, sie konnte weder denken noch fühlen. Aber sie wußte sofort, was passiert war. Natürlich wußte sie es. Die Gestalt in den Armen des Soldaten war weiblich und trug ein Musselinkleid.

Und das kastanienbraune Haar war blutverschmiert.

Wer ist der Gott, den die Bruderschaft anbetet? Tief unten im Tempel bebt die geheime Krypta unter einem wilden, bösen Gesang. Füße stampfen auf dem Boden. Speichel fliegt durch die Luft. Ein unheimliches Echo dröhnt immer wieder durch den Raum.

Lord Empster formt die Worte wie alle anderen auch, schreit und kreischt sie schließlich in einem rasenden Mantra.

O Mächtiger, wir erwarten deine Ankunft!
Mächtiger, verzehre die Welt mit Feuer!
Mächtiger, ertränke die Welt mit Wasser!
Mächtiger, versenke die Welt in Morast!
Mächtiger, bade die Welt in Blut!

Der, der als Sassoroch gekommen ist,
kommt zu uns als Toth,
kommt zurück ins Sein,
brennend vor Zorn!
O Mächtiger, wir erwarten deine Ankunft!
Mächtiger, vernichte diese Welt mit Feuer!

Immer weiter geht es so – bis es plötzlich vorbei ist.

Vor dem Altar steht mit ausgestreckten Armen eine schlanke, charismatische Gestalt. Nein, es ist nicht der Gott, sondern der Anführer des Kults, auch wenn er eine gewisse bösartige Göttlichkeit ausstrahlt. Ein Glanz umgibt die blasse Gestalt mit einem geheimnisvollen Strahlen, das stärker ist als das Licht der Fackeln. Hinter ihm hängen zwei dicke Vorhänge. Manchmal blähen sich die Vorhänge ein wenig und enthüllen einen gewaltigen Spiegel. Bald ist klar, daß die Gestalt sich umdrehen und die Vorhänge zurückziehen wird.

Aber erst muß er sprechen. Er wirft den Kopf zurück, und sein Gesicht ist von einem blendenden Weiß.

»Brüder!« schreit er. »Erneut versammeln wir uns hier, wenn die Mond-Lady wie ein Leuchtfeuer am Himmel brennt. Was ist ihre Nachtwache, ihr Leiden anderes als eine Sehnsucht nach dem Tag, an dem sie endlich den wahren Gott dieser verdorbenen Welt begrüßen kann? Was ist der Mond anderes als ein Spiegelkind, das wartet, wartet. Niedergeschlagen und verlassen. Und was sind wir anderes als Kinder wie sie, aufgegeben und häßlich, während wir in der Dunkelheit schweben? Als der sterbende Narr, der Ur-Gott, seine Kreaturen erschuf, den Fels von Sein und Nichtsein schlug, was kümmerten ihn da die Kreaturen, die er formte? Nichts! Welches andere Ziel hatte er, als den einen zu erschaffen, der genauso ausdruckslos und glattzüngig war wie er selbst, seine Worte wiederholte, während er durch die lange Betäubung seines Sterbens glitt? Also war es nur Agonis, der künstliche Agonis, dem er erlaubte, neben ihm im goldenen Palast zu sitzen. Aber der Ur-Gott und sein närrischer Sohn rechneten nicht mit den Mächten, die sie erschufen. Nein, sie rechneten nicht mit dem mächtigen TOTH!«

Der Anführer wirbelt zu den Vorhängen herum. Mittlerweile blähen sie sich auf, als würde hier unten ein Wind blasen, tief im Inneren. Der schwarze Stoff schwankt, pulsiert und zuckt unter einer Energie, die aus dem Spiegel zu kommen scheint.

In der Dunkelheit der Kapelle sieht der Mann, der sich Lord Empster nennt, zu. Erstaunt, fasziniert und beunruhigt. Denn bei allem, was das Ritual noch bringt, die Opfer, das Schreien, das spritzende Blut, ist dieser Moment, der jetzt kommt, derjenige, welcher sein Herz am heftigsten hämmern läßt. Wie oft hat er es schon gesehen? Es spielt keine Rolle. Immer wieder bleibt er hinterher glühend zurück, wie entleibt von dem Anblick des Anti-Gottes.

Jeden Augenblick, gleich, gleich, wird sich Toth-Vexrah wieder vor ihnen zeigen und aus dem Entsetzen zu ihnen schreien, dem Entsetzen, das das Reich des Nichtseins ist.

Der Anführer ruft: »O Mächtiger, viele Male und in vielen Verkleidungen bist du durch die Tore des Seins geschlüpft, leidenschaftlich darauf brennend, deinen Platz in der Welt einzunehmen! GROSSER ZAUBERER, dessen Magie die widerwärtigen Täuschungen des Tals des Orok zerstört hat, den künstlichen Agonis in Verzweiflung stürzte, kehre nun zurück und vollende dein Werk! VON OROK VERBANNTER – du, der du der GRÖSSTE DER GÖTTER hättest sein sollen, doch statt dessen das Kind warst, das darunter litt, sich nicht einmal in den widerwärtigen Fluren seines Vaters verstecken zu dürfen. Die Zeit naht, in der du zu uns zurückkehren wirst und deine ganze Macht freisetzen kannst! ERSTE ALLER ABGEWIESENEN KREATUREN, die Zeit des Sühneopfers nähert sich dem Ende! Komm zu uns, komm zu deinen sehnsüchtigen Brüdern, wirf uns in die Flammen deines Fegefeuers! Betet, daß es bald geschehen möge! O betet, daß es bald geschieht! O Mächtiger, O Größter, O Seliger TOTH-VEXRAH!«

Mit diesen Worten reißt der Anführer die Vorhänge zurück. Beißender Rauch steigt vom Altar auf. Grauenvolle Dissonanzen schrillen in der Krypta. Und dann taucht ein gewaltiges, entsetzliches Gesicht im Spiegel auf und droht beinahe das Glas zu sprengen!

Weinend und schluchzend sinken die Brüder auf die Knie. Aber der Gott, wenn es denn einer ist, läßt sich nicht beschwichtigen. Aus dem Spiegel fegen seine Flüche wie Peitschenhiebe auf die Rücken seiner kauernden Anhänger.

»Narren! Ihr widerwärtigen Narren! Ihr ertrinkt in Luxus und wälzt euch wie Schweine in einem Stall aus Faulheit; ihr wagt es, von meiner Ankunft zu träumen? Was kümmert euch mein Leiden? Habt ihr vergessen, daß ich im Reich des Nichtseins eingesperrt bin? In dieser grauenhaften Gestalt? Habt ihr vergessen, daß ich nicht befreit werden kann, bis der Schlüssel gefunden worden ist? Wo ist dieser Schlüssel? Bringt ihn mir, BRINGT IHN MIR!«

Der Anführer schreit: »Großer, der Schlüssel ist noch nicht in unserem Besitz. Wie könnte es auch anders sein, wenn der Kristall des Koros, vom Vater der Götter in den Himmel geworfen, von keinem Menschen mehr gefunden werden kann? Aber sagt die Prophezeiung nicht, daß uns der Schlüssel bald enthüllt wird? Daß der Schlüssel bald, sehr bald kommen wird? Bereits jetzt, so wurde geweissagt, ist das Kind der Bestimmung zu seiner Suche aufgebrochen! Bereits jetzt vielleicht wandert jemand über diese Welt und trägt den Kristall des Koros bei sich!«

Der gequälte Schrei hätte beinahe das Glas zum Bersten gebracht. »Was kümmert mich eure Prophezeiung! Was kümmern mich eure Versprechungen? Seid ihr Verräter an meiner Sache? Wenn ihr mir treu wärt, würdet ihr diese Welt in Stücke reißen, jeden Fluß trockenlegen, jeden Berg abtragen, um mir den Schlüssel zum Orokon zu bringen! Hätte ich nur den Schlüssel, könnte ich diesen Fesseln entfliehen! Nur mit diesem Schlüssel kann ich die Kristalle sammeln! Dann sind meine Kräfte grenzenlos und ewig! Dann werden sich alle Kreaturen vor mir verbeugen! Zerstörung wird über die Welt des Orok und seine fünf widerlichen Kinder kommen. Ihr Narren! Den Schlüssel! BRINGT MIR DEN SCHLÜSSEL!«

So war es immer. Jedesmal spie der Anti-Gott seinen Zorn aus und beschimpfte seine Anhänger, als wären sie seine Feinde. Verzweifelt versucht der Anführer alles in seiner Macht Stehende, um den Zorn des wütenden Gottes zu besänftigen. Doch Gebete und Opfergaben sind vergeblich. Rasch wird das Opfer vorgeführt.

Das Kind wird gefesselt und geknebelt zum Altar geschleift. Es ist ein kleiner Junge, irgend ein Bettelkind, das man einfach von der Straße geraubt hat. Der weißgekleidete Anführer löst die Fesseln und reißt dem Kind die Lumpen herunter, bis es nackt ist. Niedere Brüder in schwarzen Umhängen halten das Kind fest, während der Anführer einen Dolch aus den Falten seines Gewandes zieht. Die entsetzten, panischen, schmerzerfüllten Schreie des Kindes durchschneiden die Finsternis.

Mit einem Aufblitzen rast die Klinge herab und reißt das junge Fleisch auseinander. Stinkend und glänzend quellen die Eingeweide aus dem zerfetzten Bauch. Der Anführer hält die Nieren, die Lungen und die Leber in seinen bluttriefenden Händen. Schließlich streckt er seinem Gott triumphierend das zuckende Herz entgegen.

Aber auch wenn der blitzende Dolch zu Boden fällt, wenn die Robe des Anführers von Blut getränkt ist und das Blut vom Altar rinnt, ist das Gesicht im Spiegel immer noch nicht besänftigt. Es gab eine Zeit, in der der Anti-Gott wenigstens einen Augenblick die bösartige Energie genoß, die von dem Opfer freigesetzt wurde, weil er darin ein Vorspiel zu seiner eigenen Herrschaft sah, die unmittelbar bevorzustehen scheint.

Doch jetzt ist es anders. »Narren! Dieses Kind ist nichts! Ist das etwa der Schlüssel zum Orokon?«

»Geheiligter, es ist nur eine Frage der Zeit!«

»Zeit? Ich habe genug Zeit gehabt!«

Schluchzend sinkt der Anführer auf die Knie. »Nur noch ein bißchen, ein kleines bißchen noch! Eure Rückkehr ist vorherbestimmt, noch bevor die Jahreszeiten einen weiteren Zyklus vollendet haben! Die Bestimmung ist am Werk, selbst während wir uns jetzt unterhalten! Aber noch ein paar Mondleben, nur noch ein paar Monde mehr ...«

Aber nun schreit das Gesicht in dem magischen Spiegel noch schrecklicher als das geopferte Kind. Es brüllt, daß es stirbt, daß sie ihn umbringen, und brüllt nach dem einen Ding, das es unbedingt haben will:

»Narren, den Schlüssel! BRINGT MIR DEN SCHLÜSSEL ZUM OROKON!«

11. *Die Bemerkenswerte*

»Miss Cata! Miss Cata!«

Cata wachte auf. Nirry schüttelte sie an der Schulter, und ihr Gesicht wirkte besorgt. Cata rieb sich die Augen. Sie fühlte sich steif, und ihr war kalt. Kein Wunder, hockte sie doch in einem Sessel vor dem erloschenen Kamin. Blasses Sonnenlicht drang durch die Vorhänge, und auf dem Platz läuteten die Glocken der Abtei.

»Was habt Ihr Euch nur dabei gedacht, im Sessel zu schlafen? Ich hätte nach Euch sehen sollen! Schnell, Miss Cata, sonst kommt Ihr zu spät zum Gottesdienst!«

An diesem Morgen kleidete sich Cata wie im Traum an. Ihre Gemütsruhe war merkwürdig. Seit sie in Varby waren, hatte die junge Miss über ihr Abteikostüm gestöhnt. Es wäre häßlich, sagte sie, altmodisch. Andere Mädchen waren nicht gezwungen, den schwarzen kanonischen Staat zu tragen, die Haube, die aussah wie eine Kohlenschaufel, und den goldenen Kreis des Agonis.

Nirry konnte sie nur beschwichtigen, obwohl sie ihr leid tat. Außerdem sah die Haube wirklich nicht aus wie eine Kohlenschaufel. Und trug Miss Pelligrew nicht genauso eine? *Kommt, Miss Cata,* sagte Nirry häufig, *Ihr seid eine ehrbare junge Dame, und Ihr müßt Euch auch wie eine kleiden … wie eine respektable junge Dame.*

Cata machte dem Mädchen oft das Leben schwer. Heimlich bewunderte Nirry den rebellischen Geist des jungen Mädchens, aber sie versuchte, es nicht zu zeigen. Das Mädchen stellte auch so schon höchst peinliche Fragen: *Nirry, erzählst du mir von der Zeit, als ich noch klein war?* Oder: *Nirry, vor meiner Krankheit ... wie war ich da?* Ach, was hätte Nirry ihr für Antworten geben können! Aber nein ... das war unmöglich. *Unter gar keinen Umständen darf das Kind an ihre elende Vergangenheit erinnert werden!* hatte die Herrin befohlen. *Hast du mich verstanden, Mädchen?*

Manchmal sehnte sich Nirry danach, mit der Wahrheit herauszuplatzen. Aber das Risiko war zu groß. Die Herrin, diese alte, fette Kuh, würde sie sofort entlassen, wenn sie es erfuhr. Und was sollte dann aus Nirry werden? Ohne Zeugnisse würde sie nie wieder ehrbare Arbeit finden. Nein, sie mußte lügen. Nirry hatte einen Freund bei der Armee und hoffte, eines Tages zu heiraten. Sie mußte arbeiten, auf ihren Ruf achten und für die Zukunft sparen.

Aber ihre Lügen bereiteten ihr Unbehagen. Als das wilde Mädchen damals zu ihnen gekommen war, hatte das Nirry beunruhigt. Aber schnell hatte sie das Kind liebgewonnen, bis sie es genauso stark liebte, wie sie ihre fette, gierige Herrin haßte.

Manchmal träumte sie, daß sie zusammen weglaufen würden.

Aber das war natürlich nur ein Traum. Ein schlichter Traum.

»So, Miss Cata, fertig?«

»Hm? Oh, ja.« Wie eine Schlafwandlerin umklammerte Cata ihr kleines, ledergebundenes Gesangbuch. Wirklich, was war mit dem Mädchen heute morgen nur los?

Selbst Umbecca wirkte merkwürdig gedämpft, war weder hektisch noch anmaßend. Schweigend gingen sie die Treppe hinunter. Das gelbliche Sonnenlicht schien klar, und das Glockenspiel der Abtei drang durch die morgendliche Luft. Es schwoll an und schlug laut, um dann wieder abzuklingen. Kutschen drängten sich auf dem Platz, und Edelleute stiegen aus. Sie schlängelten sich in bunten Reihen durch das hohe, mit Wasserspeiern verzierte Portal der Abteikirche von Varby. Cata betrachtete ausdruckslos eine Lady im Reifrock, ein lächelndes Mädchen in einem Taftkleid und einen Blaurock mit glitzernden, goldenen Epauletten.

Genauso unbeteiligt sah sie einen Pagen in einer unordentlichen Livree an, der auf sie zutrat, als sie den Platz überquerten. Einen Moment lang starrte der Junge sie eindringlich an, doch dann zeichnete sich Enttäuschung auf seinen Gesichtszügen ab. Vielleicht war dieser Junge auch ein Träumer, dessen Traum jetzt ausgeträumt war. In der Hand hielt er einen Federhut, den er vor Begeisterung vom Kopf gerissen hatte. Jetzt war diese Begeisterung erloschen, und der Hut rollte achtlos über die glänzenden Pflastersteine.

Catas Miene blieb unbewegt. Vielleicht hätte sich zu einer anderen Zeit die Erinnerung geregt. Jetzt jedoch sah sie nur, ohne zu verstehen.

Was sie allerdings nicht sah, war die Frau in Grün, die an einem Fenster auf der anderen Seite des Platzes stand. Es war das Fenster von Pelli Pelligrews Unterkunft. Aber die Frau war nicht Pelli – und auch nicht die Witwe. Die hinreißende Gestalt konzentrierte sich vollkommen auf den Jungen, als bemerke sie plötzlich, geheimnisvollerweise, die Gefahr, die er verkörperte.

Ihre Augen leuchteten grün auf, und der Moment verstrich. Im selben Augenblick schrie jemand in der Menge: »Da ist er!« Der traurige Page zuckte alarmiert zusammen und gab Fersengeld. Er wurde von einem Diener in einem gelben Plüschwams und dessen Gefährten verfolgt, der nur in eine flatternde Decke eingewickelt war.

»Also wirklich! Wie vulgär!« murmelte Umbecca, die den verwirrten Jungen kaum angesehen hatte.

Doch Nirry, die hinterherschlurfte, hatte einen Fetzen der Wahrheit erblickt. Dieser Junge, dachte sie: Er sieht wirklich aus wie Master Jem! Sie drehte sich sogar um.

Aber natürlich wußte sie, daß Master Jem tot war.

Auf der Treppe der Abtei drehte sich Cata um und ließ den Blick über den Platz schweifen. Von Pelli war nichts zu sehen. An den Kanonischen Tagen stießen Pelli und die Witwe gewöhnlich auf der Treppe zu ihnen. Dann gingen sie alle zusammen hinein. Heute jedoch erschien nur die Witwe. Sie hielt den Blick gesenkt, und ihre Miene war noch säuerlicher und verkniffener als gewöhnlich.

»Wo ist Pelli?« wollte Cata wissen.

Aber sie erhielt keine Antwort. Der Gottesdienst begann. Das Donnern der Orgel schallte majestätisch aus den offenen Türen, während sie zu ihren Bänken gingen. Hallelujas drangen zu den Deckengewölben. Und träumerisch hielt Cata ihr Gesangbuch hoch. Sie blickte zum Altar.

Gelobet sei sie! Gelobet sei sie!
Preiset alle die Lady …

Eine Erinnerung durchfuhr sie. Sie sah sich in einem anderen Tempel, weit weit entfernt. Sie sah, wie sie sich langsam umdrehte und beobachtete, wie Träger eine lange, glänzende Kiste über den Gang an ihr vorbeitrugen. Das war kurz nach Catas Krankheit gewesen, und in der Kiste, so sagte man ihr, läge Lady Elabeth. Cata wußte nicht, wer diese Dame war; sie wußte nur, daß sie traurig war, tieftraurig.

Jetzt wurde sie wieder von einer tiefen Trauer gepackt. Sie wollte sich umdrehen und glaubte einen anderen Sarg zu sehen, Pellis Sarg, der langsam zum Altar getragen wurde. Die arme Pelli! Es war eine stürmische Nacht gewesen, und die Schleife war eine gefährliche Straße. Einen Augenblick, kurz bevor die merkwürdige Täuschung verging, hätte Cata fast geglaubt, daß sie dort gewesen war und die Tragödie mitangesehen hatte.

An dem Kirchenportal entstand Unruhe. Als sie sich schließlich wirklich umdrehte, erkannte Cata, daß es sich nicht um einen Trauerzug handelte. Die Leute murmelten und stießen vernehmlich die Luft aus. Zwei feine Ladies marschierten erhaben den Gang entlang, obwohl sie sich verspätet hatten. Die eine trug ein luxuriöses, smaragdgrünes Satinkleid und einen dunklen Schleier, der von einem fantastischen Hut herunterhing. In ihrer Armbeuge hielt sie einen flauschigen kleinen Schoßhund, der von Zeit zu Zeit kläffte.

Die andere Dame war hell, wo die erste dunkel war, und vielleicht nicht ganz so gebieterisch, wie sie auf den ersten Blick gewirkt hatte.

Sie trug ein durchscheinendes, limonengrünes Kleid, das mit Silberfäden durchwirkt war, und strahlte etwas Novizinnenhaftes aus, während sie ein wenig unbeholfen dem Vorbild ihrer Herrin folgte. Sie wirkte irgendwie fade; dennoch war es diese Dame, die jüngere, die Cata am meisten erstaunte.

Es handelte sich nämlich gar nicht um eine Dame. Sondern um Pelli Pelligrew.

Eldrics-Park.

Nicht alle Edelleute nahmen heute am Gottesdienst teil. In der feuchten Finsternis des Waldweges holte Polty, alias Hauptmann Foxbein, zum vierten Mal die Uhr aus seiner Westentasche und verzog ungeduldig die Lippen. Er glättete die dunkle Perücke und strich sich über den glatten, schwarzen Schnurrbart, die seine Verkleidung darstellten. Was für ein Biest war die kleine Miss Quisto, daß sie einen so vornehmen Verehrer einfach warten ließ? Sie mußte doch sicherlich Gelegenheit gehabt haben, sich davonzustehlen.

Polty fühlte eine beunruhigende Schwellung in seiner Hose. Gestern nacht hatte er von Catayane geträumt, von der kleinen, teuren Catayane, die so nah war und dennoch so fern. Immer wieder hatte er überlegt, ob sich »Foys Foxbein« nicht vielleicht in ihre Gesellschaft schmeicheln könnte, aber das war schwierig. Zu schwierig und auch zu gefährlich. Aber wie er sich nach seiner Herzensschwester sehnte! Nachdem Waxwell seine dunkle Magie an ihr ausgeübt hatte, dachte Polty, das Mädchen wäre jetzt ganz die Seine. Nachdem die vergangenen Verrücktheiten aus ihrem Gedächtnis gewischt waren, konnte sie doch nicht mehr daran zweifeln, daß er ihr tugendhafter Bruder war. Liebevoll malte er sich aus, wie vorsichtig er sie anleiten wollte, *Komm, Schwesterchen, komm … Komm durch das Labyrinth* – zu einem neuen und köstlichen Vollzug des Akts.

Aber es war nichts daraus geworden. Wie er diese fette alte Kuh Umbecca verfluchte! Was sollte diese Verrücktheit, ein wildes Mädchen in eine Dame der feinen Gesellschaft zu verwandeln? Manchmal hätte sich Polty fast krankgelacht, wenn er über die Täuschungen nachdachte, denen seine Tante unterlag. Wie würde sie erbleichen und stöhnen, wenn sie die Wahrheit über ihre süße kleine Unschuld erführe! Manchmal drängte es ihn, ihr alles zu erzählen, zuzusehen, wie ihr Gesicht rot anlief und schließlich explodierte, wenn sie erfuhr, wie während einer ganzen, langen Jahreszeit ihr tugendhafter Herzenssohn, der damals noch ein Novize in Sachen Liebe gewesen war, immer wieder in ein kleines Zimmer über dem Trägen Tiger gegangen war, wo die gute alte Wynda Throsh ihre beste Kindhure versteckte.

Natürlich hatte er zuerst nicht gewußt, daß Dolly, so nannte Wynda sie, in Wirklichkeit niemand anders war als der Sproß des alten Wolveron. Die kleine Halb-Vaga, die barfuß und in Lumpen durch das Dorf gelaufen war. Damals hatten sie Steine nach ihr geworfen. Sie war völlig verlaust gewesen und hatte eine Rotznase gehabt. Aber als Polty die Wahrheit erfuhr, wurde ihm auch noch etwas anderes klar. Es spielte keine Rolle. Es war ihm egal. Seine Lust wurde nur noch härter und wilder.

Nachdem sie das Mädchen weggeschickt hatten, wollte Polty nur noch fort von Irion. Am Ende war es einfach. Die Versetzung wurde genehmigt, und nach ein paar Monaten war sein früheres Leben nur noch Spreu im Wind, lag verweht hinter ihm. Er vergaß seine Herzensschwester, denn, wie er Bohne klargemacht hatte: Die Welt war voller Mädchen, und manche von ihnen waren süßer als andere, die Willigen und, ja, vor allem die nicht ganz so Willigen waren hinreißend, die, die ein Mann erst erobern mußte.

Aber als Polty seine Herzensschwester in Varby wiedergesehen hatte, fühlte er neue und diesmal noch drängendere Lust. Nicht, daß es ihm an Eroberungen gemangelt hätte. Bis jetzt hatte er alle Freuden genossen, die das schöne Geschlecht ihm bieten konnte. Und doch ... Polty mochte es sich selbst kaum eingestehen ... Hatte er jemals ein Mädchen gefunden, das er so sehr begehrte wie seine teure, teure Schwester? Aber wie sollte er sie bekommen? Natürlich, er hätte sie sich einfach nehmen können, zur Not mit Gewalt, aber das war nicht Poltys Art.

Das sagte er sich, während er auf Jilda wartete.

Er seufzte, lief unruhig hin und her und zündete sich einen Tobarillo an.

Und als er über den Anger schritt,
waren die Strahlen der Liebe deutlich zu sehen.
Sie flammten hoch,
in glänzenden Farben,
hinauf ins Himmelsfirmament …

Die zahlreichen Stimmen stiegen dröhnend zu den Deckengewölben empor und wurden von den anschwellenden Tönen der Orgelpfeifen getragen. Catas Wangen brannten. Sie stand dicht neben Pellis glitzerndem Gewand, und sie konnte nur den Mund öffnen und schließen, als würde sie gehorsam die Melodie singen. Zweimal hätte sie fast ihr Gesangbuch auf den Boden fallen lassen.

Jemand stieß ihr in die Rippen. »Catty! Ich hab dir doch erzählt, daß Tante Vlada kommt, stimmt's?«

Eine Weile konnte Cata das Flüstern ignorieren, indem sie so tat, als wäre sie in religiöse Verzückung versunken. Doch dann waren die Gesänge vorbei, und Pellis Kleinmädchen-Stimme quietschte fast vor Aufregung. »Oh, Tante Vlada, das ist meine beste, meine allerbeste Freundin …«

»Miss Veeldrop? Bezaubernd, wirklich bezaubernd. Meine kleine Nichte hat mir alles über Euch erzählt.«

Die elegante Frau hatte ihren Schleier nicht gehoben, aber die Stimme, die aus den Gazeschatten drang, klang freundlich. Verwirrt spürte Cata den Druck einer weichen, behandschuhten Hand, und im nächsten Moment setzten sich die Gläubigen hin. Der Domherr von Varby blickte auf die versammelten Anhänger und hob an, den Text des Tages aus dem riesigen El-Orokon vorzutragen, das mit einer goldenen Kette an der Kanzel befestigt war.

»… Dann jedoch weichen die langen Theron-Tage rasch und immer rascher der Eroberung durch das Dunkel. Eine kalte, schleichende Heimlichkeit liegt in der Luft, und wir wissen erneut, daß eine Zeit, in der wir gelebt haben, eine Zeit, in der wir geliebt haben, vorbei und vergangen ist ...«

Es war die Mittsommernachtslektion aus dem Buch der Fünf Jahreszeiten. Aber Cata hörte kaum zu. In ihrem Kopf wirbelten die Gedanken durcheinander. Der Domherr ließ sich lang und breit über fallende Blätter und stürmische Winde aus, über die raschelnden Schritte der Göttin Javander. Cata hingegen konnte nur an Pelli Pelligrew denken – und an das exotische Geschöpf, das neben ihr saß.

Der Schoßhund kläffte.

»Ring, schh.« Es klang so, als würde sie ihren Hund küssen.

Schwach erinnerte sich Cata daran, daß Pelli tatsächlich eine Tante erwähnt hatte. Aber diese Tante Vlada war nicht das, was sie erwartet hatte. Cata platzte fast vor Neid. Vergessen waren die zärtlichen Momente, als sie wie eine Närrin an die arme Pelli gedacht und geglaubt hatte, daß sie tot sei.

»... Und wieder stehen wir an einer Kreuzung, und es ist eine Kreuzung, an der wir noch nie zuvor gewesen sind. Wohin wollen wir uns wenden?« fragte der Domherr. »Aber wir wissen, wie wir auch schon zuvor gewußt haben, daß es nur einen Weg gibt. Bei diesem Sterben der Jahreszeit wollen wir auf unseren eigenen Tod sehen und die Tugend, die allein uns stützen wird, wenn wir auf das Gericht zutaumeln, stockenden Schrittes, ein Gericht, das, darum beten wir, nicht zu erbarmungslos mit uns verfahren wird ...«

»Albernes Zeug und Unsinn!« sagte jemand verächtlich.

Es war Tante Vlada. Sie hatte ihren Protest leise geäußert, kaum hörbar gehaucht. Der Domherr auf seiner Kanzel konnte es unmöglich vernommen haben. Doch das spielte keine Rolle: Cata war trotzdem verblüfft. Daß jemand den Gottesdienst verspottete! Ihre eigene Tante, die in strahlendem Schwarz neben ihr saß, hatte immer darauf bestanden, daß man aufmerksam und verzückt lauschte. Bei Quicks hatte es drakonische Strafen für Mädchen gegeben, die flüsterten, Grimassen schnitten oder ihre Blicke auch nur vom Altar abwandten.

»Endlich!« rief Tante Vlada, als sie sich zu den Litaneien erhoben. »Der Kerl macht noch weiter, richtig?«

Nur das Dröhnen der Orgel verbarg ihre Worte vor den Bankreihen hinter ihnen. Zitternd versuchte Cata, ihren Blick geradeaus gerichtet zu halten, aber sie mußte Pellis Tante einfach ansehen. Hinter dem Schleier erblickte sie merkwürdige, strahlende Augen, die funkelten wie Edelsteine, und sie bemerkte erschrocken, daß deren Blick auf sie gerichtet war.

Tante Vlada beugte sich über ihre silbrig schimmernde Nichte. »Liebe Miss Veeldrop, meine Kehle ist vollkommen ausgetrocknet, und der arme Ring ... Sie leisten uns doch sicherlich im Pumpen-Raum Gesellschaft, wenn dieser ganze Zinnober hier vorbei ist?«

Es gibt falsche Götter und wahre Götter, aber welche welche sind, darüber sind sich nicht alle einig. Polty hingegen quälten keinerlei Zweifel, welcher Gott der wahrste Gott war. Es war ein geheimer Gott, ein Gott namens Penge.

Er hatte nicht von Anfang an gewußt, daß Penge ein Gott war. Zunächst stellte er sich Penge als General vor, der unerschrocken in den Krieg zog. Doch dann kam er zu dem Schluß, daß Penge ein König sein mußte. Trug er denn keine Krone? Und jetzt, wenn Polty liebevoll über ihn nachdachte, erkannte er, daß Penge die Macht zu erschaffen und zu zerstören besaß. Er mußte also ein Gott sein.

Früher einmal hatte Penge kaum existiert. Vor der Magie, falls es denn Magie gewesen war, die aus ihm den Mann machte, der er jetzt war, war der Körperteil, den Polty Penge nannte, ganz anders gewesen. Damals war Poltys Körper ein aufgequollener Koloß aus teigigem, wabbeligem Fleisch gewesen. Und Penge, der Penge von jetzt, war nirgendwo zu sehen. Unter dem gewaltigen weißen Hängebauch, zwischen den schwellenden Säulen seiner Schenkel war Penge nur ein winziger, geschrumpfter Stummel gewesen. Aber als die große Veränderung mit Polty vorgegangen war, als das teigige Fleisch straff und fest wurde, schien es fast so, als habe ein verschwenderisches Schicksal bestimmt, daß Polty eine Stelle besitzen sollte, einen Körperteil, der dem fleischlichen Exzeß geweiht war.

Polty warf seinen Tobarillo weg. Mittlerweile pulsierte sein geheimer Gott heftig. Wo war Jilda? Wo steckte sie, verdammt noch mal? Hatte er ihr denn nicht eingeschärft, daß Hauptmann Foxbein mit seinem Regiment nach Zenzau aufbrechen mußte, sobald die Mittsommernacht vorbei war? Es würde keine weiteren heimlichen Treffen mehr geben. Daß sie ihn trotzdem hier warten ließ! Nun, Penge würde sich als gnadenlos erweisen, wenn das Mädchen jetzt noch auftauchte! Es würde keine Zugeständnisse an die jungfräuliche Unerfahrenheit geben, keine geduldigen Liebkosungen, kein rücksichtsvolles Nachfragen. Wenn Penge mit Miss Jilda fertig war, würden die königlichen Chirurgen bei ihrem Leben schwören, daß dieses Kind seine Unschuld schon vor langer Zeit verloren hatte.

Verstohlen zog sich Polty weiter in die dunklen Schatten des Waldweges zurück. Er wurde fast verrückt. Ungeduldig riß er seine Hose auf. Wie kühn Penge hervorsprang!

Vorsichtig glitt er mit der Hand über den riesigen Schaft und gestattete sich einen kleinen Schauer der Verzückung. Nicht mehr. Das war Poltys Kodex: Er war zutiefst dankbar für den Segen, mit Penge ausgestattet zu sein, und hatte geschworen, diese Gabe nicht zu verschwenden. Sollte Penge allein bleiben, wie ein armer Landstreicher, und seine Bürde zwischen die Bäume ins Gras legen? Wenn Penge ein Gott war, dann war das doch Blasphemie!

Aber da raschelte es in den roten Blättern, die die langen Alleen der Waldwege säumten. Das Rauschen von Röcken ertönte, und kleine Füße in Schnallenschühchen eilten trippelnd über den Weg. Dann rief eine Stimme ein wenig atemlos: *»Hauptmann, mein Hauptmann? Hauptmann, seid Ihr da?«*

Was dann passierte, war allein Catas Schuld. Jedenfalls redete Polty sich das ein. Die ganze Nacht hatte Penge sich nach ihr verzehrt, und jetzt kochte er vor Lust. Es kann nicht geleugnet werden: Die kleine Jilda ist nur eine armselige Sekunde im Rad der Zeit.

Aber für den Moment muß sie genügen.

»Kommt, meine Lieben!« Die Hymne war kaum verklungen, als Tante Vlada wie eine gebieterische Fregatte in den Gang stürmte, getragen von den Wogen der Flut. Sie zerrte eifrig die beiden jungen Mädchen hinter sich her. Das Trio nahm den ganzen Gang in Beschlag, und ihre langen Gewänder rauschten über den Boden.

»Lady Vlada!« rief Umbecca. »Ich glaube nicht ...«

»Diener. Sie sind ja so langweilig«, flüsterte Tante Vlada diesmal vernehmlich. Cata konnte kaum ein entzücktes Juchzen unterdrücken. Ihr Herz hämmerte vor Freude. Gerade hatte sie sich noch bitterlich über ihr langweiliges, frommes Kleid beklagen wollen, doch jetzt kümmerte es sie nicht mehr. Tante Vlada hatte sich bei ihr eingehakt, und alle Anwesenden der Abteikirche schauten sie an. Aufgetakelte Matronen, Mädchen in Taftkleidern, Blauröcke und ihre feinen, stocksteifen Damen ... alle blieben überrascht stehen und ließen sie vorbeiziehen.

»Lady Vlada! Ich bin keine Dienerin, Lady Vlada ...«

Aber selbst Umbecca war gegen die geheimnisvolle Dame in Grün machtlos.

Am Altar drehte sich der Domherr mit geschürzten Lippen zu seinem jungen Kantor und Schriftgelehrten um und bemerkte trocken: »Sieh an! Die Bemerkenswerte Vlada Flay.«

»Eure Eminenz?«

Er schnalzte mit der Zunge. »Mein Junge, also wirklich! Habt Ihr noch nie etwas von dieser großen Kurtisane gehört? Der Zenzanerin, die vor zwei Gens ganz Agondon in einen Skandal verwickelt hat? Sie hat am Ende irgendwen aus den Kolonien geheiratet. Angeblich sehr vermögend, falls sie überhaupt ... Wie auch immer, man hätte eigentlich glauben sollen, die Bemerkenswerte wäre in die Kolonien verbannt! Jetzt jedoch, darf man wohl vermuten, ist sie verwitwet und in ihr altes Jagdrevier zurückgekehrt.«

Der Kantor sah mit großen Augen hinter der Kurtisane her. »Eine Witwe, Eminenz? Aber wo sind ihre Trauergewänder?«

Der ältliche Domherr konnte nur lachen und bemühte sich, dabei wie ein Mann von Welt zu wirken.

»Trauergewänder? Ihr vergeßt, mein Junge, daß wir von der *Bemerkenswerten* Vlada Flay sprechen!«

Auf dem Gang stolperte Umbecca mittlerweile weiter. Sie preßte die Hände vor die Brust, und ihr Gesicht war rot vor Wut. Aber sie hatte keine Kraft mehr. Sie war derart geschwächt, als hätte jemand sie mit einem schnellen, mächtigen Bann belegt.

O ruhmreicher Penge!

Polty dreht sich um, bereit für seine schöne Beute. Seine Gier kaschiert er rasch mit einem Lächeln, Penge dagegen verbirgt er nur notdürftig unter einem blauen Rockschoß. Er bedeckt ihn nur. Bei einer vornehmen Dame, einer Lady, die konsequent ist, hätte er sich vielleicht die Mühe gemacht, Penge sorgfältiger zu verhüllen, und ihn gar hastig in die Dunkelheit zurückgestopft, wo er sich normalerweise verstecken mußte. Doch heute will Penge eine solche Würdelosigkeit nicht verzeihen, und die kleine Jilda ist, trotz all ihres vornehmen Getues, letztlich nur die Tochter eines reichen Schneiders. Nein, eine solche Vorsicht wäre übertrieben. Am Kanonischen Tag läuft niemand morgens neugierig über diese verlassenen Straßen. Keine Hand wird sich rühren, um die Unschuld zu schützen, die in wenigen Augenblicken verloren sein wird.

Jilda, meine Jilda! Ein zuckersüßer Ruf, und dann zieht Hauptmann Foxbein das unschuldige Kind rasch in seine Arme. Heiß und rücksichtslos erobert er den süßen Mund, zerdrückt die zarte Blüte mit seinen kräftigen Lippen, und während er das Kind zu Boden zieht, unterdrückt er mit seiner harten Hand die Schreie, die aus heftig keuchenden Lungen aufsteigen.

Närrin, du kleine Närrin. Wie kannst du weglaufen und dich allein und heimlich mit diesem Gentleman treffen? Ah, Polty kennt diese kleinen Biester nur zu gut. Am Morgen bevor er Varby verlassen muß, kommt sie zu ihm, für einen zärtlichen Augenblick, einen Austausch von edlen Gefühlen, ein Versprechen, sich zu schreiben; erfüllt mit Stolz über ihren weiblichen Charme. Hält sie ihn denn nicht – *Hauptmann, mein Hauptmann … Hah!* – für einen liebeskranken Narren, der aufgeregt nach der Spitze am Saum ihres Rockes schielt? Was würde sie ihm gewähren? Federleichte Küßchen, einen flüchtigen Händedruck? Närrin, alberne Närrin, so mit seinem Herzen zu spielen und zu glauben, sie könnte dem Preis entfliehen, den sie zu zahlen hat!

Jilda kämpft verzweifelt. Polty schiebt ihre Röcke hoch und jubelt über den Sieg, der gleich kommen wird. Erst ertastet er mit seinen kräftigen Fingern den Weg und zwingt den Spalt von Penges Ruhm auf.

O furchtloser Penge! Oh, Penge, du Löwenherz!

Bald, zu bald wird alles vorbei sein und der Stolz der kleinen Jilda im Dreck liegen.

Im Augenblick der Eroberung, der selbstverständlich kommen wird, muß ein Mann da nicht laut lachen, über die Narretei dieser Mädchen, dieser ahnungslosen Kinder? Wie komisch, daß sie sich schniegeln und ihre Reize herausputzen, sich über ein Stück Musselin erregen, ein Spitzenmieder, die glänzenden Perlen auf ihren kleinen Schuhen! Und ihre jämmerlichen Fertigkeiten, ihre Litaneien, ihre Muster, die grauenvollen kleinen Stücke, die sie auf dem Cembalo klimpern, um den höflichen Applaus einer schläfrigen Teegesellschaft herauszukitzeln! Was ist mit ihren Eifersüchteleien, ihren Rivalitäten, ihrem Liebesgeschwätz? Zu was führt das alles letztlich, all dieser kostspielige Schmuck von Eitelkeiten, was bedeutet es, wenn ein Mann doch nur all diese dünnen Schleier wegreißen will und sich zu dem einen vorkämpft, dem einzigen Teil an einer Frau, der überhaupt irgendwie von Wert ist?

Das dachte Polty, während er sein Vergnügen genoß.

Oh, Penge, der Heldenhafte! Penge, der Wahre!

Das große, geschmückte Schiff, *Die Bemerkenswerte,* segelte triumphierend durch das von Wasserspeiern bewachte Portal. Auf dem Vorplatz ließ Tante Vlada ihre beiden jungen Mündel los und schritt weiter die vielen Treppenstufen hinunter. Sie drehte sich um, hob den Schleier und blickte zu den beiden Mädchen zurück. Sie hätte eine Künstlerin sein können, die ein Gemälde betrachtete. Hinter ihr glitzerte das Sonnenlicht in den Pfützen des Platzes.

»Aber natürlich seid ihr Liebende! Ich konnte es sofort sehen!«

»L … Liebende?« stammelte Cata.

»Ach, die Seligkeit der Mädchenblüte! Miss Veeldrop, kein Wort, nein, keine Worte sind nötig!« Tante Vlada hielt beschwichtigend die Hand hoch. »Was ist schon ein Wort? Ein Blatt im Wind. Können bloße Worte etwas zu dem Bild hinzufügen, das in wundervollen Winterfarben auf dem Skizzenblock meines Gedächtnisses gemalt ist? Pellicent, Liebling, nimm die Hand deiner Freundin. Ihr müßt zusammen gehen.«

Die Mädchen gehorchten, peinlich berührt. Als sie die steile Treppe hinuntergingen, wandte sich Tante Vlada von ihnen ab und ging über den Platz. Sie deutete mit ihren behandschuhten Fingern zum Himmel. »Ich sehe euch, meine Lieben, schon an euren freien Nachmittagen lange Spaziergänge in sonnengesprenkelten Wäldern unternehmen, euch an Feldblumen und Farnen vorbeidrücken! Ich sehe euch an kalten Koros-Abenden aneinandergeschmiegt in eurem Schlafraum hocken und Pilze an eurem kleinen Feuer rösten. Was für unschuldige kleine Vergnügungen!«

Unvermittelt drehte sie sich um. »Ach, wie ihr euch in der Knechtschaft der Uly aufgerieben habt.«

Cata schluckte. *Uly?* Was könnte das bedeuten?

Erwartungsvoll sah sie Tante Vlada an, aber die lachte nur fröhlich. »Kommt, meine Lieblinge! Wir wollen die ersten im Pumpen-Raum sein! Das bringt Glück, wißt ihr das nicht?«

Jetzt ist es vorbei.

Polty seufzt zufrieden. Es hat ihn nur wenig Mühe gekostet; wenn Gewalt nötig war, so war es nicht erwähnenswert. Aber leider, er fürchtet, daß Penge nicht besonders erfreut ist. Er drückt ihn ein bißchen, versucht mit ihm zu sprechen. *Es stimmt, Penge, das war nicht die Herzensschwester, die du wolltest, aber haben wir unseren Verlust nicht damit ausgeglichen, daß wir dafür diesem süßen Kind seine Unschuld geraubt haben?* Doch warum stellt Polty diese Frage überhaupt? Spreu, reine Spreu. Wird Penge betört sein? Er hat sich einfach nur für eine Weile Erleichterung verschafft, das ist alles.

Eine andere und dann wieder eine andere muß fallen, und zwar bald!

Polty rollt sich von dem geschändeten Mädchen herunter. Traurig säubert er Penge an einem Unterrock, bevor er ihn wieder in seinem warmen Heim verstaut. Eine ungeheure Langeweile und Verachtung erfüllt ihn. An einem anderen Tag hätte er sich vielleicht um das Mädchen gekümmert, hätte etwas gesagt, etwas getan, damit sie aufhört zu schluchzen. Er würde sich darauf berufen, daß die Leidenschaft ihn überkommen habe und er sich noch nie zuvor so habe gehenlassen. Wenn sie sich dann auf ihn stürzte, würde er rasch wütend werden und die verhängnisvolle Schönheit dafür verantwortlich machen, die sie beide ruiniert habe. Wenn ihre Trauer dann immer noch nicht endete, würde er neben ihr trauern, seine Tränen mit ihren vermischen, während er sein Bedauern hervorstammelte, Schwüre ausstieß ... vages Gerede, aus dem die kleine Närrin ein Heiratsversprechen zusammenbasteln würde.

Anschließend würde er sie niemals wiedersehen. Und wenn doch, würde er so tun, als kennte er sie nicht.

Heute jedoch hat er keine Zeit für solche Nettigkeiten. Das kleine Biest ist zu spät gekommen, und er muß dringend in den Pumpen-Raum. Er braucht Zeit, um seine nächste Verkleidung anzulegen. Mit einem verächtlichen Schnauben geht Polty weg und blickt nur noch einmal zurück, um ihr einige wertlose Münzen zuzuwerfen. Sollte sie jemand finden, würden sie den Beweis liefern ... Den Beweis, daß das Mädchen eine Hure ist.

Kupferfarbene Blätter fallen von den Zweigen und senken sich langsam auf das stöhnende, blutende Mädchen.

12. *Drei Schwestern*

Nur wenn man von einem besonderen Winkel aus darauf schaut, wird der Platz der Lady von der Fassade der Abteikirche von Varby beherrscht. Wenn man der Kirche und ihren dunklen Bogenfenstern den Rücken zuwendet, sieht man statt dessen einen ganz anderen Tempel. Das kühle, schlanke Gebäude des Pumpen-Raums mit seinen hohen Säulen. Dies, nicht die Abtei, ist das Herz der modernen Stadt, die wahre Quelle, der Springbrunnen all ihrer Vergnügungen. Die Rituale des Kanonischen Tages unterbrechen diese Amüsements nur kurz. Schon bald wird sich wieder die mondäne Welt – und auch die weniger mondäne – in den eleganten Hallen drängen, um an den Varby-Wassern teilzuhaben.

Tante Vlada warf den Kopf zurück und leerte ihr Glas mit einer einzigen, stillen Bewegung. Fasziniert sah Cata zu, wie ihre Kehle sich bewegte. Tante Vladas Hals war, wie das Gesicht hinter dem Schleier, bemerkenswert weich für eine Frau ihres Alters. Wie alt genau sie war, konnte Cata nicht sagen, aber sie vermutete, daß sie mehr Jahre zählte, als man glauben mochte.

»Junge!« Tante Vlada schnippte mit den Fingern, und ein Lakai in einer wunderschönen Uniform eilte herbei, um ihr Glas zu füllen.

»Catty, ist das nicht wunderbar?« fragte Pelli.

Um sie herum herrschte ein unglaubliches Getümmel. Sie waren in die Halle heruntergestiegen, die man die Niedere Promenade nannte. Unablässig brachen sich Gelächter und laute Stimmen an den Marmorwänden und Böden und erzeugten ein hallendes Echo. Die ganze feine Gesellschaft war da. Und es gab Rollstühle und Gehstöcke, hölzerne Nasen und runzlige Wangen, die dick mit Schminke bedeckt waren, aber es gab auch die schönsten Exemplare der Menschheit, mit der dieser Kurort aufwarten konnte. Das Rot dieser Lady war kein Puder, und die Wade dieses Gentlemans, die sich im Strumpf spannte, war Muskel und Fleisch, kein Holz!

Tante Vladas kleine Gruppe hatte sich auf ein geschwungenes Sofa zurückgezogen und lächelte den Flanierenden freundlich zu. Aber sie konnten auch hinuntersehen, über eine elegante Balustrade auf ein versenktes Bad mit beinahe kochendem Wasser, wo Menschen in einfacheren Gewändern eifrig einer anderen »Varby-Kur« nachgingen. Dabei war es nur das erste einer ganzen Reihe von Bädern, Teil eines ungeheuren unterirdischen Komplexes.

»Catty, sieh mal!« sagte Pelli eifrig. Das Mädchen schien etwas in der Hand zu halten und heimlich zu liebkosen, so daß niemand es sehen konnte.

Sie war aufgeregt, aber Cata sah nicht hin.

Tante Vlada lächelte, während sie einem gemurmelten Gespräch neben sich zuhörte.

»Vornehmes Geschöpf, sag ich, was?«

»Die Bemerkenswerte? Oder meint Ihr die beiden Küken daneben?«

»Ich meine die neuen jungen Geschöpfe. Was für ein schnippisches kleines Ding in seinem schwarzen kanonischen Gewand ...«

»Mein Lieber! Sie ist doch bloß ein Akademie-Mädchen. Und ziemlich unerfahren ...«

»Unberührt, meint Ihr? Aber macht das nicht gerade den Reiz aus?«

»Hm, allerdings. Ja, tatsächlich!«

Sie klangen wie Schauspieler in einer schlechten Komödie. Die beiden Sprecher waren gepudert und geschminkt und hatten sich in feinste Seide und Spitze gezwängt. Es waren zwei alte Böcke, die noch aus der Zeit der Königin-Regentin übriggeblieben waren. Der erste trug eine auffallend hohe Perücke, die gefährlich auf seinem wackelnden Kopf schwankte. Der andere starrte mit wäßrigen Augen durch das Glas einer dicken Lorgnette, die er bei jeder Bemerkung wie einen Fächer zu seinem Freund schnippte.

»Das Debüt eines Mädchens! Da sollte man doch noch ein einziges Mal ...«

»Euer Zustand, mein Lieber. Denkt an Euren Zustand!«

Die Antwort war das Gluckern von Varby-Wasser.

»Catty, du siehst ja gar nicht her«, zischte Pelli. Sie hatte die Hand erst vor die Brust gepreßt und ließ sie jetzt in den Schoß sinken. Dann öffnete sie die Finger. In ihrer Handfläche lagen wie ein Haufen Kirschen dicke, schwarzrote Kugeln, die dunkel schimmerten. Cata hielt die Luft an. Pelli hatte eine Halskette, eine wunderschöne Halskette aus Rubinen.

Pelli kicherte. »Tante ist ja so nett.«

»Steck die Klunker weg, Pellicent, ja? Du bist hier nicht auf dem Mittsommernachtsball und drehst dich in Mr. Burgroves Armen!« Tante Vlada lachte, ein hohes, unerwartetes Geräusch, das ein bißchen zu lange dauerte. Sie unterbrach es abrupt und fuhr fort: »Ach, wenn *Uly* euch Mädchen nur sehen könnte!«

Cata runzelte die Stirn.

»Meine Güte, Miss Veeldrop, habe ich Sie neugierig gemacht? Pellicent, du hast Miss Veeldrop doch sicher von *Uly* erzählt?«

Cata wurde rot, obwohl sie nicht wußte, warum. Sie blickte zwischen Pelli und Tante Vlada hin und her. Dann sah sie nur noch Tante Vlada an, starrte in ihre smaragdgrünen Augen. Einen Augenblick schien es so, als wenn der Lärm um sie herum verstummte. Sie war allein mit Tante Vlada, und die freundliche, klare Stimme hüllte sie ein wie weicher, warmer Regen.

Die Geschichte von Uly

»Wir waren zu dritt«, sagte Tante Vlada. »Uly, Marly und ich. Oft stelle ich mir vor, wie wir damals waren. Ich sehe uns in dem Schulzimmer an einem langen, sonnigen Morgen, wie wir gähnten, wenn das Licht über unsere Schreibhefte fiel. Ich sehe uns, unschuldig in unserem dünnen, weiß gemusterten Musselin, wie wir durch die Wälder oberhalb des Hauses meines Onkels wanderten. Durch die Bäume sahen wir auf das Haus unter uns und lachten, weil es uns so klein vorkam ...«

Tante Vlada hielt inne und zerdrückte vielleicht eine Träne.

»Ihre entzückenden Schwestern«, sagte Cata verträumt. »Wie gern ich auch eine solche Schwester hätte!«

Die Geschichte von Uly sollte nicht weitererzählt werden.

Jedenfalls nicht jetzt.

»Schwestern?« Tante Vladas Stimme klang scharf. »Kennt Ihr denn wirklich meine Herkunft nicht, Miss Veeldrop? Oder wollt Ihr mich nur provozieren?«

Cata war verwirrt. Sie wollte schon fragend in Tante Vladas Augen sehen, aber statt dessen fühlte sie sich unwillkürlich von dem eindringlichen Blick des flauschigen kleinen Schoßhundes angezogen. Ein merkwürdiges Gefühl überkam sie, und es lief ihr kalt über den Rücken. Sie fürchtete sich. Mühsam riß sie den Blick von Ring los. Was ging hier vor?

Ihr war, als könnte der Hund ihre Gedanken lesen.

»Tante Vlada?« flüsterte sie.

Aber als Antwort erntete sie nur ein Lachen. Behende packte Tante Vlada den geheimnisvollen Ring und sprang vom Sofa auf.

»Ihr Lieben, kommt ... Promenieren wir ein bißchen!« rief sie und drehte sich leichtfüßig in die dampfende Halle, als jemand sie ansprach.

»Lady Vlada? Aber nein, das muß eine Vision sein!«

Eine goldfarbene Krawatte leuchtete vor ihnen auf, und dann wurde ihnen, wie auf einem Silberteller, der gutaussehende Kopf des flotten, wenn auch etwas auffallenden, stadtbekannten jungen Mannes Jac Burgrove präsentiert. Er trug sein dichtes, lockiges Haar nach der neuesten Mode. Seine makellosen Ohren wurden von Backenbärten betont, die wie Hammelkoteletts geformt waren.

Tante Vlada lächelte kühl und streckte ihre behandschuhte Hand aus. Mr. Burgrove preßte ihre Hand an seine Lippen, richtete sich dann wieder auf und entbot den beiden jungen Damen dieselbe zuckersüße Galanterie.

»Wie Schwestern«, murmelte er vernehmlich. »Drei wunderschöne Schwestern.«

Cata kämpfte gegen ihre Verlegenheit an, während Pelli sich vor Entzücken wand und knallrot im Gesicht wurde.

Tante Vlada ging weiter.

Ihr Kleid raschelte über den Boden.

»Haben wir Sie beim Gottesdienst etwa übersehen, Mr. Burgrove?«

»Teure Dame, Ihr beschämt mich!« Allerdings wirkte Mr. Burgrove alles andere als beschämt. »Aber hättet Ihr gewollt, daß ich mich aus meinen Träumen von Eurer Schönheit losreiße?«

»Oho, Mr. Burgrove!« Die Augen funkelten. »Und würdet Ihr denn das an eine Frau, die von Jahren befallen ist, vergeuden, was eigentlich für eine etwas Jüngere aufbewahrt werden sollte?«

»Von Jahren befallen?«

»*Alt,* Mr. Burgrove.«

»Ich sehe keine alte Frau hier ... Miss Veeldrop, Ihr vielleicht?«

Diese Frage stellte er in einem sehr unpassenden Augenblick. Auf der einen Seite humpelten ein paar vertrocknete Männlein mit einer dicken Schicht Schminke im Gesicht hinter ihnen her, auf der anderen schwankten eine keuchende Witwe und ihr gebrechlicher Begleiter erleichtert zu dem freien Sofa. Auf jedes gutaussehende Mädchen kamen zwei, drei oder sogar vier erschöpfte Witwen, altersschwache Jungfern, und es gab ganze Trauben von Gesellschafterinnen und schwarzgewandeten Erzieherinnen. Frauen über Frauen – und alle alt, alt, alt.

Und viele alte Menschen, die an den verschiedensten Krankheiten litten, kochten wie Krebse in dem Bad weiter unten.

Cata unterdrückte ein Lachen, aber da wußte sie noch nicht, daß sich irgendwo in dem Pumpen-Raum eine ganz besondere alte Frau, die ihre Stärke nach dem ekelhaften Anfall wiedergewonnen hatte, einfach an dem Pförtner vorbeischob und empört durch die Menge walzte.

Sie brummte herum wie eine riesige, aufgedunsene schwarze Fliege.

Arme Cata. Umbecca würde sich bald auf sie stürzen!

»Oh, wie sehne ich mich nach dem letzten Tanz!« sagte Pelli gerade.

»Aber Miss Pelligrew, Ihr überrascht mich. Wünscht Ihr denn, daß der Ball schon zu Ende ist?«

Pelli kicherte. »Aber nein, Mr. Burgrove! Aber wenn sie die Läden öffnen und das Morgengrauen den Saal erhellt ...«

Tante Vlada zwinkerte Cata zu. »Verspritztes Kerzenwachs? Erschöpfte Tänzer? Die Blässe von geschminkten Gesichtern im Kerzenlicht?«

Pelli hörte nicht hin. »Ich werde mich bemühen, Mr. Burgrove, meine Gefühle unter Kontrolle zu behalten ...«

»Und ich werde mich bemühen, die meinen zu beherrschen.«

»Bewundernswert, Mr. Burgrove«, erklärte Tante Vlada. »Scharfsinn ist die wichtigste Anforderung an einen Mann, finden Sie nicht? Nun, vielleicht die zweitwichtigste ...«

Cata hätte gelacht, aber statt dessen taumelte sie plötzlich. Beim Mittsommernachtsball war es Sitte, wenn der letzte Reigen geendet hatte, daß der Gentleman um die Hand seiner Dame anhielt. Wie viele Ehen waren so schon geschlossen worden? Sie sah Pelli vor sich, mit der Rubinkette um ihren Hals, die ihr Programm mit Mr. Burgroves Namen vollgekritzelt hatte.

Und bald würde das auch Pellis Name sein.

»Ach Catty, ich kann kaum glauben, daß es bald soweit ist! Kannst du es glauben? Kannst du es erwarten?« Pelli umklammerte ihre Rubine, packte Cata an der Hand und hüpfte einmal hoch.

Miststück! dachte Cata.

Aber sie lächelte nur traurig. »Leider fürchte ich, daß ...«

»Fürchten Sie nichts, liebe Miss Veeldrop!« Tante Vlada drückte einem erschreckten Mr. Burgrove ihren Hund in den Arm und rauschte auf Cata zu. Zuerst befreite sie sie aus dem Griff ihrer Nichte, dann hakte sie sich bei dem schwarzgekleideten Mädchen ein und drehte sie herum, damit sie ihre Gefährten ansehen konnte.

Alle anderen, Altersschwache und Begehrenswerte, sahen fasziniert zu, was jetzt passierte.

Cata nahm sie kaum wahr. Sie konnte nur Tante Vladas Handschuh betrachten, der langsam vor ihren Augen gestikulierte. Und obwohl die Zuschauer leise murmelten, manchmal sogar laut etwas riefen, hörte sie nur Tante Vladas Stimme.

»Miss Veeldrop, ich sehe Euch befreit von diesem Gewand der Kindheit, sehe, wie Ihr diesen Habit der Demütigung abstreift …«

»Na so was!« sagte Mr. Burgrove, blinzelte und veränderte die Position des sich windenden Hundes auf seinem Arm.

»Schon viel zu lange habt Ihr in einer feuchten, dunklen Zelle gelebt, durch die Gitter in die Helligkeit geschaut, auf das Leben, die Üppigkeit der Welt unter Eurem Fenster …« Die Stimme zischte wie Dampf in Catas Ohren. Aber trotzdem waren Tante Vladas Worte laut, als deklamierte sie sie auf einer hell erleuchteten Bühne.

»Tante!« zischte Pelli. »Du bringst mich in Verlegenheit!«

Ihre Tante kümmerte das offensichtlich nicht. »Die Fesselung der Uly ist vorüber, Miss Veeldrop …«

Uly! War dieses Wort ein magischer Glücksbringer? Die Kette um Catas Hals löste sich plötzlich. Sie schnappte nach Luft und packte den Kreis des Agonis, unmittelbar bevor er zu Boden fiel. Zärtlich nahm ihn Tante Vlada aus ihren Händen und zauberte das Symbol der Frömmigkeit einfach weg.

»Gold! Ja, Miss Veeldrop, aber beim Mittsommernachtsball sehe ich Euch statt dessen mit einer goldenen Krone …«

Schnell zog sie an den Schnüren von Catas Haube. Sie fiel wie eine alte Muschel von ihr ab. Eine Mähne schwarzen Haars ergoß sich über ihre Schultern.

Tante Vlada ging mit raschelnden Röcken um Cata herum. Schnell nahm sie die Locken in die Hand und hob sie hoch. Ihre Finger spreizten sich dabei wie die Zacken einer Krone.

»Tante, was machst du da?« Pelli umklammerte ihre Rubine wie einen Talisman und wünschte sich verzweifelt, daß diese Szene enden möge.

Aber sie wurde nur noch schlimmer.

Die Locken fielen herab, und jetzt strichen die goldenen Handschuhe über das schwarze Kleid. Einen Moment später war das Oberteil aufgeknöpft und heruntergestreift. Ein strahlendweißes Mieder kam darunter zum Vorschein.

Die Leute schnappten nach Luft, und Pelli wimmerte.

WACKELPERÜCKE: Beim seligen Herrn Agonis! Laßt mich meinen Kopf zwischen prachtvollen Äpfeln vergraben!
LORGNETTE (beunruhigt): Euer Zustand, mein Lieber!
WACKELPERÜCKE: Scheiß auf meinen Zustand. Dieses Mädchen ist ein Gedicht!

Und das war sie.

Tante Vladas Handschuhe schossen vor und landeten an Mr. Burgroves Hals. Sie pflückte die goldfarbene Krawatte von seinem Nacken wie eine Trophäe. Einen Augenblick später wehte der Stoff über Cata, hier und dort, hier und da. Er bauschte sich wie ein Segel vor ihrem Mieder, ihrem Saum, wie ein magisches Kleidungsstück, das mal sichtbar und dann wiederum unsichtbar war.

Sichtbar, unsichtbar.

Hier und da.

»... Ein Gewand, das in dem Kerzenlicht glitzert wie Sterne und die Sonne dazu bringt, ihr Antlitz zu verhüllen, wenn sie sich endlich zeigt. Ein Gewand, das alle beneiden, die es sehen, und seine Besitzerin zum Gipfel der Schönheit emporträgt. Ein solches Gewand werdet Ihr bekommen, Miss Veeldrop. Fürchte dich nicht, Kind. Du wirst zum Ball gehen. Und dort wirst du die *Belle* ...«

»Tante Vlada!« Pelli schluchzte beinahe. »Oh, Tante Vlada!«

Aber ihr Protest ging unter.

Donnerner Applaus der Zuschauer brandete auf. Man hörte Ausrufe wie *Hört, hört!* und *Gut gemacht, sag ich!* Alle sahen Cata an. Es war fast so, als trüge sie einen Moment tatsächlich das goldene Kleid. Niemand, schon gar nicht Tante Vlada, verschwendete einen Gedanken an Pelli oder Mr. Burgrove, der mit nacktem Hals dastand und einen zappelnden Ring in den Armen hielt.

Schlagartig brach der Applaus ab.

»*Catayane!*«

Der Schrei hallte wie ein Donnerschlag. Empört stürmte Umbecca durch die Menge wie eine Rachegöttin, die aus Dem Unergründlichen losgelassen worden war. Man hörte nervöses Kichern und beunruhigtes Stöhnen. Die Vision in Gold war plötzlich verschwunden, und Cata war erneut ein unerfahrenes Mädchen, das im Pumpen-Raum stand, mit spärlich verhüllten Brüsten.

Umbecca packte sie am Arm.

Tante Vlada erwischte den anderen.

Sie zogen beide mit aller Kraft, und plötzlich ertönte das scharfe Reißen von Stoff.

»Gib mir das Mädchen, du zenzanische Hure!«

Tante Vlada lachte. Für sie war es ein Spiel, ein vergnügliches Spiel.

»Sie ist ein gutes Mädchen. Ein moralisches Mädchen!« keuchte Tante Umbecca und suchte die Hilfe der Umstehenden. Einige wandten sich ab, andere sahen einfach nur zu. Gequälte Lakaien versuchten vergeblich einzuschreiten.

LORGNETTE (drängend): Sollte man nicht etwas tun?

WACKELPERÜCKE: Sieh zu, mein Freund. Sieh einfach hin und genieße es! Mmh, sieh dir nur diese bebenden Äpfel an!

Ring war ebenfalls von dem Aufruhr begeistert. Er kläffte wie wild und versuchte noch heftiger, sich aus Mr. Burgroves Griff zu befreien.

»Halt still, du kleiner Mistkerl ...«

»O Jac, diese Schande!« Eine heulende Pelli brach an seiner Schulter zusammen.

»Verdammt!« Er stolperte, und Ring riß sich los.

Nun war zwar Ring ein besonders kleiner Hund, ein Winzling und auch noch äußerst zierlich. Aber alle Hunde, selbst Schoßhunde, haben wilde Wölfe als Vorfahren. Rings Knochen waren so zart wie die eines Kükens, aber er kannte keine Furcht – er war mutig. Und seine kleinen Zähne waren nadelspitz.

»Ring! Ring!« Mr. Brugrove kroch auf den Knien umher.

Ring schoß durch einen gefährlichen Wald. Es gab glänzende Schuhschnallen, weiß bestrumpfte Waden, Säume, die sich aufbauschten. Jeden Augenblick konnte sich ein Fuß bewegen, dann würde ein schrilles Jaulen ertönen und dann das Geräusch von splitternden Knöchelchen.

»Ring! Ring!«

Aber sein Schicksal war besiegelt. Vor ihm wehte der Rocksaum einer Lady, und obwohl der Saum, das mußte man zugeben, der langweiligste war, der weit und breit zu sehen war, ließ sich Ring davon nicht stören. Denn der bauschende Rock enthüllte den üppigsten Knöchel, den er jemals gesehen hatte. So fett! So saftig!

Ring stürzte vor.

Es war das Werk eines Augenblicks. Vielleicht hatte Ring mehr gewollt als nur eine Mahlzeit. Vielleicht hatte er versucht, wie ein galanter Ritter seiner Lady zu dienen. Wenn dem so war, dann ging sein Plan schief. Jedenfalls versenkte er seine Zähne wie eine Schlange in das weiße Fleisch. Umbecca schrie auf.

Doch während sie schrie, taumelte sie zurück.

Jemand kreischte jämmerlich. Erschrocken ließ Tante Vlada Catas Arm los.

Das war der fatale Moment. Pelli hatte in ihrer Verzweiflung ihre Halskette umklammert, drehte sie in den Händen hin und her, bis die Kette plötzlich riß. Rote Rubine perlten auf den Boden und rollten in alle Richtungen davon, und zwar gerade in dem Augenblick, als Cata gegen die wehklagende Umbecca segelte.

Umbecca verschlug es den Atem, und sie fühlte, wie sie stürzte. Instinktiv umklammerte sie ihr junges Mündel fester. Eng umschlungen vollführten sie auf den Rubinen einen grotesken Tanz und rammten dabei die beiden alten Böcke, die sie so aufmerksam beobachtet hatten. Verzweifelt versuchte LORGNETTE, sich auf den Beinen zu halten, aber ein Rubin, nur ein einziger, rollte unter seine Sohle.

Die Leute schrien auf, als LORGNETTE und WACKEL-

PERÜCKE mit einem mächtigen Platschen in das Bassin fielen, unmittelbar gefolgt von Cata und Umbecca, die hinter ihnen her in die Tiefe taumelten.

13. *Holluch-Wege*

»Knatsch, quatsch, knatsch, quatsch!« rief Myla fröhlich, während sie durch den Schlamm den sanft geschwungenen Hügel hinauflief.

»Schwester, warte auf mich!« Rajal lachte. Das Mädchen war so lebhaft, aber schließlich hatte sie auch nicht die halbe Nacht mit verängstigten Pferden im Regen zugebracht.

Sie hatten eine Aufgabe zu erledigen. Bevor sie nach Agondon aufbrachen, mußten sie für die Große Mutter Beeren sammeln, die nur in den Hügeln von Holluch wuchsen. Rajal blickte hoch, dorthin, wo die grünen Hügel des Tals dem bewaldeten Hochland wichen. Die blassen Strahlen der Sonne drangen durch die Wolken, und über den Bäumen spannte sich ein wunderschöner Regenbogen. Es war ein großartiger Anblick, aber Rajals Schritte wirkten müde, und sein Herz war schwer.

Wo war Nova?

Und warum beschäftigte ihn das so?

»Komm schon, du Trödler!« rief Myla und sah dabei so glücklich aus, daß sich Rajals Laune besserte. Nichts liebte Myla so sehr, wie nach Beeren zu suchen, und es sah so aus, als wäre ihr bunter Vogel derselben Meinung. Eo segelte in großen Kreisen um sie herum und landete gelegentlich, um in Erdkrumen herumzupicken oder in einem Maulwurfloch zu wühlen oder spielerisch um Mylas Füße herumzuhüpfen. Dann tanzten das Mädchen und der Vogel zusammen, freuten sich aneinander und hüpften absurd herum, linker Fuß, rechter Fuß, bis der Vogel seine Flügel ausbreitete und wieder in den roten Regenbogen hinaufstieg.

Rajal mußte lachen. Wie er seine kleine Schwester liebte!

»Warte!« rief er erneut und eilte den Hügel hinauf. Am Rand des Waldes blieb er stehen und schöpfte Atem. Er drehte sich um und blickte über das regennasse Tal. Auf dem Hügel hinter ihnen lag Varby sicher hinter seinen Mauern. Man konnte die Glocken hören, die den Kanonischen Tag einläuteten, aber Rajal wußte, daß heute Mittsommernacht war. Der Kurort würde heute nicht zur Ruhe kommen, und es würden auch nicht viele Menschen beten. Kutschen, die vielleicht von dem schlechten Wetter aufgehalten worden waren, rumpelten zielstrebig auf die Stadttore zu. Und an den Frachttoren am anderen Ende der Stadt war eine lange Reihe von Händlerkarren aufgereiht und wartete auf Einlaß.

Da passierte etwas Seltsames. Plötzlich schoß eine bunte Gestalt aus der Reihe der Karren hervor. Die Händler sahen neugierig zu und drehten sich dann kopfschüttelnd weg, als die Gestalt zunächst einige Längen auf dem Frachtweg entlanglief und dann zu den regennassen Hügeln abdrehte, atemlos und lachend. Wie kam dieser Page dazu, sich so zu benehmen? Andererseits, wer wußte schon, was sie in Varby taten?

Plötzlich kletterte Rajal rasch den Hügel hinunter.

»Nova!«

»Hallo, Raj. Denen hab ich's aber gezeigt«, meinte Nova unbekümmert, und mit seinen leuchtendblauen Augen sah er den Vaga-Jungen strahlend an, der vor ihm stand, die Hände in die Hüften gestemmt.

»Wem hast du es gezeigt?« zischte Rajal und hob seinen Freund ruppig vom Boden hoch. Rasch zog er ihn außer Hörweite der Händler. »Dein Gesicht ist wieder ganz weiß! Und was machst du in diesem Kostüm? Das ist doch eine Livree des Prinzen von Chayn, hab ich recht?«

Rajal hatte das unangenehme Gefühl, daß er mit jemandem sprach, der ein wenig verrückt war. Irgendwas war mit Nova passiert, etwas Beunruhigendes. Aber der antwortete nur: »Raj! Hast du etwa auch studiert, nur um Kutscher zu werden?«

»Ich weiß nicht, wovon du redest. Komm. Wir suchen nach den Holluch-Beeren. Kommst du mit? Du wirst nur in noch größere Schwierigkeiten geraten, wenn ich dich jetzt wieder gehen lasse.«

»Guter Apotheker, was soll nur aus ihr werden?«

Der elegante Apotheker war ein dicker, kleiner Mann mit einer gepuderten Perücke. Eigentlich war er viel zu vornehm angezogen für jemanden seines Berufsstandes. Er hatte sich umgedreht und ließ den Verschluß seiner Arzttasche zuschnappen, als Umbecca seinen Ärmel packte. Mit einem geschäftsmäßigen Lächeln auf den Lippen drehte er sich wieder um.

Die fette Frau war in dicke Decken eingewickelt und saß in einem Sessel am Kamin. Ihr Bein hatte sie auf einen Schemel gelegt, und ihr Knöchel war bandagiert.

»Werte Dame, ich glaube, es ist viel mehr die Frage, was aus *Euch* wird. Euer junges Mündel hier steht in der Blüte ihrer Jahre. Ich fürchte, Euer Zustand biete eher Anlaß zur Sorge. Diese Art von Anstrengung, der Ihr Euch heute morgen unterworfen habt, kann ungeheuren Schaden an der Körpertemperatur anrichten, an ihrem Fluß, ihrer Beschaffenheit, ihrem Kreislauf. Ganz zu schweigen von der Körperfeuchtigkeit. Ruht Euch aus, werte Dame, und schluckt Eure Medizin. Am nächsten Kanonischen Tag dürfte alles wieder gut sein, wenn Ihr nur ruht, ruht ...«

»Am Kanonischen Tag? Aber wir müssen Varby verlassen! Und zwar sofort! Oh, mein armes, armes Mädchen!«

Der Apotheker lachte weltmännisch, als wollte er damit auf einen Witz reagieren, der nicht komisch war, den er aber der Höflichkeit halber würdigen mußte. Mit derselben Ironie titulierte er Umbecca als »werte Dame« oder »teure Lady«. Natürlich war diese Frau ein Niemand, ein Nichts, das Eheweib irgendeines Provinzverwesers, das war alles. Aber der Apotheker hatte festgestellt, daß es sich gut machte, wenn er seine Patienten so behandelte, wie sie sich selbst sahen. Es wirkte wahre Wunder für sein Geschäft. Außerdem war Madam Veeldrop ehrgeizig, sehr ehrgeizig.

Er durchschaute sie. Unter dem Vorwand strenger Moral hielt sie das Mädchen am kurzen Zügel. Während der ganzen Varby-Saison durfte kein Bursche mehr als nur einen flüchtigen Blick auf sie werfen. Das Mädchen würde sich darüber ärgern, die Burschen würden den Mond anheulen. Aber wenn die Saison zu Ende war, sahen die jungen Mädchen, die ihren Leidenschaften gefrönt hatten und von allzu liberalen Erzieherinnen von der Leine gelassen worden waren, schon ein wenig abgegriffen aus, ein bißchen verbraucht. Welcher Mann würde sie ansehen, wenn die jungen Dinger dann beim »Ersten Mondleben« ihr Debüt gaben? Und dann tauchte Madam Veeldrop auf und ließ den Köder aus Frischfleisch vor ihren Fängen baumeln. In einem Monat, ach, noch weniger, würde die Ehevereinbarung geschlossen, und es würde zweifellos eine fette Partie werden. Vielleicht sogar so fett wie Madam Veeldrop!

Und jetzt fürchtete sie, daß ein einziger Morgen das Werk einer ganzen Varby-Saison zerstört haben könnte!

Der Apotheker genehmigte sich einen weiteren Anflug von Ironie. »Aber werte Dame, Ihr wollt jetzt abreisen? Am Vorabend der Mittsommernachtswende? Wie barbarisch!« Mit seiner Hand deutete er schwungvoll zum Fenster, wo das blasse Sonnenlicht schwach durch die dünnen Vorhänge drang. »Morgen abend wird der dunkle Himmel über dem Eldrics-Park von Millionen explodierenden Sternen erleuchtet sein. Und bunte Gestalten mit silbernen Masken werden sich drehen und wie losgelöste Geister umhertanzen und alle verzaubern, die in ihrer Mitte sind. Meine Teuerste, es wird eine faszinierende Nacht! Wollt Ihr sie nicht wenigstens vom Fenster aus verfolgen?«

Für Cata klangen die Worte des Apothekers wie süße Musik. Sie stand am Fenster und drehte sich zu ihm um. Ihre Augen glühten. Einen Moment schien sie die Schande vergessen zu haben, die sie verzehrte, seit sie den Pumpen-Raum verlassen hatte. Einen Augenblick stellte sie sich möglicherweise sogar vor, daß sie tatsächlich auf den Ball gehen könnte.

Umbecca jedoch schwankte nicht. Sie stand zwar unter starken

Beruhigungsmitteln, und ihre Wahrnehmung war bereits getrübt, aber sie bemühte sich dennoch, ihren Protest zu äußern. »Guter Apotheker, Ihr kennt ja die Schande nicht, die sich wie ein Leichentuch über mein junges Mündel gelegt hat. Oh, diese verfluchte Hure Vlada Flay ...«

Die fette Frau machte in diesem Stil weiter, bis sie schließlich erschöpft verstummte. Der Apotheker tätschelte ihre Hand und murmelte ihr, wie er meinte, tröstende Worte zu.

»... na, na, wie ich schon sagte, Ruhe ist lebenswichtig, wenn die Körpersäfte ihre Ausgewogenheit wiederfinden sollen. Ach so, und eine äußerst karge Diät. Ich werde Euer Dienstmädchen instruieren, Euch einen dünnen Brei zum Mittagessen zu bereiten. Zum Abendessen gibt es ein gekochtes Ei und eine Scheibe trockenes Brot ...«

Umbecca stöhnte jämmerlich, bevor sie ohnmächtig wurde.

Cata lachte.

Der Apotheker drehte sich mit einem ironischen Lächeln zu ihr um. Das Mädchen trug wieder das schwarze Gewand der Frömmigkeit, und ihr schwarzes, noch ein wenig feuchtes Haar war zurückgekämmt und wurde von einem hübschen blauen Seidenband gehalten. Das ungewollte Bad hatte ihr anscheinend gutgetan; ihre Haut glühte.

Wie unschuldig sie aussah, wie fügsam!

Leider hatte er den Vorfall im Pumpen-Raum verpaßt, aber der Apotheker hatte bereits zwei Schilderungen gehört: die erste von dem Mädchen, das ihn gerufen hatte, und die zweite von einem Kollegen, der ihn lachend unten auf dem Platz angesprochen hatte. *Ach, Franz, schade, daß du nicht dabeigewesen bist!* Der Kollege hatte sich Tränen wegwischen müssen, als er die lächerlichen Einzelheiten des Vorfalls schilderte. *Diese fette alte Schachtel wurde wie ein großer schwarzer Wal aus dem Bassin gezogen ... aber das Mädchen!* Hier hatte sein Bruder im Berufe aufgehört zu lachen, und statt dessen hatte eine andere Art von Vergnügen in seinem Gesicht aufgeleuchtet. Er beugte sich dicht zu seinem aufmerksamen Zuhörer und wisperte von einem tropfnassen Gewand, das sich eng an junge, feste Brüste schmiegte ... *Aber Franz, gehört denn dieses Veeldrop-Mädchen nicht zu deinen Patienten?* Der Apoheker konnte das nur bestätigen, hielt vielsagend seine Arzttasche hoch und verabschiedete sich von seinem plötzlich recht neidisch wirkenden Kollegen.

Jetzt betrachtete er das Mädchen.

Hatte er sie nicht immer für ziemlich langweilig gehalten? Für jemanden, der an den Fäden ihrer Tante hing? Jetzt dagegen war er überzeugt, daß sie eher heißblütig war. Wie schade, daß er in der ganzen Zeit, die sie schon in Varby war, niemals mehr getan hatte, als ihre Herzschläge zu messen und ihr Löffel mit gezuckertem Orandy zu verschreiben. Im Zuge seiner beruflichen Pflichten behandelte der Apotheker bestimmte Patientinnen weitaus gründlicher. Und so manche vornehme Lady hatte schon im Rhythmus seiner forschenden Finger gestöhnt und gezittert ...

Aber die Tante war immer dabeigewesen, das war die Schwierigkeit!

Der Apotheker unterdrückte eine Grimasse, und mit Hilfe weiterer Bemerkungen über Körpertemperatur, Körperfeuchtigkeit und die Balance dieser Säfte – damit war das Arsenal seiner Sachkenntnis auch bereits erschöpft – versicherte er der jungen Dame, daß ihre Tante wieder gesund werden würde. Vollkommen gesund. Aber sie könnte keinesfalls so schnell abreisen, wie sie das wollte.

Darüber war er sehr froh.

Und das Mädchen auch, dessen war er sich gewiß.

»Leider, Miss Veeldrop, muß ich noch andere Besuche absolvieren, aber ich versichere Euch, daß ich bald, sehr bald zurückkommen werde, um nach der Patientin zu sehen ...«

An der Tür des kleinen Salons verbeugte er sich und ergriff kurz die Hand des Mädchens. Cata merkte, daß sich sein Verhalten ihr gegenüber irgendwie geändert hatte. Es besaß eine neue Ernsthaftigkeit, war respektvoller. Verspottete er sie? Sie errötete und blickte auf seine Hände.

Die Nägel waren sehr sauber und gefeilt.

»Ich glaube, die schmecken hervorragend«, meinte Nova und leckte sich den Beerensaft von den Fingern.

»Du sollst sie doch nicht essen, du Idiot!«

»Aber warum denn nicht? Sind sie giftig?«

»Wir sammeln sie für die Große Mutter.« Rajal senkte die Stimme und deutete auf Myla, als würde das Mädchen diese neueste Verrücktheit seines Freundes sicher besonders mißbilligen. Sie befanden sich in einem kleinen Kiefernwäldchen und hatten die Taschen mit Holluch-Beeren vollgestopft. Die Sonne stand hoch über dem Wald, und ihre Strahlen schienen golden durch das Blätterdach.

»Ich fürchte, ich habe ein paar von meinen gegessen«, erwiderte Nova flüsternd. »Genaugenommen sogar alle. Ich habe nämlich nicht gefrühstückt, weißt du.«

»Frühstück! Dann solltest du lieber neue suchen. Aber ich glaube nicht, daß du dich noch lange über dein Frühstück freuen wirst, Nova.«

Rajal mußte unwillkürlich lächeln. Holluch-Beeren waren für die Magie da, nicht zum Essen.

»Was hast du eigentlich gestern abend gemacht?«

Novas Verhalten wirkte auf seinen Freund immer noch etwas zu lebhaft, seine Fröhlichkeit aufgesetzt. »Ich habe in einem Torweg geschlafen. Und bin in eine Wirtshausschlägerei geraten. Ach, und du wirst es nicht glauben, Rajal. Fast wäre ich bei den Silbermasken aufgenommen worden.«

Jetzt mußte Nova lächeln.

»Was?«

Aber das Gespräch brach abrupt ab, als unvermittelt ein hohes, reines Geräusch ertönte. Es war Myla. Das Mädchen stand ein bißchen abseits. Ihr Haar glänzte im Sonnenlicht, und sie hatte den Mund geöffnet und die Hände ausgestreckt. Der Ton, den sie ausstieß, hatte keine Melodie, keine Worte, sondern klang wie der Widerhall einer Stimmgabel. Es war ein hypnotisierendes Geräusch, und während es anhielt, flog der bunte Vogel im Kreis über ihrem Kopf. Die Jungen konnten nur zuhören. Sie waren fasziniert und ein klein wenig verängstigt. Dann sprach Myla, aber es war nicht ihre Stimme, sondern eine tiefe, ältere:

Die Varby-Frist

Das war alles, doch dann sprach sie die Worte noch einmal aus und drehte sich mit einem merkwürdig glasigen Blick aus glühenden Augen zu ihren Gefährten um:

Die Varby-Frist

14. Der bescheidene Hauptmann

Cata trat wieder ans Fenster, nachdem der Apotheker gegangen war. Unruhig schob sie den dünnen Vorhang zurück. Die Sonne zeigte sich wieder, aber sie kämpfte gegen die Wolken. Man konnte an dem vereinzelten Flattern eines Schals oder einer modischen Mütze sehen, daß es offenbar immer noch kühl war. Daß die Adligen ihre Theron-Garderobe spazierentrugen, war vielleicht als Trotzreaktion zu werten, als versuchten sie zu ignorieren, daß die Jahreszeit allmählich ihrem Ende zuging.

Ihr Blick glitt unwillkürlich – und unausweichlich – zu dem Vorplatz des Pumpen-Raums. Erst eine Fünfzehnte zuvor war sie vor aller Augen von einem Lakaien diese Stufen hinuntergetragen worden. Umbecca hatte sich an den Arm des Mannes geklammert und war neben ihm hergeschlurft. Dabei hatte sie geschrien, daß ihr Kind tot sei, tot, und daß alles nur die Schuld dieser Hure sei, dieser Vlada Flay. Um sie herum hatte sich eine Menschenmenge versammelt, und die Leute hatten geglotzt und gelacht. Mittlerweile mußte ganz Varby wissen, was passiert war. Umbeccas Geschrei hatte erst aufgehört, als sie erschöpft auf ihrer Türschwelle zusammengebrochen war.

Drei Lakaien hatten sie hochwuchten müssen.

Catas Wangen brannten vor Scham. Verflucht sollte ihre Tante sein! Welchen Sinn hatte es, vom Mittsommernachtsball zu träumen? Umbecca hatte zumindest in einem Punkt recht behalten. Catas Zukunft in der vornehmen Gesellschaft war zu Ende, bevor sie überhaupt begonnen hatte.

Ihre angeschlagene Tante schnarchte vernehmlich. Einen Augenblick spielte Cata mit dem Gedanken, ihr ein Kissen über den bebenden Mund und ihr wabbelndes Doppelkinn zu drücken. Stattdessen warf sie sich auf das Sofa. In ihren Augen brannten heiße Tränen.

Auf der Treppe ertönten Schritte.

Schnell riß Cata sich zusammen und richtete sich rasch auf, als Nirry hereinkam. »Bitte, Miss, da ist ein Gentleman ...«

»Ein Gentleman? Was für ein Gentleman?«

War der Apotheker so schnell wiedergekommen?

Aber der Besucher war jemand anders. Ein gutaussehender junger Blaurock mit strahlenden Augen und schwarz gewichstem Schnurrbart. Höflich, aber zielstrebig drängte er das Dienstmädchen zur Seite und stand bereits im Zimmer. Er nahm seinen Dreispitz ab, klemmte seinen Spazierstock und seine weißen Handschuhe unter den Arm und verbeugte sich tief.

»Meine Damen, Ihr werdet diesen hastigen Auftritt entschuldigen, aber ...«

Cata schaute kurz zu ihrer Tante hinüber. Sollte sie sie aufwecken?

Nein!

Lächelnd drehte sich Cata zu ihrem Gast um. Sie deutete graziös auf das Sofa und zischte Nirry zu, sie solle dem Gentleman seine Garderobe abnehmen.

Das Dienstmädchen zögerte und verließ den Raum nur widerwillig. Besorgt runzelte sie die Stirn.

Offen blickte Cata dem Fremden in die Augen. Er sprach leise, als wollte er Umbecca nicht wecken.

»Miss Veeldrop, ich fürchte, daß Ihr mir gegenüber im Nachteil seid. Ich kenne Euch, aber Ihr mich nicht. Das heißt … wer weiß? Vielleicht erkennt Ihr ja sogar die Ähnlichkeit?«

»Es tut mir leid, mein Herr. Ich …«

Wie ein Zauberer strich er sich mit der Hand über das Gesicht. Als er sie wegzog, glichen seine Züge für einen Moment denen eines alten Mannes, mit entzündeten Augen, runzligen Wangen und einem hängenden Kropf. Cata war verwirrt. Doch dann deutete ihr Besucher in die Luft über sich und wackelte mit dem Kopf hin und her.

Das Mädchen kicherte. Eine wackelnde Perücke!

»Mein, ehm, Onkel ist leider verhindert. Nichts Ernstes, keine Bange. Wie Eure eigene werte Beschützerin braucht auch er zweifellos nur ein wenig Ruhe. Aber, Miss Veeldrop, seid versichert, daß er äußerst darum bemüht ist zu erfahren, wie es Euch ergangen ist. Und erlaubt mir die Bemerkung, daß ich sehr erfreut bin, daß mein Bericht so positiv ausfällt. Mein Onkel ist ein Gentleman der alten Schule, Miss Veeldrop. Denkt keine Sekunde daran, daß er Euch nicht lieber höchstpersönlich aufsuchen würde. Wäre es ihm möglich, hätte er es getan. Aber wie die Dinge liegen, bitte ich Euch, an seiner Statt nicht den vornehmen Grafen, sondern den bescheidenen Hauptmann zu empfangen.«

Rajal brach den Bann. Er sprang vor und riß seine Schwester aus dem Sonnenstrahl. Einen Augenblick später wehrte sie sich und verlangte beleidigt, daß er sie loslassen sollte.

»Was war das?« wollte Jem wissen. »Ich verstehe es nicht.«

»Das war eine *Einstimmung*«, erwiderte Rajal. »Etwas in der Luft, das durch sie gesprochen hat. Es ist böse …«

»Natürlich. Es ist schon einmal passiert, hab ich recht?«

Besorgt erinnerte sich Jem an das letzte Mal, als Myla in Trance geraten war, und auch an die Erklärung, die ihnen die Große Mutter gegeben hatte.

Die Verzückung wirkt stark in ihr, aber das Kind Myla muß erst noch die volle Kontrolle über ihre Kräfte erlangen. Sie wird noch zu leicht zum Sprachrohr der finsteren Wesen, die wieder auf diese Welt kommen wollen. Die Abgewiesenen von Orok, die an der pergamentdünnen Haut kratzen, die uns vom Reich des Nichtseins trennt …

Jem erschauderte. Er hatte oft gehört, wie Myla vor sich hin geplappert hatte. *Schon als Wickelkind sprach sie die Worte deutlich aus. Oft war sie mehrere Tage lang krank, und wir fürchteten um ihr Leben …*

»Die Präsenz muß hier sehr stark sein, wenn sie Myla so hilflos wie ein Kleinkind machen kann.« Zärtlich strich Rajal dem Mädchen übers Haar. »Schh, Schwester Myla. Es ist jetzt alles wieder gut …«

»Mir ging es vorher auch gut!« Myla riß sich los und sah ihren Bruder anklagend an. »Verstehst du denn nicht? Bruder Raj, *Die Varby* wollten sprechen. Sie wollten reden … durch mich. Jetzt sind sie fort, und du hast sie ergrimmt!«

»Ich habe dich wütend gemacht«, erwiderte ihr Bruder verlegen.

»Wovon redet sie?« wollte Jem wissen. »Was meinte sie mit *Die Varby-Frist?*«

»Nova, weißt du denn gar nichts? Erinnerst du dich nicht an die erste Nacht, als wir hier im Lager angekommen sind? An das Lied, das die Große Mutter am Feuer gesungen hat?«

Jem erinnerte sich an die lange, dröhnende Ballade, die sie anscheinend halb in einer alten Vaga-Sprache gesungen hatte. Es war nicht unangenehm gewesen, aber Jem war trotzdem eingeschlafen, lange bevor sie zu Ende war.

»Das war das Klagelied der Beschwichtigung«, erklärte Rajal. »Die Große Mutter sagt, daß wir die Herrschenden Geister respektieren müssen. Die Varby waren die Herrscher dieser Täler, lange bevor die Stämme der Ejländer kamen. Selbst später, noch lange danach, gehörten ihnen die Quellen, die jetzt unter der Stadt liegen. Die alten Bauern verstanden die Varby und lebten mit ihnen im Einklang. Anders das Agondon-Volk. Es hat sie vertrieben. Und jetzt trauern die Varby in den Hügeln ihren verlorenen Quellen nach und träumen von dem Tag, an dem sie sie wiedererlangen.«

Jem runzelte die Stirn. Er wußte nur wenig von Varbys Geschichte. Zur Zeit der Heiligen Kaiserin Elabeth der Ersten hatte der Adel angefangen, sich an diesen Quellen zu erholen. Der Militärgouverneur, Lord Milander, stellte zu seiner Freude fest, daß ihm diese Quellen Linderung von seiner Gicht verschafften. Aus Dankbarkeit stiftete er die Abteikirche von Varby, und mit der Zeit wurde die Abtei oder vielmehr die Quellen, die zu ihr gehörten, zu einem Wallfahrtsort. In Agondon empfahlen die Modeärzte »eine Kur mit Varby-Wasser«, aber Varbys Schicksal wurde erst besiegelt, als die zenzanische Pest im Zyklus 970 tobte und Eldric der Achte seinen Hof in den Kurort verlegte. Die Pest ging vorbei, aber die Adligen fielen immer noch nach Varby ein, und zwar nicht nur zur Heilung, sondern auch zu ihrem Vergnügen.

Jem hatte noch nie von den Kreaturen gehört, die man die Varby nannte, aber selbst in der Religion, die er im Tempel gelernt hatte, war von den bösen Wesen die Rede, die einmal diese Länder beherrscht hatten.

Er dachte an die Schlange Sassoroch und schüttelte sich.

Myla war ein wenig zur Seite getreten und starrte in den Lichtstrahl, in dem sie eben noch gestanden hatte. Bildete Jem es sich nur ein, oder war er heller geworden? Er tat in den Augen weh. Rajal blickte ebenfalls auf den Strahl, sah dann seine Schwester an und dann wieder das Licht.

»Du hast gesagt, sie wären böse?« fragte Jem.

»Sie sind wütend«, antwortete Rajal ernst. »Und Wut schlägt schnell in Boshaftigkeit um.«

Es war etwas, das die Große Mutter hätte sagen können. Und natürlich hatte sie das auch gesagt, vor ein paar Mondleben, nach einer der zahllosen Keilereien zwischen den Jungen. Jem mußte lachen, aber das verging ihm sehr rasch, als Myla sich zu ihm umdrehte. Sie knurrte ihm Worte mit ihrer eigenen Stimme zu, die allerdings nichts Kindliches mehr hatte. »Ich kann mir nicht vorstellen, daß Ihr Grund zum Lachen habt, Prinz Jemany.«

Die bunte Taube saß auf einem Ast und stieß wie zur Bekräftigung einen vernehmlichen Schrei aus. Myla drehte sich um, rannte davon und verschwand rasch in dem grünen, duftenden Dickicht des Kiefernwaldes.

»Schwester Myla! Komm zurück!« rief Rajal. Er schien sie verfolgen zu wollen, blieb dann jedoch stehen, wirbelte herum und trat gegen eine Farnkrautknolle. Das Mädchen war schnell und schon weit weg.

Wütend stellte er Jem zur Rede. »Wie hat sie dich genannt?«

»Ich weiß es nicht.« Der Lichtstrahl verblaßte allmählich. »Sie hat sicher irgendeinen Unsinn erzählt.«

Sie weiß es, dachte Jem.

»Schwester Myla erzählt keinen Unsinn.«

»Aber du hast doch gesagt, daß sie plappert. Plappert und phantasiert.«

»Das ist kein Unsinn.« Rajal packte Jems Arm. »Sie weiß es, stimmt's?«

Natürlich weiß sie es. Sie ist schließlich Xals Nachfolgerin, oder nicht?

»Was soll sie wissen?« fragte Jem laut.

»Wer du bist. Deinen wahren Namen. Willst du mich wirklich immer noch glauben machen, daß du irgendein Bauernbursche bist, den wir zufällig am Wegesrand aufgelesen haben? Wohl kaum!«

Dieser Gedanke hatte Rajal schon lange gequält. Er wurde wütend. Er liebte seine Schwester, und er liebte die Große Mutter – aber warum hatten sie ihn ausgeschlossen? Wie hatten sie ihn belogen! Niedergeschlagen ließ er sich auf einen moosigen Baumstamm sinken. Der Junge, der Nova genannt wurde, wandte sich von ihm ab und betrachtete den Lichtstrahl, der immer schwächer wurde.

Sag nichts, dachte Jem. *Sag einfach nichts.*

Was war ich doch für ein Narr, dachte Rajal. Manchmal hatte er sich beinahe erfolgreich eingeredet, daß Nova tatsächlich ein Kind des Koros war, wie er, Rajal. *Mein Bruder.* Aber Brüder gehörten zur selben Rasse, und für Nova, so glaubte Rajal, war die Koros-Rasse nur ein Schmutzfleck, den man einfach abwaschen konnte. Ihm wurde schlagartig klar, daß Nova sie bald verlassen würde. Die ganze Zeit war der fremde Junge in Richtung Agondon gezogen, hatte unter den Fittichen der Großen Mutter Schutz gesucht, und wenn er sein Ziel erreichte, würde der Ejländer verschwinden und ein neues Leben anfangen. Ein sorgloses Leben. Verächtlich stellte Rajal es sich vor. Wie Mylas Vogel einfach über eine hohe, mit Spitzen bewehrte Mauer fliegen konnte, würde auch Nova die Seiten wechseln. Ich war auch einmal ein Vaga, sagte er vielleicht eines Tages zu einem hellhäutigen Kameraden und würde überheblich lachen, wenn sie an einer Gruppe von Koros-Kindern vorbeikamen, die mit ihren Holzschwertern gegen irgendwelche Gitter schlugen.

Ich aber werde immer ein Vaga bleiben, dachte Rajal. Oh, er konnte natürlich das Mal auf der Innenseite seines Oberschenkels verbergen, die rote Narbe, die alle Vaga-Männer dort trugen, wo Theron den finsteren Koros gestochen hatte. Es gab einige, die kein anderes Zeichen trugen; sie waren sicher, abgesehen von den schlimmsten Vaga-Säuberungen. Solche »blassen Kinder« gingen als Zenzaner durch, vielleicht sogar als Ejländer. Aber Rajal war ein Vaga, ohne jeden Zweifel.

Sein geröteter Schenkel schmerzte. Er hatte gehört, daß dieses Vaga-Mal, die *Membran,* weh tat, wenn es wuchs. Es wurde in den Jahren seines vierten Zyklus größer. Manche sagten auch, daß es während des ganzen Lebens eines Mannes schmerzte. Rajal verfluchte den finsteren Koros. Warum sollte er für die Narretei eines Gottes bestraft werden? Aber im El-Orokon stand geschrieben, daß die Kinder des Koros leiden mußten, weil ihr Gott die Schöpfung dieser Welt ruiniert hatte. Und auch wenn es welche gab, wie die Große Mutter, die der Überzeugung waren, daß eine Zeit kommen würde, in der ihre Rasse nicht mehr leiden mußte ... Wer schenkte ihnen schon Glauben?

Sie hatten immer gelitten.

Eine Frage drängte sich Rajal auf. »Das mit den Silbermasken war gelogen, hab ich recht?«

Jem blickte immer noch in Mylas Licht und dachte an die Zeiten, als Rajal von dieser Truppe geschwärmt hatte, von ihrem Talent, von ihrem sagenhaften Ruhm und Reichtum. Sie hätten auch eine Götterrasse sein können. Es reizte ihn urplötzlich mächtig, die Wahrheit zu erzählen, aber er riß sich zusammen. Jedoch nicht aus Empfindsamkeit, sondern eher aus Vorsicht. Etwas schien in dem Lichtstrahl Gestalt anzunehmen, aber nein, es mußte eine Struktur von, sagen wir, Sporen in der Luft gewesen sein.

Jem drehte sich nicht um.

»Ich habe sie kommen sehen«, sagte er leise. »Aus einiger Entfernung. Eine großartige Kutsche, in den Farben von Koros, aber mit dem königlichen Wappen auf der Seite. Sie fuhr wie eine Vision über die Eldrics-Promenade ...«

Rajals Augen glänzten. »Aus der Ferne!«

Die Masken waren für ihn immer bloß eine Phantasie gewesen. Jetzt jedoch wirkten sie real. Vielleicht entstand in diesem Moment die unumstößliche Entschlossenheit in ihm, ihnen beizutreten.

Aber wie sollte er das anfangen?

Rajal stand von dem moosigen Baumstumpf auf. »Und wie bist du wieder in die Stadt gekommen?«

»Durch das Frachttor. Wo du mich getroffen hast. Dort ist es ganz leicht, Raj. Die Blauröcke sind weit schlampiger, als du glaubst. Sie haben vor niemandem Angst ...«

»Auch nicht vor den Zenzanern? Man munkelt von einem neuen Krieg ...«

»Es zieht etwas herauf«, antwortete Jem leise. »Aber ich glaube nicht, daß es Zenzau ist.«

Rajal trat dicht neben ihn und berührte seinen Arm. In den Jahreszeiten, die sie gemeinsam auf der Straße verbracht hatten, war sein Freund größer und schlanker geworden, hatte rasch die Gestalt eines Mannes bekommen. Rajal hätte ihn darum beneiden können, tat es aber nicht. Immerhin würden sie sich ohnehin bald trennen.

Mein Bruder.

»Was meinst du damit? Du weißt etwas, stimmt's? Sag mir, wer du bist ...«

Der Klang von Trommelschlägen drang durch das Dickicht. »Blauröcke!« Jems Augen blitzten. Waren sie gar nicht so tief im Wald? Aber natürlich nicht! Eine Straße führte hier vorbei. Sie erstreckte sich von Varby nach Holluch-auf-dem-Hügel. »Wo ist Myla?«

Ul, ul, ul, ul!

Und wo war der Vogel? Eos Ruf war hoch und schrill und schallte beunruhigend zu ihnen herüber.

»Schnell!«

Jem reagierte als erster. Sie stürmten durch den Kiefernwald und ließen die Lichtung hinter sich. Es herrschte Schweigen, bis auf das Tröpfeln des Regens von den Zweigen, das Knarren der Stämme im Wind und das *Tock, Tock* der Spechte, die Käfer unter den Baumrinden suchten.

Aber sie waren zu früh gegangen, und nur ein Eichhörnchen, das kurz in seiner leisen, unaufhörlichen Suche nach Nüssen innehielt, sah, wie der Lichtstrahl plötzlich wieder heller wurde, und beobachtete mit seinen eindringlichen dunklen Augen, wie sich im Inneren des Strahls Phantomgesichter bildeten, die mit merkwürdig geschwungenen Lippen die Worte formten:

Die Varby-Frist

Umbeccas Schnarchen hob wieder an, lauter diesmal, doch Cata hörte es kaum. Sie betrachtete nachdenklich ihren merkwürdigen Besucher und war mehr als nur ein bißchen von seinem galanten Benehmen fasziniert. Ihr kam der Gedanke, daß sie so gut wie allein mit diesem Gentleman in einem Raum war.

Was würde Jeli sagen?

Ein Amethystring blitzte an der Hand des Hauptmanns auf. Er griff in seine Jacke und zog ein flaches, silbernes Etui hervor. Er klappte den Deckel auf und nahm einen gerollten Tobarillo heraus. »Sie gestatten doch, Miss Veeldrop?«

Cata nickte.

»Wunderschön, nicht wahr? Möchten Sie es gern sehen?« Der Hauptmann reichte ihr das Etui. Cata nahm es vorsichtig entgegen und strich mit den Fingern über das ziselierte Muster. Sie suchte nach dem Hebel, der den Deckel aufschnappen ließ. Auf der Unterseite stand ein Reim, eingraviert in vornehm geschnörkelter Schrift:

Ich, die ich dir meine Geheimnisse preisgegeben habe,
überreiche dir diese Dose zur Erinnerung an mich.
Sie enthält viele Stäbchen, die dich weit weniger laben,
als du mich mit nur einem beglücktest, das gestehe ich.

War das ein Rätsel? Cata verstand es nicht ganz, aber sie lächelte dennoch wissend. Allmählich fürchtete sie es, erwachsen zu werden. Fühlte es sich so an, eine Eingeführte zu sein?

Graublauer Rauch kräuselte sich in der Luft.

»Ah, Miss Veeldrop, ich weiß, was Ihr denkt!«

Aber das glaubte der Hauptmann nur.

»Der Name meines Onkels ist Euch unbekannt. So ist das mit dem Ruhm! Miss Veeldrop, Ihr seid jung, entzückend jung, aber wenn Euch die Jahre schon mehr belasten würden, würdet Ihr Euch vielleicht an die glorreichen Tage meines Onkels erinnern. Ihr haltet ihn sicherlich nur für einen alten, angemalten Narren ...«

»Aber nein, Hauptmann!«

»Ja, Miss Veeldrop, aber ja. Ihr braucht nicht aus Höflichkeit zu lügen.« Der Hauptmann lächelte und nahm Catas Hand. »Laßt uns einander vertrauensvoll begegnen. Jugend, Miss Veeldrop, ist eine Blume, die rasch verwelkt. Hättet Ihr meinen Onkel zur Zeit der Königin-Regentin gesehen, hättet ihr einen Mann erlebt, der das Wohl von Varby war. Bedauerlicherweise, für den armen Gentleman, muß es aber auch die geben, deren Blüte hinter ihnen liegt. Folglich auch diejenigen, deren Blüte noch kommt. Und sehe ich da vor mir nicht genau so jemanden?«

Der Hauptmann sah Cata durchdringend an, während er an seinem Tobarillo zog.

Unvermittelt sprang das Mädchen auf! »Hauptmann, Ihr verspottet mich! Hat Euch Euer Onkel erzählt, was passiert ist?«

Sie ging zum Fenster und fühlte, wie ihr Tränen in die Augen schossen. Doch der Hauptmann folgte ihr, legte seine Hand auf ihren Arm und drehte sie zu sich herum.

»Teure Miss Veeldrop, Ihr seid so jung, so jung! Könnt Ihr denn wirklich glauben, daß das Werk eines einzigen närrischen Tages das Glück auslöschen würde, das Euch mit Sicherheit vom Schicksal vorherbestimmt ist? Mein gesellschaftlicher Umgang mit der mondänen Welt ist, wenn ich so sagen darf, gewiß umfassender als Eurer. Hört mir zu, teures Mädchen, und trocknet Eure Tränen. Im Augenblick seid Ihr Tagesgespräch von ganz Varby, aber schon bald, und zwar wenn die Sonne morgen aufgeht, wird irgendeine neue Verrücktheit, genauso vergänglich, die Aufmerksamkeit der vornehmen Gesellschaft auf sich ziehen. Nein, Miss Veeldrop, die Welt liegt vor Euch. Greift danach und macht Eure Arme weit auf!«

Aber Cata konnte gar nichts mehr mit ihren Armen tun, denn der Hauptmann hatte sie fest an sich gezogen. Seine Augen glänzten, und er versuchte, seine Lippen auf ihre zu pressen. Plötzlich bekam Cata Angst. Die schwarze Wichse des Schnurrbarts verschmierte ihr Gesicht. Sie wollte sich gerade zur Wehr setzen, als sie jäh unterbrochen wurden.

»Madam Veeldrop! Madam Veeldrop!«

Jemand hämmerte an die Tür.

Der Hauptmann ließ das Mädchen los, und sie sprang zurück. Gerade noch rechtzeitig. Plötzlich hatte Umbecca die Augen weit aufgerissen, und ihr fetter Hals bebte heftig. Als sie den Hauptmann sah, schnappte sie nach Luft und dachte einen Augenblick, daß er die Ursache für die Unruhe war.

»Sir! Was hat das zu bedeuten?«

Die Tür flog auf.

»Witwe Waxwell, bitte!« Hilflos versuchte Nirry, die Besucherin zurückzuhalten, die an ihr vorbeistürmte, ungeachtet aller Anstandsregeln.

Schluchzend brach die Witwe gleich darauf auf dem Boden zusammen.

»Was ist denn jetzt?« dröhnte Umbecca. »Was kann denn passiert sein?« Sie zuckte, als sie sich mühsam aus dem Stuhl wuchtete, weil ihr bandagierter Knöchel schmerzte.

Der Hauptmann trat neben die auf dem Boden liegende Gestalt. »Teure Dame, was hat Euch nur derartig entsetzt? Ich bitte Euch, sagt uns, was geschehen ist!«

Doch nur ein Strom unzusammenhängender Worte drang aus dem Mund der Witwe. Bis sie, schluchzend und bebend, die ominösen Sätze hervorwürgte: *»Sie ist fort, sie ist fort!«* und *»Meine arme, arme Pellicent!«*

Umbecca jammerte: »Oh, etwas Schreckliches muß passiert sein, ich weiß es genau!« Mit schmerzverzerrtem Gesicht sank die fette Frau auf die Knie, kniff der Witwe in die Wange und schlug ihr ins Gesicht, in einer Mischung aus Furcht und Ärger. »Berthen, Berthen, erzählt uns, was passiert ist!«

Die arme Witwe konnte nichts sagen, doch alles wurde einen Moment später deutlich, als der Hauptmann der verzweifelten Frau einen zerknitterten Zettel aus der Hand wand.

Miss Pellicent Pelligrew ist in unserem Gewahrsam.
Zahlt 10 000 Epikronen, oder das Mädchen stirbt.
Einzelheiten usw. werden noch bekanntgegeben.

Die Varby-Frist

15. Das Blockhaus im Wald

»Ein Tarn-Regiment!«

»Irion?«

»Das Fünfte.«

»Sie haben einen langen Weg hinter sich.«

»Irgendwas geht hier vor.«

»Ich hab dir doch gesagt, daß es Zenzau ist.«

»Das bezweifle ich.«

Jem flüsterte. Rajal zischte seine Antworten durch zusammengebissene Zähne. Die Jungen lagen am Rand des Kiefernwäldchens im Unterholz und spähten auf die Straße, wo schmutzige Stiefel im Takt der Flöten und Trommeln marschierten. Das kalte Sonnenlicht ließ Schnallen und Knöpfe und die silberfarbenen Bajonette glänzen. »Ihr da! Gleichschritt halten!« brüllte jemand. Blaue Wimpel flatterten im Wind, und am Ende der Reihe mühten sich erschöpfte Pferde, die schwerbeladenen, schwankenden Karren die Steigung hinaufzuziehen.

Das Fünfte Regiment der Königlichen Füsiliere marschierte den Hügel nach Holluch hinauf.

»Aber wo ist meine Schwester?«

»Sie hat die Straße überquert. Sie muß hier entlang gekommen sein.«

Erst als der letzte Karren vorbeigezockelt war, verließen die Jungen ihre Deckung und rannten von einer Baumreihe zur nächsten. Auf der anderen Seite der Straße war der Wald finsterer und dichter, und der Boden stieg steiler an. Er erhob sich jäh zu dem felsigen Gipfelplateau, von wo aus Holluch-auf-dem-Hügel das Tal überblickte. Das Geräusch der Trommeln und Flöten verklang allmählich im duftenden Grün.

Dann hörten sie den Schrei des Vogels.

»Hier entlang«, sagte Jem.

»Myla? Schwester Myla?«

Plötzlich stießen sie auf ein Blockhaus. Es schmiegte sich eng an den Hügel und war von einem Dickicht aus Kletterpflanzen fast verborgen. Es wirkte, als wäre es schon vor vielen Jahren aufgegeben worden, aber dennoch kräuselte sich eine Rauchfahne aus dem Schornstein.

Und oberhalb der Tür bimmelte leise ein kleines Glockenspiel im Wind.

»Da ist er«, meinte Jem.

»Eo?«

Jem streckte die Hand aus. Auf einem Zweig der Kletterpflanzen über der Blockhaustür saß der Vogel. Er schwieg und hatte den Schnabel in seinem bunten Gefieder vergraben. Diese Haltung nahm er immer dann an, wenn er seinen Ruf erledigt hatte – und es Zeit wurde, das Spiel zu beginnen.

»Aber wo ist meine Schwester?« fragte Rajal.

»Die Tür ist nur angelehnt.«

Sie flüsterten beide, während sie sich vorwärts tasteten. Das Unterholz um das Blockhaus war sehr dicht, aber dennoch hatte jemand einen Weg zur Tür freigeschlagen. Und im Gras sah man Spuren von Wagenrädern.

»Schwester Myla?«

Rajal ging zuerst hinein. Die Tür öffnete sich knarrend. Das Geräusch wirkte wie ein Baßton zu dem hellen Klingen des Glockenspiels. Das Feuer war nur noch ein glühender Aschehaufen, und durch die Schlitze der Fensterläden drang nur wenig grünliches Licht in den Raum. Doch selbst in diesem Dämmerlicht konnten die Jungen erkennen, daß es keine Holzfällerhütte war und daß sie auch nicht von einem Wildhüter genutzt wurde.

Es standen überall prächtige, mit Schnitzereien verzierte Möbel herum.

»Sieh dir nur all diese Dinge an!« Sie schlichen staunend weiter, strichen mit den Händen über eine lange, geschwungene Chaiselongue, über die mit Chintz gepolsterten Rückenlehnen, über Marmoroberflächen, Intarsien und Blattgold. Irgendwo tickte eine Olton-Uhr. Dicke Teppiche bedeckten den Boden, und Porträts in golden schimmernden Bilderrahmen hingen an den Wänden.

»Was ist das hier für ein Ort?«

Jem öffnete die Fensterläden. Es wurde ein bißchen heller, und sie konnten mehr erkennen. Hatte der erste Eindruck noch auf Wohlhabenheit hingedeutet, vermittelte der zweite Blick eher eine gewisse verwegene Heruntergekommenheit. Die Möbel standen wahllos herum, und alle Stücke waren alt, zerschlissen und verblichen. Der Chintz war fadenscheinig, der Lack teilweise abgeblättert. Es war billiges Zeug, das vermutlich bei irgendeiner Zwangsversteigerung eines bankrotten Edelmanns erstanden worden war und das man anschließend unbekümmert und verächtlich herumgeschubst hatte. Überall fanden sich klebrige Weinflecken, die aussahen wie Blut. Überbleibsel einer Mahlzeit, Hühnerknochen und halbgegessene Kuchenstücke standen auf verschiedenen Tischen und sogar auf dem Sofapolster herum. Jem tastete sich zwischen den Tischen hindurch und stieß dabei einen Deckel herunter. Mit lautem Scheppern fiel er zu Boden.

Jem bückte sich und hob ihn auf.

»Myla?«

Irgendwo kicherte jemand.

»Myla?« fragte Rajal erneut.

Nach dem Kichern ertönte ein Kratzen, wie von einer Ratte.

»Wir wissen, daß du hier irgendwo bist. Sei nicht albern, Schwester!«

Wieder kratzte jemand.

»Es kommt aus der Wand«, flüsterte Jem.

Tatsächlich. Zwischen herunterhängenden Ripswänden befand sich eine wurmstichige Holzvertäfelung. Jem strich sachte mit dem Finger darüber. Er hörte Mylas Atem auf der anderen Seite. Abrupt stieß er den Finger durch ein gezacktes Loch.

»Autsch!« jammerte jemand.

»Was ist?« wollte Rajal wissen.

Jem drehte sich lachend um, als die Vertäfelung nach hinten fiel und Myla zu sehen war. Sie rieb sich beleidigt die Augen. Hoch über dem Boden hockte sie auf der Matratze eines Betts, das hinter der Wand verborgen war.

»Ein Wand-Bett«, meinte Jem.

»Das wird dir noch leid tun, Prinz Jemany«, zischte Myla und blinzelte die Tränen weg. »Erinnerst du dich an all die Holluch-Beeren, die du in dich hineingestopft hast?«

»Holluch-Beeren?« wiederholte Jem und wünschte sich sofort, er hätte nichts gesagt. Der Name wirkte wie ein Zauber. Umgehend fühlte er ein alarmierendes Rumpeln in seinen Gedärmen, ein flüssiges Brennen in seinen Eingeweiden. Er ließ sich gegen den Rips sinken und hielt sich den Bauch. »Entschuldigt mich«, erklärte er mit einer absurden Höflichkeit, wie eine Jungfrau, die so tat, als müßte sie nur kurz frische Luft schnappen. »Ich muß einen Moment nach draußen ...«

Aber Rajal hörte nicht zu.

»Schh!« Er packte Jems Arm. Draußen ertönte ein Wiehern und dann das Klirren von Zügeln. Dann hörten sie Stimmen, die einer Frau und eines Mannes. »Schnell!«

Rajal kletterte rasch neben Myla in das Wand-Bett und zog Jem hinter sich. Sie hatten gerade noch Zeit, die Vertäfelung wieder an ihren Platz zu schieben, bevor der Mann und die Frau an der Tür standen und sie öffneten.

»Raj, ich mach mir gleich in die Hose!« murmelte Jem.

»Schhh!«

Jem kauerte sich voller Angst zusammen und zwang sich dazu, nicht zu stöhnen oder zu schreien, als sie durch die Löcher in der Vertäfelung die merkwürdige Szene beobachteten, die sich in dem Raum abspielte.

Die Darsteller waren zwei junge elegante Leute, ein Gentleman mit einer dandyhaften Krawatte aus Goldbrokat und eine junge Dame, die in feinste Seide und Spitze gewandet war.

»Jac, was ist das für ein Ort?« Sie blieb in der Tür stehen und sah sich unsicher um.

»Das weißt du nicht, Liebste?« Ihr Gefährte ging weiter, zündete eine Laterne an und warf einen Holzscheit auf die Glut. »Ich dachte, ein Mädchen wie du würde das sofort erkennen.«

»Ich verstehe nicht.«

Der Gentleman hockte sich hin und lachte brüllend. Seine Krawatte glänzte golden im Licht, als er antwortete: »Ich glaube, das tust du sehr wohl.«

»Jac?«

Er lachte wieder, stand auf und breitete die Arme aus.

»Jac!«

»Pelli!«

Sie stürzte sich in seine Arme, und er streichelte ihr Haar. »Ja, ich glaube, du kennst diesen Ort, meine Liebste.« Er küßte ihren Hals. »Was kann es anders sein als ein Liebesnest?«

»Aber Jac!« Sie befreite sich aus der Umarmung und ließ sich auf das Sofa fallen. Dort schnappte sie sich ein Kissen und preßte es vor ihren Busen. »Du wirst doch nicht wieder etwas Albernes tun, oder?«

»Albern?« Der junge Mann kniete sich neben sie. Er versuchte ihre Hand zu nehmen, aber sie entriß sie ihm. »Du weißt doch, worüber wir gesprochen haben, Darling. Nun, hier beginnt es.«

Pelli sah ihn furchtsam an.

Dann lachte sie laut. »Oh, Jac Burgrove, einen Moment habe ich dir geglaubt! Also wirklich, jetzt sag schon, warum du mich hierhergebracht hast!«

Aber als Mr. Burgrove antwortete, klang seine Stimme kein bißchen amüsiert. Rasch wand er Pelli das Kissen aus den Fingern. Dann nahm er ihre Hände in seine und blickte ihr in die Augen.

»Ein paar andere Burschen und ich haben einen kleinen Club gegründet, Liebling. Das hier ist, sozusagen, unser Clubhaus. Ein Ort, an den wir gewisse junge Damen bringen ...«

»Aber Jac!«

»Nein, nein, Liebling, ich meine echte Ladies.«

»Was für Ladies?«

»Erinnerst du dich an Miss Vyella Rextel? Oder an die junge Lady Vantage?«

»Jac, was hat das zu bedeuten?« Plötzlich verzerrte sich Pellis Miene vor Entsetzen. »Sie wurden entführt! Die Varby ...«

»Schhh, meine Liebste. Sie wurden nicht entführt, verstehst du? Du mußt wissen, du mußt doch eigentlich gewußt haben, daß der junge Herr von Heva-Harion vor ... von Liebe zu der herrlichen Vy entflammt war. Und hast du nicht gesehen, wie der Graf von Varl Lady Vantage mit seinen Blicken geradezu verschlungen hat, in der Abtei, im Pumpen-Raum oder im Kursaal? Sie waren ein Liebespaar, Liebling, wie wir beide, die von einer rohen Welt getrennt wurden. Aber jetzt sind sie zusammen.«

»Jac?«

In Pelli rang Entsetzen mit Erregung, während ihr Mr. Burgrove von den Varby erzählte – oder vielmehr von dem Club, der sich selbst diesen Namen gegeben hatte. Ihre Augen leuchteten, als sie erfuhr, daß sie selbst bald unterwegs sein würden, und zwar in Richtung der äußersten Spitze der Agonistischen Erlösung. Sie würde ihren tugendhaften Ruf behalten, unbefleckt, wie er gewesen war. Sie war ein anderes, ein weiteres Opfer der Varby und würde keinen Abscheu auslösen, sondern nur mitfühlende Tränen ernten. Aber in Wahrheit lagen keine Leiden vor Miss Pelli Pelligrew, sondern nur die Freuden einer tugendhaften Ehe und ein neues Leben in einem weit entfernten, freieren Land. Mr. Burgroves Stimme war ein heißes Flüstern, und zwischen seinen glühenden Versprechungen preßte er immer wieder seine Lippen an ihren Hals und auf ihre Brüste.

»Ich glaube ihm kein Wort«, zischte Rajal.

»Der Ejländer hat kein Gewissen. Er ist ein Lügner«, meinte Myla.

»Ich kann es nicht mehr zurückhalten!« Jem krümmte sich jetzt heftig und schaukelte gefährlich auf den Fußballen vor und zurück.

Pellis Miene verdüsterte sich plötzlich. »Aber der Mittsommernachtsball ...«

Doch auf ihren Protest hin erntete sie nur Gelächter. »Es wird noch genug Bälle geben! Vergiß dein altes Leben! Liebling, man hat dich wie eine Gefangene in Ketten gehalten ...«

»Das stimmt nicht. Tante Vlada ...«

»Deine Tante? Sie ist nur eine andere Art von Gefängniswärterin! Was ist sie denn anderes als eine zenzanische Hure, die nur danach trachtet, dich in ihren Abgrund herunterzuzerren? Sieh doch, was sie Miss Veeldrop angetan hat. Das Werk eines Morgens ...«

Aber Pelli hörte ihm nicht zu. »Jac, ich bin nicht in Ketten! Verstehst du denn nicht, daß mein Leben gerade erst anfängt? Ich werde bald mein Debüt geben ...«

»Debüt? Grausame Pellicent, ich dachte, du hättest bereits den Mann gefunden, den du liebst!«

»Aber Jac, jetzt bist du selbst grausam! Soll ich Agondon denn niemals wiedersehen? Oder meinen Großvater? Oder meinen Bruder, meinen teuren, lieben Bruder?«

»Bruder!« spie Mr. Burgrove hervor. »Was für ein Verrat ist das? Pellicent Pelligrew, willst du mich zum Narren halten? Du sagst, du liebst mich, aber jetzt verstehe ich ... Du suchst einen anderen, vielleicht zwischen den Pfeifen am Hof, die nichts von Tugend verstehen, sondern nur von Hurerei ...«

»Nein, Jac, nein! Du verstehst es nicht! Mein Herz gehört dir, aber wir müssen uns an die Spielregeln halten ...«

»Die Spielregeln? Das bringt gar nichts! Die Geschäfte meines Vaters haben ihn wohlhabender gemacht als die Hälfte der Lords dieses Landes, aber es ist immer noch der Titel, der bei den Ladies zählt ...«

»Das ist nicht wahr!« Die arme Pelli sank mit ihrem Geliebten zu Boden, umarmte ihn, streichelte sein Haar. Schließlich zitterte sie und schluchzte. »Ach laß mich zurückgehen, laß mich einfach zurückgehen ...«

Mr. Burgrove lachte kurz und bissig auf. »Tja, meine teure Pelligrew, das geht leider nicht. Ich fürchte, deine Erzieherin hat bereits den Brief erhalten.« Er lächelte, und mit starrem Blick sagte er:

Die Varby-Frist

»Jac, nicht!« Pelli wäre unter Tränen zusammengebrochen, aber sie hatte dazu keine Möglichkeit. Mr. Burgroves Stimmung schlug plötzlich um. Grob packte er das Mädchen, preßte sie an sich und sagte, daß nichts zähle außer ihrer Liebe. Er küßte die Widerstrebende auf den Mund und umfaßte mit seinen rauhen Händen ihre Brüste und Schenkel.

»Liebling, wir verschwenden nur unsere Zeit. Habe ich nicht gesagt, daß dies hier ein Liebesnest ist?«

Pelli wehrte sich nach Leibeskräften. Ungeduldig zerrte er sie durch den Raum, stieß gegen die Möbel und zog sie zu dem Wand-Bett. Er tastete mit der Hand die Vertäfelung entlang und suchte den Hebel, der das Paneel ausklappen würde.

»Ich will dir meine Leidenschaft jetzt beweisen, Pelli. Laß mich dir zeigen …«

»Laß mich los!«

Hinter der Vertäfelung war der Teufel los. Rajal war entsetzt und verängstigt und kletterte ganz nach hinten auf das Bett, als könnte er sich dort verstecken. *Ich bin ein Feigling, ein Feigling!* Aber Myla war neben ihm und klopfte gegen die Holzwand.

»Hilf mir, Bruder! Es gibt hier einen Geheimgang!«

»Was?«

In der Zwischenzeit war Jem am Rande der Verzweiflung. Sein Schaukeln ließ das Bett beben, und er atmete stoßweise und keuchend. *Pelli, Pelli!* sagte die Stimme auf der anderen Seite des Paneels, und ihr antwortete ein hohes: *Nein, Jac, Nein!* Jem hatte für Mr. Burgrove nur Verachtung übrig, und er wäre sofort hervorgesprungen und hätte den Vergewaltiger zu Boden gestreckt, wenn nicht dieses Brennen in seinen Gedärmen gewesen wäre.

Verflucht sollte Myla sein!

Er biß sich auf die Lippen, grub seine Nägel in die Handflächen und versuchte alles, um seine schmerzenden Pobacken zusammengepreßt zu halten. Fest zusammengepreßt.

Myla klopfte gegen die Rückwand.

Vorn rüttelte jemand an der Vertäfelung. Sie klemmte, aufgequollen vor Feuchtigkeit, aber es würde sicher nur einen Moment dauern, bis Mr. Burgrove sie mit Gewalt öffnete. Jem fühlte, wie die heiße Flüssigkeit in seinen Gedärmen vorwärts drängte. Er konnte sie nicht mehr halten. Rasch riß er die Hose auf, und die stinkende Lava aus seinen Gedärmen entlud sich in einem gewaltigen Schwall mitten auf das Bett.

»Was war das?« Mr. Burgrove runzelte die Stirn und schnüffelte. Das war Pellis Chance. Sie riß sich los und stürzte davon.

»Pelli!« Mr. Burgrove rannte hinter ihr her und erwischte sie, aber Pelli kämpfte jetzt mit dem Mut der Verzweiflung. Hühnerknochen und Soße flogen durch die Luft, als sie einen Silberteller von einem Tisch riß und ihn so fest sie konnte auf Mr. Burgroves Nase herabsausen ließ. Er schwankte und stolperte über einen Stuhl.

Pelli raste durch die Tür des Blockhauses ins Freie.

Im Bett flüsterte Myla derweil: »Ich hab's.«

Es gab noch eine Vertäfelung. Mit einem heftigen Ruck öffnete Rajal die Geheimtür. Dann wurde sie wieder geschlossen, und in dem kurzen Augenblick dazwischen zerrten die Geschwister Jem mit sich und waren in der Finsternis dahinter verschwunden.

Mr. Burgrove war jetzt allein und lag auf dem schmutzigen Teppich. Seine Nase blutete. Stöhnend stillte er die Blutung mit seiner Krawatte und rappelte sich mühsam hoch. *Pelli, Pelli ... Dieses verdammte kleine Miststück!* Einen Moment lang wollte er sie verfolgen, aber welchen Sinn hätte das gehabt?

Sie war fort.

Er mußte sich hinlegen.

Wütend schob er die Vertäfelung beiseite und warf sich auf das Bett.

16. Eos Regenbogen

»Erinnert Euch, meine Teure, es ist alles eine Frage der Ruhe.«

»Sie meinen, die beiden?«

»Hm. Die beiden. Für Euch einen kleinen medizinischen Trunk. Vielleicht ein bißchen Varl-Wein, nur ein bißchen. Damit Ihr Euch entspannt. Oder ein bißchen Bewegung ... etwas Ruhiges. Um Euch die Wahrheit zu sagen, meine Teure, fürchte ich jetzt um die Ausgewogenheit Eurer Körperflüssigkeiten. Wer weiß, wann die Körpertemperatur zu hoch steigt? Wer weiß, wann nur die Infusion einer Körperflüssigkeit das Gleichgewicht einer Lady wiederherstellen kann? Vor allem das einer jungen Lady?«

Der Apotheker war dabei, sich zu verabschieden, und hielt Catas Hand. Er hielt sie ein bißchen zu lange, während seine manikürten Finger ihre Handfläche und ihr Handgelenk massierten. Er beugte sich zu ihr und flüsterte: »Meine Liebe, ich fürchte, Ihr bedürft einer weit gründlicheren Untersuchung.« Warum flüsterte er?

Cata erbleichte. Am Feuer saßen jetzt *zwei* alte Frauen bewußtlos unter ihren dicken Decken. Was für Schwierigkeiten standen ihr jetzt noch bevor?

Der Apotheker tastete nach Catas Puls und grinste unmerklich, während er geschäftig tat. Oder war es ein lüsterner Ausdruck?

»Vielleicht fangen wir mit etwas Zartem an, hm?«

»Mein Herr, ich bin nicht sicher, ob ich Euer Rezept begrüßen ...«

»Nein?« Er hob erstaunt eine Braue unter der parfümierten Perücke. »Ihr habt gewisse Schocks erlitten, meine Teure. Zarte und empfindliche Gefäße sind ... erschüttert worden. Eine kleine Stimulation in eine andere Richtung ...«

Das Mädchen war verwirrt; doch dann klärte sich ihr Bewußtsein, als er fortfuhr: »Man wäre sogar versucht vorzuschlagen, die Teilnahme an gewissen Veranstaltungen zu empfehlen ... Zum Beispiel am Mittsommernachtsball.«

»Nein!« rief Umbecca aus dem Nebel ihrer Beruhigungsmittel. Aber man konnte nicht sagen, ob sie damit den Ball oder ihren Zustand meinte oder vielleicht auf den Verlust von Miss Pelligrew reagierte.

Eine lange Zeit, die Cata fast wie eine Ewigkeit vorgekommen war, hatten Umbecca und ihre Freundin abwechselnd gejammert und geklagt, »Nein!« geschrien und »Das kann nicht sein!« und »Verflucht sei diese schlimme Welt!«, bis die neuen Mittel, die der Apotheker verschrieben hatte, endlich wirkten. Die Witwe war völlig überspannt und drohte sogar aus dem Fenster zu springen. Vergeblich versuchte sie mit ihrer einen Hand auf das Fensterbrett zu kommen. Umbecca hatte ihre Bandagen festgehalten und gleichzeitig die Witwe umklammert, an deren gewaltigen schwarzen Röcken gezerrt, bis ihre alte Freundin endlich aufgab und sie beide in einem gewaltigen schwarzen Haufen zu Boden stürzten.

Es klopfte an der Tür, und Nirry erschien.

»Miss Cata, ein Gentleman ...«

»Ein Gentleman? Noch einer?«

Aber es war einer, den Cata schon einmal gesehen hatte. Der Gentleman, der sehr alte Gentleman, war erlesen im Stil der Regentin gekleidet und steckte behutsam seinen Kopf durch den Türrahmen, damit seine wackelnde Perücke unbeschadet hindurchkam. Jetzt war es an dem Apotheker zu erbleichen ... »Mein Lord ...«

Die entzündeten Augen gönnten ihm keinen Blick. »Kind, ich mußte kommen! Ihr müßt ja ganz entsetzt sein! Fassungslos! Mein Neffe hat mir von der Tragödie berichtet ...«

»Aber Lord Foxbein, Ihr fühlt Euch nicht wohl! Guter Apotheker, einen Stuhl, rasch ...«

Die Miene des Apothekers verfinsterte sich kurz, und er holte unwirsch den Stuhl. Wie liebevoll das Mädchen den alten Gecken anstarrte! Eifrig setzte sie sich neben ihn und erzählte noch einmal die Ereignisse des Tages, während der alte Narr den Kopf schüttelte und ihr Knie tätschelte.

Der Apotheker räusperte sich vernehmlich und winkte Cata zu

sich. Mit gerunzelter Stirn warf er einen Blick auf seine Taschenuhr. »Ein berufstätiger Mann muß seine Pflichten erfüllen, und leider sind da noch andere, die ich jetzt besuchen muß«, murmelte er. »Aber seid versichert, meine Teure, daß ich keinem Ruf lieber, oder sollte ich sagen: leidenschaftlicher, Folge leisten würde als Eurem.« Er beugte sich vor und flüsterte: *»Der Mittsommernachtsball.«*

Cata schniefte. Glaubte dieser Kerl denn wirklich, daß er sie verzaubern könnte, wenn ihr Lord Foxbein höchstpersönlich seine Aufwartung machte? Während sie liebevoll den Onkel betrachtete, dachte das Mädchen doch nur an den Neffen.

Wie der junge Mann, so trug auch der Alte einen Amethystring.

»Guter Apotheker, auf ein Wort.«

Der alte Bock schlurfte heran und stützte sich dabei auf einen reich mit Juwelen geschmückten Stock. Der Apotheker strahlte. Einen Moment vergaß er das üppige Mädchen und setzte sein bestes Berufslächeln auf. Der alte Knacker stand zwar nicht auf seiner Liste, und er wußte auch nicht, welcher Kollege sich um den alten Gentleman kümmerte. Aber man stelle sich vor! Ein alter Knabe aus der Zeit der Regentin würde Wagenladungen von Pillen brauchen, ganze Regale von Tränken und Pulvern, regelmäßige Schröpfungen und Behandlungen mit Quecksilber.

Hm, ja.

»Guter Apotheker, es gibt noch einen Dienst, den ich Euch gern erweisen würde.«

»Ihr mir? Aber mein Lord, diese Ehre, eine höchste ...«

Sie hatten sich von dem Mädchen abgewandt, und mit Schrecken mußte der Apotheker feststellen, daß der alte Knabe seine Hand ... die mit dem Ring ... zwischen seinen Beinen hinaufschob und zwischen seinen Schenkeln spielte. *Spielte!*

Also wirklich!

Geschmeichelt und gleichzeitig beunruhigt schwankte der Apotheker noch, welcher Gesichtsausdruck für diese Situation wohl angemessen sein mochte, als mit einer einzigen, kurzen Bewegung die spielerische Hand hochzuckte und sein Gemächt packte.

Der Apotheker erlebte einen äußerst scharfen Anstieg der Körpertemperatur.

»Mei … hein Loo … hord!«

Der arme Kerl konnte kaum noch die Fassung wahren. Er riß sich zusammen, damit er nicht laut aufschrie, und zog sich im Schweinsgalopp aus dem Zimmer zurück. Als die Tür hinter ihm zugefallen war, schnappte er nach Luft und sank zu Boden.

Pelli stürmte durch den Kiefernwald. Ihr Blick war verschleiert von Tränen. Die Zweige schlugen schmerzhaft gegen ihren Körper, ihr Haar war aufgelöst und ihr Kleid zerrissen. Sie verlor einen Schuh, humpelte jedoch unbeirrt weiter. Sie schluchzte. Schließlich drang ein besonders spitzer Stein durch ihren Strumpf, und sie konnte nicht mehr weitergehen.

Erschöpft ließ sie sich auf einen moosigen Stumpf sinken. Der harzige Duft der Kiefern stieg ihr in die Nase, und vor ihr schimmerte ein blasser Lichtstrahl. Sie rieb sich den Fuß und verschmierte das Blut.

Was sollte sie tun? Sie hatte sich verirrt, war allein und verängstigt. Erst vor einem Tag war Tante Vlada zu ihr gekommen und hatte ihr alle Freiheiten genehmigt. Pelli kam es wie eine Ewigkeit vor. Wie sie sich danach sehnte, wieder zu Hause zu sein und sich in Pells Arme zu schmiegen!

Ihr Bruder hätte das niemals zugelassen.

Lebhaft erinnerte sich Pelli an einen Tag, als sie noch klein gewesen war. Ihr Kindermädchen hatte sie in den Ollon-Lustgarten mitgenommen. Aufgeregt hatten sie die Flammentiger und das Blau-Rot-Spiel angesehen, und Pelli war auf dem Karussell gefahren, bis ihr ganz schlecht gewesen war. Dann wurde es dunkel, und es war Zeit für das Feuerwerk.

Pelli hatte noch nie zuvor ein Feuerwerk gesehen. Ihr Bruder hatte ihr mit der Überlegenheit seiner zwei Jahre Altersvorsprung erklärt, daß es sehr schön wäre und den Himmel heller erleuchten würde als der Mond und die Sterne. Aber er hatte nichts von dem erschreckenden Lärm verraten. Als die ersten Meteore über ihnen in einem Funkenregen explodierten und die Dunkelheit mit einem bunten Kaleidoskop von Licht erfüllten, hatte ihr Bruder die Arme ausgebreitet und vor Freude gejuchzt. Im gleichen Moment war seine kleine Schwester losgelaufen und hatte sich heulend durch den Wald menschlicher Gestalten gekämpft.

Heh, kleines Mädchen.

Warum rennst du so, kleines Ding?

Kind, komm zurück.

Man hatte sie erst Äonen später gefunden, zusammengekauert bei den Getreidesäcken der Brötchenbude, zitternd, mit verängstigtem Blick und Daumen lutschend. Sie erinnerte sich noch gut an ihre Freude, als Pell auf sie zustürmte. Sie hatte sich so sehr gefreut, daß sie nur noch hatte weinen können. *Schh, kleine Schwester, wir haben dich ja gefunden! Warum schluchzt du denn so?* Teurer Pell! Teurer Bruder!

Pelli saß auf dem moosigen Sumpf, und ihr Leid überwältigte sie aufs neue. Sie suchte in ihrer Tasche nach einem Taschentuch, aber sie fand nur die Rubine, die von der Kette abgerissen waren und in dem dämmrigen Licht wie Kirschen schimmerten.

Sie warf sie ins Unterholz.

In dem Augenblick nahm sie die Stimme wahr. *Ruhig, kleine Schwester, ganz ruhig.*

Pelli sah hoch. »Pell?«

Sie wischte sich die Tränen ab. Es war niemand da, natürlich nicht. Trotzdem kam es dem Mädchen so vor, als wäre der Lichtstrahl, der durch den Baldachin der Kiefernnadeln drang, heller geworden. Es kam ihr der beunruhigende Gedanke, daß sie nicht allein war. Nicht wirklich allein.

In der Nähe raschelte es.

Es war jedoch nur ein Einhörnchen, das auf einem Zweig kauerte und sie mit dunklen, unbeweglichen Augen musterte.

Aber es war noch etwas da. Noch jemand.

Pelli sah sich um, nach links, nach rechts, aber immer wieder kehrte ihr Blick zu der unheimlichen Lichtsäule zurück, die mitten auf der Lichtung glühte. Das Licht, so kam es Pelli vor, war heller als das der Sonne, und sie wußte sofort, daß es die Helligkeit war, die sie gesucht hatte. War ihre Bestimmung gekommen, so rasch, so plötzlich?

Die Stimme kam wieder, und das Phantomgesicht mußte sie nur dreimal zu sich rufen: *Komm, Kind!* und *Du gehörst zu uns!* und *Laß uns dich holen!*, bevor sich Pelli von dem moosigen Stumpf erhob und die paar Schritte humpelte, die sie zu ihrem Schicksal führen sollten.

Die Helligkeit steigerte sich, bis die Lichtsäule glühte, und im letzten Augenblick, bevor das Licht sie verzehrte, nahm Pelli die Worte wahr:

DIE VARBY-FRIST

Das Eichhörnchen blickte lange auf die Stelle, dann sprang es plötzlich hastig davon.

»Es ist dunkel ...«

»Aua, das ist mein Fuß!«

»Puh, jemand stinkt hier ganz gewaltig!«

»Und wessen Schuld ist das wohl?«

»Wer hat die Holluch-Beeren gefressen?«

»Was ist das hier für ein Ort?«

»Autsch!«

»Was ist denn nun schon wieder?«

»Ich hab mir das Knie gestoßen. An einem Felsen.«

»Hier sind nur Felsen ...«

»Es ist eine Höhle ...«

»Was?«

»Es ist eine Höhle«, wiederholte Myla.

Rajal sah sich um. Ja, es war eine Höhle. Aber wie sollten sie herauskommen? Sie hatten sich aneinandergeklammert und ein ganzes

Stück Weg von der Vertäfelung auf der Rückseite des Wandbettes zurückgelegt. Es jetzt noch wiederzufinden dürfte schwierig werden. Außerdem konnten sie wohl kaum denselben Weg zurückgehen!

»Schwester Myla?«

»Was?«

»Was sollen wir jetzt tun?«

Aber Myla summte nur.

»Dieses Mädchen«, murmelte Jem. »Glaubst du, daß es ihr gutgeht?«

»Schwester Myla? Warum summst du?«

»Nein«, sagte Jem. »Ich meine das andere Mädchen, diese Pelli. Glaubst du, daß mit ihr alles in Ordnung ist?«

»Wirklich, Nova, ich bin überrascht, daß sie dir überhaupt aufgefallen ist.«

»Ich hätte sie gerettet! Wenn ich nur gekonnt hätte.«

Rajal schnaubte. »Du bist vielleicht ein Held!«

»Und du ein Feigling!« konterte Jem, aber er wollte sich jetzt nicht streiten. Er hockte sich auf den Boden und nahm überdeutlich den Gestank wahr, der um ihn herum aufstieg.

Myla unterbrach kurz ihr Summen. »Du hast sie gerettet.«

»Was?« fragte ihr Bruder.

Aber es stimmte. Das Mädchen hatte weglaufen können. Zweifellos war Jem ein Held, irgendwie. Seine Laune besserte sich, und fast mit einem gewissen Stolz riß er ein Stück von seinem Hemd ab, wischte sich damit energisch den Hintern und machte seine Hose wieder zu.

»Sehen wir zu, daß wir hier herauskommen. Myla, warum summst du?«

»Er wird zu uns kommen. Er wird kommen, wenn er kann.«

»Wer?«

Doch einen Moment später ergab sich die Antwort von selbst. In der Finsternis hörte man das Sirren von Flügeln.

»O nein, eine Fledermaus!« Rajal hielt sich die Augen zu.

»Nein, Raj, sieh doch!«
»Ich kann nicht, es ist dunkel.«
»Mach die Augen auf.«
Ul, ul, ul, ul, ul!

Es war ein außergewöhnlicher Anblick. Vor ihnen flatterte die Taube und leuchtete in der Dunkelheit. Farbiges Licht strahlte von ihrem Gefieder aus und spannte sich über sie wie ein heller Regenbogen.

»Aber sie war doch draußen! Wie ist sie hier reingekommen?«

»Die Höhle hat einen Ausgang, Bruder Raj.«

Sie hatten das Geheimnis der Blockhütte im Wald entdeckt. Vor Epizyklen waren die reichen Länder im Inneren mit harten Steuern belegt worden, die im Hinterland unbekannt waren. Der Schmuggel florierte. In Agondon lag der Hafen unter ständiger Bewachung. Und Patrouillen terrorisierten die Küste. Aber Ejland war keine Insel. Also wurden aus den Holluch-Hügeln illegal Jarvel und Tobarillos, Säfte und Rum, Varl-Wein und Tiralos nach Süden in die reichen Täler geschmuggelt, die die Hauptstadt umgaben. Die Holzfällerhütte war eine Schmugglerbasis gewesen, die man dicht an den Felsen gebaut hatte, der ihr diente wie die unteren Keller so mancher finsteren Spelunke oder die Türen hinter den Buchregalen in größeren Restaurants, wo man den besten Wein lagerte, den besten Jarvel.

Jetzt war es nur noch wenig gewinnbringend zu schmuggeln. Die Blauröcke beherrschten das ganze nördliche El-Orok und hatten alle Leute gleich gemacht: gleiche Steuern – gleiche Tyrannei. Die Schmuggler von früher waren lange tot und hatten die Blockhütte im Wald verrotten lassen. Sie waren sicher böse gewesen, aber wie unschuldig wirkten sie gegen die Gruppe der Verführer, die dieses Haus als Basis für ihren eigenen, ganz anderen Handel auserkoren hatte!

Aber die Höhle beherbergte noch ein anderes Geheimnis.

Als die kleine Gruppe wieder in die Außenwelt krabbeln wollte und dem leuchtenden Schwanz des Vogels folgte, rief Jem plötzlich: »Halt!«

»Was denn?« Sie kletterten immer höher. Anscheinend wand sich die Höhle durch einen Hügel nach oben. Rajal hatte gerade Myla geholfen und drehte sich jetzt wütend um. In dem merkwürdigen Strahlen von Eos Regenbogen flackerten ihre Gesichter in Orange, Purpur und Grün.

Sie mußten lachen. »Du siehst aus, als hättest du eine kranke Galle!«

»Du auch. Rajal, hör zu. Das Mädchen, ich habe sie gesehen …«

»Das Mädchen?«

»Diese Pelli.«

»Aber das ist doch absurd!«

»Nein, sie war hier. Nur einen kurzen Augenblick.«

Jem kniff die Augen zusammen und versuchte genauer hinzusehen. Aber in dem merkwürdigen Licht des Vogels war nichts Genaues auszumachen. In dem Augenblick spürte er ein geheimnisvolles Brennen in der Brust.

»Kommt!« rief Myla. »Eo wird müde. Sein Licht wird nicht mehr lange anhalten …«

»Wartet!« rief Jem. »Seht doch …!«

Er lief zur Höhlenwand und stieß sich dabei sein Schienbein an einem Felsbrocken.

»Autsch! Seht nur …«

»Was sollen wir sehen?«

Die Höhlenwand war mit Kritzeleien der Schmuggler beschmiert, grobe Initialen und Daten und noch gröbere Zeichnungen und Diagramme.

Rajal errötete. »Myla, komm weg da …«

Aber Myla rührte sich nicht. »Die Varby …«, flüsterte sie.

»Du siehst es auch?« fragte Jem.

»Natürlich sehe ich es!«

»Was seht ihr?«

Rajal zog besorgt an der Hand seiner Schwester. Eos Leuchten flackerte, und sie mußten sich beeilen …

Aber da sah er auch die Konturen, die älteren, anmutigen Konturen, die weder ganz Tier noch Mensch waren. Sie waren unter den Tausenden grober Zeichnungen auf der Wand zu erkennen. Der Farbstoff schien tief in den Fels eingesickert zu sein, aber trotzdem waren diese Figuren nur sichtbar, wenn ein bestimmtes Licht darauf fiel. In einigen Strahlen von Eos schimmerndem Licht tauchten sie auf, in anderen nicht. Es waren Höhlenmalereien, die schon vor langer Zeit unleserlich geworden waren ... Doch die Tiermenschen schienen sich zu bewegen, tanzten triumphierend über die Wände.

Immer noch fühlte Jem das Brennen in seiner Brust. Es wurde sogar schlimmer.

»Was ... Was ist das?« fragte Rajal.

Jem atmete schwer. »Sie war bei ihnen. Ich habe sie gesehen ...«

»Du glaubst nur, daß du sie gesehen hast ...«

»Raj, ich habe ...«

»Sie sind nicht menschlich.«

Plötzlich verfiel Myla in einen merkwürdigen Singsang:

WIR SIND DIE VARBY
DAS MÄDCHEN IST ZU UNS GEKOMMEN

»Was hat das zu bedeuten?« Jem preßte die Zähne zusammen und drückte die Hände auf seine Brust.

Rajal drängte sich an ihm vorbei.

»Schwester, komm zurück!« Er schüttelte sie wütend und wandte ihr Gesicht ab. Eine Sekunde lang unterbrach er so ihre Einstimmung. Er erwartete, daß sie ihn wütend anschreien würde, aber statt dessen klammerte sie sich an ihn und schüttelte sich heftig, während es aus ihr herausbrach:

»Dieser Ort ist böse!«

Es war, als habe sie seine eigenen Gedanken geäußert.

»Ja. Beeil dich. Eos Licht ...«

»Die Varby wollen uns. *Uns.* Sie wollen unsere Macht ...« Mylas Stimme klang jetzt anders. Es war die Stimme eines verängstigten Kindes. »Bruder Raj ...« Sie flehte ihn an, aber er konnte nichts anderes tun, als sie festzuhalten, sie an sich zu drücken, als sie sich immer heftiger schüttelte. Dann schrie sie plötzlich auf. Es war ein schrecklicher, durchdringender Schrei.

Ul, ul, ul, ul!

Eo kreischte ebenfalls, und das Regenbogenmuster wirbelte über die Wände. Die hüpfenden Schatten bewegten sich so grotesk, als würden sie jeden Augenblick aus ihrer zweidimensionalen Welt herausbrechen und eine neue und furchtbare Wirklichkeit annehmen. In ihrer Ekstase hatten sie jede Anmut verloren und wanden sich in schrecklichen neuen Formen, mischten sich obszön ineinander und vermengten sich mit den vielen Zeichnungen, mit denen sie übermalt worden waren. Sie nahmen in schwindelnden Verbindungen die monströsen Brüste und Phallusse und klaffenden Vaginen auf, die gelangweilte Jungen vor Ewigkeiten in den Fels geritzt hatten.

»Sie kommen!« schluchzte Myla. »Sie kommen, ich weiß es!«

»Die Varby?« fragte Jem.

»Die Geschöpfe des Bösen! Aber Prinz, Ihr wißt es selbst. Sie wollen *Euch, Euch.* Wir müssen weg ...!«

»Prinz? Was meinst du mit Prinz?« wollte Rajal wissen.

»Beeil dich!« sagte Myla.

Es war keine Zeit für langatmige Erklärungen.

Ul, ul, ul, ul!

Eo flatterte ständig um ihre Köpfe und bemühte sich verzweifelt, seine Kraft die zähen Augenblicke aufrechtzuerhalten, die die kleine Gruppe noch benötigte, bis sie endlich keuchend, zerkratzt und schmutzig auf einem windigen Hügel hoch über den Tälern ans Tageslicht kam.

Dann sank Eo erschöpft Myla zu Füßen. »Eo, armer Eo ...«

Der Wind fegte unduldsam und verächtlich über sie hinweg. In der Ferne schlugen die Trommeln der Blauröcke. Mit finsterem Blick schaute Jem in das Tal unter ihnen. Das Brennen, dieses fürchterliche Brennen in seiner Brust, ließ endlich nach. Er umklammerte den heißen Kristall unter seinem Wams und flüsterte vor sich hin: »Sie kommen. Die Kreaturen des Bösen ...«

Rajal packte seinen Arm. »Nova, sie nennt dich Prinz. Sag mir, wer du bist. Bitte, erzähl es mir ...«

Myla nahm den Lockvogel in die Arme. »Schh, schh ...«

Jem schwieg. Rajal wandte sich ab. Was sollte das bedeuten? Aufs neue wurde er von Wut geschüttelt. Von Wut und einem schrecklichen, zersetzenden Neid. Die Szene in der Höhle kam ihm plötzlich unreal vor, als hätten seine Schwester und der Junge, den sie Prinz nannte, ihn in Wirklichkeit gequält, ihn mit Tricks getäuscht.

O Myla, Myla!

Und er hatte gedacht, daß sie ihn liebte. Wenigstens sie!

Jems Blick glitt über Varby, über das Tal, über den gewundenen Lauf des Riel.

»Seht doch, da unten!« sagte er plötzlich. »Das Lager! Irgendwas stimmt nicht ...«

Rajal drehte sich um und wollte sich schon beschweren, als wäre er sicher, daß dies auch nur ein Trick war. Aber der Anblick von Flammen und durcheinander laufenden Gestalten gebot ihm Einhalt.

»Die Blauröcke!« rief er. »Sie haben das Lager überfallen!«

17. *Foxbein*

»Ihr werdet erfreut sein zu erfahren, Miss Veeldrop, daß mein Neffe Vergeltungsmaßnahmen ergriffen hat.«

»Vergeltungsmaßnahmen?«

Der alte Knacker sah sie ernst an. »Diese schrecklichen Entführungen haben uns lange genug in Angst und Schrecken versetzt. Lange Zeit habe ich ... das heißt, mein Neffe, angenommen, daß diese heidnischen Vaga mit Sicherheit etwas damit zu tun hatten. Ich erinnere mich an Irion ... das heißt, in meiner Jugend ...«

»Irion?« fragte Cata stirnrunzelnd.

Aber der vornehme Edelmann redete weiter.

»Es genügt zu sagen, meine Teure, daß mehr als eine schmutzige Karawane heute nachmittag in Flammen aufgegangen ist. Bedauerlicherweise hat man Eure Freundin nicht gefunden.«

»Vaga?« sagte Cata. »Ihr meint doch nicht die Silbermasken?«

Lord Foxbein lächelte.

»Ihr seid wirklich unschuldig, Miss Veeldrop. Man spricht von den niederen Formen des Vaga-Lebens, von denen, die ein schmutziges Lager in einiger Entfernung, glücklicherweise in einiger Entfernung, von den Stadtmauern aufgeschlagen haben.«

Der alte Bock führte Cata zum Fenster und stellte sich dicht hinter sie, während sie fragend hinausblickte. Die Pfützen waren getrocknet, und die warme Nachmittagssonne beleuchtete eine vertraute Szenerie. Eine allzu vertraute Szenerie. Aufgeregt rief Cata sich ins Gedächtnis, daß sie bald in Agondon sein würde.

Der alte Knacker legte ihr seinen Arm um die Taille. »Ihr seid jung, meine Teure«, flüsterte er. »Ihr blickt aus dem Fenster, und ich nehme an, Ihr seht ... Nun, was seht Ihr? Diese Abtei, diesen Pumpen-Raum, diese mondänen Leute?«

»Es gibt nichts anderes zu sehen. Ich meine, man kann ja nicht weiter schauen.«

»Oh, hebt ein wenig Euren Blick, Miss Veeldrop.« Cata gehorchte und sah einen Fetzen Grün ... Das Land, das hinter den Stadtmauern leuchtete. »Es gibt immer etwas dahinter, dahinter ...«

Die Worte verklangen. Cata drehte sich um. Sie war gleichzeitig beunruhigt und fasziniert.

»Miss Veeldrop, man hat mich beauftragt, Euch auszurichten, daß mein Neffe Euch bewundert, Euch mehr bewundert, als er sagen kann. Er bittet um Eure Hand, Miss Veeldrop. Und morgen früh bei Tagesanbruch, wenn der letzte Reigen zu Ende ist, wenn die ersten Sonnenstrahlen sich über den Ball ergießen und Ihr erschöpft in seine Arme sinkt, dann bin ich sicher, daß er sich Euch erklärt, wie es Brauch ist in der Mittsommernacht.«

»Mein Lord! Ihr meint, er bittet mich ...«

»Um Eure Hand, Miss Veeldrop.« Lüstern bedeckte der alte

Mann die fragliche Hand mit Küssen. »Und sollte Euch auch nur der geringste Zweifel in den Sinn kommen, dann laßt mich Euch versichern, daß ich keine eigenen Kinder habe … das heißt, außer irgendwelchen Bastarden! (Errötet nicht, meine Liebe, so ist der Lauf der Welt!) Hauptmann Foxbein ist der alleinige Erbe meiner Titel, meiner Ländereien und meines Vermögens. Und ich bin ein sehr, sehr alter Mann, Miss Veeldrop …«

Eine Vision des Hauptmanns, gebildet und gutaussehend, stieg vor Catas innerem Auge auf. Es war wie ein Phantom des Entzückens. »Mein Lord! Ich kann nicht. Ich kann nicht auf den Ball gehen!«

»Miss Veeldrop! Eure fette Wächterin schlummert in den Armen des betäubenden Schlafsirups. Glaubt mir, ich habe seine Wirkung schon früher erlebt. Wer will Euch bewachen? Der Butler? Das Dienstmädchen? Mein Neffe wird in einer Kutsche vor Eurer Tür warten. Vergeßt nicht, Miss Veeldrop, Ihr seid jetzt eine Frau, und zwar eine Frau, wenn ich das sagen darf, mit bemerkenswerten Talenten.«

»Mein Lord! Glaubt Ihr das wirklich?«

»Daran gibt es nicht den geringsten Zweifel!«

Der alte Mann entfernte sich geräuschvoll, stieg rasch die Treppe hinunter und ließ die Tür hinter sich offenstehen.

»Nein! Das kann nicht sein! Nein, bitte!«

Der Überfall war eine Warnung gewesen, mehr nicht. Niemand war getötet worden. Nachdem sie viele Blauröcke geschmiert hatten, waren nur ein paar Wohnwagen angezündet und ein paar Pferde weggetrieben oder gestohlen worden. Man hatte verschiedene Wohnwagen flüchtig durchsucht. Perlen, Räucherstäbchen, Tücher und zerrissene Kleidungsstücke lagen verstreut im Schmutz.

Aber das war nicht alles.

»Nein!« sagte Rajal wieder. »Nein!«

Er stürmte durch die Ulmenreihe und hatte einen großen Vorsprung vor seiner Schwester und seinem Freund. Rasch nahm er die

Szenerie vor sich auf. Der Wohnwagen der Großen Mutter neigte sich gefährlich zur Seite. Die Tür hing schief in den Angeln, und drinnen sah man das Glitzern von zerschmettertem Glas.

Aber was Rajal so entsetzte, war Zady. Wie ein hilfloses Kind saß der große Mann zusammengesunken an dem erloschenen Lagerfeuer. Um ihn herum brannten andere Feuer, und Vaga versuchten, sie zu löschen. Doch Zady saß nur im Dreck, zusammengesunken und zitternd, und umklammerte die zerborstenen Reste der Trippel-Laute.

»Zady, oh, Zady!«

Diesmal war es Rajal, der den Riesen tröstete, die Arme um ihn schlang und dem schluchzenden Mann über den heftig bebenden Kopf streichelte. Aber was sollte er sagen? Welchen Trost konnte er spenden? Rajal wurde von einem lodernden Zorn erfaßt: Dafür mußte jemand bezahlen.

Nach einer Weile drehte er sich um und sah sich suchend nach der Großen Mutter um, nach seiner Schwester, seinem Freund.

Wo waren sie?

Cata sank verwirrt auf einen Stuhl. Ihr Herz hämmerte heftig, und sie schloß die Augen. Das Leben war plötzlich so aufregend! Sie hatte Pelli völlig vergessen und dachte nur noch an ihre eigenen romantischen Abenteuer. Konnte sie auf den Ball gehen? Sollte sie es wirklich tun?

Sie sprang hoch und machte einen kleinen Tanzschritt. Das heißt, sie hätte es getan, aber ihr Fuß stieß gegen etwas, gegen ein Hindernis.

Es wirbelte über den Boden zur Tür.

»Miss Veeldrop, Ihr seid ein perverses Mädchen!«

Es war Tante Vlada, die das Ding aufhob. Es war der Spazierstock des Edelmannes.

»Meine arme Nichte ist … wer weiß … vielleicht sogar ermordet worden oder Schlimmeres, und Ihr habt nichts weiter zu tun, als Euch mit … Ich weiß nicht mit was zu beschäftigen.«

Der mit Juwelen besetzte Spazierstock blitzte im Sonnenlicht auf, als Pellis merkwürdige Tante ins Zimmer trat und sich geziert auf den Rand des Sofas setzte. Den Stock legte sie auf den Tisch vor sich, und neben sich legte sie auf ein weiches Kissen ein schwarzes Kätzchen, das ein Glöckchen an einem grünen Band um den Hals trug.

»Hier, Ring, mach es dir gemütlich.«

»Ring?« fragte Cata. »Aber Ring ist doch …« Sie unterbrach sich.

»Rheen«, verbesserte sich Tante Vlada schnell.

»Wie bitte?«

Die vornehme Dame tupfte sich die Augen. »Vergebt mir, Miss Veeldrop, wenn ich noch etwas mitgenommen bin. Trauer, reine Trauer. Ring und ich waren seit vielen Jahren Gefährten.«

»Das tut mir leid.« Cata ließ den Kopf hängen.

»Aber …« Tante Vlada seufzte. »Das Leben muß weitergehen. Das hier ist Rheen.«

Cata sah Rheen an und wandte dann rasch den Kopf ab. Bei dem Kätzchen empfand sie ein noch stärkeres Unbehagen als das, das der Schoßhund im Pumpen-Raum bei ihr ausgelöst hatte. Das Mädchen legte verwirrt die Finger an die Schläfe. Einen Moment schien es ihr, als würde eine leise Musik in der Luft schweben und als würde von dieser Musik ein Lied getragen.

Alles ist Zitrone, und nichts ist Limone,
aber selbst die Wahrheit wird bald enthüllt werden;
dann werden wir aus den Scheinbaum-Kalebassen trinken
und speisen mit dem König und der Königin der …

Was hatte das zu bedeuten?

Das Kätzchen schüttelte seinen kleinen Kopf, und das Glöckchen klingelte hell. Umbecca regte sich. Aber Tante Vlada ignorierte sie. Nirry tauchte auf, und die Person schnippte gebieterisch mit den Fingern und verlangte nach Tee.

Dann drehte sie sich wieder zu Cata um. »Bitte, meine Teure, wer war dieser Gentleman?«

»Gentleman?«

Die Dame spielte mit dem juwelenbesetzten Gehstock. »Der Gentleman, meine Liebe, der soeben die Treppe hinuntergestürmt ist.«

»Lord Foxbein. Aus dem Pumpen-Raum, erinnert Ihr Euch? Er ist nur gekommen, um sein ...«

»Ich weiß, wie er sich nennt. Ich habe Euch gefragt, wer er war.«

»Ich verstehe nicht ...«

»Miss Veeldrop, geht zu diesem Bücherregal. Ja, ich meine das neben dem Kamin. Nein, stört die Erzieherin meiner Nichte nicht. Aber Ihr seht doch das rote Buch dort, das große rote Buch? Dieses Buch findet Ihr in jeder vornehmen Wohnung.«

»Ein El-Orokon?«

»Pah! Ich spreche von Vorks Adelsstand. Und jetzt, meine Liebe, vorsichtig, weckt die Erzieherin nicht auf! Aber ich bitte Euch, irgendwann in der Zukunft, wenn Ihr einmal eine freie Fünfzehnte findet, die Geschichte der Familie Foxbein zu studieren, die bis vor kurzem noch aus der Provinz Vantage stammte.«

»Er erwähnte Irion ...«

»Davon bin ich überzeugt. Denn daher kommt er; oder aus Ober-Harion, nicht aus Vantage, davon bin ich überzeugt. Meine Liebe, wenn Ihr eins über Varby wissen müßt, dann das, daß es ein Ort der Illusion ist. Die ›große‹ Welt? Nichts als Tand und Flitter. Da trefft Ihr einen Mann, der behauptet, ihm gehöre eine halbe Provinz. Er klingt ganz vernünftig, trägt feine Kleider ... und in Wahrheit kann er nicht mal einen Laib Brot bezahlen. Hier sehen wir einen Prinzen, aber er ist nur der Schneider von jemandem ... Dort eine vornehme Dame ... die in Wirklichkeit eine Hure ist ...«

Umbecca regte sich bedrohlich. Tante Vlada fuhr schnell fort: »Wußtet Ihr, daß der Prinz von Chayn, der Mann, der unter diesem Namen auftritt, in Wirklichkeit nur der jüngere Bruder des Prinzen ist, der nicht mehr Anrecht auf den Titel hat als ich?«

»Aber Lord Foxbein ...«

Tante Vlada verdrehte die Augen. »Es gibt einen Typ Mann,

meine Liebe, der es für schlechte Manieren hält, sich nicht als der Amtsträger irgendeines entlegenen oder ausgestorbenen Adelsgeschlechts vorzustellen. Euer Gast ...«, sie strich über den Gehstock, »mag vielleicht ein charmanter Kerl gewesen sein, aber ich glaube nicht, daß er sich Euch in seiner wahren Gestalt gezeigt hat.«

»Aber warum nur, Tante Vlada?«

»Ach, mein armes Unschuldslamm! Ich sehe schon, daß ich mich um Euch kümmern muß. Kommt zu mir, ja, noch näher.«

Eigenartigerweise konnte sich Cata diesem Wunsch nicht entziehen. Wie ein Kind setzte sie sich im Schneidersitz auf den Teppich. Tante Vladas Augen glühten wie Edelsteine, und das Mädchen blickte vertrauensvoll in das sanfte, alterslos wirkende Gesicht. Die Lady beugte sich vor und küßte sie auf den Mund. Der Kuß war zärtlich und sehnsüchtig, und als sich Tante Vlada aufrichtete, sah Cata Tränen in ihren Augen schimmern.

»Liebe Miss Veeldrop, ich wußte sofort, daß Ihr diejenige seid, die ich gesucht habe.«

»Tante Vlada?«

Aber die sanften Gesichtszüge verhärteten sich, als sie drängend flüsterte: »Spielt mit den Männern. Spielt mit Ihnen, aber haltet Euch innerlich von ihnen fern! So erlangt Ihr Macht über sie. Vergeßt meine unfähige Nichte. Sie ist tot oder wurde vergewaltigt ... gleichviel! Uns beide, Euch und mich, erwartet eine gemeinsame Zukunft, mein Liebling. Eine großartige Zukunft!«

»Große Mutter!«

Atemlos stürmten Jem und Myla durch die Ulmenreihe, als plötzlich Xal vor ihnen auftauchte. Die alte Frau hatte warnend die Hände erhoben, und der Edelstein an ihrem Turban leuchtete so grell, daß es in den Augen schmerzte.

Rasch zog sie sie in die Deckung der Bäume.

»Große Mutter, das Lager«, keuchte Myla. »Der Wohnwagen ...«

»Vergeßt es, es ist unwichtig! Meine Kinder, könnt Ihr denn das Böse in der Luft nicht spüren?«

Jems Seite schmerzte wie von einem Stich. »Die Varby …«, stieß er atemlos hervor.

»Die Varby, ja, und Hunderte, Tausende, Millionen von Geschöpfen des Bösen, die aus ihrem Schlummer erwacht sind, als der Anti-Gott gerufen hat! Das ist nur das erste Zucken. Es wird noch viel schlimmer werden, viel schlimmer. Noch bevor der nächste Zyklus der Jahreszeiten verstrichen ist, wird der Anti-Gott unter uns sein, die Barriere durchbrechen, die diese Dimension vom Reich des Nichtseins trennt!«

Die alte Frau streckte die Hand aus, packte Jem am Wams und öffnete es hastig. Jem schrie auf. Das merkwürdige Brennen, das er die ganze Zeit in dieser geheimnisvollen Höhle auf der Brust gespürt hatte, war jetzt in voller Stärke wieder da. Er sah hinunter. Der Kristall glühte und schien selbst durch den Lederbeutel!

»Mächtiger Koros!« Myla sank auf die Knie. Eo, der über ihr kreiste, kreischte alarmiert auf. Die Große Mutter blickte in Jems Augen, und ihre Hände zupften immer noch wie Klauen an seinem Wams.

»Große Mutter«, flüsterte Jem, »wie kann das sein? Der Harlekin hat gesagt, daß der Kristall seine Macht verbergen würde und nur ein passiver, schlichter Stein bliebe, bis er wieder mit seinen Gefährten zusammensein würde. Was bedeutet dieses plötzliche Brennen?«

Die alte Frau schob ihr runzliges Gesicht näher an Jem heran und flüsterte mit einer heiseren, erschreckenden Stimme: »Toth!«

»Der Zauberer?«

»Der Anti-Gott! Die Abgewiesenen des Orok suchen den Kristall ebenfalls. Und er glüht als Warnung davor, daß seine Büttel nah sind. Wir hatten geglaubt, es wäre Zeit genug für dich, deine Aufgabe zu erfüllen, bevor es wirklich gefährlich für uns werden würde. Bete darum, bete, daß wir uns nicht getäuscht haben!«

»Aber was sollen wir tun?«

»Schlüssel zum Orokon, bald wirst du mich verlassen, bald liegt es nicht mehr in meiner Macht, dir zu helfen. Aber es gibt noch eins, ein Letztes, was ich für dich tun kann.« Das verwitterte Gesicht wirkte plötzlich unendlich müde. »Ich habe gehofft, daß ich den Vereinigungszauber nicht brauchen würde, denn es ist eine sehr mühselige Angelegenheit, selbst für meine Kräfte ... Jedoch, ich muß ihn aussprechen, um den Kristall zu schützen!«

Die Große Mutter packte Myla und zerrte das Kind fast brutal aus dem Schlamm, wo es hockte.

»Kind, du mußt mir helfen. Du bist zwar noch jung, zu jung, aber die Gefahr ist groß. Verbinde deinen Geist mit meinem, bündle deine Kräfte. Rasch jetzt, rasch. Kommt, wir müssen uns an den Händen fassen, wir alle. Myla, sprich mir die Worte des Zaubers nach.«

Das merkwürdige Trio bildete einen Kreis, und ihre Füße rutschten auf dem schlammigen Untergrund aus. Eo flatterte über ihnen. Erst kreiste er langsam und dann immer schneller und schneller. Durch die regennassen Bäume schimmerte rötliches Licht, wie eine gedämpfte Reflexion des glühenden Kristalls. Schluchzen und andere Geräusche waren im Lager zu hören, und manchmal wehte der Fetzen eines trotzigen Liedes zu ihnen herüber.

Der Gestank von Verbranntem lag in der Luft.

Xal schloß die Augen, und ihr Gesicht verzerrte sich vor Schmerz. Der Stein auf ihrer Stirn glühte, einem dritten Auge gleich, purpurn wie der Kristall. Mit aufgesprungenen Lippen stieß die alte Frau den Zauber hervor, während ihre Kräfte bis an die Grenze belastet waren.

Mit aufgerissenen Augen wiederholte Myla die Worte, und jeder Satz klang wie ein hohes, merkwürdiges Echo.

Das Licht des Kristalls scheint jetzt erneut!
Die Geschöpfe des Bösen werden kommen!
Geister der Götter – strahlt durch mich!
Lenkt meine Liebe auf den, der der Schlüssel ist!

Flammen von Purpur brennen auf seiner Brust!
Götter, verleiht ihm die Stärke, weiter zu suchen!

Gewährt ihm die Kraft, erneut den Kristall zu finden,
der vor den Augen der Menschen verborgen ist!

Den grünen Kristall, den roten, den blauen, den goldenen!
Dann können die Kräfte der Götter wieder herrschen!
Niemals, niemals gebrochen für jetzt und immerdar,
brennt hell der Kreis der Orokon!

Während sie die Worte des Zauberspruchs hervorstieß, wurde Xals Stimme immer lauter und lauter. Sie bemühte sich verzweifelt, den Schutzzauber wirken zu lassen. Ihr Kopf schmerzte, als würden scharfe Bänder ihn fesseln, und Tränen liefen ihr die runzligen Wangen hinunter. Sie wußte nicht, ob sie noch stark genug war. Sie packte Mylas Hand fester und sog die frische, ungeformte Kraft des Kindes in sich auf.

Ja, ja!

Räuchert die Kräfte des Bösen und des Zorns aus!
Rettet diese Dimension vor der Macht des TOTH!
Verbeugt Euch vor dem Retter! Verbeugt Euch und kniet
Vor dem Kind mit dem Geist des NOVA-RIEL!

Purpurnes Licht strahlte von Xals Stirn aus und knisterte um den glühenden Lederbeutel. Jem folgte der Zeremonie fassungslos und mit offenem Mund. Myla wand sich. Man sah nur noch das Weiße in ihren Augen, und ihre Zunge hing in schrecklicher Ekstase aus ihrem Mund. Dabei drehten sie sich weiter und weiter in ihrem unbeholfenen Kreis. Über ihnen zog der entsetzte Eo flatternd seine Runden.

Und Xal ließ allein durch ihren Willen den Stein weiter strahlen und strahlen.

Kind des Geistes! Kind, das der Schlüssel genannt wird!
Nimm in dir das Licht auf, das durch mich scheint!
O Götter, beschützt ihn jetzt und immerdar!

Gelobt sei der Schlüssel zum Orokon!
Gepriesen sei der Schlüssel zum Orokon!

Es war zuviel, einfach zuviel. Myla schrie auf und löste sich aus dem Kreis.

Eo fiel wie ein Stein zu Boden.

»Myla!« Das war Raj. Beunruhigt war er zurückgekommen und lief zwischen den Ulmen hindurch. »Was ist das jetzt wieder für eine Narretei!«

Die Große Mutter sank auf den Rücken und keuchte: »Kind, sprich nicht über das, was du nicht verstehst!«

»Nicht verstehen? Die Ejländer überfallen das Lager, und du zauberst? Alte Frau, von welchem Nutzen sind deine Zaubersprüche denn jemals gewesen?« Es waren grausame Worte, aber Rajal war wütend. Vielleicht genauso wütend darüber, daß er von dem Ritual ausgeschlossen wurde, das hier soeben stattgefunden hatte, wie über das, was heute in dem Lager geschehen war.

Er ging zu seiner schluchzenden, entsetzten Schwester. Sie hielt Eo in den Händen. War er tot? Der arme Eo? Die arme Myla! Rajal wollte sie trösten, aber sie stürzte sich wütend auf ihn und schrie ihn an, daß er ein Narr sei, schrie, daß sie ihn haßte, und befahl ihm, sie zu verlassen, einfach zu verschwinden!

Rajal stürzte davon. Heiße Tränen brannten in seinen Augen.

Beunruhigt blickte Jem zwischen der erschöpften Großen Mutter und seinem Freund hin und her. Sie lehnte an einem Baumstamm, und von Rajal sah er nur noch den Rücken. Er näherte sich Xal, doch die winkte ihn fort.

»Geh hinter ihm her!« stieß sie hervor. »Er unternimmt vielleicht etwas Verrücktes. Geh ihm bitte nach!«

Jem zögerte einen Augenblick und verschwand dann.

»Auf Wiedersehen, Prinz Jemany. Leb wohl, Kind Rajal.« Xal flüsterte diese Worte kaum hörbar. Es war kein Lebewohl, ganz und gar nicht, aber die alte Frau wußte, daß weder Jem noch Rajal heute abend ins Lager der Vaga zurückkehren würden.

Vielleicht würde sie sie niemals wiedersehen.

Sie sank auf den Rücken und preßte die Hände auf ihr Herz. Wie alt sie war, wie schwach! Ihre Kräfte ließen nach, starben mit ihr. Sie schüttelte sich vor Todesangst, als ihr bewußt wurde, daß sie bald sterben würde. Der Kopf der alten Frau sank zurück. Bald, sehr bald würde sie diese große Bürde an Myla weiterreichen. Sie tastete nach dem Kind, suchte die kleine Hand.

»Myla? Myla-Kind?«

Aber wo Myla gelegen hatte, ertastete Xal jetzt nur noch den blassen, schon steifen Kadaver von Eo.

18. Feuerwerk

»Meine Liebe, Ihr seht hinreißend aus!«

Es stimmte.

Cata drehte sich erst ein wenig nach rechts und dann nach links. Sie mußte einfach lächeln. Kerzen erleuchteten das dämmrige Licht des Abends, der mit seinem Zwielicht allem einen merkwürdigen Zauber verlieh. Fasziniert starrte sie in den Spiegel.

»Aber nein, die Wirkung ist nicht ganz …«

Was konnte denn noch sein? Vor einer Fünfzehnten hatte der Spiegel nur ein schüchternes Akademie-Mädchen gezeigt, das von seinem schwarzen Agonis-Kleid beinahe erdrückt wurde. Jetzt jedoch blickte Cata das Bildnis einer Frau entgegen, einer wunderschönen Frau, die in einem langen, goldenen Abendkleid vor dem Spiegel stand.

In Pellis Kleid.

»Tante Vlada, glaubt Ihr, daß Pelli zurückkommt?«

»Vielleicht um in Schande zu leben, als ein gefallenes Mädchen. Haltet still. So ist es richtig …«

Pellis Tante stand hinter Cata und zog und zupfte an den dunklen

Locken des Mädchens. Geschickt befestigte sie das Haar mit Klammern, und Cata schloß die Augen. Manchmal tat es weh, aber sie protestierte nicht. Denn der Schmerz verwandelte sich schnell in Freude.

Umbecca und die Witwe schlummerten immer noch.

Tante Vlada trat zurück. »Aber die Rubine … Verwünschtes Ding. Es hat sie mitgenommen!« Rasch löste die Frau ihre Smaragdkette und nahm sie vom Hals. »Die werden genügen. Sie müssen genügen. Nun, wird Euer Liebster euch an der Abtei erwarten?«

Cata nickte, und Tante Vlada lachte.

»Wohl kaum das Verhalten eines respektablen Mannes! Eine ehrbare Hochzeit? Pah! Merkt Euch meine Worte, meine Teure. Er will Euch verführen, das ist alles!«

»Aber Lord Foxbein …«

»Dieser alte Gauner!«

Regentropfen prasselten an die Fensterscheiben. Sie hatten den Vorhang nicht vorgezogen und sahen, daß der Himmel draußen dunkelblau war.

»Aber wie kann es denn schon wieder regnen?«

»Der Himmel ist schwer. Er muß seine Last abladen …«

»Aber der Mittsommernachtsball …«

Tante Vlada lachte und verriet damit ihre herzliche Zuneigung. »Meine Teure, Ihr werdet bald lernen, daß diese Welt nicht zu unserem Vergnügen geschaffen wurde.«

»Aber wofür ist sie dann gemacht worden?«

Tante Vlada beantwortete jedoch eine ganz andere Frage. »Seht in den Spiegel. Ihr seid jetzt eine Frau, mein Kind. Betrachtet Eure Schönheit … Seht Ihr nicht auch in eben dieser Schönheit eine Tragödie, die nur darauf lauert, Euch in Besitz zu nehmen? Was kümmern sich die Männer um den Putz, den wir auflegen?«

Mit ihren kühlen Fingern berührte sie die Lippen des Mädchens und strich dann langsam über ihr Kinn hinunter bis zu ihren weichen Brüsten.

Cata erschauderte.

»Der Schmuck einer Frau, meine Liebe, ist nur für sie selbst da. Für sie selbst und andere Frauen. Denn Männer reißen ihn uns doch nur vom Leib und befriedigen ihre Lust wie grunzendes Vieh! Heute abend, meine Teure, werdet Ihr eine Prüfung absolvieren. Besteht sie, und Euch ist Großes bestimmt. Scheitert, und Ihr seid nichts weiter als eine Hure aus der Gosse, ganz gleich, wie schön Ihr Euch auch herausputzt!

Seht Euch diese alten Weiber an, die wie zwei verbrauchte Huren am Kamin schlummern. Würden sie jetzt wach, würden sie uns wütend anfahren, jammern und heulen! Sie sind Närrinnen, denn in ihrem Eifer, einzuschüchtern und an die Kette zu legen, machen sie doch nur das interessanter, was sie verurteilen.

Ach, meine Teure, es gibt ganz andere Vergnügungen, andere und feinere. Was weiß schon diese fette alte Närrin in Schwarz von den innersten Geheimnissen des Herzens? Mit mir, mein Kind – falls Ihr den Test besteht –, werdet Ihr jede geheime Kammer betreten!«

Tante Vlada beugte sich noch näher heran, und Cata schüttelte sich erneut, heftiger diesmal, als die ältere Frau zärtlich flüsterte: »Besteht, und Ihr seid mein. Versagt, und ich wasche Euch von meinen Händen wie Dreck, der Ihr dann sein werdet.«

Eine Explosion erschütterte die Luft. Das Feuerwerk!

Cata wollte zum Fenster laufen, doch Tante Vlada hielt sie am Arm fest.

»Nein, meine Teure. Geht und trefft Euren Galan!«

Eine rasche Umarmung, dann schubste Tante Vlada Cata förmlich aus dem Raum und schlug die Tür hinter der entzückenden Frau – dem entzückenden Mädchen – zu. Genau in dem Augenblick fuhr Umbecca von ihrem Stuhl hoch. Das Feuerwerk hatte sie geweckt. »Was? Was?« murmelte sie schlaftrunken und öffnete die Augen.

Umbecca sah Tante Vlada … Und schrie.

»Raj, hör doch zu!« rief Jem. »Ich glaube nicht, daß das eine gute Idee ist. Du bist müde, ich bin müde. Laß uns morgen früh aufbrechen …«

»Dann geh doch zurück. Geh ins Lager zurück. In das, was davon übrig ist.«

»Raj, sei nicht albern! Ich gehe nirgendwo hin ohne dich!«

»Ach nein? Plötzlich so besorgt?«

»Du warst mir immer wichtig!«

»Aber nicht wichtig genug, daß du mir sagen wolltest, wer du bist!«

Es regnete, und die Jungen stapften über den schlammigen Hügel zu den Mauern der Stadt.

»Vergiß, wer ich bin!« rief Jem. »Raj, gib diesen Plan auf.«

»Es ist Mittsommernachtsball. Sie werden alle im Kursaal sein, hab ich recht? Mal sehen, wie denen ein Saalregen gefällt.«

»Wovon redest du?«

Aber das war eigentlich offensichtlich. Während er vorwärts schritt, sammelte Rajal Steine von dem Weg unter seinen Füßen. Einige schob er achtlos in seine Taschen, andere warf er weit weg in die Luft.

Seine Gewalttätigkeit erschreckte Jem.

»Komm schon, Prinz ...«

»Nenn mich nicht so!«

»Möchtest du nicht sehen, wie diese hohen Fenster zerbersten und sich die Splitter auf die Tanzenden ergießen?«

»Nein ...«

»Oh, natürlich nicht. Entschuldige. Es liegt an der Schuhwichse in Eurem Gesicht, Prinz. Ich habe ganz vergessen, wer Ihr wirklich seid. Ihr wärt ja lieber bei denen da drin ...«

»Das ist nicht wahr. Hör zu, Raj, du bist keine Silbermaske. Wie willst du überhaupt in die Stadt hineinkommen?«

»Du hast ein schlechtes Gedächtnis«, erwiderte Rajal.

»Wie?«

»Es ist eine aufregende Nacht heute in Varby. Ich glaube, daß zwei Schuhputzjungs ohne weiteres durch das Frachttor schlüpfen können, meinst du nicht? Sieh mal, da vorn ist es schon. Und keiner bewacht es. Sie sehen sich alle den Spaß an.«

»Raj, das ist die Sache nicht wert. Wenn sie dich erwischen ... Oh, du bist ein sturer, haßerfüllter Idiot!«

Rajal holte mit einem Stein aus.

Jem duckte sich. »Denk wenigstens an Myla, wenn du schon nicht an dich denkst!«

»Laß Myla aus dem Spiel!«

»Das kann ich nicht, denn sie gehört dazu. Genau wie du und ich ... Raj, weißt du denn nicht, was passieren wird? Sehr bald? Verstehst du denn nicht, was in der Höhle geschehen ist? Dies hier bedeutet gar nichts, nicht das geringste. Es ist unwichtig ...«

Sie schlichen durch das Frachttor. Rajal hatte recht: Niemand hielt sie auf. Die Straßen waren finster, und es standen nur einige leere Karren herum.

Plötzlich erschütterte eine Explosion die Luft.

Sie schraken zusammen und hätten beinahe aufgeschrien. Über ihnen explodierten Millionen bunter Sterne am dunklen Himmel.

»Oh, Raj, das Feuerwerk. Laß uns zusehen, einfach nur zusehen ...«

Jem holte seinen Freund ein und packte seinen Arm. Rajal sackte zusammen. Auf einmal war sein ganzer Ärger verpufft, und heftige Schluchzer schüttelten seinen Körper.

Sie drückten sich an einen Wagen, während sie das prächtige Feuerwerk betrachteten, das sich trotzig gegen Regen und Wind behauptete. Lichtblitze zuckten über den grauen Himmel, purpurn, grün, rot, blau und golden. Sie sahen Elabeth-Räder, Eldric-Spiralen und unberechenbare Sosenica-Raketen.

Sie redeten in den Pausen zwischen den Explosionen.

»Wußtest du, daß ich meinen Vater habe hängen sehen?«

»Was?« Jems Herz zog sich schmerzhaft zusammen.

»Sie behaupteten, er hätte versucht, einen Jungen zu entführen, diesen Krüppel, der in Irion lebte.«

»Krüppel?«

»Sie sagten, er wäre einfältig. Vermutlich war er das auch. Aber ich erinnere mich noch sehr genau an ihn. Ich war weit weg und konnte ihn kaum sehen, aber dann haben sie ihn an diesem Tag auf das Schafott gestellt, während sie die Lügen über meinen Vater verlesen haben ...«

»Raj, das war ... aber ich ...«

Bumm. Bumm.

»Nova, ich habe gesehen, wie dieser Junge einfach dastand und zugesehen hat, selbst als die Falltür aufklappte. Ich dachte damals, daß ihr Ejländer alle so wärt wie dieser Gimpel. Vor eurer Nase können die schlimmsten und grausamsten Dinge passieren, ihr jedoch tut so, als würde nichts geschehen ...«

»Komm schon, Raj, wir sind nicht alle so ...«

Mehr konnte er nicht sagen. In diesem Augenblick donnerte eine vornehme Kutsche auf das Frachttor zu, und aus der Kutsche drangen die durchdringenden Schreie einer Frau.

»Laßt mich los! Nehmt Eure Hände weg! Kutscher, Kutscher, halt!«

»O mein Liebling ...«

»Hauptmann ...«

»Kommt schon ...«

Der nächtliche Himmel toste vor Feuer und Wasser. Der unablässige Regen leuchtete grell in dem Licht der explodierenden Raketen.

Rücksichtslos fegte die Kutsche über die Straßen.

Und ebenso rücksichtslos drängte sich der Hauptmann Cata auf.

»Der Ball!« rief sie. »Aber hier geht es nicht zum ...«

Heiße Lippen verschlossen ihren Mund. »Der Ball? Ein Kindergarten für gelangweilte Gören! Kommt, mein Liebling, laßt mich Euch küssen ...«

Aber dem Hauptmann stand der Sinn nach mehr als nur nach Küssen. Er riß heftig an Catas Röcken, zerfetzte ihre Unterröcke mit seinen groben, ungeduldigen Händen.

Dabei war er so gutaussehend!

»Wohin bringt Ihr mich?«

»Wohin anders, meine Teure, als in ein Liebesnest?«

»Ihr tut mir weh ...«

»Niemals. Meine süße Unschuld, habt Ihr Euch noch nie einem Liebhaber hingegeben? Nur ein kurzer, schneller Schmerz und ein Tröpfchen Blut ... und dann werdet Ihr die göttlichen Ekstasen erleben!«

Es ist also doch wahr. Alles, was Tante Vlada gesagt hat, ist wahr.

»Das ist Eure Prüfung. Scheitert, und Ihr seid nichts als eine Hure!«

Cata wehrte sich, sie kratzte, trat und schrie. Sie wollte sich gerade aus der Kutsche stürzen und den Hauptmann mit blutigem Gesicht und nach Luft ringend zurücklassen.

Statt dessen hörte sie, wie Glas zersplitterte.

»Verdammt, die Laterne!« schrie der Kutscher.

Dann ertönte ein dumpfer Schlag – und Geräusche eines Kampfes. Die Kutsche kam gefährlich von ihrem Weg ab.

Jemand anderer ergriff die Zügel. »Hoh!«

»Was? Was?« Der Hauptmann stieß Cata grob von sich und riß das Fenster auf.

Eine Faust traf ihn mit voller Wucht ins Gesicht.

Der Hauptmann verlor das Bewußtsein. Cata schrie erneut auf, lauter diesmal, als ein Vaga-Junge mit einem Gesicht schwarz wie Schuhwichse die Tür aufriß und Cata herauszerrte.

Was sollte diese Attacke? Sie wehrte sich verbissen.

»Hör auf, du dummes Mädchen. Ich will dich doch nur retten!«

Der Vaga-Junge versuchte, die Schreie des Mädchens zu ersticken, und das einzige Mittel, das ihm dazu einfiel, war, sie in seinen Armen herumzudrehen und sie mitten auf den Mund zu küssen.

Cata war so erschrocken, daß sie aufhörte, sich zu wehren. Sie ergab sich in den Moment, der lange dauerte. Sehr lange.

Was für ein zärtlicher Kuß!

So ganz anders als die des Hauptmanns!

Doch halt, was tat sie da? Sich von einem vornehmen Mann verführen lassen zu müssen war eine Sache, aber von einem Straßenjungen vergewaltigt zu werden eine ganz andere.

Sie schob ihn von sich und ohrfeigte ihn.

»Wie kannst du es wagen! Du schmutziger, gewöhnlicher Rohling!«

»Cata, kennst du mich denn nicht? Erkennst du mich wirklich nicht?«

Aber der Vaga-Junge hatte keine Zeit, auf eine Antwort zu warten. Die Schreie des Mädchens hatten eine Streife von Blauröcken alarmiert. Sie waren zwar betrunken, aber wütend, und stürmten mit aufgepflanzten Bajonetten vorwärts.

»Vaga! Schnappt sie euch!«

Dem Jungen blieb nur noch Zeit für einen letzten, geraubten Kuß, bevor er wie durch Zauberhand in der dunklen, regnerischen Nacht verschwand.

Einen Augenblick später hüllte ein Blaurock die nasse und beinahe ohnmächtige Cata in seinen warmen Umhang. Ein Soldat mit einem Stoppelbart wie ein Kornfeld in Harion bedrängte sie, ihm zu sagen, was passiert war. Genau zu schildern, was geschehen war.

Cata wußte gar nicht, was sie sagen sollte.

Cata, kennst du mich denn nicht?

Aber wie lautete die Antwort auf diese Frage?

Ein dumpfes Stöhnen drang aus dem Inneren der Kutsche, und ein Gesicht mit einer Nase wie eine Blutwurst schwankte am Fenster wie eine monströse, häßliche Marionette.

»Ein Vaga-Überfall«, stieß der Mann mit belegter Stimme hervor. »Diese vornehme Lady ... diese tugendhafte junge Maid und ich ... sind Opfer eines Vaga-Überfalls geworden.«

Jem lag keuchend im Regen.

Was hatte er getan? Was konnte er noch tun?

Seit er Cata damals auf den Stufen der Abtei gesehen hatte, wußte er, daß es vorbei war. Sie hatten sie verändert, sie zu einem anderen Mädchen umgeformt. Es war hoffnungslos! Er würde sie immer lieben, aber was konnte er tun, wenn sie ihn nicht einmal erkannte? Was konnte er unternehmen, wo er sich doch um die Aufgabe kümmern mußte, die vor ihm lag?

Sein Gesicht brannte immer noch an der Stelle, an der Cata ihn geschlagen hatte.

»Ach Raj …«, meinte er stöhnend.

Doch Jem war allein.

Er wollte versuchen seinen Freund zu finden, doch da hörte er die Schreie der Blauröcke. Ein paar Händlerkarren standen in der Nähe.

Rasch schlüpfte Jem in einen hinein.

19. *Drei Nasen*

»Also wirklich, junger Gentleman …«

»Was?«

Das Licht fiel durch das Fenster des Logierhauses und beleuchtete eine jämmerliche Szenerie. Der Teppich war schäbig und mit Spielkarten, Theaterzetteln und Papieren übersät. Vollgerotzte Taschentücher lagen überall verstreut, und ein Nachttopf ruhte auf der Seite mitten im Zimmer. Der Tisch war genauso schäbig wie die paar Sofas, schmutzige Gläser standen herum, und überall waren Flecken. Armselig war auch das Bett, auf dem der junge Gentleman lag. Er stank unter den Armen und hatte noch seine Hose an. Die Laken starrten vor Schweiß und Schuppen und … wer weiß noch was!

Der Apotheker betrachtete seinen Patienten angewidert. Wieviel angenehmer war es doch, Ladies zu behandeln. Warum dieser junge, vornehme Gentleman, der auch noch aus einer guten Familie stammte, so heruntergekommen lebte, überstieg seine Vorstellungskraft. Er hatte diesen Burschen zwar noch nie zuvor gesehen, aber er kannte den Typ. Gutaussehend, natürlich, oder jedenfalls würde er gut aussehen, wenn er nicht von einer Nase entstellt wäre, die zu einer monströsen Größe angeschwollen war! Er war der Typ, der die schlanke, dunkle Perücke und den gewichsten Schnurrbart des gewissenlosen Schufts bevorzugte, auch wenn ein Schnurrbart jetzt fehlte und die Perücke verrutscht war und die roten Locken darunter enthüllte. Ein Mann seines Berufsstandes könnte es fast als Beleidigung auffassen, daß man ihn gebeten, ja, ihm befohlen hatte, seine Fähigkeiten an so ein Gesindel zu verschwenden. Und das auch noch, wo er eben ins Bett gehen wollte. Immerhin war der Ball gerade erst vorbei, und es war ein erschöpfender Abend gewesen ... wenn auch ein großartiger. Nicht zuletzt wegen der Gelegenheiten, bei denen der Apotheker gezwungen war, seine Hand, sozusagen, den Bedürfnissen gewisser Damen zu leihen, die bedauerlicherweise in der Hitze ohnmächtig geworden waren.

»Junger Gentleman«, begann er erneut. »Ich sagte, Ihr könnt kaum erwarten, daß Ihr Euch erholt, wenn Ihr Euch ein solches Frühstück einverleibt ...«

»Beim Arsch des Agonis, was stimmt damit nicht?« wollte der junge Gentleman wissen. Vielleicht sprach er etwas lauter, als er vorgehabt hatte. Stöhnend sank er auf das Bett zurück und hielt sich den Kopf, bevor er sich wieder aufsetzte und wütend einen Schluck aus einem Bierkrug nahm.

Aber er schaffte es nicht. Das Bier rann ihm am Kinn herunter und tropfte auf seine Hemdbrust. Er fluchte laut und warf den Krug wütend gegen die Wand.

Mittlerweile war ihm die Perücke vollkommen vom Kopf gerutscht. Poltys Haar leuchtete rot im Licht.

Er zuckte heftig zusammen, als er sich den Rest des Schnurrbartes von der Lippe riß.

»Beim Arsch des Koros, was soll ...«, ertönte eine zweite Stimme, und ein anderer junger Gentleman löste sich aus dem Reich des Vergessens und schob seine blasse Visage über die Rückenlehne des Sofas. Dieses Gesicht kannte der Apotheker nur zu gut. Mr. Jac Burgrove. Nun, es sah so aus, als wäre er für eine Weile außer Gefecht gesetzt ...

»Apotheker!« rief der Hauptmann. »Ihr seid unfähig! Wo ist meine kalte Kompresse? Bohne? Bohne!«

Der Apotheker spitzte die Lippen. Glücklicherweise tauchte in diesem Augenblick der junge, schlaksige Offiziersbursche, der Bohne gerufen wurde, hinter einem Paravent in der Ecke des Zimmers auf. Dort hatte er geräuschvoll versucht, das getrocknete Blut aus den Taschentüchern seines Vorgesetzten zu waschen.

Allmählich dämmerte dem Apotheker die Komik der Szene. Drei junge Männer, und alle drei litten an derselben Verletzung. Sie hatten alle eins auf die Nase bekommen. Doch nur die Verletzung des Hauptmanns war der Rede wert …

Anscheinend war er ein ziemlich energischer Bursche.

»Ich komme, Polty …«

»Foxbein!« rief der Hauptmann tadelnd.

Foxbein? Ein schmerzlicher Ausdruck flog über das Gesicht des Apothekers.

»Beim Arsch des Theron«, sagte der junge Mann, der Bohne gerufen wurde, und ließ ein durchweichtes Taschentuch zu Boden fallen. »Guter Apotheker, wird er wieder gesund?« Er drückte das nasse Tuch auf Foxbeins – Poltys – verletzte Nase.

Der Apotheker riß sich zusammen und strich sich über das Kinn. »Euer Freund …«, er deutete auf das Bett, »Euer Hauptmann …«

»Foxbein«, kam Bohne ihm strahlend zu Hilfe.

Der Apotheker zuckte zusammen. War das etwa ein Sohn oder ein Neffe dieses fürchterlichen alten Knackers? Ja, er wußte doch, daß ihm etwas an dem Mann bekannt vorkam … In dem Augenblick bemerkte er den Perückenständer in der Ecke und die Perücke, die ganz oben thronte und jeden Augenblick zu Boden zu fallen drohte.

Und leuchteten da aus der offenen Schranktür nicht beinahe spöttisch die prächtigen Kleidungsstücke des alten Bocks?

Der Apotheker hätte sich vielleicht erhoben, den Rest seiner Würde zusammengekratzt und sich auf der Stelle zurückgezogen … Aber er tat es nicht. In ihm focht der Ekel einen schweren Kampf mit der Gier und verlor. Mit einem Lächeln zwang er sich dazu, den Beutel zu öffnen und seine ordentlich verpackten Waren auszubreiten.

Auf dem Bett stöhnte Polty, ja er knurrte sogar. Die Frustration brannte in ihm wie Galle. Was für eine elende Nacht war das gewesen! Dieser Vaga-Abschaum, der ihn fluchen und wüten ließ. Daß ihm eine schmutzige, schwarze Faust ins Gesicht geschlagen hatte! Wenn die Nase nur nicht so weh getan hätte, daß er schon ohnmächtig zu werden drohte, wenn er einfach nur aufstand, wäre Polty höchstpersönlich zu dem Vaga-Lager geritten und hätte seine Wut ausgetobt. Er knirschte mit den Zähnen, preßte die Augen zusammen und malte sich die Prügelorgien aus. Jetzt jedoch, nur ein wenig später, kümmerte es ihn nicht mehr. Vaga? Ein Mann müßte schwachsinnig sein, wenn er seinen Haß an eine so niedere Lebensform verschwendete. Kein Grund, hitzig zu werden. Er hatte bereits Bericht erstattet, und er wußte, daß dieser wie eine Zündschnur durch die Befehlskette lief. Baral, der Oberkommandierende von Varby und Holluch, hatte neue Vergeltungsschläge angeordnet. Der gestrige Überfall auf das Vaga-Lager war nur ein Vorgeplänkel gewesen. Mittlerweile dürfte das Lager nur noch eine rauchende Ruine sein, und die, die nicht tot oder verwundet waren, würden in alle Winde verstreut sein und wer weiß wohin fliehen.

Nein, Polty machte sich jetzt nicht um die Vaga Sorgen.

»Natürlich ist eine Genesung auch ohne die Heilkunst zu erwarten«, sagte der Apotheker. »Sie ist sogar unausweichlich. Dennoch darf man vielleicht eine Kur von zwölf Nasenschröpfungen vorschlagen, schließlich ist die Balance der Körpersäfte in Mitleidenschaft gezogen. Sie senken die Körpertemperatur. Begleitend dazu, ehm, würden die Körpersäfte durch einen Kelch Wenaya-Milch aufgefüllt, deren Einnahme wie auch eine größere Menge von Einhornpillen nicht nur ratsam, sondern sogar unerläßlich ...«

Polty nahm die Kompresse von seiner Nase und sah den Apotheker merkwürdig eindringlich an. Man hätte denken können, daß er vom Bett aufstehen, zu dem Apotheker gehen, ihn packen und die Treppe hinunterwerfen würde. Statt dessen quälte er sich ein ironisches Lächeln ab und sagte leise: »Apotheker, Ihr gefallt mir.«

Der Apotheker rutschte nervös auf seinem Stuhl hin und her.

»Eure Freunde«, fuhr er mit leicht zittriger Stimme fort, »leiden wie Ihr, Hauptmann. Vielleicht …« Er hob die Stimme, während er sich zum Sofa umdrehte, wo Mr. Jac Burgrove wieder auftauchte, der zwischenzeitlich ohnmächtig geworden war. »… Vielleicht brauchen die Herren ja nur eine Einhornpille oder einen einzigen kleinen Blutegel …«

»Apotheker, ich mag euch wirklich!« dröhnte Polty. »O ja, Ihr gefallt mir! Bohne, einen Krug für unseren neuen Freund! Habe ich jemals eine solche Einsicht erlebt? Solchen Geschäftssinn? Eine solche Integrität?«

Der Apotheker glättete seine parfümierte Perücke. »Man entstammt schließlich einer langen Ahnenreihe von Medizinern.«

»Das merkt man sofort. Freund, wie lautet Euer Name?«

»Waxwell. Franz Waxwell.«

»Was Ihr nicht sagt!« Polty sah ihn an, als wollte er eine Bemerkung machen, aber er überlegte es sich anders und erhob sich statt dessen von seinem Bett. »Sagt mir, guter Apotheker, was würdet Ihr bei Herzbeschwerden verschreiben?«

»Euer Herz tut Euch weh?«

»Ganz schlimm, sehr, sehr schlimm.«

»Ihr sprecht von der Stärke, dem Rhythmus? Dem Klopf-Klopf-Klopf?«

Polty schob seine geschwollene Nase dicht an das Gesicht des Apothekers heran. »Ich spreche, mein teurer Apotheker, von einem Sprung, der wie ein Fehler in einem Chinaporzellan immer breiter wird und sich in einem höchst empfindlichen und zarten Teil schmerzhaft weitet! Ich spreche von einem Traum, einer Vision, die vor meinen Augen tanzte, nur, um mir mit Gewalt entrissen zu werden! Ihr seht mich jetzt mitgenommen und schmerzerfüllt. Aber noch gestern abend lagen die Freuden der Götter in meinen Händen! Ihr versteht sicher, teurer Apotheker, ich spreche von Ladies!«

»Aha.«

»Ihr interessiert Euch zweifellos ebenfalls für Damen?«

»Ich nenne es gern ein inniges Wissen!«

»Ich bin sicher, daß Ihr das habt. Bohne, der Krug! Apotheker, ich habe einen Vorschlag für Euch.«

Damit umfaßte Polty freundlich den Nacken des Apothekers und sprach rasch und leise auf ihn ein. Er verwickelte ihn in eine lange, intensive Diskussion. Von Zeit zu Zeit nickte der Mann, und Polty lächelte. Als Bohne endlich mit dem Krug kam, scheuchte Polty ihn ärgerlich weg.

Bohne sah kläglich zu. Was heckte Polty nun schon wieder aus? Zweifellos einen neuen teuflischen Plan. Wie gewöhnlich würde Bohne es erst erfahren, wenn die Konsequenzen zutage traten.

Leutnant Aron Throsh, alias Bohne, hatte im Dienst seines Vorgesetzten schon allerhand mitgemacht. In den Tälern der Tarn hatte er sogar Schulter an Schulter mit dem großen Mann auf dem Schlachtfeld gestanden und gefeierte Gefechte erlebt, mit Katze-unter-dem-Wagen, mit Catayane, Gefechte wie den Kampf auf den Höhen-des-Heuschobers und die Schlacht am Todesfelsen, ganz zu schweigen von den unzähligen Scharmützeln im Trägen Tiger. Der Held war natürlich immer Polty gewesen. Bohne forderte förmlich, sehnte sich danach, ein Untergebener zu sein, nicht mehr. Aber was für eine Freude, eine Rolle, und sei es auch nur eine kleine, bei diesen glorreichen Siegen gespielt zu haben!

In dieser Jahreszeit des Theron hatte Bohne die Aktionen in den glorreichen Feldzügen gegen Bichley, Rextel und Heva-Harion miterlebt und pflichtgemäß, doch reinen Herzens die letzten Eroberungen bejubelt. Nein, es waren nicht sosehr Eroberungen von Polty als vielmehr solche, die man dem geheimen Gott namens Penge zuschreiben mußte.

Bohne war, abgesehen von Polty selbstverständlich, der einzige, der von Penge wußte, das heißt, der seinen Namen kannte. Manchmal fühlte sich der schlaksige Offiziersbursche fast so vertraut mit Penge wie Polty selbst. Das war eigentlich unmöglich, aber ein Monarch braucht einen Mann, der ihn bewacht und ihm dient, und es gab Zeiten – das mußte man zugeben –, in denen Polty sein großes Mündel äußerst nachlässig behandelte. Wie oft, Bohne konnte es schon nicht mehr zählen, war Polty besinnungslos auf dem Bett zusammengesunken und hatte es seinem Offiziersburschen überlassen, Penge für die Nacht zurechtzumachen. Wie oft hatte Bohne den armen, erschöpften Sieger, abgeschlafft nach der Schlacht, in seine knochige Hand genommen, das gerötete Fleisch gerieben, die feuchten Tropfen getrocknet, die ein Schwertkämpfer von den Feldern des Ruhmes mit nach Haus brachte …

Aber was für eine wundervolle Aufgabe, einem so stolzen Herren zu dienen! Ja, Bohne hatte viel Zeit mit Penge verbracht, während Polty bewußtlos dalag. Und wie dankbar war er, wenn Penge sich noch einmal zu seiner vollen Größe erhob, ohne daß sein Besitzer etwas davon merkte!

Dann spürte Bohne, wie sein eigenes, dürftiges Gegenstück zu Penge, ein Körperteil, den er so verachtete, daß er ihm keinen Namen geben mochte, sich vor Mitgefühl regte und sich krümmte, um seinen einsamen, bitteren Samen zu verspritzen.

Der Offiziersbursche drehte sich zum Fenster um und sah hinaus, in den öden Morgen von Varby nach der Mittsommernacht. Die Stadt sah schon jetzt tot aus. Bohne hätte gern einen Schluck aus dem Krug genommen, aber Mr. Burgrove rührte sich, schnappte ihn sich und leerte ihn mit lautem Gurgeln. Der Offiziersbursche wurde von einer Woge des Selbstmitleids überspült. Dieses Jahr hier in Varby hatte vielversprechend begonnen, nicht zuletzt wegen der vielen Momente mit Penge. Doch selbst in dieser Hinsicht war es enttäuschend gewesen, denn konnte es jemals genug Momente mit Penge geben? Und in anderer Hinsicht fand Bohne es geradezu entsetzlich.

Seit ihrer Versetzung ins Innere waren Polty und sein Bursche dem Geheimdienst zugeteilt, der unter dem Kommando eines gewissen Lord E … stand. Es hatte wie eine großartige Beförderung ausgesehen, aber Polty hatte ihre Mission beinahe verächtlich betrachtet. Er war ausgesandt worden, um über die »Varby-Entführungen« zu berichten, doch wie weit waren sie gekommen? Er hatte sich in verschiedenen Verkleidungen unter die Feiernden gemischt, wie Polty sagte, um nach Informationen zu suchen, aber am Ende war nur Übles dabei herausgekommen!

Bohne sah säuerlich zu Jac Burgrove hinüber. Wenn sie nur allein geblieben wären und sich nicht auch noch mit diesem schäbigen Lebemann abgegeben hätten!

Das Gluckern verwandelte sich in beunruhigendes Würgen, und Mr. Burgrove ließ den Humpen fallen.

»Bohne, Hilfe … ich muß mich übergeben …«

Schnell sah sich Bohne nach einem Gefäß um, fand aber nur den Nachttopf, den Polty in der Nacht ordentlich gefüllt hatte. Aber es genügte. Ein dicker Strom orangebraunen Schleims sprühte zwischen Mr. Burgroves Lippen hervor.

»Der Hauptmann ist anscheinend beschäftigt«, bemerkte er, nachdem er sich erholt hatte und sich den Mund mit der Krawatte abwischte, die bereits überall mit Blut befleckt war.

Seufzend spielte Bohne das Spielchen mit. »Er sagt, man habe ihm das Herz gebrochen.«

»Glaub's ihm nicht, es ist nur die Nase. Aber mein Herz … Erst gestern! Ach Bohne, ich stand am Rande der Seligkeit!«

»Nur am Rand?«

»Jungfräuliche Skrupel. Ihrerseits, meine ich.«

»Selbstverständlich.«

»Und du? Im Dienst welcher Dame hat *deine* Nase gelitten?«

»Das war keine Dame. Nur Polty. Ich meine, der Hauptmann.«

»Der Hauptmann?«

»Ich war sein Kutscher.«

»Ha! Aber Bohne, du mußt deine Ziele herunterschrauben.«

»So weit herunter wie Ihr Eure?«

»In deinem Fall? Noch viel tiefer.«

Die Frotzelei wäre weitergegangen und Mr. Burgrove hätte jetzt vielleicht, nachdem seine Übelkeit verflogen war, zu höchst vergnüglichen Späßen gegriffen. Dann wären Sinnsprüche über seine Lippen geflossen, die sich nicht einmal neben dem Werk Mr. Coppergates hätten verstecken müssen, vor allem wohl, weil sie aus eben diesem Werk Mr. Coppergates stammten. Nun, dies alles hätte geschehen können, wenn nicht in diesem Moment jemand an die Tür geklopft hätte.

Bohne öffnete.

Auf der Schwelle stand steif und gebieterisch und mit der unverwechselbaren Schärpe der Militärpolizei ein hoher Offizier aus der Holluch-Kaserne, der von einem schmächtigen, aber entschlossen wirkenden Stabsunteroffizier begleitet wurde. Das konnte nur eins bedeuten:

Das Mädchen von gestern abend.

Bohne erbleichte. Er hatte schon immer gewußt, daß Polty eines Tages zu weit gehen würde!

»Mr. Jac Burgrove?«

Bohne deutete verwirrt auf den Mann.

Der hohe Offizier sagte mit einem beinahe entschuldigenden Tonfall: »Mr. Burgrove, ich fürchte, Sie müssen mitkommen.«

»Major, worum geht es?« wollte Polty wissen.

Der Major ignorierte ihn. Vorsichtig und mit geschwellter Brust tastete er sich seinen Weg an dem Gerümpel vorbei zu Mr. Burgrove. Der Gentleman hatte träge dagesessen. Doch mit einem Mal sprang er auf. Sein Gesicht war blaß, und er wrang seine goldfarbene Krawatte in den Händen.

»Jac«, sagte der Major traurig, »es sieht nicht gut aus. Deine Herrschaft ist vorbei!«

»Was?«

»Wir haben die Blockhütte gefunden. Beim Herrn Agonis, dort gab es mehr als genug Beweise! Aber Jac, wir haben auch ihre Halskette im Kiefernwald gefunden. Man hat sie ihr vom Hals gerissen. Wenn das Mädchen nur eine Hure gewesen wäre, ein einfaches Dienstmädchen … Aber Jac, so läßt du uns keine Wahl …«

Mr. Burgroves Gesicht war aschgrau. »Aber sie ist doch weggelaufen …«

»Sicher, Jac. Wir haben sie gefunden. Warst du so besoffen, so getrieben von Lust? Ihr armes Hälschen, verdreht und mit blauen Striemen ...«

»Ich verstehe nicht ...«, jammerte Mr. Burgrove.

»Komm, Jac, du mußt es doch einsehen. Du Dummkopf, wußtest du denn nicht, daß dies ein Verbrechen ist, für das du gehenkt wirst? Du stehst unter Arrest, Jac ...«

»Aber was ...? Weswegen?«

»Wegen Mordes, Jac. Wegen Mordes an Miss Pellicent Pelligrew!«

Diesmal kam Bohne mit dem Nachttopf zu spät, als Mr. Burgrove den Mund öffnete und sich erneut übergab.

Teil Zwei

Die Metarmorphose

20. Vier Briefe

Liebste Catty,

was kann ich zu deinem Brief wohl sagen? Ich habe gelacht, bis mir die Seiten weh getan haben! Ich hab mich fast krank gelacht, wirklich! Aber jetzt bin ich traurig, denn wie könnte meine Antwort nur halb so gut werden? Andererseits bin ich ja auch nicht einmal halb so schlau wie du, Catty! Ich glaube, du solltest Mr. Coppergates Bücher lieber behalten! Ich verstehe sicher keine einzige Zeile davon, wenn ich denn überhaupt Zeit zum Lesen fände!

Denn, meine Liebe, du wirst nie erraten, wer nach Agondon kommt, um ihr Debüt zu geben? Richtig, deine liebe Kusine Jeli Vance. Du kannst mir glauben, wie wütend ich war (Ju-Ju hat gesagt, ich wäre eindeutig ein Schrecken, und du weißt ja, wie schrecklich Ju-Ju sein kann!), daß ich nicht nach Varby durfte, aber schließlich hat Ju-Ju erklärt, daß Varby-Mädchen (sie bezeichnet sie mit einem viel schlimmeren Namen!) alle schon VOR IHREM DEBÜT BEFLECKT sind. Und wer bin ich schon zu behaupten, daß sie sich irrt? Oh, und wie spöttisch Ju-Ju ist! Hier saß ich und dachte, ich sollte für immer nach Orandy gehen. Aber es war alles nur ein Ulk! Ju-Ju hat gesagt, da sie mich jetzt SO LANGE aus der Szene ferngehalten haben, wird mein DEBÜT um so erstaunlicher werden. Merk dir meine Worte, sie hat gesagt: KEIN ANDERES MÄDCHEN ihres Jahrgangs wird ein so spektakuläres Debüt haben wie Miss Jeli Vance – oder eine so SPEKTAKULÄRE PARTIE!

Ach, liebe, liebste Catty! Wenn ich mir vorstelle, daß ich bald wieder in Agondon bin – und dich in die Arme schließen kann, meine liebe, liebe Cousine!

In Liebe J. xxxxxxxxxxxx

PS: Es war ja so komisch, was du über den Zukünftigen Prinzregenten gesagt hast! Weißt du, daß ich einen Brief von Huskia Bichley bekommen habe? Sie sagt, kannst du das glauben, daß es in Varby Gerüchte gegeben habe, ich würde ihn heiraten! Welches Miststück hat das wohl in Umlauf gebracht, frage ich mich? Du hast nichts gehört, Catty, oder?

Aber nein, du hättest es bestimmt gesagt.

O Eay!
Das Pochen meines Herzens ist verstummt. Meine Ängste, meine weibliche Furchtsamkeit ist besiegt, verbannt, begraben! Könnt Ihr die wundervollsten Neuigkeiten glauben? Wie ich, wie alle, die bei jeder Bewegung der großen Welt zittern, habt auch Ihr Euch über diese »Varby-Entführungen« bekümmert. Das Geheimnis ist keines mehr! Warum haben wir die Wahrheit nicht sofort erkannt? Im Tarn, so sage ich mir selbst, wären wir klüger gewesen, denn haben wir dort nicht die Verworfenheit der Vaga in aller Deutlichkeit erlebt? Doch wie selbst in Varby diese Tragödien überhaupt ein Geheimnis sein konnten, ist schon an sich ein Rätsel, wo doch die ganze Jahreszeit über ein schmutziges Vaga-Lager sich an die Tore der Stadt geschmiegt hat! Mehr noch: Wie konnte es angehen, daß seine Bewohner bevollmächtigt wurden, indem sie mit einem schlichten Passierschein wedelten, durch eben diese Tore zu strömen? (Ich zittere bei dem Gedanken an so manche Ejland-Maid, die dem Blick der Koros-Lust ausgeliefert wurde!)

Das Innere hat jedoch einen Preis für seine Liberalität gezahlt. Das Vaga-Lager wurde zerstört, die Gefahr gebannt, doch leider wird nie wieder die Schönheit von Miss Vyella Rextel, von Miss Mercia Teasle, der jungen Lady Vantage, ganz zu schweigen von MISS PELLI PELLIGREW, die mondäne Welt verzaubern! (O närrische Witwe, zu glauben, daß eine Hand schaffen konnte, was selbst für zwei Hände schwer zu bewerkstelligen ist!)

Aber mein Thema ist mehr als nur das, denn Eay, wer sollte das letzte Opfer dieses Vaga-Bösen werden, als, nein, nicht Miss Pelligrew, sondern UNSERE EIGENE, TEURE CATAYANE! (Aber erschreckt nicht!) Sie war ein Opfer, ja, aber eines, das GERETTET wurde! Ich war krank (Eay, grämt Euch nicht, es ist nur die Zartheit der weiblichen Natur), und in meiner Krankheit, gegen die ich ankämpfte, ließ ich einen Augenblick in meiner Wachsamkeit nach! (Die Tugend ist heutzutage so gefährdet, wenn ihre Wächter ans Bett gefesselt sind!) Gesegnet seien unsere unerschrockenen Blauröcke, die so kühn zur Rettung herbeigeeilt sind. (Ich werde dem Kommandeur der Dragoner schreiben und ihm eine Beförderung von Hauptmann Foxbein empfehlen!) Oh, verflucht sei dieser Vaga-Abschaum, der den Schleier von der Unschuld unseres Mädchens reißen und mit seinen dunklen Fratzen in die Nacht verschwinden konnte!

Doch Eay, erkennt Ihr nicht, was dies bedeutet? Die Berühmtheit, die CATAYANE jetzt genießt, kann vielleicht einen ganzen Monat anhalten – oder sogar länger! (Und da Miss Rextel und Konsorten jetzt nicht mehr auf der Bühne sind, hungert die Große Welt doch sicher nach Berühmtheiten, nein, mehr als hungern: Sie giert!)

Ich bin noch etwas geschwächt von meiner kürzlichen Erkrankung, aber wir müssen bald packen, um nach Agondon abzureisen. Dort wird mein Schwager uns empfangen, wenn auch etwas unwillig, während wir die Vorbereitungen für das lang erwartete Debüt unseres Kindes treffen. Wenn wir nur nicht so lange auf den Ball des Ersten Monats warten müßten, wenn sie endlich ihren Platz auf der Bühne einnehmen wird!

Denn ich bin jetzt überzeugt, daß ihr Triumph so gut wie sicher ist!

Verzückt
verbleibe ich
Eure
U.V.

(Geschrieben, bevor der obere angekommen war!)

Teuerste Teure,
erneut setzt sich ein Gentleman an seinen Sekretär und hält seinen Stift bereit, einer Dame Vergnügen zu bereiten. Ihr Vergnügen, ja,

denn was sonst könnte ihn freuen, ihn, der sich gern ihren treuesten Berater nennt? Dennoch scheint es nicht so, daß Tage, viel zu viele Tage, verstrichen sind, seit sein Herz im Gleichklang mit ihrem schlagen konnte, in dieser süßen, imaginierten Vermählung des Briefwechsels. Kurz gesagt, meine Teure, der Gentleman fürchtet, daß seine Dame ihn in letzter Zeit etwas vernachlässigt. Denn wer sollte sich nicht von den Varby-Vergnügungen mitreißen lassen? (Und es ist doch mittlerweile die Zeit der Mittsommernacht!) Dann muß er feststellen, daß ihre Gedanken sich nicht der angeschlagenen und – hat nicht der Makel es ihn mittlerweile gelehrt? – provinziellen Gestalt zuwenden, deren Freude es einst war, sich mit ihr in glühender Hingabe zu vereinen ... Aber denkt nicht, nein, keinen Augenblick, teuerste Teure, daß dieser Gentleman klagt, daß er tadelt. Denn was können diese Tränen, die seine Wangen hinunterlaufen, anderes sein als Tränen der Freude, daß die Lady endlich sein kann, was sie immer schon hätte sein sollen?

Doch nicht ganz. Denn in der Welt, in der sie sich wiederfindet, in dieser Welt, gibt es dort nicht zu viele, die mit Titeln und Rängen prahlen, die alles weit übersteigen, was sie anführen könnte? Natürlich hat der Gentleman oft gesagt, daß alle weltlichen Auszeichnungen vor der einen verblassen, vor der einzigen, die in Wahrheit zählt. Im Reich des Herzens, welche Kaiserin kann dort schon herrschen als ... ah, aber teure Lady, Ihr wißt, meine Mission ist es, Eure Vorzüglichkeit ins Weltliche zu übersetzen, wenn ich so sagen darf, so daß sich bald, sehr bald, UMBECCA DIE GROSSE nicht nur im Herzen, sondern auch in der Welt durchsetzt!

Aber ich fange an zu plappern und vergesse den Respekt, den ich Eurer Person schulde. Teuerste, vergebt mir, aber mein Herz tut weh! Ich mache mir Sorgen um Euren Gatten, und zwar die größten Sorgen, seit er in diesen Pfuhl der Krankheit gesunken ist. Lange, zu lange, wußten wir, daß wir ihn nie wieder in der aufrechten Haltung seiner glorreichen Tage sehen würden; eine Rigidität ist von ihm gegangen, die er nie wieder zurückerlangen kann. Und doch ist sein Verstand, sein edler Verstand, noch nicht vollkommen verschwunden! Leider fürchte ich, daß jetzt die letzte und lebenswichtigste Bastion gestürmt worden ist …

> *Gestürmt, gestürmt und geplündert von der Zeit,*
> *der jubelnden Zeit –*
> *ihre grausame und heimtückische Belagerung*
> *ist endlich vorbei!*

In der Feste seiner Dschungelkammer denkt Olivan Tharley Veeldrop nicht länger über die Angelegenheiten der Provinz nach, die in seinem Namen regiert wird. Teure Dame, er denkt nur noch an die Vergangenheit, an Bedauern und Trauer – ein Bedauern, das ich oft kaum verstehe. Dann redet er auch wirr von dem Mädchen, und manchmal scheint es, als habe er vergessen, daß wir sie von seiner Seite genommen haben. Statt dessen – oh, es ist schrecklich, das zu hören! – glaubt er sich wieder in den frühen Monaten zu befinden, in denen Miss Catayane noch die Schöne der Täler war, ein unschuldiges Ding ohne Erinnerung, Träume oder Verlangen, die er neben sich sitzen ließ, in seinen langen Tagen des Leidens. Sehr oft, meine Teure, mußte ich ihm erzählen (ach, der arme Gentleman!), daß seine »kleine Vorleserin« (so nennt er sie) von uns gegangen ist, weit, weit weg! Ich hatte gehofft, daß ich ihn mit ihrer Abwesenheit versöhnen könnte, aber sollte – der arme Gentleman! – eine neue Krise kommen, fürchte ich, wird diese Abwesenheit Schlechtes mit sich bringen. Betet, daß er von neuen Schocks und Qualen verschont bleibt, denn (teure Lady), es wird vielleicht eine Zeit kommen, in der nur noch das Mädchen ihn von dieser Schwelle zurückhalten kann, die jetzt immer näher rückt und sich durch das Dickicht der Blätter rund um sein Bett drängt!

Wir müssen für eine angemessene und konstantere Pflege sorgen. Verzeiht dieses traurige Thema.

Teure Lady,
ich verbleibe wie immer
E.F.

PS:
Teure Lady, die Krise ist gekommen! In dem Augenblick, als ich das Siegelwachs heiß machte, ist ein Lakai mit einem Silbertablett hereingekommen. Ein Brief! Ah! Wie immer hüpfte mein Herz vor Hoffnung, daß es möglicherweise mit dem Siegel Varbys verschlossen sein möge. Doch leider verwandelte sich der Seufzer der Zufriedenheit, der in meiner Kehle aufwallte, in ein schmerzerfülltes Stöhnen. Denn was war dies? Keine Botschaft, die aus den Feuern tugendhafter Liebe gerissen wurde, sondern statt dessen die kalten Seiten eines formellen Befehls!

Und doch, doch ...

Lest, teure Lady, lest und denkt darüber nach, was es bedeutet!

(Beigefügt)

I.D.S.K.A.M.
IM DIENSTE SEINER KAISERLICHEN
AGONISTISCHEN MAJESTÄT

An seine Exzellenz General Olivan Tharley Veeldrop, Bezirksgouverneur »Täler der Tarn« (Königreich Ejland, Neunte Provinz), von (dem Büro des) Lord Elion S. Margrave, Untersekretär (17te) Seiner Kaiserlichen Agonistischen Majestät König Ejard vom Blauen Tuch, seinem Ersten Minister und den Überlegenen etc. etc.

Hochverehrter Herr:
Ich bin von Ihrer Kaiserlichen Agonistischen Majestät durch Ihren Ersten Minister und die Überlegenen beauftragt worden, Euch darüber zu informieren, daß es als angebracht erachtet wurde, in den folgenden Monden eine umfassende und gründliche Inspektion bestimmter Dinge durchzuführen, die gewisse gegenwärtige Arrangements betreffen, hinsichtlich der Fortführung und Förderung der Verwaltung der Provinzen, wie sie in dem DEKRET ZUR VERWALTUNG DER PROVINZEN, KOLONIEN UND PRO-

TEKTORATE VON 996e vorgeschrieben sind. Diese besagte Inspektion, bekannt als PRV, Provinziale Regierungs- und Veranlagungsausübung, besteht zu einem Teil aus der Erstellung gewisser Empfehlungen zum gesellschaftlichen Rang usw. derjenigen, die gegenwärtig für die besagte Provinz verantwortlich sind. Demgemäß wird ein Vertreter Seiner Kaiserlichen Agonistischen Majestät bevollmächtigt, die Neunte Provinz (»Die Täler der Tarn«) zu besuchen und zu inspizieren, zwecks unverzüglicher Erstellung besagter Empfehlungen. Ich erwarte, etwa zum Jahreswechsel bei Euch zu sein. Möge der Herr Agonis den König schützen.

Ich verbleibe, Sir,
usw. usw.
(Lord) Elion S. Margrave

(Zusatz in der Handschrift des Lektors Feval)

Dieser Margrave klingt wie ein aufgeblasener Trottel, daran kann es keinen Zweifel geben; aber teure Lady: »Empfehlungen zum gesellschaftlichen Rang«! Natürlich ist das mit widerwärtigsten Floskeln überzogen, ach, diese süße SPRACHE DES HERZENS, die Euch und mich verbindet – doch was soll das anderes bedeuten, als daß mein langer Feldzug, meine endlosen Episteln an den Untersekretär endlich Früchte tragen? Wird jetzt unser geliebter Kommandeur endlich seine Belohnung erhalten? Teure Lady, ich muß es glauben. Habe ich nicht gesagt, daß ein ADELSTITEL immer das Beste ist, in vielerlei Hinsicht? (Sollte meine Lady denn nur in dem *gespiegelten* Ruhm der Eheschließung ihrer Nichte baden, ganz gleich, wie spektakulär diese auch sein möge? Schande über die Welt, wenn UMBECCA DIE GROSSE in ihren Augen nur eine verwitwete Tante sein sollte!) Ich sage erneut, teure Lady, die Krise ist gekommen. Bringt das Mädchen zurück, bringt sie sofort zurück, auf daß wir den alten Mann am Leben erhalten!

21. Fünf nach Agondon

Agondon.

Prachtvoll und elend, schrecklich und großartig kauert diese Stadt im Herzen des Reiches wie eine gewaltige Spinne mitten in ihrem Netz. Hier, wo der Golf von Ejland flacher wird, nachdem er sich seinen Weg durch die geschwungenen Hügel von Lexion und die Halbinsel Tiralon gegraben hat. Hier schützen die sanften Hügel des Inneren die Küste vor den weiten Ebenen von Harion, den felsigen Plateaus von Chayn und Vantage und den dunkleren, wilderen Außenbezirken des Zenzanischen Reiches. Hier bauten die Anhänger des Agonis ihre erste Stadt, als die Große Wanderung der Frauen und Männer der Erde gerade erst zu Ende und selbst die Zeit der Unschuld noch Erinnerung und kein Traum war.

Agondon war damals nur eine primitive Festung, die auf einer felsigen Insel in der Flußmündung des Riel erbaut wurde. Aber von Anfang an hatte diese Insel eine abschreckende Macht. Um sie herum lagen die grünen Marschen des breiten Flusses, bereit, jeden Feind zu verschlingen. So hat all unser Ruhm, all unser Elend seinen Ursprung in der militärischen Macht.

Seit diesen frühesten Zeiten hat es viele Agondons gegeben. Agondons aus Holz, Agondons aus Stein, Agondons, die auf den Ruinen von Agondons erbaut wurden. Die Städte waren nacheinander im Laufe der Zeit niedergebrannt, zerstört, eingerissen worden. Aber nur, um immer wieder zu fruchtbarem Leben zu erstehen. Und jede neue Stadt war größer, kühner, ausgedehnter und noch mächtiger geworden und hatte sich über die Marschen ausgedehnt, die früher einmal kaum einen Fuß getragen hatten. Aber in jedem neuen Agondon war auch etwas von dem alten erhalten geblieben, eine Spur des alten, knarrenden Holzes, von staubigen Ecken, ein abgesackter Giebel, eine glatte, unnachgiebige Mauer. Jetzt, da sich der tausendste Zyklus des Sühneopfers nähert, ist die Stadt ein ungeheures, unentzifferbares Palimpsest, dessen Spuren aus der Vergangenheit wie eine heimliche Bestätigung sind, daß sie in Wahrheit immer überlebt hat und daß sie, ja, in Wahrheit auch immer überleben wird.

Aber selbst jetzt kann man sich eine Zeit ohne Agondon vorstellen. Zum Beispiel ein Reisender an einem nebligen Morgen, dessen müde Augen nur noch verschwommen sehen, wenn er seine zerschundenen Füße über den letzten Hügel der Fahlen Landstraße schleppt. Wenn er dann in das Delta hinuntersieht, erkennt er ausgedehnte Ebenen, die sich wie ein üppiger, graubrauner Sumpf um die Stadt winden. Es scheint ihm ein Ort zu sein, der nur Schlamm und Moskitos beherbergt, an dem man nur undeutlich geheimnisvolle, schuppige Dinge erkennen kann, die sich schnell durch feuchtes Schilf bewegen. Aus diesem Sumpf erhebt sich die Insel, die jetzt nur wie eine gezackte, unheilvolle Masse wirkt. Und die Lüfte gehören den kreischenden Seevögeln.

Der Reisende reibt sich die Augen.

Eine kalte, blasse Sonne vertreibt allmählich den Nebel, und er stolpert immer weiter hinunter in das letzte Tal vor den grüneren Ebenen, hinter denen der Golf beginnt. Jetzt nimmt dieser Schlamm allmählich Gestalt an, wird ein chaotisches Durcheinander aus Häusern. Hier, am Rand von Agondon, scheint es, als genössen wir das Privileg, einer dunklen Metamorphose zusehen zu dürfen, in der der Ur-Schlamm allmählich menschliche Gestalt bekommt. Der Gestank ist überwältigend. Hier herrschen Sackleinen und Dreck vor, und hinfällige menschliche Gestalten gleiten und hasten wie Käfer über Hügel von Dreck und Verfaultem. Bei diesem Anblick reißt der Reisende die Augen auf. Er beeilt sich und ist nur froh, daß seine Zerlumptheit kein neugieriges Auge auf sich zieht. Nicht hier, nicht an diesem Ort. Kann das Agondon sein, die Ewige Stadt?

In seiner provinziellen Beschränktheit hatte er sich vorgestellt, daß alles in der großen Stadt auch großartig wäre. Bald wird er diese Großartigkeit kennenlernen: die Ballsäle, Parks und Lustgärten, die auffallend glitzernden Geschäfte, die Plüschlogen in der Wrax-

Oper. Aber er wird auch das andere Agondon kennenlernen, einen Ort von stinkenden Gassen und huschenden Ratten, von modernden Docks und feuchten Uferstraßen, das Agondon des Erdon-Baums, draußen auf der Wrax-Straße, wo Bösewichter auf Wagen gestellt und gehenkt werden, solange sie noch betrunken sind, und sich grölende Horden versammeln, um das Schauspiel zu bejubeln. Aber dann wird er vielleicht verstehen, daß eine Metropole ein Platz ist, der nicht prächtiger ist als jeder andere auch, sondern extremer, als würden seine positiven Seiten, die Bildung, der Wohlstand, die Lehre, die Kunst, nach ihren heruntergekommenen Gegensätzen, ihren Ergänzungen rufen. Eine Stadt ist wie ein Körper mit einem juwelenbesetzten Herzen, aber einem Herzen, das in einem verwesenden Kadaver hausen muß.

Die Elendsviertel liegen hinter ihm. Jetzt steigen der Nebel, die Sonne und auch die Blicke des Reisenden. In dem blassen Gold des Morgenlichts beginnt der große Hügel der Insel Gestalt anzunehmen. Er ist nicht länger der öde Felsen, die trauernde Gottheit des Landes des Schlamms. Schornsteine und Fenster und Mauern erheben sich darauf, blasse aus Sandstein und dunkle aus Terrakotta. Die Insel ist ein Labyrinth aus gewundenen Straßen, die sich zu den gewaltigen spitzen Kirchtürmen hinaufschlängeln, die sich über einem enormen Tempel mit unzähligen Säulen erheben. Schon bald werden die kalten Winde aus dem Norden herunterfegen, aber jetzt, während der Reisende noch zusieht, bäumt sich die letzte Schönheit des Mittsommers noch einmal auf. Auf den Tempeltürmen leuchtet es golden, und wie als Antwort verschwinden die Wolken unter der Sonne, deren Strahlen die hochgelegene Stadt in ein gleißendes Strahlen hüllen. Der Reisende hält die Luft an. Er sinkt auf die Knie, und unwillkürlich treten Tränen in seine Augen. Er hat noch nie einen so wunderschönen Ort gesehen.

Aber das ist nicht alles. Gebändigt durch die hohen Mauern der Uferböschung, strömt der Riel, schimmernd im Sonnenlicht. Auf der anderen Seite des Flusses liegt Agondons Neustadt – mit ihren wunderschönen Boulevards, den phantastischen Terrassen und üppigen Parks –, die sich wie ein gewaltiges Varby über fruchtbare Ebenen erstreckt. Schon bald wird der Reisende diese Straßen entlanggehen und ab und zu vor Bewunderung die Luft anhalten oder vor Erschöpfung stöhnen, während er nach dem Haus sucht, ohne es zu wagen, danach zu fragen, wo er, so hat ihm ein Mann in einer Silbermaske vor langer Zeit erzählt, erwartet wird.

So betritt der rechtmäßige Erbe die Stadt, ein schäbiger Fremder, der einen Fuß schlurfend nachzieht und bei jeder vornehmen Kutsche, die an ihm vorüberfährt, ängstlich zusammenzuckt. Vielleicht wird Jem sich daran erinnern, aber vermutlich wird sich am deutlichsten die plötzliche Pracht in sein Gedächtnis graben, als die Sonne durchbricht und einen Augenblick seine Sicht trübt. Da sieht er nur noch die Großartigkeit dieser uralten, schlimmen Stadt und denkt absurderweise: *Ich habe mein Königreich betreten!*

»Ju-Ju, ich habe Angst.«

»Unsinn, Mädchen, was hättest du denn zu befürchten?«

Miss Jelica Vance wußte es nicht genau. Mit großen Augen spähte sie zwischen den Rändern der Gaze hindurch. Unter ihr lag die steil abfallende, gepflasterte Straße, über ihr, weit über den hohen Häusern, erhob sich der ungeheure Turm des Tempels, umgeben von den letzten Fetzen des sich langsam auflösenden Nebels. Die Kutsche bebte, als sie langsam hinauffuhr. Schreie, Stöhnen und ein Chaos aus allen möglichen Geräuschen ertönte auf den Straßen. Jeli zuckte zusammen, als der Kutscher die Pferde mit der Peitsche antrieb. Sie schienen gerade über einen Markt zu fahren. Vielleicht war das alles ein wenig viel für das Mädchen. Sie war zwar schon einmal in Agondon gewesen, sicher. Aber sie war nur zum Tor der Akademie von Herrin Quick gebracht und dort auch wieder abgeholt worden. Die Insel und das Anwesen ihres Onkels waren vollkommen neu für sie.

Aber was für Aufregungen vor ihr lagen!

Die Kutsche hielt vor einem dunklen, schmalen Haus, das nur eine Straße von dem Markt entfernt lag. Eine steile Steintreppe führte zu einer schäbigen Tür. Jeli runzelte die Stirn. Konnte das der richtige Ort sein? Aber Lakaien in der Livree des Erzherzogs von Irion sprangen vor und halfen ihnen beim Aussteigen.

Während sie die Treppe hinaufging, flüsterte Jeli: »Aber Ju-Ju, was ist denn mit Agondons Neustadt? Warum hat Onkel Jorvel sein Haus hier?«

»Schh, Mädchen!« erwiderte ihre Erzieherin. »Dein Onkel gehört zum alten Adel. Dieses Haus befindet sich seit Generationen im Besitz der Familie. Außerdem ... willst du nicht nah am Tempel sein? Entferne dich nicht zu weit vom Herrn Agonis, mein Mädchen, wenn du nicht in ein Leben in Leichtsinn gelockt werden willst!«

Jeli mußte unwillkürlich kichern. Ju-Jus Sprüche waren immer so übertrieben! Impulsiv umarmte das Mädchen auf halber Treppe seine Gefährtin. Teure Ju-Ju! Wie sehr Jeli sie liebte. Immer wieder hatte sie an der Leine gezerrt, wie unberührte Mädchen es wohl taten, aber stets hatte sie gewußt, daß ihre Erzieherin da war, schnell ihre Stirn glätten und ihre Tränen fortküssen würde.

»Teures Mädchen!« Ju-Ju schnappte nach Luft, weil die steile Treppe sie anstrengte. In diesem Augenblick flog eine Möwe über sie hinweg, denn schließlich war der Golf nah. Entzückt blickte Jeli hoch. Aber im gleichen Augenblick verzerrte sich das Gesicht ihrer Erzieherin vor Schmerz. Die alte Frau umfaßte ihre Brust und schwankte. Dann polterte sie wie ein Sack die steile Steintreppe hinunter.

Jeli schrie. Sie wollte hinunterlaufen, die Lakaien beiseitestoßen. Aber irgendwie konnte sie das nicht. Sie blieb, kalkweiß im Gesicht, wie angewurzelt mitten auf der Treppe stehen.

Die Tür am oberen Ende der Treppe öffnete sich mit einem Klicken. Jeli drehte sich um und sah eine elegante Lady in einem luxuriösen grünen Satinkleid. In ihrer Armbeuge hielt die vornehme Frau eine wunderschöne schwarze Katze.

»Mein armes Kind! Fürchte dich nicht, ich werde mich jetzt um dich kümmern.«

Tante Vlada lächelte, und Jeli blickte fassungslos vom Fuß der Treppe nach oben und wieder zurück.

Die Tage verstrichen.

Die Einsamkeit nagte wie ein Schmerz in Jems Brust. Was hatte er denn erwartet, als er, ein abgerissener Fremder, zu dem Haus mit den goldenen Schnörkeln über den Türen und Fenstern kam? Diese Frage konnte er nicht beantworten. Er wußte nur, daß die Welt merkwürdig geworden war, fremder, als er es jemals zuvor erlebt hatte.

Keine Frage, daß er erwartet wurde. Er ging die Treppe hinauf, und die Tür öffnete sich. Diener tauchten ungerufen auf und führten ihn schweigend in die Eingangshalle. Er mußte nicht sagen: *Ich bin Jem,* er brauchte gar nichts zu sagen. Das kühle Innere des Hauses glänzte von Marmor und Mahagoni. Bewundernd musterte Jem die ungeheure Treppe. Hinter dem goldfarbenen Glas in den Treppenfenstern sah man einen verwilderten Garten schimmern.

Hinauf, weiter hinauf. In endlosen Fluren hingen riesige Kronleuchter wie Zweige von Alleebäumen.

Noch höher. In der langen Galerie im Obergeschoß des Hauses hatte man ein dampfendes Bad bereitet. Die Diener arbeiteten perfekt zusammen, ohne ein Wort reden zu müssen. Sie trugen einfache zitronengelbe Wämser und waren Nummern ohne Stimmen. Einige waren Männer, andere Frauen. Es spielte keine Rolle.

Jem schämte sich nicht, als er die Lumpen vom Körper abstreifte. Lange, geschmeidige Finger wuschen sein Haar, das golden im Javander-Licht schimmerte. Jem ließ sich tief in die Wanne sinken, als wollte er einschlafen. Erst als eine Hand den Kristall streifte, den er in dem Lederbeutel um den Hals trug, schreckte er hoch. Er schob die Hand zur Seite, und seine Augen blitzten. Dann ertönte von irgendwoher, von weit her, das Echo eines Lachens.

Jem drehte den Kopf, und dann hörte er die Stimme. *Schlüssel zum Orokon, du bist jetzt bei mir. Schlüssel zum Orokon, du bist angekommen.*

Aber der Mann, der sich Lord Empster nannte, war nirgendwo zu sehen.

»Bohne, ich will ...«

Polty sagte nicht, was er wollte, weil der Korporal hinter dem Schreibtisch scharf den Kopf hob. Polty rutschte unbehaglich auf der harten Bank herum. Vor einem halben Nachmittag, als ihre Wartezeit begann, hatte der stocksteife Kerl sie zum Schweigen aufgefordert. Er hätte auch ein Kellner in einem exklusiven Gentleman-Club sein können, der den Lieferanten Befehle gab. Nicht, daß Polty jemals in einem solchen Club gewesen wäre, aber er malte es sich aus, und ihm gefiel, was er sich ausmalte.

Er wollte nur nicht einer der Lieferanten sein, das war alles.

Eine Olton-Uhr tickte laut irgendwo hinter seinem Kopf und zählte die Mechs mit einer mechanischen Präzision, die fast den Schritten der polierten Stiefel entsprach, die von Zeit zu Zeit ebenso mechanisch über den gefliesten Boden klackten. Durch die hohen Fenster schienen große Rechtecke von Licht. Sie bildeten einen Winkel, der fast nach Vorschrift ausgelegt und sorgfältig vermessen zu sein schien.

Es war ihr dritter Tag in der Ollon-Kaserne. Gestern und vorgestern hatte sie genauso in dieser Halle gewartet, nur um schließlich von diesem kalten Fisch von Korporal informiert zu werden, daß Oberst Heva-Harion sie noch nicht empfangen konnte. Das war wirklich unerhört! In Irion hätte Polty eine Szene gemacht, aber Irion war weit, das wußte er, und die Macht, die er dort als Sohn des Gouverneurs genossen hatte, zählte in Agondon wenig.

Genaugenommen gar nichts.

Sie warteten auf neue Befehle. Polty wußte nichts über diesen Heva-Harion, obwohl er den Namen natürlich kannte. Es war eine alte ejländische Familie, und vielleicht war Polty auch deshalb so nervös. Er hatte sich vorgestellt, zu Lord E ... geführt zu werden, der für die Spezialagenten verantwortlich war. Warum er das glaubte, konnte Polty nicht sagen. Immerhin hatten sie Lord E ... niemals gesehen. Er schien nur durch andere zu kommunizieren. Aber Polty reagierte immer empfindlicher auf echte oder auch nur eingebildete Kränkungen. Gestern abend hatte er sich in der Offiziersmesse schrecklich betrunken, und nur, weil Bohne rechtzeitig eingeschritten war, hatte verhindert werden können, daß Polty sich einen alten Kerl zur Brust nahm, den er für Oberst Heva-Harion hielt.

Polty war aus der Offiziersmesse gestolpert und hatte sich schwer an Bohnes Hals geklammert. Sabbernd erzählte er ihm, wieviel er ihm verdankte. Bohne war befriedigt und half ihm nur zu gern ins Bett. Der gute Bohne! Polty wußte nicht, was er ohne seinen Offiziersburschen machen würde. Er streckte die Hand aus und drückte liebenswürdig den Schenkel seines Freundes. Bohne errötete und sah befriedigt aus.

Sehr befriedigt.

Die Zeit verstrich. Die Uhr tickte, und die Lichtrechtecke veränderten ihren Winkel, als folgten sie einer klaren Direktive. Der Stift des Korporals kratzte über das Papier, und Stiefel klackten über das Schachbrettmuster der Fliesen. Von Zeit zu Zeit blickte der Korporal hoch, sprach gedämpft mit diesem oder jenem Funktionär, bevor der davonklackte und hinter einer der vielen Türen verschwand. Die Türen waren sehr groß, mindestens zweimal mannshoch, und auf Hochglanz poliert. Wenn man sie schloß, hallte das Echo laut über den Flur, obwohl sie jedesmal mit äußerster Sorgfalt geschlossen wurden.

Der arme Polty. Die Echos schmerzten in seinem Kopf. Er rieb sich die Augen und dann die Schläfen. Ihm war mehr als nur ein bißchen schlecht, und er überlegte, ob er sich vielleicht zu den Latrinen begeben sollte, als eine Stimme ertönte: »Oberst Heva-Harion will Sie jetzt sehen.«

Polty und Bohne folgten dem Funktionär durch eine der hohen, polierten Türen. Das Echo ertönte wieder, diesmal jedoch hinter ihnen, und sie fanden sich in einem luxuriösen Büro wieder. Es war prächtig eingerichtet, mit ausgestopften Tierköpfen, Regimentsschwertern und Eingeborenenmasken von der Jarvel-Küste.

Hinter einem gewaltigen Schreibtisch saß ein hartgesichtiger älterer Mann in Ausgehuniform, dessen Kopf eine makellose stahlgraue Perücke krönte. Ohne eine Miene zu verziehen, doch mit tadellosen Manieren hieß er die beiden jungen Offiziere, sich zu setzen, und bot ihnen Tobarillos aus einem vergoldeten Kästchen an.

Polty entspannte sich. Dieser Heva-Harion schien nicht übel zu sein. Vielleicht wurde der Sohn von Gouverneur Veeldrop nun doch endlich mit dem Respekt behandelt, den er verdiente.

Der Oberst blätterte die Unterlagen auf seinem Schreibtisch durch. Durch die Fensterscheiben drangen gedämpft die Geräusche vom Exerzierplatz, das Geschrei, das Stampfen, das Klappern von Musketen. Träge überlegte Polty, was wohl ihre nächste Mission sein würde. Aber er hatte keine Ahnung. Waren sie nicht nach Agondon zurückbeordert worden? Er sog an seinem Tobarillo und stellte sich luxuriöse Salons vor, die Theater, die Vergnügungsparks, die funkelnden Bälle. Was würden sie für einen Spaß haben! Und was für ein Vergnügen wartete erst auf Penge!

Der Oberst betrachtete sein Gegenüber mit einem Lächeln. Es waren gutaussehende junge Männer, das heißt, wenn ihre Nasen wieder auf ihre normale Größe geschrumpft waren. Vor allem der Kolben von Hauptmann Veeldrop! Ja, er war ein ausgesprochen gutaussehender Kerl.

Vielleicht wandte sich der Oberst im folgenden auch deshalb ausschließlich an Polty und ignorierte den Offiziersburschen.

»Eure Karriere, Hauptmann Veeldrop, scheint sehr ungewöhnlich verlaufen zu sein.«

»Sir?«

»Sie haben die ganze Zeit besondere Privilegien genossen. Warum, glauben Sie wohl, war das so?«

»Sir, ich bin mir meiner Stellung wohl bewußt. Als ein Veeldrop ist mir vieles mitgegeben worden, aber ich weiß natürlich auch, daß ich selbst viel dafür geben muß.« An diesem Punkt hätte Polty normalerweise zu einer langen Tirade über die Verantwortung der Macht angesetzt, und wenn er das getan hätte, wäre seine Aussprache mit feinen Redewendungen gespickt gewesen. Aber leider schmerzte ihn sein Kopf zu sehr, und außerdem hatte der Oberst offensichtlich auch keine Lust, lange zuzuhören.

»Ich würde sagen, Herr Hauptmann, daß Sie bemerkenswert *wenig* gegeben haben.« Hier hätte ein anderer Mann seine Stimme gehoben, vielleicht sogar geschrien. Oberst Heva-Harion blieb ruhig, fast schon eisig, aber seine Worte waren trotzdem vernichtend. »Junger Mann, halten Sie uns für Narren?«

»Sir?«

»Haben Sie tatsächlich auch nur einen Moment ernsthaft geglaubt, daß die völlige Vernachlässigung Ihrer Pflichten während einer ganzen Varby-Saison unbeobachtet geblieben ist? Die Spezialagenten sind eine Elite! Sie sind in unsere Reihen aufgenommen worden und befanden sich in einer Probezeit. Glauben Sie denn, daß kein anderer Agent unterwegs war, der uns über Ihre Eignung für diese Aufgabe berichtet hätte?«

Der Oberst verzog spöttisch die Lippen. »Oberstleutnant Burgrove hat es in seinem Bericht so ausgedrückt ...«

»Burgrove?« Polty schnappte nach Luft. »Aber Burgrove ...«

Der Oberst brachte ihn mit einem müden Winken seiner Hand zum Schweigen. »Burgrove hat andere Schwierigkeiten, das ist wahr. Etwas, das man im Verlauf der Karriere eines Spezialagenten erwarten darf. Aber wir reden jetzt von *Ihnen,* Hauptmann Veeldrop. Und ich bin befugt, Ihnen mitzuteilen, daß wir alles andere als beeindruckt sind.«

Der Oberst winkte mit einem zerknüllten Brief.

»Und dieses letzte zynische Manöver ... Also wirklich, es fertigzubringen, daß Ihre eigene Stiefmutter um eine Beförderung für ›Hauptmann Foxbein‹ bittet ... Ich bin platt.«

»Aber Sir, sie wußte es nicht! Sie denken doch nicht ...?«

Der Oberst beugte sich vor. »Hauptmann, es spielt keine große Rolle, was *ich* denke. Ich bin, das versichere ich Ihnen, nur das Sprachrohr für die Befehle von Lord E ... Lord E ... ist Mitglied der Überlegenen, und seine Befehle besitzen genau die Autorität, die diese Position ihm verleiht. Sie sind nicht zu kritisieren oder auch nur zu hinterfragen.

Hätten Sie sich in Varby gut gehalten, wären Sie jetzt von mir mit einer größeren Mission betraut worden. Um diese Mission zu bekommen, würden sich meine besten Agenten gegenseitig bekämpfen! Statt dessen muß ich Ihnen mitteilen, daß Sie zu normalen Pflichten zurückgerufen werden! Das Fünfte Füsilierregiment von Tarn marschiert morgen nach Zenzau. Sie, Hauptmann Veeldrop, werden mit ihnen marschieren. Mal sehen, wie Ihnen das Leben als gewöhnlicher Gruppenkommandeur schmeckt.«

»Aber Sir«, brach es aus Polty heraus. »Meine gesellschaftliche Stellung! Mein ... mein Name!«

Bei diesen Worten ließ der Oberst seine Maske fallen und genehmigte sich ein spöttisches Lachen. »Stellung? Name? Hauptmann Veeldrop, wären Sie der Erbe eines vornehmen Titels, dann hätten wir, das muß ich zugeben, etwas mehr Milde walten lassen. Einem Edelmann wird vieles nachgesehen. Aber mein junger Narr, wenn Sie wirklich glauben, daß ein Bursche wie Sie, ein einfacher Provinzler und dazu noch ein Bastard, überhaupt mit einem rechtmäßigen Rang gesegnet ist, dann, fürchte ich, irren Sie sich sehr, nein, Sie machen sich sogar lächerlich.«

Poltys Gesicht war kalkweiß wie der lange Zylinder aus Asche, der sich am Ende seines Tobarillos bildete. Nervös musterte Bohne seinen fassungslosen Freund. Einen Augenblick fürchtete er, Polty würde gewalttätig werden, den Stuhl zurückschieben, aufspringen und sich auf den Oberst stürzen. Bohne wappnete sich für diese Situation und spannte die Muskeln seiner Arme an. Aber er brauchte nichts weiter zu tun als nach vorn zu greifen und seinem Freund den Tobarillo aus der zitternden Hand zu nehmen.

Im nächsten Moment hätte sich Polty nämlich die Finger verbrannt.

»Werden wir sofort zum Fünften überstellt, Sir?« fragte Bohne, um das peinliche Schweigen zu brechen.

Der Oberst redete immer noch nicht direkt mit Bohne, aber er fügte hinzu, während er Polty nachdenklich musterte: »Über Ihren Offiziersburschen dagegen wird noch befunden. Das heißt, ob er Partner bei Ihrem dekadenten Verhalten war oder nur ein Unschuldiger gewesen ist, den Sie in Ihr Netz gezogen haben. Gleichwohl, Lord E…s Befehle sind eindeutig. Leutnant Throsh wird Sie nicht nach Zenzau begleiten. Er wird in Agondon bleiben und seine Pflichten bei einem anderen Agenten erfüllen.«

Bei diesen Worten lachte der Oberst erneut spöttisch auf.

Die Tage verstrichen.

Mit einer merkwürdigen Gleichgültigkeit schlief Jem, wachte auf und zog die blassen Wämser an, die man ihm jeden Tag bereitlegte. Er aß allein und las unregelmäßig in einer Bibliothek, die nach Eiche und Leder roch. Von dem, was er las, behielt er nur wenig. Er spazierte durch den Garten, der leise starb, je mehr sich die Jahreszeit ihrem Ende zuneigte. In Lord Empsters Haus war alles merkwürdig, aber nichts kam ihm seltsamer vor als dieses Gefühl, daß die Zeit stillstand.

Nur am Wechsel der Jahreszeiten konnte Jem sehen, daß die Zeit tatsächlich verstrich – verstrich, wie sie es immer schon getan hatte.

Jem fühlte sich verloren, auf sich selbst zurückgeworfen, auf den Vaga-Jungen seiner langen Reisen genauso wie auf den Krüppel mit Krücken, der er vor Äonen gewesen war. Hatte das Leben in dem Haus mit den goldenen Schnörkeln ihn in einen einsamen, ewigen Traum versetzt? Ihm kam es so vor, als wäre seine Vergangenheit von ihm gefallen wie ein Phantom, an dem Tag, an dem er die steile Treppe draußen hinaufgegangen war, mit klopfendem Herzen und den Blick auf die Schnörkelverzierung über der Tür gerichtet.

Dann kam Pellam.

Das erste Mal begegneten sie sich, als Jem im Garten spazierenging, der sich, begrenzt von hohen Mauern, hinter Lord Empsters Anwesen erstreckte. Bald würde es schneien, zu früh, wie immer. Aber an diesem Tag schwebte noch die Javander-Zeit in der Luft, wilde Rosen und ein Gewirr aus wildem Wein bedeckten die Bäume, deren Blätter allmählich abfielen und bei jedem Wehen des heimtückischen Windes zu Boden segelten. Wenn man hier spazierenging, war es, als schreite man über einen raschelnden Teppich aus Gold und Rot, Orange, Braun und Purpur. Überall hatte man die Blätter zu Haufen zusammengeharkt, und der Rauch von Feuer erfüllte die Luft mit einem traurigen, beißenden Duft.

Besorgt dachte Jem über die Zukunft nach und fragte sich, was ihn wohl erwartete. Plötzlich riß ihn eine laute Stimme aus seiner Nachdenklichkeit.

»En garde!«

Ein plumpe Gestalt brach durch das Unterholz und fuchtelte mit einem Zweig wie mit einem Degen. Er näherte sich Jem und hätte ihn beinahe über den Haufen gerannt.

Jem fing sich rasch. Der Angreifer trug das bunte, reichverzierte Gewand eines Gecken, aber sein massiger Körper und der lange Stock, der vor und zurück zischte, machten aus diesem fetten Dandy einen durchaus ernstzunehmenden Gegner. Nach wenigen Augenblicken lag Jem geschlagen und gedemütigt auf den Blättern, und der Fremde hockte rittlings auf ihm und winkte triumphierend mit dem Zweigschwert.

Plötzlich ließ er Jem los und warf den Zweig zur Seite.

»Ich würde sagen, man hat sich ein wenig mitreißen lassen. Ich möchte mich Euch formeller vorstellen. Ich darf Euch doch *Nova* nennen, ja? Ich bin ...«

Mittlerweile hatte sich Jem aufgerappelt, und der Geck hielt ihm mit einem Lächeln die Hand hin. Jem jedoch ignorierte sie und schlug statt dessen seinem neuen Bekannten gezielt in den fetten Bauch. Der brach zusammen und war knallrot im Gesicht.

Jemand lachte und trat zwischen den Bäumen hervor. »Jemany, das ist Pellam Pelligrew. Pellam ist ein junger Gentleman ... Was man, wie du soeben demonstriert hast, von dir nicht gerade behaupten kann.«

Jem drehte sich um. Die neue Stimme gehörte zu einem Mann mit einem Umhang und einem breitkrempigen Hut. Er war weder besonders alt noch besonders jung. In seiner vornehmen Hand hielt er eine geschwungene Pfeife, deren Rauch sein Gesicht umspielte wie der Rauch der verbrennenden Blätter. Er war elegant, vornehm und graziös, aber sein Verhalten hatte etwas merkwürdig Distanziertes, als wäre er jemand, der alle Verrücktheiten der Welt gesehen, sie eingeschätzt und richtig beurteilt hatte.

Natürlich erkannte Jem ihn sofort.

»Meine Aufgabe!« stieß er hervor. »Mein Lord, sagt mir …«

Aber Lord Empster brachte ihn mit einer Handbewegung zum Schweigen. Dann streckte er die Hand aus und berührte Jems Brust, tastete nach dem Beutel, in dem der Kristall des Koros dunkel und verborgen ruhte.

»Mein lieber Junge, du bist alles andere als fähig, eine solche Aufgabe zu bewältigen. Noch nicht, jetzt noch nicht! In dem Leben, das vor dir liegt, werden sich dir viele Türen öffnen. Andere, ebenso viele Türen mußt du selbst aufstoßen. Du bist noch unerfahren, und du brauchst einen Lehrer. Pellam hier wird dieser Lehrer sein. Und ich bin sicher, daß er auch dein Freund werden wird.«

Lord Empster lächelte. Pellam ebenso.

Jem hingegen blickte nur von einem zum anderen, verwirrt und nachdenklich.

22. *Die Pracht des Hofes*

Über einem Absatz des Felsens, der sich von Agondons Großem Tempel wegneigt, erhebt sich das gewaltige, baufällige Bauwerk des Koros-Palastes. Der Palast verdankt seinen Namen nicht dem Gott, sondern der Jahreszeit. Jetzt haben wir noch die Jahreszeit der Javander, aber ein Wetter wie im Monat Ichios. In Ejland sind die Jahreszeiten auch nicht mehr das, was sie einmal waren. Der Palast liegt bereits jetzt unter einer hohen Schneedecke.

Kommt nur. Es ist dunkel; die Wolken sammeln sich bedrohlich am dunklen Himmel, und das Mondlicht dringt nur noch spärlich hindurch. An den Toren und auf den Zinnen bibbern die Wachen selbst in ihren dicken Bärenfellmänteln. Über Höfe und Gassen huschen nur wenige, verhüllte Gestalten. Alle haben es eilig, an die knisternden Kaminfeuer zurückzukehren, die ihren Rauch aus Tausenden von Schornsteinen in den Himmel senden. Aus vielen unterschiedlichen Fenstern fällt Licht auf die Straßen.

Kommt, werft einen Blick hinein. Hier, in der Ritze zwischen den Samtvorhängen, sehen wir, wie ein Gentleman seine Rüschen ordnet. Hinter ihm schleicht, ja gleitet ein uniformierter Lakai durch eine Wohnung, die mit viel Gold und Leder eingerichtet ist. Und hier? Ein winziges, niedriges Fensterchen mit kleinen Sprossen. Nein, klopft nicht an. Drinnen wird schon genug geklopft. Der königliche Flickschuster, der einen Schuh repariert. Und hier? Ein sehr niedriges Fenster, kaum mehr als ein Luftloch. Ah, aber die lauten Geräusche von drinnen! Das ist der Lärm aus den Palastküchen!

Wir könnten so viel sehen. Ein Kerl, der mit den Hosen in den Kniekehlen auf dem Abort hockt? Ein armer Steuerbetrüger, einer der weniger willigen Gäste des Königs, der ein verzweifeltes Gesuch herunterkritzelt? Feine Damen, die in Unterröcken vor dem großen Panoramafenster promenieren, das hell erleuchtet ist?

Leider, leider haben wir nicht genug Zeit.

Wir reisen höher, höher und tiefer in das Herz des riesigen Gebäudes. Kommt, wir wollen uns auf diesem verschneiten Balkon niederlassen und dann in den Thronsaal von Ejard Blau treten.

Höflinge reden durcheinander.

»Nicht Miss Laetitia?«

»Lord Empster, Ihr schmeichelt mir!«

»Ich habe nicht von *Euch* gesprochen, Lady Cham-Charing.«

»Ihr habt von meiner Tochter gesprochen. Nein, ich glaube nicht.«

»Ihr wollt also nicht Königinmutter werden?«

Lady Cham-Charing seufzte. »Wollen und werden sind zwei verschiedene Dinge, Lord Empster. Nein, ich fürchte, es ist nicht meine kleine Tochter, die ruhmvoll in das Bett des Königs steigen wird. Laetitia, halt bitte deine Schultern gerade!«

Höflinge plappern durcheinander.

»Was einen schockiert, ist diese Unverfrorenheit.«

»Unverfrorenheit? Aber ist sie nicht die Witwe von Sinjun Flay?«

»Aber nein, sie war mit Lord Hartlock verheiratet.«

»Hartlock? War das nicht irgendein Provinzverwalter?«

»Aber sie benutzt immer noch ihren Mädchennamen!«

»Schockierend!«

»Gab es da nicht eine Vereinbarung, daß sie in den Kolonien bleiben müßte? Aber sie ist kühn und einfach so zu uns zurückgekehrt. Wißt Ihr, daß bereits Gerüchte kursieren?«

»Wirklich? Was für welche?«

»Was schon? Über eine Affäre, natürlich!«

Andere Höflinge.

»Sir Pellion?«

»Lord Empster!«

»Alter Freund, Ihr seid zurück? Wir dachten schon, Ihr wolltet Euch die ganze Saison über sequestrieren. Doch geht es Euch gut? Ich fürchte eher nicht! In eurem Bart sehe ich weiße Haare! Närrischer Freund, müßt Ihr Euch denn mit den kleinlichen Belangen des Hofes quälen?«

»Die kann man wohl kaum kleinlich nennen, Lord Empster. Aber nein, meine Trauer ist unvermindert, ob ich nun hier bin oder auf meinem sicheren Besitz in Harion. Im einsamen Harion ist sie vielleicht sogar noch größer. Es mag närrisch klingen, aber ich glaube, daß ich die Feiern nicht versäumen sollte, auf die sich meine arme Pellicent so gefreut hat.«

»Das Mädchen sollte ihr Debüt geben? Was für eine Blume die Welt verloren hat!«

»Allerdings.« Eine Träne schimmerte in Sir Pellions Auge. »Trotzdem, ich habe noch ihren Bruder, der ihr sehr ähnlich ist. Pellam, komm zu mir. Hast du schon Lord Empster kennengelernt?«

»Sir Pellion, Euer Enkel und ich kennen uns tatsächlich bereits. Der junge Herr Pellam hat sich mit meinem jungen Mündel angefreundet, das erst kürzlich aus der entlegensten Wildnis von Chayn eingetroffen ist.«

»Ist das so? Wie ich sehe, Enkelsohn, warst du nicht müßig.«

»Aktivität, mein lieber Großvater, tötet den Kummer.«

»Wohl gesprochen, hab ich recht, Lord Empster? Ich sehe in dem jungen Pellam die Gaben eines Poeten. Wußtet Ihr, daß Coppergate selbst als Witzbold am Hofe begann? Von all den vielversprechenden jungen Sternchen am Hof war er der strahlendste. Ich erkläre dich, Pellam, zu seinem Erbe!«

Der junge Mann, ein einigermaßen gutaussehender Kerl, wenn auch ein wenig plump, doch prächtig anzusehen in all dem geckenhaften Putz der Jugend, errötete mit ansprechender Bescheidenheit. Er wandte sich an Lord Empster. »Nova ist heute nicht hier?«

»Der junge Herr Nova muß weiter studieren. Wie du weißt, Pellam, hat er nicht deine Vorzüge. Mit deiner Hilfe werde ich ihm sicher seine rustikalen Manieren austreiben, aber nur durch fleißiges Studium der Bücher wird er die Lücken in seiner provinziellen Erziehung füllen.«

»Ihr seid ein sehr anspruchsvoller Lehrer, mein Lord. Aber wollt Ihr denn Eure Leine nicht am Abend des ersten Mondlebens lockern? Ich habe Nova alles über dieses berühmte Ereignis erzählt, und seitdem … nun, er redet von nichts anderem mehr.«

Lord Empster lächelte. »Keine Sorge, Pellam. Würde ich denn einem jungen Mann die Chance vereiteln, die jungen Schönheiten bei ihrem Debüt am Hof zu genießen? Das betrachte ich nicht als Ablenkung von seiner Erziehung, sondern als einen wesentlichen Teil davon. Dagegen ist die Zeremonie heute eher gewöhnlich.«

Pellam wollte gerade widersprechen. In seinem Alter war nichts am Hofe gewöhnlich.

In diesem Augenblick bimmelte eine kleine Glocke, und die Versammelten bereiteten sich darauf vor, den König zu empfangen. Auf dem Flur schmetterten die Fanfaren, und Lord Empster lächelte, als die großen Türen sich öffneten und Seine Kaiserliche Agonistische Majestät, König Ejard vom Blauen Tuch, zielstrebig durch den Saal zum Thron des Reiches schritt, flankiert von einem ganzen Zug von Pagen.

Vielleicht auch nicht ganz so zielstrebig. War da nicht ein kleines Schwanken, als er die Treppe hinaufstieg? Und meine Güte, was für eine Fahne nach Rum-und-Orandy ging ihm voraus! Empster spürte sofort die Spannung in der Luft. Er blickte langsam hoch, und sein Lächeln erlosch. Wie lange hatte die Zeit der Ruhe gedauert? Eine Jahreszeit natürlich, nicht länger als das letzte Jahr. Aber was für eine Veränderung hatte dieses Jahr gebracht! Während die Höflinge sich in Varby oder Kolkos-Cascos vergnügt oder in der Sonne auf ihren Landsitzen gedöst hatten, hatte sich der Niedergang des Königs rapide verschlimmert.

Natürlich würde niemand davon reden. War nicht erst letztes Jahr der junge Zukünftige Prinzregent von Urgan-Orandy, ein provinzieller, tapsiger Narr, aus dem Palast geworfen worden, als der Erste Minister hörte, wie er gewisse Bemerkungen gemacht hatte? Gerüchten zufolge war der junge Narr selbst jetzt noch in seine Villa in Orandy verbannt, und es war ihm verboten, jemals wieder seinen Fuß an den Hof zu setzen! Jedenfalls hatte ihn seit seiner plötzlichen Abreise niemand mehr gesehen.

Aber es gab wirklich Grund für gewisse Bemerkungen! War denn das da vor ihnen wahrhaft die Gestalt eines Königs? Mitleidlos musterte Empster die gebrochene, keuchende Kreatur, die auf dem riesigen, juwelengeschmückten Thron hockte, ja beinahe zusammengesackt war. Ejard Blaus Augen waren rotgerändert und wäßrig, seine Wangen geädert, seine Lippen purpurn, aufgedunsen wie bei einem Karpfen, und er sabberte auch noch! Welcher Putz, sei es Hermelin, Gold oder das leuchtende kaiserliche Blau, konnte die Mißgestalt darunter verbergen? Wohin waren sie entschwunden, die männliche Grazie, der feste Blick, das stolz vorgereckte Kinn des Monarchen? In den offiziellen Gemälden, die bis in die entferntesten Winkel des Reiches gelangten, wurde der König großzügig damit ausgestattet! Hatte er sie denn in Wahrheit jemals besessen? Es gab eine Zeit, bevor er König geworden war, da hatte Ejard Blau für alle wie der Doppelgänger seines Bruders Ejard Rot ausgesehen. Aber er war nur ein sehr mangelhafter Doppelgänger. Jetzt schien die Zeit mit gnadenloser Geschwindigkeit all die Schleier des falschen Scheins wegzureißen, als wollte sie die Verrücktheit der Leute zeigen, die den roten König für den blauen geopfert hatten, und allen die wahre Natur des Usurpators vor Augen führen.

Aber nein, nicht allen. Die gewöhnlichen Leute würden es niemals erfahren. Sie durften es niemals erfahren. Sollten sie doch bewundernd auf die offiziellen Gemälde glotzen, die Ölgemälde, die man routiniert nach Nummern auf die Leinwände malte, auf die Büsten, die rasch, Gußform auf Gußform, in den Ateliers unter dem Palast geschaffen wurden! Aber was würde auf dem Thron sitzen, wenn ein weiterer Zyklus der Jahreszeiten verstrichen war? dachte Empster. Eine ungeheuer angeschwollene Kröte, die Gift aus ihrer schleimigen Haut ausschied? Konnte man glauben, daß man ein Weib für diese Kreatur suchte? Neben dem Thron stand ein zweiter Stuhl, der zwar weniger prächtig geschmückt war, aber immer noch prächtig glitzerte. Er war leer und erwartete sein Opfer.

Empster schossen diese Gedanken durch den Kopf, während er auf die deprimierende Visage vor sich blickte. Aber sein Blick war nicht starr. Unter den zu beeidenden Verfügungen des Hofes fand sich auch das Gelöbnis, daß niemand ging, redete, um Stille bat, die Hand hob, mit den Fingern schnippte oder jemand anderen anblickte, sobald Seine Majestät den Raum betrat. Es mußte nicht extra gesagt werden; trotzdem fühlte Empster, wie sich seine Aufmerksamkeit verstohlen und unwiderstehlich auf die Gestalt konzentrierte, die hinter dem König aufgetaucht war und jetzt neben seinem Ellbogen stand wie ein entfernter Verwandter. Empster wußte, daß andere Blicke sich in dieselbe Richtung verirrten. Wie immer war der Erste Minister lautlos und ohne jede Zeremonie aus einer schmalen Tür hinter dem Podium geschlüpft, und zwar genau in dem Moment, als der edle Sire sich auf den weich gepolsterten Thron geworfen hatte.

Ein größerer Kontrast zum König war kaum vorstellbar. Gegen den schlaffen, übersättigten Lebemann, der in Samt, Pelzen und Juwelen nur so badete, hob sich die schlanke asketische Gestalt des Ersten Ministers scharf ab. Er trug die mönchische, einfache Robe in strahlendem Weiß – ein Weißer Bruder. Ihn interessierte der bunte Hofstaat nicht, den seine Zeitgenossen trugen, der reich mit Tand verziert war und seit – ach, mindestens! – der Zeit der Königin-Regentin nicht mehr geändert worden war. Er trug sein eigenes Haar, und er trug es kurz geschoren. Er hatte weder Schmuck noch Puder oder Schminke aufgelegt und war makellos rein. Aber bot er auch einen angenehmen Anblick? Seine Augen glitzerten kalt.

Der Name des Ersten Ministers war Ethan Archon Tranimel. Seit der Zeit von Jagenam dem Gerechten, dem Vater der Ejard-Zwillinge, war es Tranimel gewesen, der die Befehle des Königs herausgab. Der Status des Bruders war in den Verfügungen festgelegt. Offiziell war er ein Diener, der erste Diener das königlichen Willens. In Wahrheit jedoch war seine Exzellenz, der Rechtmäßige Ehrbare Erste Minister, kein Diener, sondern wie ein Puppenspieler, der in seiner gestreiften Bude auf dem Jahrmarkt hinter den Kulissen kauert und kleine Puppen auf der Bühne hin und her hüpfen läßt, mit ihren bemalten Gesichtern und ihren dürftigen Arm- und Beinstümpfen. Schon zu Jagenams Zeiten hatte es Menschen gegeben, die dem Ersten Minister treuer ergeben waren als dem König, das wußte Empster sehr wohl. Während der kurzen, viel zu kurzen Herrschaft der Rotröcke war es jedoch keine Frage gewesen, wer die wirkliche Macht im Staat besaß.

Doch halt, der König wollte sprechen!

Mit einer mechanischen, schwachen und zittrigen Stimme hub der Mann an, sich an seine Höflinge zu wenden, der Mann, dessen viele Titel unter anderem lauteten: Groß-Exzellenz von Tarn, Blutpotentat von Varbyshire und Holluch, Heiliger Kaiser von Lexion, Kaiserlicher Großer Hoher Herr von Tiralos, Oberster Hoher

Kommandeur von Zenzau, Ara-Zenzau, Ana-Zenzau und Derkold, kurz gesagt, der Postulierte Monarch von allen Ländern der Erde, Ur-Erzmaximus und Verteidiger des Glaubens und Oroks Repräsentant im Reich des Seins. Er begrüßte seine Höflinge mit trunkener Stimme und sank dann fast bewußtlos in den Thron zurück.

Die Hofzeit war eröffnet!

Wie immer begann sie mit einer Zeremonie, die unter dem Regime der Blauröcke zu einer hohlen Formalität verkommen war. Nachdem eine Bratschengruppe eine Auswahl an traditionellen Weisen gespielt hatte, eine aus jeder der neun Provinzen und eine aus jeder Kolonie, nachdem ein Jongleur mit derselben Anzahl bunter Bälle versucht hatte, die Aufmerksamkeit des dösenden Königs zu wecken, und scheiterte und ein Zauberer unter pflichtschuldigsten Ahs und Ohs der Höflinge dieselbe Anzahl bunter Vögel aus dem Hut zauberte, war der Weg frei für eine Gruppe von Schauspielern, die verschiedene Formen von Armut und Elend darstellten. Hier war der verwundete Soldat mit seinen überzeugend blutigen Bandagen, hier die verkrüppelte Waise mit ihren geschienten Beinen, hier der bankrotte Bauer, die tugendhafte Witwe, der lepröse Bettler, das gefallene Mädchen. Alle humpelten vor und flehten den König leidenschaftlich um Hilfe an; eine Gestalt nach der anderen kniete sich hin und empfing vom König den Segen, schluchzte dankbar, wenn der Erste Minister von einer Schriftrolle die vorbereiteten Segnungen ablas. Eine Pension von einer Krone pro Monat. Ein Bett im Ollon-Krankenhaus. Eine Stelle als Untergärtner im Theron-Palast. Was für eine Gnade! Welch Mitgefühl! Höflich applaudierten die Höflinge nach jeder Wohltat.

Empster erinnerte sich noch sehr gut an die Zeit, als diese Zeremonie mehr als nur ein Schwindel gewesen war. Bis zum jetzigen Herrscher waren es echte Bittsteller gewesen, keine Schauspieler. Der König hatte ihnen aufmerksam zugehört und ihnen selbst geantwortet.

Das war jetzt schwerlich möglich. Seit den letzten Kriegen war es zu gefährlich geworden, gewöhnlichem Volk den direkten Zugang zum König zu gestatten. Agenten der Rotröcke, zenzanische Rebellen, wer wußte noch, welche Verräter sich in den Palast schleichen würden? Außerdem mußte man zugeben, daß Seine Kaiserliche Agonistische Majestät kaum jemand war, der abwog und nachdachte; er war nicht mal in der Lage zuzuhören.

Aber jetzt brauchte er nicht mehr zu tun, als seine rechte Hand über die Armlehne des Throns zu halten, damit die Schauspieler ihre Köpfe darunterschieben und einen Moment so tun konnten, als würden sie irgendwelche Wohltaten erhalten. Vielleicht war es ja die Sache wert. Angeblich sollte die königliche Hand ja heilende Kräfte besitzen, vor allem bei Verbrühungen, Bienenstichen und Lepra.

Störte es da jemanden, daß der königlichen Hand der Mittelfinger fehlte?

Empster schüttelte sich.

Nein, dachte er. Es war richtig, dem Jungen das nicht zuzumuten. Noch nicht.

Für den Adel war es ein sehr anstrengender Abend, denn die Zeremonie zog sich nicht nur endlos in die Länge, sondern es gab auch keinen einzigen Stuhl, auf dem man kurz ausruhen konnte, und keinerlei Erfrischungen. In der stickigen Hitze der Dampfrohre, die unter dem Parkett verlegt waren, schwitzten, schlurften und schwankten die vornehmsten Edlen des Reiches. Constansia Cham-Charing spürte, wie ihre Knöchel anschwollen, und konnte sich nur ablenken, indem sie ihre Tochter kniff, wann immer die ohnmächtig zu werden drohte. Es ist jetzt schon das vierte Debüt – und immer noch kein Schönling in Sicht! dachte sie. Pellam Pelligrew bewunderte die Darbietung. Wenn er kein Adliger gewesen wäre, auch wenn es ihn mit Freude erfüllte, einer zu sein, dann wäre er am liebsten ein Schauspieler gewesen, wenn er auch zugeben mußte, daß sich die ganze Sache ein wenig hinzog.

Müßig sah sich Pellam um. Merkwürdig, daß der Thronsaal so schäbig war! Die Tiralos-Teppiche waren verschlissen wie in einem alten Theater in der Provinz. Die Ripsvorhänge waren schäbig, und die Tapeten mit den hellen Flecken, wo man Bilder abgehängt und keine neuen angebracht hatte, waren noch heruntergekommener. Wäre Pellam König, dann würde er den ganzen Saal renovieren lassen.

Abreißen und neu aufbauen und dabei keine Kosten scheuen!

Dann überkam den jungen Mann plötzlich Trauer, weil er daran denken mußte, wieviel Spaß er mit seiner Schwester haben könnte, wenn sie die neuen Dekorationen planten.

Die arme Pelli!

Als die tugendhafte Witwe ihre Klage vorbrachte, sah Empster wieder zum Thron. Würde der König eine eigene sittsame Witwe hinterlassen? Es war klar, daß eine Braut her mußte. Oder genauer: weniger eine Braut als vielmehr ein Erbe. Immerhin bestand die Gefahr, und es würde auch höchstwahrscheinlich bald so kommen, daß der König in Kürze seinen letzten Becher Rum-und-Orandy leeren würde. Na ja, sollte er doch! *Aber Sire, eines noch, eine letzte Angelegenheit. Möchtet Ihr Euch nicht (ehm) in dieses besondere, fleischliche Behältnis entleeren?*

Ah, was für ein Betätigungsfeld für den Ersten Minister! Der Thron ist leer bis auf ein quäkendes Kleinkind, das fest in seine Windeln gewickelt ist!

Bedauerlicherweise hat der König bisher einen gewissen Widerstand selbst gegen die schönsten Behältnisse gezeigt, die man ihm untergeschoben hat. Dabei war er, jedenfalls früher einmal, ein Mann mit ganz normalen Bedürfnissen. Berichten zufolge hatte es in seiner Jugend genug Huren gegeben, sogar vornehme Damen. Vielleicht war der König jedoch zu lange ein Lüstling gewesen. Vielleicht ist der gewöhnliche Liebreiz des schöneren Geschlechts für ihn vor langer Zeit verblaßt, wie der abgestumpfte Geschmackssinn eines Gourmets nur noch von den schärfsten Soßen gereizt wird. Konnte ihn nur noch die Verworfenheit der schlimmsten Huren aus seiner Rum-und-Orandy-Schlaffheit erwecken?

Leider durfte eine Hure nicht offiziell Königin von Ejland werden!

Mittlerweile hatte der leprakranke Bettler sich zurückgezogen und seine mit künstlichem Eiter bestrichenen Stümpfe verborgen. Jetzt trat das gefallene Mädchen vor und sank flehentlich vor dem Thron auf die Knie. Dieses Mitglied der Königlichen Kompanie war eine lüstern wirkende Rothaarige, die zweifellos nicht mehr ganz so jung war, wie ihre Rolle es eigentlich vorschrieb. Sie trug das weiße Gewand eines Bauernmädchens, das am Mieder zerrissen und am Saum vermutlich mit Hühnerblut befleckt worden war. An ihrer Hand klapperte eine Milchkanne, und an ihrer Schürze hing ein Strauß zerdrückter Gänseblümchen. Sie hatte die Schenkel gespreizt, und ihre vollen Brüste drohten aus dem Mieder zu hüpfen, als sie jämmerlich über ihre Verletzung klagte.

Am Anfang hatte der vornehme Gentleman ihr Schwüre geleistet, Versprechungen gemacht und ihr eine ehrbare Heirat in Aussicht gestellt. Dann hatte er ihre Unschuld erobert und sie anschließend verschmäht:

Leider! Schöne Worte! Sind Worte denn mehr als leere
Versprechungen?
Wenn ich jetzt allein diesen Schmerz ertragen muß,
den Schmerz dieses Bankerts, der in meinem Bauch wächst –
eine Schande, die nur die Zeit bringt und zeigt …
Sire, was kann das Leben mir bringen als Elend?
Wenn ich den Kopf auf die Schwelle meines Schänders lege,
werde ich verschmäht wie ein streunender Bastard
und mit Tritten und Flüchen wie üblich weggejagt!

Die leidenschaftlichen Worte entsprachen dem Ablauf, die im Textbuch vorgeschrieben waren. Wie oft hatte Empster diese Rede gehört? Er konnte sich nicht daran erinnern. Aber heute abend war etwas anders. Etwas war merkwürdig. Die Intensität in den Worten hatte er vorher noch nie wahrgenommen. Die Wangen der Rothaarigen waren naß, und ihr Hals war gerötet. Ihre Hände zitterten, und ihre Brüste und Schenkel zuckten, als wäre sie wirklich verzweifelt.

Empster spürte, wie die Aufmerksamkeit im Saal stieg. Er sah auch, wie das Interesse des Königs aufflammte.

Sollte dieses arme Mädchen denn in die Stadt gebracht werden?
Ah, was kann es sein als ein anderer Weg in den Untergang?
Muß ich als eine von vielen grünen Gretas untergehen,
eine von Hunderten, Tausenden von armen, entehrten Mädchen?
Sire, laßt mich sterben, bevor ich eine Hure werde!
Aber wohin soll das Mädchen gehen, wenn es kein Mädchen mehr ist?

Diese Rothaarige mußte eine geniale Schauspielerin sein! Die Höflinge traten von einem Fuß auf den anderen, und man hörte gelegentliches Schnüffeln. Empster sah sich um. Selbst der alte Haudegen, der Graf von Nieder-Lexion, war rot im Gesicht und zitterte. Pellam Pelligrews Adamsapfel zuckte auf und ab, und sein Großvater mußte sein Taschentuch zu Hilfe nehmen.

Selbst Constansia Cham-Charing war besorgt, und sei es auch nur, weil ihre Tochter an ihrer Schulter hemmungslos heulte.

Der König machte den Anfang. Er war aus seiner Erstarrung erwacht, beugte sich vor und wartete auf jede neue leidenschaftliche Welle, die gegen seinen Thron schlug.

Sagt, was bleibt diesem armen Mädchen außer Tränen
des Leids, die jedoch mit den Jahren nachlassen?
Weh mir! Wenn die Erinnerungen an den Tag sterben,
an dem der grausame Mann, sein Atem heiß vor süßen
Lügen, in einem Feld voller Gänseblümchen, die hell
wie die Sonne leuchteten, meinen Jungfernknoten löste:
Fertig!

Nur der Erste Minister blieb ungerührt. Er starrte mit seinem eisigen Blick geradeaus und hielt die Schriftrolle bereit, um die Antwort des Königs vorzulesen. Sein eigener Vortrag würde zweifellos mechanisch klingen und nicht das geringste Gefühl verraten. In holprigen Reimpaaren würde er das Mitgefühl des Königs für das arme Ding erklären und ihr versichern, daß sie, nein, natürlich nicht, keine Hure werden mußte. Ihr Bastard sollte im Ollon-Waisenhaus großgezogen werden, und sie würde in die Provinz der Agonistischen Erlösung deportiert, wo sie in den Zuckerrohrfeldern arbeiten würde, bis diese fatale Schönheit, die sie ruiniert hatte, weggebrannt war und so ihre zukünftige Tugend gesichert wäre. Wie dankbar das Mädchen dann schluchzen und den Edelmut des Königs loben würde!

Aber Tranimel kam nicht dazu, die Antwort des Königs vorzulesen. Als Höhepunkt, der genauso schockierend wie unerwartet war, wich die Rothaarige von ihrem Text ab, stürzte vor und warf sich auf die Königliche Persönlichkeit des Königs Höchstpersönlich!

»Sire! Sire!« Verzweifelt umklammerte sie ihn, zerrte an ihm, und all die Gefühle, die sie vor einem Augenblick noch in ihre vorgefaßte Rede gesteckt hatte, brachen aus ihr heraus.

»Wachen!« Tranimel stürmte beunruhigt vor. Aber bevor man die in Tränen aufgelöste Gestalt von der Brust des Königs riß, hörten die Höflinge folgenden Wortwechsel:

»Sire, erinnert Ihr Euch nicht an mich?«

»Maddy? Ich dachte, du wärst tot!«

»Sie haben versucht, mich umzubringen! Aber ich mußte einfach zurückkommen. Oh, nehmt mich wieder in Euer Herz auf, Sire, und laßt mich nicht umherirren!«

Sie wollte noch mehr sagen, aber da kamen die Wachen, gefolgt von Tranimel. Dessen eisige Haltung war erschüttert, und er gab den Befehl, den Thronsaal zu räumen. Alle mußten gehen, sofort. Der Abend war vorbei. Aber noch nicht ganz. Als die Rothaarige weggezogen wurde, streckte sie eine Hand in die Luft.

Erst jetzt registrierten die erstaunten Höflinge etwas, das ihnen zuvor entgangen war. Dieser Hand fehlte, wie der Hand des Königs, der Mittelfinger.

23. Die Königin der Schwerter

»Erhöhst du?«

»Tante Vlad?«

»Ich versuche zu bluffen, Liebes.«

»Bluffen?«

»Habe ich das nicht erklärt?«

»Ich … ich weiß nicht!«

»Komm schon, meine Liebe, du mußt lernen, Entscheidungen zu treffen. In der großen Welt spielst du um mehr als um ein paar Knöpfe.«

»Aber Tante, Ju-Ju hat gesagt, Kartenspiele wären …«

»Was denn, Liebes?«

Jeli stotterte. »Sie sagte, sie wären nur etwas für faule Gemüter, die sich von der Liebe des Herrn Agonis abgewandt hätten. Sie sagte sogar, nichts könnte umoralischer sein.«

»Nichts? Du bist wirklich unschuldig, mein Liebes. Oder möchtest zumindest so erscheinen. Was vielleicht dasselbe ist. Ich darf wohl sagen, daß *Uly* viel zu diesem Thema zu sagen hat, hm?«

Das Mädchen betrachtete seine neue Aufpasserin nachdenklich. Tante Vlada hatte die *Uly* schon mehrmals erwähnt, aber wer das sein mochte, wußte Jeli immer noch nicht. Sie saßen an dem grünen Spieltisch. Neben ihnen knisterte ein Feuer im Kamin und wärmte den schiefen Raum auf dem Dachboden, den Tante Vlada zu ihrem Boudoir erklärt hatte. Auf den Stühlen im Raum lagen Kleider, Schals und Handschuhe herum; und auf einem Frisiertisch glänzten zwischen Puderquasten Juwelen.

Jeli sah auf ihre Karten. »Vielleicht solltest du besser von vorn anfangen, Tante Vlad. Ganz von vorn, meine ich.«

»Mit den Zenzals?« Tante Vlada lächelte. Man hätte nicht erwartet, daß eine so berüchtigte Frau soviel Geduld mit einem unwissenden Mädchen haben könnte. Aber die Bemerkenswerte schien völlig damit zufrieden zu sein, mit Jeli in diesem überfüllten Raum zu sitzen.

Sie nahm die Karten hoch und mischte sie aufs neue.

»Zuerst, meine Liebe, die *Zenzanische Fünf.* In Ejland nennen die Adligen sie *Farben,* und ich denke, das sollten wir dann ebenfalls tun. Hier sind die Federn. Siehst du den König der Federn, der seinen mit einer Feder geschmückten Stift umfaßt? In jeder Farbe gibt es einen König, eine Königin und einen Prinzen, dann fünf gewöhnliche Karten mit den Nummern vier, fünf, sechs, sieben und acht. Siehst du? Jede Karte trägt den Federstift. Daran erkennen wir, daß wir zu den Federn gehören.«

Während sie sprach, deckte Tante Vlada die fraglichen Karten auf. Für Jeli war es nicht ungewöhnlich, daß die Karten in der richtigen Reihenfolge kamen. Schnell, zu schnell, hatte sie sich an die subtile Magie ihrer Tante gewöhnt.

Ernst musterte sie die Karten.

»Als nächstes kommen die Räder ... Siehst du das Rad mit den Speichen, das sich hell auf dem Gewand der stolzen Königin abhebt? Wie die Feder das Symbol für den Gelehrten ist, bezeichnen die Räder den Erfinder. Räder sind die Karten des Mechanismus, der Triebkraft. Als nächstes kommen die Türme, die Ringe und die Schwerter. Der Turm steht für Glauben, der Ring für Liebe. Und die Schwerter, aber natürlich weißt du, wofür die Schwerter stehen.«

»Tante, ich bin nicht sicher, daß ich mich an alles erinnere!«

»Armes Kind, leg deine hübsche Stirn nicht so in Falten! Du mußt nur wissen, daß es fünf Farben gibt, das ist alles. Glaubst du, daß die gelangweilten alten Witwen in ihren Salons oder die betrunkenen Blauröcke in den Spelunken die Bedeutung der Karten kennen? Sie kennen nur ihren Wert, mehr nicht. Ich werde dir gleich zeigen, wie man es spielt. Doch zunächst noch die *Gott-Karten.* Siehst du die Götter, meine Liebe? Oroks fünf Kinder. Aber das weißt du doch alles, richtig? Wie nennen wir die restlichen Karten?«

»Joker, Tante?«

»Sehr gut, meine Liebe. Hexer, Vaga, Hure, Reiter, Harlekin. Zusammen mit den fünf Farben oder Zenzals bilden sie die fünfzig Karten der Orokon-Bestimmung. Natürlich gibt es noch zwei Extrakarten, die den Ur-Gott und die Schlange Sassoroch repräsentieren. Sie dürfen niemals mit dem Rest der Karten zusammen aufbewahrt werden, behaupten zumindest die Pedanten. Aber die Orok-Regeln sind sehr komplex und können noch einen Tag warten. Laß uns mit einem einfachen Blatt beginnen ...«

Doch bevor Tante Vlada die Karten austeilen konnte, gab es eine Unterbrechung. Während der ganzen Zeit hatte die schwarze Katze vor dem Feuer gelegen, lang ausgestreckt wie ein pelziges Akkordeon, und in dem warmen Schein zufrieden geschnurrt. Von Zeit zu Zeit streckte Tante Vlada die Hand aus und kraulte die Katze am Bauch oder hinter den Ohren.

Auf einmal war die Katze hellwach und miaute vernehmlich.

Tante Vlada hob eine Braue. »Ring?«

Die Katze tappte vorsichtig um den Spieltisch herum.

»Wonach sucht er?« fragte Jeli. Dann hielt sie die Luft an, denn zwischen dem Abfall auf dem Boden lief nervös eine kleine weiße Maus herum.

Was für ein süßes kleines Ding!

Ring sprang. Im nächsten Augenblick hing die Maus in seinen Fängen. Er zuckte mit dem Kopf und schlug seine Beute hin und her. Dann biß er zu. Es knackte.

Jeli schrie. »Tante Vlad, halt ihn auf!«

Aber Tante Vlada lachte nur. Sie bückte sich und nahm Ring in ihre Arme. Ohne Widerstand holte sie die Maus aus seinen Fängen und schloß die Hände um den blutigen Körper. Jelis Gesicht war aschfahl, und sie brachte keinen Ton heraus. Aber als Tante Vlada die Hände öffnete, war die Maus unversehrt. Sie setzte sie auf den Spieltisch, auf dem sie hastig hin und her lief.

»Wirklich, meine Liebe, du glaubst doch nicht, daß Ring Rheen ernstlich verletzen würde, hm?«

»Rheen?« wiederholte Jeli.

»Wo Ring ist, ist Rheen nicht weit. Ach, man sieht eine Menge

Ring und Rheen. Sie sind unzertrennlich.« Vlada lächelte. »Ich hoffe, so wie wir es einmal sein werden, meine Liebe, hm?«

Die Katze lag in ihren Armen und schnurrte vernehmlich. Jeli blickte auf den Spieltisch, wo die Maus neugierig an einer aufgedeckten Karte schnüffelte. Es war die Königin der Schwerter.

»Tante Vlad?«

»Was denn, Liebes?«

»Wann kommt Catty?«

Es war später am Abend. Jeli lag im Bett in dem Zimmer neben dem Boudoir von Tante Vlada. Es gab eine Verbindungstür. Tante Vlada saß lächelnd auf ihrem Bettrand. Ring lag in ihren Armen, und sie streichelte sein glattes Fell. »Meine Liebe, habe ich es dir nicht gesagt? Ich fürchte, daß deine teure Cousine abberufen worden ist.«

»Tante Vlad? Was meinst du damit?« Unbehagen regte sich in Jeli. Auf der ganzen Fahrt von Orandy hierher hatte sie sich darauf gefreut, Catty wiederzusehen. Was würden sie für einen Spaß haben, während sie sich auf den Ball vorbereiteten!

»Ich wollte es dir erzählen, meine Liebe. Onkel Jorvel hat einen Brief erhalten.«

»Von Catty?«

»Von Tante Umbecca. Sie wurden in einer dringlichen Angelegenheit nach Irion zurückgerufen, glaube ich. Die Lage erforderte es. Aber das dürfte einen kaum überraschen. In den Provinzen ist die Situation immer gespannt. Glaub mir, meine Liebe, ich weiß, wovon ich spreche. War ich nicht in heiliger Ehe acht Zyklen lang an den Steuereinnehmer von Derkold gefesselt? Aber ja, es sieht so aus, als müßte das Debüt deiner Cousine noch ein wenig warten. Die arme Umbecca. Dabei hat sie so lange gebraucht, bis sie Jorvel endlich überredet hatte, sie in sein Haus aufzunehmen!« Tante Vlada lächelte. »Es macht dir doch nicht wirklich viel aus, oder, meine Liebe?«

»Nein, Tante. O nein!«

Aber Jelis Miene strafte ihre Worte Lügen. Seit sie die Treppe zu dem Haus hinaufgestiegen war, vergingen die Tage wie in einem merkwürdigen Traum. Und jetzt schien es auch noch ein sehr einsamer Traum zu werden. Erst hatte sie Ju-Ju verloren. Und jetzt kam Catty nicht. Nachdenklich betrachtete sie ihre grüngekleidete Tante. Bis jetzt hatte sie nicht einmal gewußt, daß sie eine solche Tante hatte.

»Tante Vlad?«

»Ja, Liebes?«

»Wo ist Onkel Jorvel?«

Tante Vlada lächelte. »Aber Liebes, wann hast du deinen Onkel schon jemals gesehen? Er ist ein vielbeschäftigter Mann. Du weißt doch, daß er den Ersten Minister berät.«

Jeli wußte nicht genau, was das bedeutete. Sie wußte nur, daß ihr Onkel nicht gekommen war, um sie zu besuchen, und das nach ihrer langen Reise.

Nicht einmal, nachdem Ju-Ju gestorben war.

Ein Diener brachte ihr ein Glas heiße Milch, das Tante Vlada für Jeli gegen deren Willen bestellt hatte.

»Komm, mein Liebes, trink deine Milch und kuschel dich dann ein. Ring wird bei dir schlafen und dich warm halten.«

Erneut wurde Jeli von dem Gefühl der Einsamkeit beinahe überwältigt. Mit eigenartiger Trauer dachte sie an den Schnee, der jetzt hinter den vorgezogenen Vorhängen vom Himmel fiel. Sie stellte sich vor, wie er den Turm des Tempels hinunterglitt, sie malte sich aus, wie er sich erst zart, dann immer höher auf den Terrakottadächern der Stadt häufte oder auf die schmutzigen Straßen hinunterschwebte. Sie dachte an die weiße Masse, die geheimnisvoll auf den Giebeln der Schlafzimmerfenster ruhte. Sie dachte daran, wie er auf die steile Treppe fiel und den Ort bedeckte, an dem Ju-Ju gestürzt war.

Die arme Ju-Ju!

»Tante Vlad?«

»Liebes?«

»Hast du Lust, mir eine Geschichte zu erzählen? Bevor du das Licht ausmachst? Ju-Ju hat mir immer eine Geschichte erzählt.«

Tante Vlada lächelte. »Die Geschichte von Uly?«

Jelis Herz klopfte. »Diese Geschichte hat sie mir nie erzählt, Tante Vlada.«

»Dummes Ding! Ich meinte, soll ich sie dir jetzt erzählen?«

Plötzlich war Jelis Einsamkeit wie weggeblasen.

Die Geschichte von Uly

»Wir waren zu dritt«, sagte Tante Vlada. »Uly, Marly und ich. Oft stelle ich mir vor, wie wir damals waren. Ich sehe uns in dem Schulzimmer an einem langen, sonnigen Morgen, wie wir gähnten, wenn das Licht über unsere Schreibhefte fiel. Ich sehe uns, unschuldig in unserem dünnen, weißgemusterten Musselin, wie wir durch die Wälder oberhalb des Hauses meines Onkels wanderten. Durch die Bäume sahen wir auf das Haus unter uns und lachten, weil es uns so klein vorkam. Nur der See wirkte niemals klein. Er erstreckte sich weit hinter unseren Mauern, flach und glänzend wie ein großer, liegender Spiegel. Wie gut ich mich an diesen See erinnere! Wir ruderten immer an seinem Ufer entlang, in Pells Boot, als sie noch bei uns war, und wenn es warm war. In der Jahreszeit des Koros schnitten unsere Schlittschuhe wie Sensen ins Eis.

Die arme Uly, sie war so tolpatschig! Sie fiel immer und immer wieder hin, und Marly mußte lachen. Aber wenn Marly einen Schneegott baute, war er immer schief. Dann mußte Uly über Marly lachen, und sie bewarfen sich mit Schneebällen ...«

»Uly und Marly«, sagte Jeli träumerisch. Die Worte hatten sie eingelullt, und sie streckte sich unter den Laken. »Wie gern ich eine Schwester hätte!«

»Schwestern?« Tante Vladas Stimme hatte einen barschen Unterton.

»Tante Vlada?«

»Wie ich sehe, bist du bereits müde geworden, Liebes.«

Tante Vlada beugte sich vor und blies die Kerze aus.

24. Der weiße Bruder

O Mächtiger, wir erwarten deine Ankunft!
Mächtiger, verzehre die Welt mit Feuer!
Mächtiger, ertränke die Welt mit Wasser!
Mächtiger, versenke die Welt in Morast!
Mächtiger, bade die Welt in Blut!

Es passierte wieder. Drängend und leidenschaftlich riefen die Mitglieder von Toths Bruderschaft die Mantras des Bösen. Erneut stand die weißgewandete Gestalt vor ihnen, streckte die Arme aus und erstrahlte in dem merkwürdigen Licht, das sie umgab. Bald würde sie sich wieder herumdrehen und die Vorhänge von dem magischen Spiegel reißen. Dann würde ihr Dolch erneut durch die Luft sausen und zartes Fleisch durchbohren und die dampfenden Organe ausspeien.

Aber erst mußte Tranimel – denn natürlich ist er es! – die Anhänger begrüßen. Die Gesichter unter den Kapuzen sind nach oben gerichtet, und die feinsten Edelmänner von Ejland sehen zu ihm hoch, trinken seine Worte wie einen süßen, erfrischenden Wein.

»Brüder, als der mächtige TOTH mir das erste Mal erschienen ist, wie ein schimmerndes Phantom in meinem Spiegel, wußte ich, daß ich den wahren Gott erblickte. Sofort durchströmte eine neue Gewißheit mein Herz, und alles, was ich gelernt hatte, entpuppte sich als Lüge. Mit einem Schlag war der schöne Agonis – *schön?* Ich nenne ihn widerlich! – ein bösartiger, lügnerischer Heuchler, der die Tugend vernichtete, während er nur an seine Lust für eine verlorene, unsichtbare Lady denken konnte. Seine Brüder und Schwestern standen nackt vor meinen Augen, hatten all die göttlichen Gewänder abgestreift, die sie getragen hatten.

Göttlichkeit? Wie konnte auch nur ein Tropfen göttlichen Blutes in ihren Adern fließen, wenn jeder von ihnen unterwürfig zitternd und betend vor dem Vater-Gott gekniet hatte? Wie konnten sie den Menschen dieser Welt dienen, wenn ihr Vater ihnen Schutz in seinem Palast angeboten hatte und sie, in duckmäuserischer Dankbarkeit, diesen Schutz akzeptiert hatten?

In einem Blitzstrahl der Einsicht, der plötzlich und für immer in meinem Wesen eingebrannt war, sah ich, daß der Ur-Gott der Feind meines Landes war, meiner Rasse und meiner Welt. Wo liegt sonst Göttlichkeit als in den Abgewiesenen des Orok, in denen, die der haßerfüllte Vater von sich gestoßen hatte wie Ungeziefer und die er in das Entsetzen verwies, das das Reich des Nichtseins ist?

Orok nannte sie Kreaturen des Bösen, aber was ist böse? Was ist Gott? Brüder, in diesem Augenblick wußte ich, daß von da an das BÖSE mein Gott sein sollte, daß die FINSTERNIS mein Licht war, der TOD mein Leben! Ich wußte, daß TOTH, TOTH-VEXRAH, die erste der abgewiesenen Kreaturen, mein wahrer Gott sein würde!

Meine Brüder, stellt euch vor, wie wir uns bald freuen werden, wenn die Macht von TOTH sich endlich frei entfalten kann und er diese Welt mit der ganzen Wucht seines Zorns verzehren wird! Dann werden TOTHs treue Diener ihre Belohnung erhalten – das ewige Leben! Ewige Seligkeit! Gottgleiche Macht! –, in der Welt, die TOTH aus der Asche auferstehen läßt! Brüder, freut euch, daß diese Welt bald uns gehören wird! Nicht die alte Welt des Orok, wo wir wie die niedersten Insekten herumirren müssen, uns davor fürchten, zertreten zu werden, sondern die neue, mächtigere Welt von TOTH!

Wir haben lange auf diese Zeit der Erlösung gewartet! Zu lange schon sind die Kristalle verborgen, die heiligen Kristalle, die allein TOTH die Macht über Leben und Tod geben können, schon zu lange warten sie auf den, der der Schlüssel genannt wird. Aber Brüder, wir werden nicht mehr lange warten müssen!«

Die weißgewandete Gestalt fuhr herum und deutete in die Dunkelheit.

Die Blicke der Anhänger folgten seiner Hand.

»Bruder E…! In deiner Verkleidung am Tag dirigierst du die Bewegungen der Spezialagenten! Und einige davon sind spezieller als andere! Hast du neue Informationen, die du uns mitteilen kannst? Kann es wahr sein, daß der Schlüssel nahe ist? Deine Brüder gieren nach deinem Wissen, Bruder E...! Sag uns, was du erfahren hast!«

Die Stimme, die antwortete, war merkwürdig duckmäuserisch und bemüht zu gefallen. Niemand, der ihren Besitzer in der Welt der Oberfläche kannte, hätte vermutet, daß sie demselben weltmännischen Träger gehörte.

»Es ist wahr, Meister. Die ganze Varby-Saison war uns der Schlüssel nahe. Bald, sehr bald schon wird er in unsere Reichweite gelangen!«

»Gelobst du das, Bruder E...? Schwörst du es beim mächtigen TOTH?«

»Meister, ich schwöre es! In dieser Welt sind nicht viele Dinge gewiß, aber für dieses würde ich selbst mein Leben verpfänden! Vor Euch möchte ich dieses Gelöbnis ablegen: Noch bevor diese Jahreszeit sich dem Ende neigt, wird der Schlüssel des Orokon hier zwischen uns sein, hier in dieser Krypta, und er wird bei sich tragen den ersten der geheiligten Kristalle!«

»Ja!« schrie Tranimel. »Ja, so wird es sein! Und wenn wir ihm den Kristall aus den Klauen gerissen haben, wenn sein Herz und seine Lungen sich über den Altar ergießen, welche Grenzen gibt es dann noch für TOTH? Welche Macht kann ihn dann noch zurückhalten? Brüder, der Gesang ...!«

Stampfende Füße traten den Rhythmus.

Wir erwarten einen Gott! Schlagt die Trommeln!
Eingesperrt ins Spiegelglas, bis der Kristall mag kommen!
Von seiner Liebe weggesperrt, brennen wir vor Wut!
Es gibt nur einen Gott, und dieser Gott ist TOTH!

Mit dem ersten Kristall durchbricht TOTH die Sperre!
Wenn er findet Kristall Nummer zwei,
wenn er hat Kristall Nummer drei, vier und fünf,
dann wird der Orokon wieder lebendig!

Es ging immer so weiter, bis das Stampfen so mächtig wurde, daß selbst die Steine zu zerkrümeln und einzustürzen drohten, bis die Krypta von verrücktem Wahnsinn so erfüllt war, daß selbst die steinernen Fledermäuse und scheußlichen Vögel auf den Grabmälern zu kreischen schienen und steinerne Schlangen über den Boden glitten. Lord Empster sang ebenfalls, nachdem er in die Menge der Kapuzenträger zurückgetreten war. Erneut hatte er seine Rolle gespielt, und er hatte sie gut gespielt. Tranimel durfte nicht ahnen, wem seine wahre Treue galt!

Noch nicht.

Aber die Zeit würde kommen.

O Tranimel, Tranimel, was ich sagte, ist wahr, aber es wird ganz anders ablaufen, als du es dir vorgestellt hast!

Am nächsten Tag in der Welt da draußen würde Lord Empster dem Führer des Kultes wieder begegnen. Sie würden in glatten, förmlichen Sätzen Angelegenheiten der Regierung besprechen, aber keiner würde auf die Geheimnisse der Krypta anspielen. Sie würden sich nicht einmal einen Seitenblick zuwerfen, um sich einzugestehen, was in der Nacht zuvor passiert war. Es war wie immer. Vor langer, langer Zeit hatte Tranimel die vornehmsten Lords von Ejland einen nach dem anderen vor sich zitiert und gezwungen, das Gesicht in dem Spiegel zu betrachten. Einer nach dem anderen hatte seine Treueschwüre gebrochen, die sie bis dahin so hochgehalten hatten. Ihre Identitäten waren von ihnen abgefallen wie eine überflüssige Hülle. Nun waren sie alle Sklaven des Anti-Gottes, aber im Licht des Tages waren sie unverändert.

Jedenfalls schien es so.

Nur Lord Empster konnte dem Bösen widerstehen, das heißt, wenigstens *diesem* Bösen. Verborgener Haß glühte in seinen Augen, als er den weißgekleideten Ersten Minister ansah.

Man wußte nur wenig über Ethan Archon Tranimel. Einige gingen gar so weit und nannten ihn einen Emporkömmling. In Ejland schwang in dieser Bezeichnung eine Beleidigung mit, und deshalb wurde das hinsichtlich des Ersten Ministers nur zwischen Vertrauten und in den eigenen vier Wänden gesagt. Trotzdem stimmte es nicht ganz oder vielmehr nur in einem bestimmten Sinne. Man hätte erwarten können, daß ein Mann aus der obersten Adelsschicht Tranimels hohes Amt bekleiden sollte. Ein Prinz oder ein Erzherzog. Tranimel konnte keinen solchen Titel vorweisen.

Sicher, er war kein gewöhnlicher Mann, sondern mit einem Titel auf die Welt gekommen. Aber es war ein unbedeutender Titel. Der Lordaufseher der Milander-Schleuse (so lautete der Titel) war der einzige Sohn eines Baronets von Ara-Varby, das flußabwärts von Varby an den Schwemmebenen des Riel lag. Seine Kindheit soll angeblich zutiefst provinziell verlaufen sein, weil er unter der Tyrannei seines bäuerischen, geizigen Vaters gestanden hatte. Alte Höflinge sprachen von einem abgemagerten Jungen, der neiderfüllt von den Fenstern des Schleusenhauses die vorbeifahrenden Kutschen beobachtet hatte, die nach Varby rollten.

Es war sehr schwer, sich diesen jugendlichen Tranimel vorzustellen, ohne seine weißen Gewänder, sein kurzes, farbloses Haar und seinen unbeteiligten Blick. Als er nach dem Tod seines Vaters nach Agondon gekommen war, hatte der junge Herr bereits seinen fünften Zyklus überschritten und sollte eigentlich nicht an den Hof, sondern ins Tempel-Kolleg. Wenn er jemals von der mondänen Welt fasziniert gewesen war, dann hatte er das alles hinter sich gelassen. Er war ein Agonist reinsten Wassers.

Seine Berufung war sehr spät gekommen; er hatte wenig Beziehungen, und sein Vater hatte ihm nichts hinterlassen. Ein solcher Kerl konnte sich kaum Chancen ausrechnen, in der Rangordnung des Ordens aufzusteigen. Kein reiches Lektorat winkte, kein fürstlicher Haushalt, keine fetten Pfründen im Großen Tempel. Im gegebenen Moment schloß er sich den Weißen Brüdern an, der ältesten und strengsten Bruderschaft der Eingeschlossenen. Hier zählte nur der Glaube, nicht das Vermögen. Es schien der richtige Platz für ihn zu sein. In den letzten Tagen der sterbenden Regentschaft ergab sich der Hof dem Luxus und den Exzessen. Der fromme Tranimel zog sich von der Welt zurück und ergab sich einem Leben der Einfachheit, der Demut und des Gebets.

Es sollte nicht so bleiben.

Es begab sich nämlich, daß die Königlichen Ratgeber eine Weile lang die Weißen Brüder ablehnten. Die Königin selbst glaubte, daß sie große Macht besaßen, obwohl niemand wußte, worin diese eigentlich bestehen sollte. Vielleicht war es ja auch einfach nur ihre *moralische* Macht, und die lehnten alle noch viel entschiedener ab. In ihrem Kloster, das dem Palast des Koros gegenüber lag, wirkten die Brüder wie ein lebendiger Tadel zu dem dekadenten Hof der Königin.

Natürlich spielte die Königin mit dem Gedanken, das Kloster zu schließen. Das war zwar eine angenehme Vorstellung, aber sie barg auch gewisse Risiken. Die einfachen Menschen respektierten die Weißen Brüder und sprachen mit unwissender Bewunderung von ihnen. Die Eingeschlossenen waren von jeder Steuer befreit. Vielleicht konnte man ja andere Mittel finden, um ihnen ihre Macht zu nehmen? Ja, die Königin würde sie aus Agondon vertreiben und sie in die Wildnis der Provinz schicken. In einem Dekret, das von besorgter Frömmigkeit nur so troff und die Armut als das anführte, was ihrer schönen Stadt so schadete, verfügte Ihre Regierende Majestät, daß kein religiöses Haus in ihren Mauern verbleiben dürfe, es sei denn, daß sich seine Mitglieder dazu verpflichteten, für das öffentliche Wohl zu arbeiten.

Die Höflinge kicherten und rieben sich die Hände. Was taten die Brüder denn schon anderes als essen, schlafen, ein paar Gebete murmeln und ihre Glocken zu früh am Morgen läuten? In einem Monat oder so, daran zweifelte niemand, würde sich eine weißgewandete Prozession die Straße den Hügel hinunterschlängeln und ihren traurigen Abschied von Agondon nehmen. Architekten beeilten sich, Pläne vorzulegen, nach denen das Kloster in Luxuswohnungen umgewandelt werden sollte.

Was niemand erwartet hatte, war, daß die Weißen Brüder sich dem Dekret der Königin gehorsam fügten. Nach kurzer Zeit waren die weißgekleideten Gestalten ein vertrauter Anblick auf den Straßen. Man hatte sie sonst nur zu Gesicht bekommen, wenn man über die Klostermauern gespäht hatte. Sie sammelten Almosen, sie pflegten die Kranken, sie verteilten Decken an die Ausgestoßenen auf den Uferböschungen. Im Großen Tempel dienten sie als Platzanweiser. Einige wurden dort sogar Privatlehrer. Und einer schaffte es bis in den Palast und bot an, seine Talente in den Dienst des Königshauses zu stellen.

Dieser eine war Tranimel.

Er bekam eine niedere Stellung zugewiesen, natürlich eine niedere. Aber als zweiter Untersekretär des Lords des Schatzamtes sollte sich der junge Bruder bald auszeichnen.

Nach einem Skandal, der sie mit dem zenzanischen Botschafter in Verbindung brachte, wurde die Regierende Königin endlich dazu gebracht, ihre Amtsgeschäfte aufzugeben und sich auf ihre Besitztümer zurückzuziehen. Ihre Herrschaft war ruinös gewesen. Sie war an die Macht gekommen, solange ihr Sohn noch minderjährig war, und hatte keine Lust verspürt, ihren Status aufzugeben. Wenn es soweit schien, erklärte die Königin immer wieder, daß ihr Sohn noch nicht bereit sei, daß nur eine grausame und herzlose Mutter ihrem Sohn so früh die Verantwortung auf die schmalen Schultern bürden sollte. Ihr Sohn vollendete seinen vierten, seinen fünften Zyklus, dann sogar seinen sechsten, und Mama regierte munter weiter. Sie war egoistisch, ignorant und leichtsinnig, aber sie wurde vom Hof und vom gemeinen Volk gleichermaßen geliebt. Selbst jetzt, drei Regentschaften später, zur Zeit von Ejard Blaurock, gab es immer noch viele, die liebevoll, nein, mehr als nur liebevoll, auf diese Zeit zurückblickten, auf die »goldenen Tage«, das »wilde Fest«, die »gute alte Zeit« der Königin-Regentin.

Als ihr Sohn Jagenam endlich den Thron besteigen konnte, fand er die Königlichen Kassen in einem verheerenden Zustand vor. Es war lebenswichtig, sie aufzufüllen, aber es gab keine neuen Kolonien zu erobern – Mutter hatte sich nicht sonderlich für Kolonien interessiert. Aus diesem Grund blieben nur Einnahmen aus Steuererhöhungen oder Krediten. Der Epizirkel, das äußere Kabinett der königlichen Ratgeber, empfahl eine Verdoppelung der Harion-Kornsteuer. Der Zirkel, das innere Kabinett, wollte jedoch nichts davon wissen. »Der Harion« war schon zweimal verdoppelt worden, und zwar innerhalb eines Zyklus. Es hatte deswegen bereits Unruhen gegeben. Würde der neue König sich vor seinen Untertanen derartig beschämen und sich kaum anders verhalten als ein Räuberbaron? Gewisse diskrete Appelle würden die Krise schon lindern, nicht wahr? Zum Beispiel konnte man sich an die Fürsten von Orandy wenden, an den Prinzen von Chayn. Vielleicht. Aber würde der neue König wie ein Leibeigener seines eigenen Adels leben wollen, kaum mehr als ein Schuldner? Seine Mutter hatte ihm eine Schuldenlast aufgebürdet, die abzuzahlen sicherlich seine ganze Regentschaft dauern würde, vorausgesetzt, er würde mindestens einen Epizyklus (125 Jahre) leben!

Was also war zu tun? Da keine Lösung in Sicht war, wurden die Lords des Schatzamtes weggeschickt, um einen Bericht anzufertigen. Wie das Schicksal es wollte, wurde diese Aufgabe von Ebene zu Ebene weitergereicht – bis zu Bruder Tranimel von den Weißen Brüdern. Um in aller Ausführlichkeit zu erklären, was Tranimel damals tat, um in allen Einzelheiten das geniale Programm zu schildern, das unter verschiedenen Namen bekannt werden sollte – als Die Goldene Spende oder Die Schlappe der Fürsten oder Die Schröpfung des Inneren –, bräuchte man eine ganze Wagenladung von Tabellen und Statistiken, viele davon nur mittels höherer Mathematik und höherer Philosophie zu verstehen. Das überlassen wir den Professoren der Universität von Agondon, die darüber bis heute rätseln. Wie es genau funktionierte und warum überhaupt, weiß bis heute keiner so genau. Es mag genügen zu wissen, daß innerhalb kürzester Zeit die Spende, Schlappe oder Schröpfung, wie man sie je nach Standpunkt auch bezeichnete, nicht nur den König vor dem Bankrott rettete, sondern auch seine entwürdigende Abhängigkeit vom Adel beendete. Er konnte sogar seine Kredite zurückzahlen und sein Gesicht wahren, was das Harion-Korn anging. Nicht von ungefähr erhielt der Vater der Ejard-Zwillinge von seinem dankbaren Volk den Ehrentitel Jagenam der Gerechte.

Im Palast machte bald noch ein anderer Ehrentitel die Runde: Tranimel der Getreue. Er bekam ihn auf Geheiß des Königs. Woher allerdings dieser Varby-Bruder seine Talente hatte, darüber ließ sich streiten. Viele verehrten ihn, genauso viele verschmähten ihn. Die Lords des Schatzamtes verzehrten sich vor Neid, und vom Epizirkel und vom Zirkel wollen wir lieber gar nicht erst reden. Der Hofnarr plapperte etwas von irgendwelchen dunklen Mächten. Aber das spielte keine Rolle: Wenn Tranimel auftauchte, schmolzen die anderen wie Schnee in der Sonne. Schon bald war der Bruder der engste Vertraute des Königs und kurz darauf auch sein einziger Vertrauter. Schließlich vereinigte Tranimel in seiner Hand die Zügel der Finanzen, des Handels und des Krieges. Ein energischer Feldzug gegen die Zenzaner, der glorreiche Neun-Acht-Neuner, war ganz allein auf seinem Mist gewachsen. Ein Triumph folgte dem nächsten.

Was dann passierte, konnte man auf verschiedenste Weise interpretieren.

Eine Interpretation lautete wie folgt:

Der König war leicht zu beeinflussen. Das hatte sowohl positive als auch negative Aspekte. Am Anfang vertraute er bedingungslos seinem weisen Berater, und das Königreich blühte auf. Mit Hilfe Tranimels hielt der König den Hofstaat in Schach, eroberte weite Gebiete von Zenzau und versklavte einen großen Teil der Bevölkerung. Er heiratete die wunderschöne Prinzessin Margatane und wurde von seinem Volk geliebt.

Dann wandte sich der König von Tranimel ab, und das Königreich begann zu schwanken.

Einige behaupten, daß die Geburt seiner Söhne den Anfang der Schwierigkeiten markierte. In Ejland galt eine Zwillingsgeburt als Omen. Zwillingstöchter waren ein Zeichen für Glück. Junge und

Mädchen bedeuteten Zwist in der Familie. Und Zwillingssöhne waren ein Anzeichen für ein größeres, schlimmeres Unheil.

Die Ejard-Brüder wurden in einer stürmischen Nacht in der Jahreszeit des Koros geboren. Viele Höflinge konnten sich noch daran erinnern, wie sie gespannt auf die Neuigkeiten im Vorzimmer der Königin gewartet hatten. Angst lag in der Luft. Die Königin war nicht sehr kräftig, und ihre Niederkunft war schwierig. Als die Königlichen Ärzte schließlich herauskamen, waren ihre Gesichter aschfahl. Die Königin war tot, aber sie hatte einem Sohn das Leben geschenkt. Einem Sohn und seinem Spiegelbild. Hinter ihnen kam eine ganze Reihe weinender Zofen aus dem Raum. Es donnerte, und der Narr hampelte wie ein Affe in der Kemenate herum, wie von Sinnen, und plapperte etwas von fürchterlichen Zeiten, die ihnen allen bevorstanden.

Vielleicht war es seine Trauer über den Tod der Königin, die dem König zu Kopf stieg. Mit einer Rührseligkeit, die, so sagten einige, beinahe schon weibisch war, kümmerte er sich um seinen Thronfolger, seinen Erstgeborenen also, das Kind, das im königlichen Rot eingewickelt wurde. Das Blau seines Zwillingsbruders signalisierte seinen niederen Rang. Er war ein Nachzügler, ein Zuspätgekommener, ein Eindringling. Es stand außer Frage, welches der beiden Kinder regieren würde. Und es war auch keine Frage, daß sie der uralten Praxis folgend als »Doppelgänger« erzogen werden würden. Ejard vom Roten Tuch war der zukünftige König, besaß alle Privilegien und wurde mehr oder weniger angebetet, der Blaue Prinz hingegen war nur die Reflexion seines Bruders, sein Vertrauter, beinahe sein Diener, der für den zukünftigen König den Laufburschen machte, der geschlagen wurde, wenn dem zukünftigen König danach war, und dem man die ekligen Medizinen verabreichte, die der zukünftige König verschmähte.

Und damit man ihn nicht mit seinem Bruder verwechselte, wurde ihm ein Finger der rechten Hand abgeschnitten.

Auch das war ganz im Sinne der alten Tradition.

Doch als die Prinzen älter wurden, in ihren dritten Zyklus eintraten, dann in den vierten, wurde Ejard vom Roten Tuch immer mehr zum Objekt der liebenden Hingabe seines Vaters. Er war ein frühreifer Bengel und zeigte von Anfang an ein sehr waches Interesse an Politik. Er sah die Ungerechtigkeiten, die immer noch das Land erschütterten: die Armut, die Grausamkeiten, die übermächtige Macht des Ordens des Agonis. Und dem Ersten Minister Tranimel mißtraute er zutiefst. Sollte denn ein einziger Mann so viel Macht haben? Was war mit dem altehrwürdigen System der Königlichen Ratgeber geschehen, fragte der zukünftige König. Mit dem Epizirkel, dem Zirkel?

Schon bald hatte der junge Rotrock seine Ansichten dem leicht beeinflußbaren Vater aufgedrängt. Erneut würde sich Jagenam der Gerechte seines Namens als würdig erweisen. Ein neues Konzil des Königs wurde gebildet. Ratgeber wurden ernannt, und auch Korrespondenten, die die Nachrichten aus der Politik frei und offen unter den Adligen im ganzen Land verbreiten sollten. Man redete von einer »Überprüfung der Zenzau-Politik«, von einer »Untersuchung über die Vaga oder die Kinder des Koros«. Dem Orden des Agonis wurden uralte Privilegien entzogen.

Tranimel war doppelt ergrimmt, weil ein Frischling ihn von der Bühne verdrängte, ihn usurpierte. Hatte er nicht dem König selbst geraten, sich dem Jungen zu widmen? Alles getan, was er konnte, damit er das Vertrauen des Jungen gewann? Sollte sich Tranimel, Tranimel der Getreue, so einfach geschlagen geben?

Das, so wird betont, ist *eine* Interpretation. Andere sagen, daß Tranimel, wie es sich für einen frommen Bruder geziemte, demütig die Weisheit seiner Vorgesetzten akzeptierte und am Hofe weiterarbeitete, ruhig, mit weniger Macht und zufrieden, einfach nur zu dienen.

Es ist wahr, daß er im stillen weiterarbeitete, und als Jagenam der Gerechte im SZ 994d plötzlich starb, trug das Wirken des Bruders Früchte.

Stellt Euch vor, Ihr wärt Ejard Blaurock, der am Ende seiner Pubertät steht, kurz davor, ein Mann zu werden. Was für ein elendes Schicksal erwartet Euch! Ihr seht zu, wie Euer Spiegelbild alle Privilegien genießt, jede Gunst. Das ist schon schlimm genug. Aber noch schlimmer ist, daß sein Wesen so sanftmütig ist. Haßt er Euch? Nein, er liebt Euch und will nur Euer Bestes! Er setzt sich leidenschaftlich für die Gerechtigkeit ein, tut Gutes und hat sogar neulich Euren albernen Vater überzeugt, nicht so harsch mit Jardy – er nennt Euch Jardy! – umzuspringen. *Armer Jardy,* sagt er und will, daß Ihr bei ihm sitzt. *Wenn ich König bin, Jardy, wirst du in meinem Rat dienen.* Ihr lächelt, verbeugt Euch ... *Bruder, meinen demütigsten Dank.* Aber was für ein Tumult der Gefühle tobt durch Euren Busen! Und ist das alles nur Wut? Mitnichten! Lieben wir unser Leiden nicht genauso wie unsere Freuden?

Ihr habt gelernt, wie ein Hund zu gehorchen. Es gibt etwas in Euch, das sich danach sehnt, der Doppelgänger zu sein, eine Reflexion, die matt hinter Eurem Bruder schimmert. Ihr glaubt an Traditionen. Ihr glaubt an Tugend. Ihr seid ein frommer Verfechter des agonistischen Glaubens. Erst von Lieblosigkeit und dann von zuviel Liebe zermalmt, sehnt Ihr Euch nur danach, Euren Platz zu kennen und ihn zu erfüllen. Manchmal schluchzt Ihr dankbar in Eurer Kammer und weint, mit bebenden Schultern, über die Güte Eures Bruders.

Aber ein Hund hat trotz aller Abrichtung scharfe Zähne und Klauen, und in der Sonne kann auch das trübste Glas glitzern und blenden. Glimmt da nicht noch ein winziges Stück Glut unter den feuchten Aschehaufen Eures Feuers?

Und jetzt kommt eine Brise, die es neu entfacht.

Blauer Prinz, flüstert sie. *Ihr habt Eure Rolle gut gespielt. Wie steif standet Ihr bei der Krönung Eures Bruders an seiner Seite! Ah, aber habt Ihr Euch auch gefragt, ob das wirklich Euer Platz ist? Blauer Prinz, wie könnt Ihr so sicher sein, ob Euer Schicksal Euch wirklich vorschreibt, ein bloßer Spiegel für Euren Bruder zu sein? Das Gesicht, das sich darin spiegelt? Wegen eines albernen Aberglaubens wurde Euer Körper verstümmelt, Euer wahres Wesen zer-*

stört. Aber mit welchem Recht? Zu welchem Zweck? Ist das nicht böse?

Was ist das? Hochverrat, sagt Ihr? Häresie? Aber hört zu, Blauer Prinz! Könnt Ihr sicher sein, daß Ihr nicht der erste wart? War es wirklich Euer Schicksal, der zweite zu sein? Sind tief in Euch nicht doch noch die Narben zu spüren, die Euch Euer Bruder in der Dunkelheit des Mutterleibs zugefügt hat?

Ich sage noch mehr als das: Denkt an die Verwirrung in der Nacht Eurer Geburt! Der Donner, die flackernden Kerzen, die Frauen, die über den Tod der Königin in Hysterie verfallen sind! Ja, Blauer Prinz, denkt scharf nach! Mit welcher Sicherheit können wir wissen, was falsch und was wahr ist? Wer der Gespiegelte und wer der Spiegel ist?

Ihr wendet Euch von mir ab? Aber Ihr seid ein glühender Agonist! Blauer Prinz, denkt an Euren Glauben! Euer Bruder droht mit fürchterlichen Neuerungen! Er hat dem Orden bereits jede Würde genommen! Und jetzt sucht sein Reformeifer neue Betätigungsfelder. Würde er sogar Vianu tolerieren, den heidnischen Glauben der Zenzaner? Würde er den Vaga größere Freiheiten garantieren, deren dunkler Gott diese Welt mit seiner Verruchtheit vergiftet hat?

Blauer Prinz, es gibt welche, die zur Nacht Eurer Geburt zurückblicken und sich an die wilden Plappereien des Hofnarren erinnern. Ein Narr, sicher, aber verbarg sich nicht auch immer Weisheit in seinen Worten? Ein falscher König wird kommen, hat der Narr gesagt. Ein falscher König wird kommen und den wahren König vertreiben! Was kann das anderes meinen, als daß Euer roter Bruder ein mißbrauchtes Königreich mit Gewalt an sich riß und den rechtmäßigen Erben von seinem Platz verdrängt hat?

Die Worte des Narren waren Prophetie! Und diese Prophezeiung hat sich erfüllt!

Blauer Prinz, es gibt welche unter uns, die sich Eurem usurpierenden Bruder widersetzen. Es gibt welche, die nur auf ein Zeichen von Euch warten, um gegen ihn in Eurem Namen in den Krieg zu ziehen. In Eurem Namen soll seine rote Standarte in den Staub getrampelt werden! In Eurem Namen soll ihm sein böser Kopf abgeschlagen werden! Eure Armeen stehen bereit. Eure Stunde ist gekommen. O Blauer Prinz, kommt, kommt zu uns!

Aber warum nenne ich Euch Prinz?

Schon bald seid Ihr kein Prinz mehr, sondern ein König!

Ja, stellt Euch vor, Ihr wärt Ejard Blau. Stellt Euch den Neid vor, die Verachtung, die Schande. Und dann die Erhabenheit. Die Schuldgefühle. Fragt Euch, ob es noch verwundern kann, daß Bruder Tranimel so triumphierend an die Macht zurückgekehrt ist ...

Aber natürlich ist das nur eine Interpretation.

25. Vornehme Gentlemen

»Schwertspiele?«

»Aber natürlich.«

»Reiten?«

»Selbstverständlich.«

»Schießen?«

»Unausweichlich.«

»Mal sehen ... Schlittschuhlaufen?«

»Friert nicht gerade der Riel während unseres Gesprächs zu?«

»Ein Offizierspatent? Vielleicht zu den Wachen?«

»Noch nicht. Mein Vetter ist noch zu jung.«

»Das sehe ich. Die Beine etwas weiter auseinander, Herr. So ist's gut.«

»Kaiser, könnt Ihr Euch an all das erinnern?«

»Ihr traut doch meinen Rechnungen, Meister Pelligrew?«

»Aber natürlich, Kaiser.«

»Dann traut auch meinem Gedächtnis.«

Jem schwieg während dieses Austauschs. Verwirrt konnte er nur sein Spiegelbild betrachten. Er stand nackt bis auf sein Unterhemd mit gespreizten Beinen da, während ein komischer Mann mit krausem Haar um ihn herumwuselte wie eine freundliche Spinne und mit einer Elle maß, stocherte und piekste. Manchmal murmelte der Mann mit sich selbst oder zählte geheimnisvoll etwas an den Fingern ab, aber er schrieb niemals etwas auf.

Pellam saß auf einem Tresen daneben und pfiff und rauchte, während er die Beine baumeln ließ. Er wirkte fröhlich. Draußen auf der Lund-Straße mitten im Herzen der Altstadt liefen geschäftig die Menschen hin und her. Der Himmel war grau, und es war kalt, und die Luft war erfüllt von den derben Rufen der Kutscher und Straßenhändler, vom Bellen der Hunde, vom Rumpeln der Kutschräder, die über die schlüpfrigen Pflastersteine holperten. Hier dagegen befanden sie sich in einer Oase aus Lampenlicht und schimmerndem Glas, erfüllt vom Duft nach erlesenem Tuch. Draußen erhob sich der Große Tempel, als würde er jeden Augenblick auf die Straße stürzen, aber hier drinnen befand sich ein Tempel ganz anderer Art, der Tempel der wahren Religion der Pelligrews.

Es war das Reich von Japier Quisto, dem Ausstatter des Königs, Agondons exklusivstem Herrenschneider.

»Man hat mir in meiner Jugend gesagt«, meinte Meister Quisto, »daß es zwei goldene Geschäftsregeln gäbe. Leider hat man mir damals noch nicht verraten, um welche es sich handelt. Jetzt jedoch, nachdem ich aus der Schande meiner Geburt zum, wie meine Herren mich gern nennen, ›Kaiser der Lund-Straße‹ geworden bin, darf ich vielleicht anmaßend sein und sie nennen. Die erste lautet: Verschmähe niemals Kundschaft aus dem Adel, und die zweite lautet: Vergiß niemals etwas! Und, Herr, ich vergesse nichts!«

»Ich weiß, Kaiser. Aber ich habe eine Liste … von Lord Empster persönlich geschrieben!«

Der Kaiser winkte ab. »Und selbst wenn es die Handschrift seiner Kaiserlichen Agonistischen Majestät wäre, würde ich sie mit Füßen treten! Kommt, meine jungen Herren – Kanonisches Schwarz? Hofblau? Opernanzug, Gartenanzug? Mittsommernachtsgewand? Festspielanzug? Gottesdienstanzüge für die einzelnen Meditationen? Leinen, zwanzig Sätze? Denkt Ihr, Meister Pelligrew, daß der Kaiser der Lund-Straße etwa nicht weiß, was ein Gentleman braucht?«

»Die Oper?«

»Das sagten wir bereits.«

»Verzeiht mir, Kaiser, stimmt. Nova, du kannst deine Kleidung wieder anziehen.«

»Kleidung?« meinte der Kaiser verächtlich. »Wohl eher Lumpen!«

»Also wirklich, Kaiser, es waren meine. Ihr habt sie selbst gemacht. Letztes Jahr.«

»Eben, Meister Pelligrew.« Der Kaiser faltete seine Elle zusammen und lächelte die beiden unterwürfig an.

»Pell, können wir gehen?« wollte Jem wissen.

Seine Stimme klang scharf. Es war das erste Mal, daß er sprach, seit sie das Geschäft betreten hatten, und die beiden Männer sahen ihn fragend an.

»Ich glaube, du solltest vorher lieber deine Hose anziehen, Nova.«

Jem lächelte, errötete und gehorchte schnell. Seit einigen Sekunden fühlte er eine merkwürdige Unruhe. Er hatte sein Spiegelbild betrachtet und war sich seltsam gebannt vorgekommen. Der Kaiser zählte die Gewänder eines Gentlemans auf, und Jem hatte gedacht: *Das bin ich. Das sind meine.* Aber wie konnte es sein? Wie Seiten in einem Daumenbuch zog sein neues, vornehmes Leben an ihm vorbei. Die Wrax-Oper, die Volleys, die Ollon-Lustgärten ... *Peng!* macht eine Muskete, und der Vogel fliegt von der Stange. Ein Schlittschuh fegt über den vereisten Riel ... *Klipp, klapp* machen die Hufe der Pferde im Park ... Gezierte, dick geschminkte Gesichter, gespitzte Lippen, die sich auf einen Handschuh hinabsenken. *Oh, Lady ... wie entzückend, Euch zu treffen.* ... Tiralos und Jarvel in einer gepolsterten Nische, jemand, der ein Kartenspiel mischt ...

Aber das alles ist falsch! Ist es denn meine Mission, ein mondäner Gentleman zu sein, ein verwöhntes Geschöpf in Seide und Spitze?

Jem umklammerte den Kristall an seiner Brust. Etwas stimmte nicht, es mußte so sein. Er hatte versucht, mit Lord Empster zu sprechen, aber irgendwie konnte er es nicht. Irgendwie konnte er der Hand, die ihn führte, nur gehorsam nachgeben, wie ein Schlafwandler. Wo war seine Vision?

Er drehte sich um und ging schnell zur Tür. Er brauchte die frische Luft der Lund-Straße. Doch in der Tür drehte sich Pellam noch einmal um.

»Ach, Kaiser?«

»Herr?«

»Ich wollte wissen, wie es Eurer Tochter geht!«

»Heka geht es gut. Sie wird diese Saison ihr Debüt geben.«

»Jetzt schon?«

»Ich weiß, was Ihr denkt. Alles nur Geschäft.«

»Nicht alles!«

Der Kaiser zuckte mit den Schultern. »Ich bin so begünstigt worden, Herr, daß ich mich so hoch erheben durfte, um an die Decke zu klopfen. Meine Tochter, so schmeichle ich mir gern, soll auf dieser Decke wandeln.«

»Eine edle Empfindung, Kaiser. Aber habt Ihr nicht Eure andere Tochter vergessen? Habt Ihr nicht noch eine andere?«

»Ich glaube, Ihr irrt Euch, Herr. Aber nein, Heka reicht mir völlig.«

»Merkwürdig. Ich hätte schwören können, daß Ihr zwei Töchter hattet.« Pellam lächelte, und nachdem er, wie er glaubte, genug höfliche Konversation betrieben und eine angenehme Stimmung erzeugt hatte, kam er auf den eigentlichen Grund zu sprechen. »Der Festspielanzug.«

Der Kaiser tippte sich an die Stirn. »Ich habe ihn auf meiner Liste.«

»Ich meine meinen.«

»Euren, Herr?«

Gelangweilt betrachtete Jem die Menschenmenge auf der belebten Straße. Es wurde dunkel, und der Turm des Tempels überragte die

Lund-Straße wie eine gewaltige, unheilvolle Bergspitze. Schon wurden Fackeln entzündet. Jem rieb sich die Arme. Von einem Fenster hoch oben streckte ihm ein Mädchen die Zunge heraus, und ein altes Mütterlein bahnte sich den Weg durch den dichten Verkehr, zwei jämmerliche Hühner an den Klauen in der Hand. Die gackernden Köpfe pendelten wild hin und her.

»Ihr habt Euren Kredit ein bißchen sehr strapaziert, Meister Pelligrew«, erklärte der Kaiser mit äußerstem Respekt.

»Das ist wahr, Kaiser. Aber ich habe einiges zu erwarten.«

»Alle jungen Gentlemen haben Erwartungen. Das ist ihr Charakteristikum. Aber wenn ich sie erfüllen soll, dann kann ich zumindest fordern, daß die Männer es wert sind.«

»Ihr seid ein harter Mann, Kaiser.«

»Aber doch sicher auch ein großzügiger?«

»Ich meinte großzügig.«

»So, also ein Opernanzug in ›Ejard‹, ja? Ein Sosenica-Anzug? Aber Ihr seid doch mit mir einig, daß eine Saison vollkommen genügt, für ... nun, für alles, was ein Gentleman trägt.«

»Aber selbstverständlich, Kaiser!«

Pellam konnte nichts dagegen tun, daß seine Augen übermütig funkelten.

Begeben wir uns zu einem kleinen Zwischenspiel in den Palast des Koros! Nein, nicht in die vornehmen Staatsgemächer. Erinnern wir uns, daß wir noch viel mehr gesehen haben als die Teile, von denen die vornehmen Leute wissen. Wir steigen in die tiefsten Verliese hinab, in die Kerker, die einen neuen Bewohner haben. Sie haben sie allein in eine Zelle gesteckt, und das ist auch gut so. Denn sonst wäre sie schnell vergewaltigt worden, von dem einen oder anderen Gentleman mit wucherndem Haar und einem grauen Bart, klauenartigen Fingernägeln und ähnlichem. Die Ladies hätten sie in Stücke gerissen und ihr die Augen ausgekratzt. Denn Maddy, die vollbusige, schlampige Maddy, ist eine Schönheit, eine wahrhaft himmlische Erscheinung in dem Dreck und der Widerwärtigkeit der Kerkerwelt.

Wie gierig seine Bewohner die Hände ausstrecken und bereit sind zu verrenken, zu zerstören und zu ruinieren. Die Entwürdigten müssen entwürdigen, das ist ein Naturgesetz!

Aber Maddy hat Glück, jedenfalls jetzt noch. In ihrer Einsamkeit, umgeben von Stroh, Steinen und Gestank, kann sie ein wenig nachdenken, sogar ein bißchen träumen, doch diese Träume lassen sie nur schluchzen und stöhnen. Viele, sehr viele hier unten, tun dasselbe, wenn sie von Ejard Blau träumen, aber Maddy träumt nicht von dem betrunkenen Saukerl, der sich vermutlich jeden Tag in eine ungeheure, bösartige Kröte zu verwandeln droht, die ihr Gift durch ihre stinkende Haut ausscheidet. Kann es sein, daß der König, selbst dieser König, Liebe geweckt hat?

Die arme Maddy wird langsam alt. Graue Strähnen zeigen sich in ihrem roten Haar, und ihre großen Brüste sind unangenehm gesprenkelt. Ihre letzte Rolle war wirklich eine ungeheure Ironie. Ein gefallenes Mädchen? Maddy Coda ist schon vor langer Zeit »gefallen«, wenn das bedeuten soll, daß ein Vorhang vor dem Fleisch sich geteilt hat. Aber sie ist keine Hure, auch wenn man sie so behandelt. Männer jedenfalls. Männer! Sie hat sie bis in ihre letzten Tiefen ausgelotet und nur ein kaltes, hohles Echo zurückbekommen, wie von einer leeren Trommel.

Aber auf ihrem langen Weg durch eine traurige, bittere Welt gibt es einen Mann, an den sich Maddy immer erinnert hat. Nein, keine häßliche, aufgedunsene Kröte. Ihr König ist ein junger Mann im Theater, edel und gutaussehend, der fasziniert zusieht, wie sie tanzt und singt. Sie hat sich sofort in ihn verliebt, in den wunderschönen, schüchternen Jungen, lange bevor sie wußte, welches Schicksal ihm bevorstand. Sie erinnert sich noch ganz genau an ihre erste, wundervolle Unterhaltung! Damals war »Blausie«, so nannte sie ihn, tatsächlich unbeholfen, und es dauerte sehr lange, bis er ihr Komplimente machte. Wie er errötete und herumstammelte! Sie wollte ihn schon auslachen, natürlich liebevoll und zärtlich, doch als er sich über ihre Hand beugte, um sie zu küssen, wallte eine plötzliche Leidenschaft in ihr auf und verschloß ihr die Kehle. Sie wollte ihn aufhalten, ihn mit Schlägen verjagen. Aber irgendwie konnte sie das nicht. In Wahrheit wollte sie es auch nicht mehr, nachdem er ihr den Spezialhandschuh abgestreift hatte.

Das hätte das Ende sein können. In diesem Augenblick hätte ein anderer Mann das Mal der Frau gesehen, die er, so dachte er, für einen kurzen Moment für eine Göttin gehalten hatte. Angewidert würde er sich wegdrehen und von Verrat murmeln. Vielleicht würde er allerhöchstens noch überlegen, ob die Forderung des Fleisches stark genug wäre, um dieses unglückliche, dieses bedauerliche ... Aber Blausie tränkte ihre Hand in Tränen, und dann, das war der Augenblick, den sie besonders verehrte, dann hob er seine eigene Hand vor ihre Augen, eine Hand, die genauso entstellt war wie ihre.

Ach Blausie, Blausie!

Jetzt, in der feuchten Dunkelheit des Kerkers, reibt Maddy an ihrer armen, zerstörten Hand. So viele Zyklen, so viele, und immer noch pochten die Nerven vor Schmerzen! Aber vielleicht spielt sich dieser Schmerz ja auch nur in ihrer Erinnerung ab ... Immer wieder sieht sie sich als kleines Mädchen, wie sie das Bier ihres Vaters verschüttet, als sie es zum Tisch trägt. Wie sie schreit! Wie sie jammert! Sie hatte doch so sehr versucht, vorsichtig zu sein! Aber trotzdem sank sie vor Scham auf die Knie und flehte kläglich ihren Vater um Vergebung an. Da sprang der Säufer auf und packte seine Tochter an ihrem pummligen Handgelenk. Von seinem Gürtel riß er das Kaninchenmesser und schnitt ihr den Finger ab wie ein Würstchen. »Das ist der erste, hörst du! Mach es noch mal, und du verlierst noch einen!«

Es war ganz gut, daß Maddys Vater ein paar Nächte später bei einem Unfall auf der Straße den Tod fand. Maddy erinnert sich noch, wie sie sich durch die Menschenmenge drängt, sieht die Flasche in seiner Hand, seinen Brustkorb, den zusammengedrückten Brustkorb unter dem Rad der vornehmen Kutsche.

Bevor er starb, küßte er sie noch auf die Wange und dann ihre bandagierte Hand und sagte, daß er nur wollte, daß sie ein gutes Mädchen war, das müßte sie doch verstehen, nicht wahr? Nicht wahr?

Natürlich, Papa, natürlich.

Die arme Maddy Coda! Man könnte noch viel über sie sagen. Aber bald, sehr bald, wird sie tot sein.

»Feste, Knappe!«

»Was?«

»Nova, pariere!«

»Ich versuch's ja!«

»Ich bring dich um!«

»Heh …!«

»Stirb, du rotrockiger Verräter!«

»Autsch!«

Jems Rapier fiel scheppernd zu Boden. Er selbst stürzte ebenfalls hin, und der Knall hallte laut in der Galerie wider. Er atmete schwer, betrachtete die Balken an der Decke und stellte sich tot.

Schon wieder tot!

Das Licht, das durch die langen Fenster fiel, tauchte ihn in ein Bahrtuch, das kalt war wie der bleiche Schnee auf den Straßen draußen.

»Ach, ich hab dich nicht mal angekratzt!« Pellam lachte und schob seine blaue Ledermaske zurück.

Jem richtete sich auf. Vorsichtig inspizierte er seine gefütterte Weste. Na gut, kein Kratzer. Aber es war ziemlich knapp gewesen. Er rappelte sich auf und seufzte. »Ich schaff es nie, Pell. Ich glaube nicht, daß du einen vornehmen Gentleman aus mir machen kannst.«

»Es gibt immer noch Pistolen!«

»Ich halte es kaum für ratsam, die zu benutzen!«

»Nun, das Rapier ist auch eher die Waffe eines Gentlemans. Komm, weiter.« Erneut schob sich Pellam die blaue Maske über sein strahlendes, gerötetes Gesicht. Trotz seiner gewandten Weltläufigkeit hatte er noch etwas von einem Jungen an sich. Die Ladies wollten ihn immer beschützen, jedenfalls behauptete er das.

Sein Rapier funkelte. »Denk dran, daß es nur eine Frage der Zeit ist, wann man dich herausfordert, Nova. En garde!«

Jem imitierte ihn und hüpfte auf seinen Fußballen herum. Hatte er sich jemals so lächerlich gefühlt? Hier stand er nun in der Fechtausrüstung eines vornehmen Gentlemans, mit gefiederter Kappe, Leber- und Schenkelschutz. Und das alles in Blau, Ejard-Blau! Merkwürdigerweise kam es ihm nicht einmal in den Sinn, daß Pellam vielleicht noch alberner aussah.

Jem bewunderte seinen plumpen Freund immer noch.

Zing, zing!

»Hat man dich denn schon einmal herausgefordert, Pell?«

»Zahllose Male! Hab ich dir vom Prinzregenten von Urgan-Orandy erzählt?«

»Ich glaube nicht!«

»Ein unbeholfener, provinzieller Bauer! Weißt du, er hat doch tatsächlich die Unverfrorenheit besessen, eine Beleidigung gegen ...«

Zing, zing!

»Eine Lady?«

»Wen interessieren Ladies? *Mich* hat er beleidigt! Er hat mich fett geschimpft! Na, du hättest ›Binkie‹ Urgan-Orandy sehen sollen ...«

Mit einer Ausführlichkeit, die kaum zu der Situation zu passen schien, begann Pellam eine lustige Geschichte zu erzählen, die etwas mit einem »Binkie« und seinem Appetit auf eine gewisse vornehme Hofdame zu tun hatte, die nichts von ihm wollte. Aber die Geschichte drehte sich vor allem um »Binkies« Leibesumfang. Es gab einmal eine Zeit, als »Binkie« in der Schule die Treppe hinuntergestoßen wurde und »gehüpft« war. Das beschworen alle Kameraden. Dann war da noch die Szene, als er im Gitter des Parks feststeckte oder als er sich bei Lady Cham-Charings Teeparty hinsetzte und seine Hose mit einem ungeheuerlichen, furzenden Geräusch zerriß!

Im Vergleich zu diesem Gewicht betrachtete sich Pellam Pelligrew nicht als fett, nicht mal als ein bißchen plump.

Aber Jem hörte kaum zu. Er kämpfte und fühlte, wie ihm der Schweiß herunterlief, als er einen beiläufigen – ja, beiläufigen! – Schlag nach dem anderen parierte. Wie konnte das Pell so leichtfallen? Jem konnte sich nur verteidigen und kam kaum zum Angreifen. Er bemühte sich, die Schläge seines Freundes abzuwehren, dabei spielte Pell nur mit ihm, das wußte er. Er bot ihm nur eine kleine, nette Spielerei. Es war höchst ärgerlich. Zu Jems Tagen als Vaga war alles so einfach gewesen. Aber damals hatte er auch nur ein Holzschwert gehabt, und damals war sein Gegner Rajal gewesen!

Zing, zing! Wie gern Jem plötzlich entflammt wäre, wie ein Held, ein meisterlicher Schwertkämpfer!

Wut rang in ihm mit einer aufkeimenden Verzweiflung!

Dann hörte er die Stimme. *Du versuchst es doch gar nicht, Jem. Du kannst Gentlemen nicht einfach in den Bauch schlagen, weißt du!*

Lord Empster!

Jem raffte alle Kraft zusammen. Sein geheimnisvoller Beschützer stand am Kamin und wärmte sich den Rücken. Wie konnte er so plötzlich hier auftauchen? Er war anscheinend gerade vom Palast zurückgekommen und trug Reitstiefel, aber Jem hatte keine Schritte auf der Treppe gehört. In seinem vornehmen Benehmen findet sich eine merkwürdige Vergänglichkeit. Er trägt immer seinen schwarzen Umhang, und manchmal hat Jem das Gefühl, daß er nur einmal den Umhang schwingen muß und schwupps ... ist er verschwunden. Und wie immer trägt er den breitkrempigen Hut und raucht einen Tobarillo.

Blaugraue Rauchwolken stiegen vor ihm auf wie eine Trennwand.

Wie ein Vorhang.

Mit spöttischem Mitgefühl betrachtete er sein Mündel, während er mit der lahmen Verwirrung eines Schlafwandlers zustieß und parierte, zustieß und parierte. Jem hielt sein Rapier, als wäre es schwer, als bestünde es tatsächlich aus Holz.

Seine Beine gaben nach, und er stolperte.

Komm schon, du hast Schlimmeres überwunden!

Erneut schlugen die Schwerter gegeneinander, aber als Lord Empster sprach, schien er kaum die Stimme zu erheben. Wie ein rauchiger Fühler glitt sie durch die Luft und drang sanft in Jems Bewußtsein ein. Manchmal dachte er: *Lord Empster ist immer da oder hält sich irgendwo in der Nähe auf ...*

Jetzt sprach Seine Lordschaft von der Waffe des Gentlemans, von der Tugend, der Weisheit und der Eleganz, die man darin findet. Einen Burschen mit einem wilden Pulverknall niederzuschießen, was ist das schon? Die schlimmsten Barbaren aus Ana-Zenzau können sich gegenseitig aus großer Entfernung in die Luft sprengen, wie Hunde! Aber die blitzende Klinge aus der Scheide zu ziehen, in diesem tödlichen Tanz herumzuschießen und sich zu drehen, dünne Klingen, die glitzern und blitzen und bereit sind, erregend, plötzlich in den Körper zu sinken ...!

Zing, zing! Jems Gesicht brannte. Sehr gut, soll er also ein Schwertkämpfer sein? Pellam hatte ihn an ein Fenster gedrängt. Jems Klinge war oben, senkrecht und wehrte sich mit einem quietschenden Schaben gegen die seines Freundes. *Jetzt könnte ich ihn treten!* Aber Jem war ja ein Gentleman. Er sprang zur Seite. Pellams Rapier zischte durch die unerwartete Leere ins Nichts, und die Spitze knallte quietschend gegen das Fensterglas.

Plötzlich gewann Jem die Kontrolle. Pellam wirbelte herum. Seine Wendigkeit überraschte Jem immer wieder. Pell war zwar plump, aber nicht schwer; er erinnerte eher an einen großen, bunten Ballon, der im Wind hier und dorthin hüpfte. Aber jetzt war es zu spät!

Zing, zing! Vielleicht war Pellam zu selbstsicher geworden. Mit einigen raschen Schlägen trieb Jem ihn zurück.

»Stirb, du schurkischer Blaurock!«

Das Rapier flog Pellam aus der Hand und segelte scheppernd über den polierten Boden.

»Ich muß schon sagen, Nova!«

»Besser?«

»Ziemlich!«

Triumphierend drehte sich Jem zu seinem vornehmen Beschützer um. Er wollte gelobt werden, das merkte er, wie von dem Vater, den er niemals kennengelernt hatte. Aber Lord Empster war fort. Nur eine Rauchwolke schwebte noch in der Luft.

»Wie macht er das bloß?« flüsterte Jem.

»Hm?« Pellam wischte sich den Schweiß von seinem rosigen, freundlichen Gesicht.

»Lord Empster. Wie er kommt und geht.«

»Empy? Ich weiß nicht, was du meinst, alter Junge. Ich würde sagen, du bist etwas überspannt, Nova. Weißt du eigentlich, daß du mich ›schurkischer Blaurock‹ genannt hast? Ich nehme an, du meintest doch wohl schurkischer *Rot*rock, hab ich recht?«

Jem lächelte. »Selbstverständlich!«

Aber er war beunruhigt. Der Triumph des Moments zuvor war abgeebbt. Jetzt runzelte er die Stirn, und diese merkwürdige Einsamkeit in ihm läutete wie eine Glocke.

Ach nein, es war nur die Uhr im Stockwerk darunter.

26. Kind der Oper

»Tante Vlad, es ist großartig!«

»Mein Liebes, habe ich dir nicht versprochen, daß du alle Herzen erobern wirst?«

Jeli öffnete ihren hübschen Mund. »Aber Tante, solch ein schönes Kleid! Es würde sogar der Königin Ehre machen!«

»Papperlapapp! In Orandy würde nicht einmal die vornehmste Dame in Goldbrokat gehen! Aber schließlich befinden wir uns im Herzen des Reiches! Du gibst bald dein Debüt! Ich möchte dir einen weisen Rat geben, meine Liebe, vielleicht das einzige, wichtigste, was ich in meinem langen Leben als Frau gelernt habe. Für eine Frau, vorausgesetzt natürlich, daß sie ein gewisses Mindestmaß an Schönheit aufweist, ist nichts so wichtig wie ihr Kleid. Eine Frau muß alles daransetzen, möglicherweise muß sie sogar ihre Tugend verkaufen, daß sie sich ihrer Bestimmung gemäß kleidet. Verstehst du, was ich meine, Liebes? Nicht für ihren wirklichen Platz in der Welt zieht sie sich an, sondern für das, was vor ihr liegt! Jetzt bist du noch ein einfaches Mädchen aus der Provinz, das kaum dem Gefängnis seiner Erzieherin entwachsen ist. Aber Jelica Vance, auf dich wartet eine große Bestimmung!«

Stolz wallte in Jeli auf. Noch vor kurzem hätten Tante Vladas Worte sie beunruhigt, aber wie weit schien das entfernt zu sein! Jeli fragte sich, welches Schicksal eine Frau schon erwarten konnte, wenn sie ihre Tugend verkaufen mußte, um es zu erfüllen. Aber das Mädchen hatte sich bereits an die weltmännische Art ihrer Tante gewöhnt. Jeli war letztlich auch nie ganz so unschuldig gewesen, wie sie immer gewirkt hatte. Zu Hause hatten viele hinter vorgehaltener Hand über diese schmutzige Geschichte mit »Binkie« Urgan-Orandy getuschelt. Waren sie nicht so gut wie verlobt gewesen? War Miss Jeli für eine Provinzheirat nicht geradezu prädestiniert gewesen? Ihre Mutter hatte ihren Namen tatsächlich bei Quicks vorgemerkt, aber nach ihrem Tod hatte Jelis Vater dies geändert. Beunruhigt von den Varby-Entführungen und noch beunruhigter von den Gerüchten bei Hofe, war der alte Mann entschlossen gewesen, seine Tochter wieder in die Provinz zurückzuholen. Sie sollte nicht herumstreunen! Aber als der Skandal mit dem Prinzregenten drohte, was blieb ihm da, als das Mädchen an den Hof zu schicken?

Von der oberflächlichen Mischpoke in der Hauptstadt interessierte sich niemand für Provinztratsch.

Jeli umarmte ihre Tante und betrachtete erneut das wunderschöne Kleid. In dem hellen Licht, das durch die Schlafzimmerfenster schien, glitzerte das Gold wie Sterne. Die beiden Frauen hatten in ihrer Wohnung schon die schönsten Kleider angehäuft, die die Hauptstadt zu bieten hatte. Hutschachteln und Einpackpapier, Juwelenkästchen und Schuhkartons bedeckten den gesamten Boden. Und dann dieses Kleid! Was für eine prachtvolle Überraschung! Nichts hätte Jeli mehr begeistern können! Ungeduldig schlüpfte sie in den glitzernden Stoff und stolzierte vor ihrer Tante auf und ab.

Plötzlich runzelte Tante Vlada die Stirn. »Aber meine Liebe, etwas fehlt noch!«

»Tante?«

Tante Vladas Augen glitzerten, und sie hob die Hände. Erst hielt sie sie zusammen und öffnete sie dann langsam. In ihren Handflächen lag eine wundervolle Rubinhalskette. Jeli schnappte nach Luft. Unmittelbar danach lagen die kühlen Steine um ihren Hals.

Sie schluchzte vor Freude und brach in Tante Vladas Armen zusammen.

Als sie an diesem Nachmittag den Tee einnahmen, erzählte Tante Vlada die Geschichte weiter, wie sie es versprochen hatte.

»Aber erst muß ich etwas von mir erzählen ... Oh, natürlich nur etwas Nebensächliches, meine Liebe, damit du *Uly* besser verstehst. Uly ist das Thema der Geschichte, die ich erzählen werde. Auch wenn ich noch so weit von ihr abzuschweifen scheine.«

»Nur Uly?«

»Allerdings Uly. Nicht ich.«

»Nicht einmal Marly?«

»Marly ist eine ganz andere Sache. Nein, ich fürchte, das ist die Geschichte von Uly, obwohl natürlich auch Marly ihre Rolle darin spielt.«

Die Geschichte von Uly

»Du mußt als erstes wissen, daß Uly nicht meine Schwester war. Genausowenig wie Marly. Allein der Gedanke daran hätte sie in Panik aufschreien lassen! Weißt du, meine Liebe, deine Tante Vlada war ein Bankert, ein Bastard, wie etwas grobere Zungen es ausdrücken würden. Allerdings gab es in ihrer Abstammung nichts, was jemand hätte mißbilligen können. Die Identität ihres Vaters war, wie die ihrer Mutter, nur zu gut bekannt.

Und genau das war der Skandal.

Ich erinnere mich noch daran, als die Mädchen und ich alt genug waren, um mit der Familie essen zu dürfen, wie mein Onkel Onty mich anstarrte, mit einem glühenden Blick, als könnte er mich allein dadurch verbrennen wie mit einem Vergrößerungsglas. Ich saß da und zitterte, während um mich herum verlegenes Schweigen lastete. Es dauerte so lange an, bis ein Lakai mit einem verlegenen Hüsteln vortrat, weil ein Fleischstück von Onkel Ontys Gabel zu fallen drohte.

Dann schüttelte der Onkel ernst den Kopf und sagte: *Dieses Kind hätte niemals geboren werden dürfen.* Das war alles. Nur: *Dieses Kind hätte niemals geboren werden dürfen.*

Armer Onkel Onty, mit seinem großen, ergrauten Kopf und seinen feuchten, gefleckten Lippen! Als ich am ersten Tag vor ihn trat, drehte er sich, angewidert von meiner dunklen Haut, ab und schrie, daß sie diese kleine *Zenzanerin* wegschaffen sollten! So nannte er mich danach immer: *Die kleine Zenzanerin.*

Und das bin ich vermutlich immer noch. Ja, meine Liebe, die Schminke hat mein Gesicht und meine Hände weiß gefärbt, aber unter diesem Putz fließt immer noch der Makel des Zenzau-Bluts.

Aber ist es wirklich solch ein Makel?« Eben noch hatte Tante Vladas Stimme melancholisch geklungen, doch nun war sie plötzlich verbittert. »Mein Onkel hat mich aus seiner Gegenwart verbannt, wie der Ur-Gott Orok seine eigenen Kinder verbannt hat! Selbst ich wußte damals schon, daß es falsch war. Konnte man mir den Vorwurf machen, daß ich existierte? Ich war von seinem Fleisch und Blut, seine eigene Frucht!«

Tante Vlada hielt inne und zündete sich einen Jarvel-Tobarillo an. Eine dichte Rauchwolke schwebte um ihre Schläfen, als sie sich auf dem Regentschafts-Sofa zurücklehnte.

»Mein Onkel war ein Händler, der durch den Handel mit den Zenzanern reich geworden war. Als ich in sein Haus kam, hatte er sich bereits zurückgezogen, und jeder Gedanke an seine Geschäfte war lange begraben. Aber er hatte nicht nur den Wunsch, persönlichen Reichtum anzuhäufen, sondern auch der Begründer einer großen Handelsdynastie zu werden. Sein Lebenswerk war es, eine Familie zu erschaffen. So drückte er es aus. Er war wohlhabend geworden. Und bald, so hoffte er, würde er auch in den Adelsstand erhoben werden. So wollte er sein Leben, das er als Sohn eines Straßenhändlers begonnen hatte, als Baronet beenden. Oder vielleicht sogar als Graf. Ich vermute, daß sein Ehrgeiz keine Grenzen kannte. Statt dessen jedoch endete alles in Verbitterung.

Und ich war das Symbol dieser bitteren Niederlage.

Verstehst du, meine Liebe, wenn eins für die Begründung einer Dynastie essentiell ist, dann sind das Nachkommen ... männliche Nachkommen! Nun, zufällig gab es einen Sohn. Aber mein Vater war für meinen Onkel eine bittere Enttäuschung. Leider galt von Anfang an sein Interesse am Handel nur den prächtigen, juwelengeschmückten Wrax-Raritäten, die mein Onkel aus der zenzanischen Hauptstadt importierte. Goldene Eier in goldenen Eiern, du weißt schon, solche Dinge. Verzierte Reichsäpfel, Kreuze und Kronen. Spiegel, Kamin- und Spieluhren. Ihr Wert war unermeßlich, aber mein armer Vater interessierte sich nur für ihre Schönheit. Natürlich sollte auch Schönheit seinen Untergang herbeiführen.

Man hätte vermutet, daß er Künstler werden würde, jedenfalls eine Art degenerierter Künstler. Statt dessen wurde er einer dieser verwegenen jungen Lebemänner, einer von den »Neu Agondon«-Typen, die den Hof der Königin-Regentin so schockierten. Ja, selbst den Hof der Königin-Regentin!

Aber natürlich kannst du dich nicht daran erinnern, Liebes.

Damals gab es keine ständige Wrax-Oper in Agondon. Diese Theatergruppe gastierte nur einmal in jedem Zyklus in Ejland. Als sie also 984 – oder war es 985? – kamen, hatte mein Vater sie natürlich noch nie gesehen. Nun, selbst heutzutage kann die Oper einem jungen Mann den Kopf verdrehen. Aber mein Vater ... meine Güte! Er war hingerissen, von den Kostümen, der Musik, den Pappschlössern, aber am meisten vom Charme einer gewissen Hartia Flay.

Du hast sicher noch nie von Hartia Flay gehört, nicht wahr? So geht es mit dem Ruhm! Er verweht wie Spreu im Wind. Ich frage mich, ob es wahr ist, was sie sagen, daß der Tod uns alle gleich macht. Kann selbst Hartia Flay für nichts existiert haben? Hat sie nichts hinterlassen? Wie oft hat mein Vater wohl verzückt dagesessen, als sie sang und ihre Stimme wie flüssiges Kristall in seine Ohren gedrungen ist? Wie oft hat er fasziniert auf die Diva von Wrax gestarrt, wenn sie auf Wolken (Allein diese Wolkenmaschine! Phantastisch!) herabgestiegen ist und das ›Lied vom Himmel‹ sang? Nachdem sie gesungen hatte, so sagte man, regnete es Rosen auf die Bühne, bis alles mit Blüten bedeckt war.

Leider erinnere ich mich kaum an sie, jedenfalls nicht wirklich. Ich rede mir gern ein, daß ich ihr Gesicht noch beschwören kann, aber ich kenne es nur aus dem Porträt in meinem Medaillon, dem Medaillon meines Vaters.

Sieh selbst, Liebes, hast du jemals eine Frau von größerer Schönheit gesehen?

Nachdem ich zu Onkel Onty gekommen bin, haben sie mir eingeredet, sie wäre eine Hure gewesen, eine schlimme, berechnende Metze, die das Leben meines Vaters ruiniert hätte. Manchmal habe ich geschluchzt. Es hat ihnen gefallen, wenn ich geschluchzt habe. Aber wenn ich schließlich in irgendeine heimliche Ecke geflüchtet bin, habe ich das Medaillon vom Hals genommen und sehnsüchtig das Bild meiner Mutter betrachtet. Dann schien sie vor mir zu erscheinen, hat die Arme ausgebreitet, und ich habe mich zärtlich an ihre parfümierten, weichen Brüste geschmiegt.«

Tante Vlada hielt inne und tupfte mit dem Taschentuch ihre Augen. Dann nahm sie Jeli mit einem Lächeln sanft das Medaillon weg, klappte es zu und fuhr fort:

»Hartia Flay! Einige behaupten sogar jetzt noch, daß es in der ganzen Geschichte der Wrax-Oper keine größere Diva gegeben hätte. Und in dieser Saison war sie auf dem Höhepunkt ihrer Kunst. Wenn sie Hofmas große Mädchen-Arie sang, sind die ganzen Hurenböcke angeblich zusammengebrochen und haben geheult. Konnte mein Vater ihr widerstehen? Wohl kaum. Er hat sich hoffnungslos in die vergewaltigte und sterbende Heldin verliebt, doch die wahre Hartia Flay, das sollte er noch herausfinden, war keine schmachtende Jungfrau.

Sie war eine Frau mit bemerkenswerten Fähigkeiten, so könnte man sagen. Wirklich bemerkenswert.

Aber meine Liebe, ich schockiere dich in deiner Ahnungslosigkeit! Es reicht, wenn ich sage, daß viele Frauenhelden, die gewohnt waren, die Herzen der Damen zu brechen, feststellen mußten, daß statt dessen ihre Herzen von Hartia Flay gebrochen wurden. Als diese Saison zu Ende ging und sie nach Wrax zurückkehrte, war es mein Vater, den sie mitnahm.

Ich wurde einige Mondleben später geboren.«

Jeli starrte bewundernd, fast neiderfüllt auf ihre Tante. Ein zenzanischer Bastard zu sein schien ihr plötzlich das Begehrenswerteste auf der Welt. Ein Kind der Oper! Nach ihrem Debüt wollten sie regelmäßig in die Wrax-Oper gehen, das hatte ihre Tante versprochen. Schon jetzt kam Jeli das große Gebäude am Aons-Tor wie ein rätselhafter Ort vor, und dabei war sie nur in der Kutsche des Erzherzogs daran vorbeigefahren. Sie stellte sich verzückt die Logen, die gepolsterten Sitze, die Edelleute in ihrem Putz vor, die sich durch besondere Lorgnetten gegenseitig musterten.

Tante Vlada hatte ihre Ungeduld nur noch angestachelt.

Draußen schneite es. Jeli streichelte Ring und tätschelte Rheen und lehnte sich dicht an ihre Tante. Ihre Liebe zu ihr war grenzenlos. Wenn sie sich vorstellte, daß eine kleine Zenzanerin eine so vornehme Lady geworden war! Welche Aussichten erwarteten dann wohl Miss Jelica Vance mit der schönen Haut einer Ejland-Rose?

»Und was passierte dann?« fuhr ihre Tante fort. »Oh, aber du bist nur ein Kind, Liebes! Wenn du schon genauso von der Last der Jahre niedergedrückt werden würdest wie ich, dann bräuchtest du diese Frage nicht zu stellen. Ich wurde im Zyklus 985 geboren. 986 kam Enders Hornlicht, ein Ereignis, das in den bitteren Annalen von Zenzau für immer unauslöschlich eingebrannt ist. Enders Hornlicht! Es war, als wenn die Zeit für immer enden würde und wieder von vorn anfing, als die Ejländer aus unseren Ländereien vertrieben wurden.

Vertrieben, ja, jedoch nur für eine kurze Zeit.

Aber ich war nur ein kleines Kind, das in dem Weihrauch der Wrax-Oper vor sich hin dämmerte. Wie konnte meine Unschuld noch mehr versüßt werden als durch diesen Sieg, den meine Eltern sichern wollten? Wie sich herausstellte, wurde sie nur sauer!

Später, Liebes, als ich im Haus meines Onkels lebte, hatte ich oft einen höchst merkwürdigen Traum. Es dauerte viele Jahre, bis er endlich verschwand. Hinterher bin ich immer verängstigt und zitternd aufgewacht. In meinem Traum befand ich mich weit oben in der Luft, wie ein kreisender Vogel, und sah benommen hinunter. Unten marschierte eine endlose Reihe von Männern in Rot, als wollten sie bis zum Untergang so weiterlaufen. Und die Trommeln schlugen dazu.

Jahre später, als ich nach Wrax zurückging, fand ich Elpetta, das alte Dienstmädchen meiner Mutter. Die arme Elpetta war damals nur noch ein verhutzeltes Weibchen, aber sie erinnerte sich noch gut an meine Mutter und liebte sie immer noch. Traurig erzählte mir Elpetta von ihrem letzten Tag, als die Rebellion zerschmettert war. Wir hatten uns auf dem Balkon von Mutters Wohnung versteckt, während Mutter verschwunden und Vater weggegangen war. Wir blickten auf die Straße hinab, über die die Ejländer durch die zerstörte Stadt marschierten. Natürlich trugen die Soldaten des Königs damals Rot, meine Liebe.

Ich darf sagen, daß alles gescheitert war. Die Rebellion und auch meine Kindheit. Meine Mutter wurde getötet. Die närrische Frau, was suchte sie an den Barrikaden? Nur in Vassinis *Der Krieg des Unergründlichen* sollte Hartia Flay eine Schlachtengöttin sein.

Mein Vater? Nun, ich sah ihn niemals wieder. Aber ich habe später erfahren, daß sie ihn nach Xorgos gebracht hatten. Mein armer Vater. Er überstand den Schmutz und die Ketten kaum einen Zyklus, und mein Onkel, mein schlimmer, dummer Onkel, versuchte nicht einmal, ihn zu retten!

Ich wurde mit den anderen Streunern zusammengetrieben und hätte wohl ebenfalls mein Leben früh beendet. Oh, ich kann mir mein Schicksal genau vorstellen! Eine Kindhure, wenn sie mich für hübsch genug hielten; ein Kind fürs Schweinehüten, wenn nicht. Welches Schicksal würdest du wählen? Hm? Tod in einer schmutzigen Gasse, innerlich verfault von einer Syphilis, die du dir von einem Soldaten geholt hast? Oder Tod in den öden Steppen Derkolds, wenn du in den Schnee sinkst und nicht mehr weiterarbeiten kannst?

Elpettas fünf Schwestern sind alle auf Königlichen Farmen ums Leben gekommen.

Ich hatte mehr Glück. Alle kannten das Kind der Oper, und wenn die Schande ihrer Geburt auch nur Abscheu verdiente, hatte sie doch etwas an sich, einen Charme, der ihr das Leben rettete. Vielleicht war es ein gewisser Abglanz des besonderen Zaubers ihrer Mutter.

Sie haben mich nach Agondon geschickt, um bei der Familie meines Vaters zu leben.«

Tante Vlada hielt inne. Anscheinend war sie in einen Tagtraum verfallen. Aber jetzt war es draußen vor dem Schlafzimmerfenster dunkel. Eine Magd erschien und zündete die Lampen an.

»Und wann hast du Uly getroffen, Tante?«

»Hm?« Tante Vlada riß sich gewaltsam aus ihrer Träumerei. »Oh, Liebes, ich habe nur wenig von Uly erzählt, stimmt's? Aber Uly muß warten. Komm, wir ziehen uns zum Dinner um.«

An diesem Tag sollte Tante Vlada nicht weitererzählen.

27. *Der Ball des ersten Mondlebens*

»Ein Wegelagerer? Oh, wie abscheulich!« rief Constansia Cham-Charing.

Allerdings wirkte sie etwas abgelenkt.

»Abscheulich«, stimmte ihr Sir Pellion zu und schwenkte seinen juwelengeschmückten Stock vage in der Luft. Der alte Mann schwankte ein wenig und setzte den Stock rasch wieder auf den Boden. Das war sein Glück, denn sonst wäre er über einen Lakaien gestolpert, der ein volles Tablett mit Rum-und-Orandy trug.

Hastig griff sich Lady Cham-Charing ein Glas.

Lady Margrave redete unbeeindruckt weiter: »Meine Töchter mußten sich ausziehen, vollkommen ausziehen ...«

»Was Ihr nicht sagt?« Der Prinz von Chayn kicherte; beim Ball des Ersten Mondlebens war er stets sehr schnell betrunken.

»Freddy, das meinte ich nicht! Wißt Ihr, daß der Bösewicht der armen Bindy selbst den letzten Ring abgenommen hat? Und Jammy, nun, sie war wochenlang völlig außer sich!«

»Also hatte man von ihr mehr verlangt?«

»Vielleicht ja weniger«, sagte Lord Empster. »Aber Freddy, ist Euch nicht klar, daß eine tugendhafte Frau selbst auf dem Wrax-Weg in Gefahr ist? Wenn schon diese wichtige Lebensader des Reiches zur Beute der Briganten wird, welche Gefahren müssen dann erst auf kleineren Straßen lauern?«

»Mein Lord, ich habe gehört, daß es keine größere Gefahr gibt als den berüchtigten Bob Scarlet.«

»Bob Scarlet? Was?« murmelte Lady Cham-Charing. Sie fächelte ihren gepuderten Brüsten Kühlung zu und warf besorgte Blicke auf die Tanzfläche. Immer im Kreis ging der Holluch-Reigen.

Wo war der kleine Fratz nur?

Lord Empster beugte sich zu Freddy Chayn hinüber. »Constansia«, flüsterte er, »glaubt, daß wir von einem kleinen Vögelchen sprechen. Kommt, Constansia ...«, er summte ein paar Takte, »wollt Ihr Euch nicht Bob Scarlet zur Brust nehmen?«

Es war ein altes Lied: *Bob Scarlet, niste in meinem Busen.* Vor einigen Zyklen war es das Lieblingsstück jeder jungen Edeldame gewesen, wenn man sie in Gesellschaft nötigte, sich ans Cembalo zu setzen. Generationen von jungen Damen hatten es bei Herrin Quick gelernt.

Aber es war ein armseliger Witz. Lady Cham-Charing murmelte Zustimmung, und die Gesellschaft lachte pflichtschuldigst. Nur hatte er wenig Konsequenzen. Die Lady verrenkte sich immer noch den Hals, während sie ihre Tochter suchte, und merkte gar nicht, daß sie zugestimmt hatte, den berüchtigten Gesetzlosen wie ein Baby an ihre Brust zu nehmen, der in den letzten Monaten den Wrax-Weg plagte.

Einfach alle sprachen von ihm.

Aber die Lady hatte andere Sorgen. Wo steckte sie bloß, ihre unbeholfene Tochter? Trat sie dem jungen Pelligrew auf die Füße? Oder noch schlimmer, fiel sie hin und zeigte allen ihre Unterröcke? Ach Tishy! Jedes Jahr fand das verflixte Mädchen eine neue Möglichkeit, sich unmöglich zu machen. Was für eine Bürde eine Mutterschaft sein konnte!

Der Holluch-Reigen endete in einem höflichen Applaus und heftigem Fächeln von Lady Cham-Charing. In dem Ballsaal des Palastes war es heißer als in der Hölle. Draußen war alles gefroren, selbst der Riel, aber trotzdem sehnten sich alle danach, die Fenster aufzureißen und die Türen zu öffnen. Über ihnen brannten in gigantischen Kerzenleuchtern zehntausend Kerzen. Glühten und tropften! Von unten erhoben sich die Dämpfe von fast genauso vielen Leibern, von perückten und korsettierten Körpern, die in unzählige Schichten von eleganten Kostümen gestopft waren.

Schminke lief Frauen und Männern gleichermaßen wie klebrige Glasur über das Gesicht.

»Ich würde sagen, daß der Tiralon als nächstes kommt, richtig?« meinte Freddy Chayn, während das Orchester neu stimmte. Er schwankte und beugte sich unverschämt über Lady Cham-Charings Schulter, um einen Blick in ihr Programm werfen zu können. Er kicherte. »Ihr werdet niemals erraten, mit wem ich verbunden bin.«

»Freddy, Ihr habt es Tishy versprochen!«

Freddy errötete. »Sollte ein Gentleman nicht den Mädchen helfen, die ihr Debüt geben? Miss Jelica Vance ist eine Wucht, wißt Ihr. Sagt mal, sie muß doch bei Quicks mit … Autsch! Lord Empster, Ihr habt mich getreten!«

Lady Margrave eilte zu Hilfe. »Und wie geht es Eurem jungen Mündel, Lord Empster?«

»Nova? Unter der Anleitung von Meister Pell gedeiht er, glaube ich, ganz gut.«

»Ich habe gehört, daß er schrecklich provinziell ist«, meinte Freddy.

»Nun, er kommt aus Chayn, stimmt's?«

»Autsch!« Freddy lachte und entfernte sich unter einem Vorwand.

»Pellam weiß nur Gutes über den Jungen zu berichten«, meinte Sir Pellion nachdenklich. »Der arme Pell, ich glaube, er brauchte etwas, das ihn ablenkte ...«

Der alte Gentleman brach ab und tastete nach seinem Taschentuch.

»Meine Güte!« sagte Lady Margrave.

»Freddy!« Errötend wandte sich Lady Cham-Charing wieder zu der kleinen Gruppe um. »Was, wenn ich Euch anbiete ...«

»Er ist gegangen, Constansia.«

»Ich nehme an, daß er nach einer Debütantin sucht? Ha! Und was ist mit den Mädchen, die schon ihr Debüt gegeben haben und auch nach vier Jahren noch keinen Galan gefunden haben?«

»Arme Constansia«, sagte Lord Empster freundlich. »Ihr seid etwas überspannt. Kommt, wir schnappen ein wenig frische Luft. Überlaßt das Mädchen einen Moment sich selbst. Sie ist alt genug. Leistet Ihr uns Gesellschaft, Sir Pellion? Euch bedrückt die Hitze doch auch, das merke ich.«

»Aye. Überlassen wir das Jungvolk seinem Vergnügen. Aber ich möchte unbedingt die diesjährige Auserwählte des Königs sehen. Es ist immer so lustig.«

Erneut errötete Lady Cham-Charing, denn der Höhepunkt dieses unendlich ausgedehnten Balles würde mit der Debütantinnen-Parade kommen. Dann marschierte der König wie ein General an der Reihe der Ladies entlang, die zum ersten Mal bei Hofe waren. Von diesen wählte Seine Hoheit eine besondere junge Dame aus, die er zum letzten Walzer führen würde. Früher einmal hatte es einem

Mädchen Glück gebracht, wenn sie die Auserwählte war. Mittlerweile jedoch war diese Sitte verfallen, denn alle wußten, daß die Auswahl nicht einmal vom Ersten Minister getroffen wurde, sondern von Herrin Quicks höchst zweifelhafter Gehilfin Goody Garvice. Es hielten sich die hartnäckigen Gerüchte, daß die Lady bestechlich war. Wie sonst wäre es zu erklären, daß in dem Jahr von Tishy Cham-Charings Debüt die Auserwählte keine andere war als die plattfüßige, rundschultrige Tishy höchstpersönlich?

Trotzdem hatte es ihre Karriere in der Gesellschaft nicht sonderlich vorangetrieben. Es war das Jahr gewesen, in dem sie hingefallen war und allen ihre Unterwäsche vorgeführt hatte, und der König, der schon reichlich Rum-und-Orandy intus hatte, war auf ihr kollabiert und hatte brünftige Bewegungen gemacht.

Die Höflinge hatten so getan, als wäre das eine höchst urbane Vergnüglichkeit gewesen.

»Du bist doch nicht müde, Liebes?«

»Aber nein!« rief Miss Jelica Vance.

»Weißt du, daß mehr Gentlemen, als ich aufzählen könnte, dieses goldene Kleid bewundert haben? Ich erkläre hiermit, daß du dein Programm viermal hättest füllen können, ach, was sag ich, fünfmal!«

»O Tante Vlad!« Das Mädchen umarmte seine neue Beschützerin. »Ich habe noch nie einen so wundervollen Abend erlebt. Und es gibt keine so wundervolle Tante wie dich!«

Tante Vlada lachte, küßte das Mädchen rasch und sagte: »Komm, mein Liebes, verschwende deinen Charme nicht an eine alte Frau. Da kommt der Prinz von Chayn!«

Jeli drehte sich entzückt um, als die Vision männlicher Pracht funkelnd auf sie zuschwankte und den Arm in einer vollendeten Aufforderung schwenkte. Das Orchester begann gerade den Tiralon.

»Meine liebe Lady Flay«, begann der Prinz galant, »wie könnt Ihr dieses vornehme Geschöpf so lange vor uns versteckt gehalten haben? Wenn sie nicht die Auserwählte des Königs werden sollte, dann erkläre ich hiermit, nun, ich will dann wissen, warum nicht!«

»Fürchtet nicht, sie wird es werden«, stieß Tante Vlada hervor. Sie selbst bot ebenfalls einen großartigen Anblick, mit ihren grünen Federn und den Smaragden. Aus einiger Entfernung hätte man sie für eine verwöhnte junge Schöne halten können, die sich gerade erst auf das größte Abenteuer einer Frau eingelassen hatte.

Sie lächelte nachsichtig, als die jungen Leute zur Tanzfläche gingen.

An der Wand hinter ihr saßen zwei altersschwache Geschöpfe unbestimmbaren Geschlechts nebeneinander in Rollstühlen. Das eine war fast blind, das andere taub, und die Pocken hatten die Nasen der beiden zerfressen. Da sie nicht mehr in der Lage waren, anderen Vergnügungen zu frönen, kauten sie genüßlich den Klatsch des Hofes wieder, und zwar in einer solchen Lautstärke, daß es selbst die Ohren ihres Opfers erreichte.

»Ich nenne es widerlich. Daß man dieses zarte junge Mädchen einfach dieser Viper vor die Fänge wirft!«

»Wohl kaum die Fänge, oder?«

»Da kann man nicht sicher sein. Wußtet Ihr, daß das Pelligrew-Mädchen noch leben würde, wenn sie nicht gewesen wäre? Der arme Sir Pellion bringt es nicht einmal über sich, mit diesem Weib zu sprechen!«

»Tatsächlich? Aber wirklich, was für ein Narr muß er gewesen sein, seine Tochter einer gewöhnlichen Prostituierten anzuvertrauen!«

»Sie ist wohl kaum eine gewöhnliche Prostituierte, oder?«

»Noch schlimmer. Sie ist eine Zenzanerin!«

»Meine Güte. Wenn die Zenzaner rebellieren, schicken wir eine Armee. Brauchen wir denn auch eine Armee für Vlada Flay?«

»Man hört, daß sie eine sehr anspruchsvolle Frau sein soll.«

»In der Tat. Diese Affäre ... mit wem soll sie sie noch haben?«

»Mit dem Erzherzog von Irion!«

»Irion? Dann ist das aber eine sehr alte Flamme, die wieder hell lodert!«

»Nein, wirklich! Ist das so?«

»Freund, wenn Ihr so alt seid wie ich, dann solltet Ihr wissen, daß sich die Geschichte stets wiederholt, immer und immer wieder.«

»Dann wünschte ich, daß meine Jugend noch einmal käme. Spielen sie gerade die Lexion-Polonaise?«

»Nein, den Tiralos.«

»Ach, aber die Farben sind so langweilig geworden!«

Vlada Flay lächelte nur. Dann schnappte sie einen Blick von der andere Seite des Raums auf, und ihre Miene verhärtete sich plötzlich.

»Ist es groß?«

»Was?«

»Chayn.«

»Massiv.«

»Wohl auch reich, hab ich recht?«

»Es ächzt vor Messing. Ich meine natürlich Gold. Das war doch nicht Euer Fuß, oder doch?«

»Aber nein, Prinz.«

»Nennt mich Freddy. Na ja, eine Fete wie die hier wäre nur mit einem gewöhnlichen kleinen Bauernvergnügen in Chayn zu vergleichen. Und diese Adligen? Bauern! Die Kostüme? Bloße Lumpen!«

»Wirklich? O Prinz, Ihr tanzt erschreckend gut.«

»Freddy. Nein, Mädchen, ich bin ein schamloser Lügner. Es ist ein winziges kleines Loch, wirklich. Und so provinziell wie ... na ja, wie Ihr es Euch nur vorstellen könnt.«

»Nein, wirklich?«

»Wirklich. Na ja, ich kann kaum behaupten, daß ich in den letzten Zyklen dort viel Zeit verbracht habe.«

»Aber Ihr seid der Prinz.«

»Das ist ein uralter Titel. Leider nur ein hohler Titel. Die Macht ist an das Reich übergegangen, und zwar schon vor ... ach, vor Epizyklen. Natürlich unter uns, meine Teure, ich bin genauso ein Prinz, wie eure ... ehm, Tante Vlada eine vornehme Dame ist. Ihr versteht, was ich meine?«

»Prinz, ich bin nicht sicher.«

»Freddy, nennt mich Freddy. Und mein Name bringt mir keinen roten Heller ein. Aber ich finde, Ihr seid ein umwerfendes Mädchen, wißt Ihr das?«

»Autsch, mein Fuß! Freddy, wie ist der König?«

Nun, das war eine Frage, auf die man keine schlagfertige Antwort geben konnte. Jedenfalls keine, wie Freddy sie normalerweise gab. Ach, diese Mädchen, diese Debütantinnen! Am Anfang lag in allem, was sie sahen, Magie. Sie waren überwältigt, und ihre kleinen Hirne drehten sich voller Staunen über die Lichter, die Musik und die Menschen. Dann kam die kurze Pause, in der sie sich umsahen und anfingen, die Dinge zu sehen, wie sie wirklich waren. Sie würden bemerken, daß der Ballsaal altmodisch und häßlich und seit der Zeit der Königin-Regentin nicht mehr renoviert worden war. Die Tapete hatte eine orangebraune Farbe, ausgeblichen und schmutzig von der Zeit und dem Rauch.

Und der König? Sollte das Mädchen doch selbst feststellen, wie der König war! Angeblich kippte er immer mehr Rum-und-Orandy in sich hinein, seit seine alte Geliebte, diese Hure, von den Wachen abgeführt worden war. Aber wirklich, was war dem Ersten Minister anderes übriggeblieben?

Die arme, arme Miss Vance! Freddy graute wirklich vor der Debütantinnen-Parade.

Ich weiß, daß du hier bist.

War das alles, was dieser lange, verschleierte Blick bedeutete? Durch jeden Spalt in der gewaltigen Menge brannten sich diese Augen in die der Priesterin Hara – oder vielmehr Vlada Flay. Sie erwiderte den Blick ungerührt.

Wird mein Plan funktionieren? Das steht in den Sternen. Hast du nichts anderes zu sagen, alter Gauner?

Dann drehte sich Lord Empster zu seiner kleinen Gruppe um, als die sich in die behagliche Vorhalle zurückzog. Die Priesterin, doch nein, wir wollen sie weiter Vlada nennen, hätte beinahe lachen müssen. Seine Gruppe! Dieses Miststück Lady Cham-Charing, die dumme Lady Margrave und der tattrige Sir Pellion.

Und du, ein respektabler Höfling. Kein Geringerer als der vertraute Intimus von Tranimel. Und sonst noch? Was würden sie sagen, wenn sie wüßten, wer du bist?

Diese Gedanken flogen sengend durch die überfüllte Halle.

Doch dann wurde Vlada Flays Miene wieder weich, und das Wesen, das dieses Gesicht trug, wandte seine Aufmerksamkeit wieder seinem jungen Mündel zu. Auf und ab und hin und her tanzte und drehte sich Jeli mit weiblicher Grazie. Ach, und dabei war sie noch ein Kind!

Vlada seufzte. Sie mochte das Mädchen, das konnte sie nicht leugnen. Vielleicht erkannte sie ja in ihr etwas von sich selbst wieder und empfand deshalb Zärtlichkeit für das Kind. Aber Jeli war dennoch ein Instrument, ein Instrument, das sie bedienen mußte.

Das würde Vlada Flay nicht vergessen.

Es war sehr leicht gewesen, das Vertrauen des Kindes zu gewinnen. Die kleine Miss Vance war so unschuldig wie der neue Tag, trotz all ihres Getues. Unschuldig und eitel. Unschuldig genug, um nur die Weltklugheit in einer Frau wie Vlada Flay zu sehen, und eitel genug zu glauben, daß sie mit ein bißchen Übung dieselbe Klugheit erreichen könnte.

Nun, vielleicht konnte sie das ja auch. Mehr hatte sie ohnehin nicht zu bieten.

Jeli schien sich ihrer eigenen unsicheren Stellung in der Welt überhaupt nicht bewußt zu sein. Sie hatte keine Mutter, war in diesem entsetzlichen Internat untergebracht worden und hatte offenbar niemals begriffen, daß sich niemand um sie kümmerte. Vlada hätte beinahe gelacht. Nur ein Besuch bei Jorvel, einem alten Liebhaber von vor vielen, oh, zu vielen Zyklen, hatte genügt, damit sie seine Nichte in die Hände bekam, und zwar serviert auf einem Silbertablett.

Ich mache mir solche Sorgen um das Mädchen, Jorvel. Wie will sie ihr Debüt auf der Bühne der Großen Welt geben, wenn sie unter der Fuchtel einer engstirnigen, tattrigen Erzieherin steht?

Einen Moment hatte Jorvel sich gewehrt, sich aus dem Sumpf seines grenzenlosen Egoismus gestemmt. *Du hast dich verändert, Vlada.* Hatte sie das wirklich? Sie hatte immer für die gerechte Sache gefochten. Und wenn Jorvels Mädchen ein Werkzeug dieser Gerechtigkeit sein mußte, dann sollte es so sein!

Vlada hatte ihr Taschentuch herausgezogen. *Ich bin eine Frau, die mit den Jahren milde geworden ist, Jorvel. Und meine Tränen ... zu viele. Wirst du mir eine Möglichkeit geben, meine unerfüllten mütterlichen Sehnsüchte auszuleben, jetzt, da man mir meine teure Pellicent genommen hat?*

Zwei junge Männer stehen in einer Ecke, beide mit gewaltigen Perücken. Der eine ist vielleicht ein bißchen zu fett, der andere zu dürr. Aber der Fette trägt ein schweres Korsett, und der Dünne hat seine Kleidung, in der ein wenig, das muß man zugeben, deplaziert wirkt, ausgestopft. Er hat kaum getanzt, steht an der Wand und betrachtet die Menschenmenge und den Glanz um sich herum eher alarmiert. Er ist nur ein Junge, fast noch unschuldig. Kann es sein, daß er ein Vetter vom Lande ist? Den ganzen Abend über hat er sich kaum bewegt. Der Fette dagegen ist gerade von einem Tanz mit einer jungen Dame zurückgekehrt und findet seinen Freund noch an derselben Stelle vor, in derselben Haltung, während er eifrig einen Becher Punsch hinunterstürzt.

DICK: Ich sag dir, paß mit diesem Rum-und-Orandy auf!
DÜNN: Mir ist heiß.
DICK: Ich bin aber der, der hier tanzt. Oh, diese Tishy Cham-Charing ist mir ständig auf die Füße getreten. Aber dein Onkel hat darauf bestanden.
DÜNN: Ich habe das Gefühl, daß du immer das tust, was mein Onkel will, Pell. Was hältst du von ihm?
DICK: Empy? Ein toller Bursche!
DÜNN: Weißt du, manchmal habe ich das Gefühl, als könnte ich ihn erkennen. Ganz deutlich. Verstehst du, was ich meine?

DICK: *(packt seinen Arm)* Ich kann dir nicht folgen, Nova. Komm jetzt, bleib nicht die ganze Zeit hier im Schatten stehen.

DÜNN: Hier ist kein Schatten.

DICK: Hier sind Wände. Wir müssen promenieren, Nova! Du bist ein schüchterner Kerl, stimmt's? Das müssen wir dir austreiben, wenn du in der Gesellschaft von Agondon glänzen willst!

DÜNN: Ich bin nicht sicher, ob ich das möchte!

DICK: Unsinn! Das wollen wir alle. Du bist einfach nur ein bißchen provinziell, das ist alles. Aber bist du denn in Chayn, daher kommst du doch, nicht auf Bälle gegangen?

DÜNN: Doch, einmal.

DICK: Nur einmal?

DÜNN: Es war sehr provinziell.

DICK: Laß das nicht Freddy hören! Aber hast du da denn nicht die ganze Nacht getanzt?

DÜNN: Ich habe in einer Ecke gesessen.

DICK: Nova, das glaube ich dir nicht! Ich wette, du hast in dieser Nacht die Hand einer jungen Lady gehalten.

DÜNN: *(errötend)* Nun gut, ich habe die Hand einer jungen Lady gehalten.

DICK: Oder auch die von zweien?

DÜNN: Für mich gab es nur die eine. Pell, wer ist dieses Mädchen?

DICK: Die mit deinem Prinzen tanzt?

DÜNN: Meinem Prinzen?

DICK: Freddy Chayn! Also wirklich, Nova. Das ist Miss Vance. Die Nichte des Erzherzogs von Irion, weißt du das nicht?

DÜNN: *(eindringlich)* Irion?

DICK: *(beiläufig)* Hm. Einige sagen, sie wird dieses Jahr mit Sicherheit die Auserwählte des Königs werden. Weißt du, daß Ihr Programm vom ersten Tanz an voll gewesen ist? Ganz im Unterschied zu dem der armen Tishy Cham-Charing! Also Nova, dir fallen ja gleich die Augen aus dem Kopf! Komm schon, wir sind hier nicht in Chayn.

DÜNN: Was?

DICK: Diese Provinzler! Das hier ist das Haus des Königs!

DÜNN: *(schwankt)* Wann kommt er denn? Der König, mein ich.

DICK: Erst am Ende. Großvater sagt, früher hat er die ganze Zeit auf dem Ball getanzt. Ich meine den König. Ich meine den König, den wir damals hatten.

DÜNN: *(hört auf zu schaukeln und sinkt wieder an die Wand)* Hast du die Farbe dieses Papiers bemerkt?

DICK: Was?

DÜNN: Die Farbe der Tapete?

DICK: Orange, na ja, braun.

DÜNN: Sie ist rot, Pell. Ausgeblichen und verfärbt vom Rauch. Warum ist dieser Palast wohl so schäbig, was meinst du?

DICK: Schäbig? Er ist großartig. Wirklich, das ist ein Ding für einen Burschen aus Chayn! Weißt du eigentlich, Nova, daß du manchmal sehr komisch dastehst?

DÜNN: Was meinst du damit?

DICK: Als wenn du ein ... ich weiß nicht, ein Krüppel wärst, der sich auf Krücken stützt. Ich nehme an, das ist typisch provinziell. Ich würde sagen, daß Miss Vance die Schöne des Balls wird. Und ich muß die ganze Zeit mit Tishy tanzen!

»Uh, es ist kalt!«

Constansia Cham-Charing rieb sich die nackten Arme. »Wirklich, Constansia! Wenn wir Euch wieder hineinbegleiten, ist es Euch doch nur zu warm.«

»Mathanias, Ihr seid so ärgerlich praktisch!«

Lord Empster lächelte. Aber es stimmte, in der Vorhalle war es tatsächlich so kalt, wie es im Ballsaal heiß war. Der Saal befand sich in einem der ältesten Teile des Palastes. Er war angeblich sogar einmal die Große Halle des Aon Eisenfaust gewesen und kaum für zivilisierten Gebrauch geeignet. Und diese Vorhalle war seit, ach, seit der Zeit von eben diesem Aon Eisenfaust nicht mehr renoviert worden!

»Ich glaube, es liegt an diesen Rüstungen an der Wand«, meinte Lady Margrave. »Sie wirken kaum sonderlich heimelig, hab ich recht?«

»Ich mache eher die unverhüllten Schießscharten dafür verantwortlich«, sagte Lord Empster.

»Diese Steinbänke!« trug auch Lady Cham-Charing ihren Teil bei.

Sir Pellion schneuzte sich vernehmlich in sein gewaltiges Taschentuch.

»Mir wäre etwas Hübsches zum Hängen lieber«, fuhr Lady Margrave fort und betrachtete finster die kahlen Wände.

»Das hätte auch Euer Ehemann sagen können, teure Lady!«

»Also wirklich, Lord Empster! Ihr wißt sehr gut, daß ich an einen Vorhang gedacht habe! Was für ein Unsinn! Mein Ehemann ist in einer gefährlichen Mission unterwegs, und Ihr sprecht trotzdem so respektlos über ihn!«

»Ziemlich respektlos, Mathanias«, meinte Lady Cham-Charing und nippte an den Resten ihres Rum-und-Orandy. »Ich bezweifle, daß Lord Margrave jemals jemanden gehängt hat. Er ist Inspektor der Verliese, nur ein Inspektor, ist das nicht so, Elsan?«

Lady Margrave erhob sich von der unbequemen Bank. »Constansia, Ihr setzt meinen Ehemann deutlich herab. Ich kann Euch versichern, daß er mit weit schwerwiegenderen Aufgaben betraut ist, als Ihr Euch vorstellen könnt. Man hat ihn in den Tarn geschickt!«

»In den Tarn?« Lady Cham-Charing dachte einen Moment darüber nach, während ihr Gesicht deutlich Farbe bekam.

»Ist Euch jetzt wärmer, Constansia? Einer Eurer Freunde wurde doch in den Tarn ins Exil geschickt, stimmt das nicht?«

»Domherr Feval ...«

»Oh, er ist mittlerweile bestimmt Schriftgelehrter! Ich frage mich, ob er immer noch so eine kleine Klatschbase ist. Vermutlich bietet sich ihm in den Provinzen nicht soviel Gelegenheit! Oder spekuliert er auf die Gunst irgendwelcher Milchmädchen?«

Lady Cham-Charing ging nicht darauf ein.

»Domherr Feval«, sagte sie nachdrücklich, »ist nicht ins Exil geschickt worden, Mathanias. Ihm wurde nur die Möglichkeit gegeben, seine Karriere voranzutreiben. Etwas Nützliches zu tun.«

»Zur Abwechslung.«

»Sehr gut, zur Abwechslung.«

Lord Empster lächelte. Jeder wußte, daß Eay Feval Constansia mit einem der Gerüchte gegen sich aufgebracht hatte, die er so fleißig in die Welt setzte. Immerhin bekleidete Constansia eine gewisse Position: Sie war eine Tempel-Lady. Eine fromme Dienerin des Herrn Agonis. Sie konnte kaum hinnehmen, daß die Leute glaubten, ausgerechnet sie wäre die Mutter eines Bastards!

Ob das stimmte oder nicht, wußte niemand genau. Aber ihr Zorn war so groß, daß dem Erzmaximus keine Wahl blieb, als Feval in die äußerste Provinz zu verbannen. Constansia hatte triumphiert, aber es war trotzdem ein wenig ehrenhaftes Kapitel in ihrer gesellschaftlichen Karriere. Manche allerdings waren froh, daß Feval endlich verschwunden war. Das war auch nur verständlich. Er war ein Narr und ein Snob und gleichzeitig eine Klatschbase, zerpflückte die Charaktere und den Ruf von anderen, während er gleichzeitig verzweifelt versuchte, seinen eigenen dürftigen Status zu verbessern.

Wer war er überhaupt? Der Sohn von irgendeiner verarmten, kranken alten Edelfrau. Ha, er war ein Niemand! Aber wenn es auch viele gab, die froh waren, ihn nicht mehr sehen zu müssen, gab es ebenso viele, die ihrem gutaussehenden geistigen Ratgeber hinterhertrauerten und der Verursacherin seines Ruins ewige Feindschaft schworen.

Die arme Constansia! Was war sie nur für eine Närrin gewesen!

»Was? Was?« Sir Pellion war eingedöst. Die kleine Gruppe hätte sogar annehmen können, daß er tot war, wenn sie überhaupt auf ihn geachtet hätte. Jetzt richtete er sich auf und stürzte sich auf Constansia. »Euer Ehemann ist ins Exil geschickt worden?«

Lord Empster seufzte. »Constansias Ehemann ist seit vier Zyklen tot, Sir Pellion, wie Ihr wohl wißt. Es ist Lady Margraves Ehemann, der exiliert wurde!«

»Nein! Meine Ärmste!« Der alte Gentleman packte die Hand der Lady und schnupperte daran. Seit dem Tod seiner Tochter baute er geistig wirklich enorm ab. »Welche Ungerechtigkeiten fügt diese Welt uns zu. Man sagt sogar, daß sie wieder für einen Krieg rüsten!«

»Mein Ehemann ist nicht im Exil!« erklärte Lady Margrave und riß ungnädig die Hand weg. Sie wollte schon die edle Mission ihres Ehemannes lang und breit ausführen, wenn es nur jemanden interessiert hätte. Statt dessen trat Lord Empster dicht an den alten Gentleman heran und fragte ihn, ob er vielleicht Opfer irgendwelcher verräterischen Gedanken geworden sei.

»Nennt Ihr denn den Feldzug gegen die Zenzaner eine Ungerechtigkeit? Wie kann das sein, wenn diese Rebellen geschworen haben, niemals zu ruhen, bis sie Wrax wieder eingenommen haben?«

Sir Pellion bekam plötzlich Angst. »Das habe ich kaum gemeint. Ihr ... ihr habt mich mißverstanden.«

Der alte Gentleman zog erneut sein Taschentuch heraus.

»Mathanias, Ihr seid grausam«, tadelte Lady Cham-Charing.

»Grausam? Ist nicht die Loyalität eines jedes Ejländers etwas, worum man sich Sorgen machen muß?«

Lady Cham-Charing sah ihn gelassen an. Sie kannte Mathanias Empster seit, sie hatte vergessen, wie lange sie ihn schon kannte, und doch gab es Momente, wo sie nicht mehr wußte, wie sie ihn nehmen sollte. Sie wußte es ganz und gar nicht. Sie hätte vielleicht etwas gesagt, aber in dem Augenblick stürmte ihre arme Tochter aus dem Ballsaal.

»Mama, da bist du ja! Wie konntest du mich allein lassen? Oh, Freddy, Freddy!« Sie schluchzte und warf sich ihrer Mutter an die Brust.

»Meine Güte«, meinte Sir Pellion schnüffelnd. »Was hat das arme Kind denn nur?«

»Es ist Freddy«, sagte Lady Margrave. »Er tanzt nicht mit ihr.«

Dazu gab es nicht viel zu sagen, aber Sir Pellion schneuzte sich erneut und sagte vollkommen sachlich: »Aber mein armes Kind, du bist häßlich. Du bist wirklich ein fürchterlich häßliches Mädchen!«

»Also wirklich, dieses Goldkleid!« zischte jemand. »Was glaubt sie wohl, bringt es ihr?«

»Ich weiß, was sie glaubt. Aber sie irrt sich. Ich habe sie immer für häßlich gehalten.«

»Sie war immer so überheblich zu der armen Pelli Pelligrew!«

»Ja, nicht? Und zu der armen Catty auch.«

»Catty? Wo ist Catty Veeldrop eigentlich?«

»Hast du nicht gehört? Sie hat schon geheiratet!«

»Eine Theron-Hochzeit? O nein!«

»Irgendeinen ungeschlachten Burschen aus Orandy, sagt Jeli.«

»Die dumme Catty! Aber hast du das von Heka Quistos kleiner Schwester gehört?«

»Jilda? Ist sie auch verschwunden?«

»Sie haben versucht, es unter den Teppich zu kehren. Aber ich habe gehört, daß sie entehrt worden ist!«

»Nein!«

Die Mädchen kicherten herzlos. Die vornehmen Blümchen von Madam Quick glitzerten und strahlten in ihren großartigen Ballkleidern. Sie standen in zwei langen Reihen in der Mitte des Ballsaals und warteten auf die Ankunft Seiner Kaiserlichen Agonistischen Majestät. Es war ein langer Abend gewesen, und wenn einige Blümchen schon ein wenig verwelkt waren, bemühten sie sich nach Kräften, es zu verbergen. Dies hier war ihre Prüfung, der entscheidende Moment. Alle Blicke ruhten auf ihnen. Ernste Gesellschaftsdamen flatterten um ihre Lieblinge, schwangen Puderquasten, glätteten Röcke und kratzten Wachs von den Kleidern, das von den Kerzenleuchtern heruntergetropft war. Das Orchester auf der Bühne im Hintergrund war verstummt, und nur das Gemurmel der erwartungsvollen Gäste erfüllte den riesigen, hohen Raum.

»Tante Vlad«, flüsterte Jeli. »Ich habe so eine Angst!«

»Mein Liebling, laß mich dich noch einmal küssen! Du weißt doch noch alle Schritte, nicht wahr? Und auch den Knicks? Natürlich weißt du es. Sieh nicht so besorgt drein! Der Abend heute ist ein großer Schritt zu einer brillanten Karriere.«

»Tante, bist du sicher?«

»Sicher? Sieh dir diese langweiligen Gänse an, und blicke dann auf dich!«

»Es ist immer wieder aufregend, nicht wahr?« ertönte eine Stimme im Hintergrund.

Constansia Cham-Charing versteifte sich unwillkürlich. Elsan Margrave hatte ihren Arm ergriffen und drückte ihn fest.

»Erinnert Ihr Euch noch an Euer Jahr, Constansia? König Jagenam war damals der Prinz im Wartestand, war es nicht so? Erinnert Ihr Euch noch an die prachtvolle Königin-Regentin auf dem Thron, als ihr Sohn vor den wartenden Schönheiten auf und ab ging? Wer hätte gedacht, daß er mich auswählen würde?«

»Das hat er nicht, Elsan.«

»Er ist jedenfalls lange genug vor mir stehengeblieben! Erinnert Ihr Euch noch daran, daß er ganz verträumt geschaut hat?«

»Wie schade, daß Ihr Euch statt dessen mit Eurem Ehemann begnügen mußtet!«

»Constansia, also wirklich! Aber wen hat der verstorbene König denn damals auserwählt?«

»Kommt schon, Elsan, erinnert Ihr Euch wirklich nicht? Ihr wart doch noch lange danach grün vor Neid! Es war Lolenda Mynes, hab ich recht?«

»Lolenda! Aber sie hat danach nicht viel erreicht, stimmt's?«

»Sie hat den Erzherzog von Irion geheiratet!«

»Jorvel Ixiter? Seid nicht albern!«

»Seinen Vater, Elsan. Er ist vor einigen Jahren gestorben. Sie übrigens auch, oder nicht?«

»Ach Constansia!« jammerte Lady Margrave. »Wie konnten wir nur so alt werden!«

»Ihr seid betrunken, Elsan! Und jetzt haltet den Mund! Da kommt Seine Majestät!«

Die Leute verstummten, als der Zeremonienmeister mit dem Stab auf den Boden schlug. Fanfaren ertönten, und dann jammerten die Bratschen, als die riesigen, goldfarbenen Türen aufschwangen.

Die Königliche Prozession!

Die Herzen in den Reihen der Blüten der Gesellschaft klopften heftig. An der Seite des Königs ging die stahlgraue Gestalt von Herrin Quick, die ihren einzigen Auftritt bei Hofe absolvierte. Wenn viele Wangen sich röteten und so mancher Schenkel sich wundrieb, um ein dringendes Bedürfnis zu unterdrücken, dann war es eher die Schulmeisterin als der König, die diesen Schrecken hervorrief. Für die Mädchen war Seine Kaiserliche Agonistische Majestät nur ein Schemen aus Hermelin und blauem Samt, der zu ehrfurchteinflößend war, um ihn überhaupt nur anzusehen.

Es war anderen überlassen, die außergewöhnliche Veränderung mitzuerleben, die mit der Königlichen Hoheit vorgegangen war.

»Meine Güte!« flüsterte Lord Empster. »Der Bursche schwankt nicht mal! Wo ist sein gerötetes Gesicht? Sein schlaffes Kinn?«

»Mathanias, Ihr denkt doch nicht ...«

»O doch, Constansia.«

»Was denn?« zischte Lady Margrave.

»Elsan, siehst du es denn nicht? *Der König ist nicht betrunken!*«

»Nie im Leben!«

Mit einem gütigen Lächeln gab Seine Kaiserliche Agonistische Majestät den Arm von Herrin Quick frei. Die eiserne Gestalt nahm ihren Platz am Anfang der Reihe ein, wo sie sich zu voller Größe aufrichtete. Ihre Miene war völlig ausdruckslos, aber erst, nachdem sie der Hure, Vlada Flay, einen kurzen Blick zugeworfen hatte.

Früher einmal hatte diese Große Lehrerin es selbst übernommen, die Feinen Blumen dem Monarchen vorzustellen. Doch seit vielen Zyklen überließ sie diese Aufgabe ihrer loyalen Assistentin Goody Garvice. Während die Bratschen weiterkratzten, ging der König, zur Verblüffung so manchen Höflings, ohne zu schwanken und ohne Stütze die Reihe der jungen Schönen entlang, nickte höflich und lächelte, als Goody Garvice mit einer gewissen Feierlichkeit den Namen der jeweiligen Schönen verkündete, die errötend lächelte, knickste und auf den wachsübersäten Boden blickte.

»Miss Huskia Bichley, Lady Berthen Beechwood-Bounce, Ihre

Königliche Hoheit Karellen, Prinzessin von Nieder-Lexion, Miss Alfredina Flonce, Miss Ethelreda Flonce, Miss Regina Hamhock, die Ehrenwerte Tristina Harion-Zaxos …«

In jedem jungen Busen schlug ein entsetztes Herz. Konnte eine Frau eine größere Ehre erleben, als die Auserkorene des Königs zu sein? Daß dieser Titel in der Vergangenheit so mancher jungen Lady weit weniger zur Ehre gereicht hatte, nicht zuletzt einer schnüffelnden, einfachen Kreatur, die bedauernd in der Menge stand und zusah, spielte jetzt keine Rolle.

Von den jungen Damen, die sich an diesem Abend versammelt hatten, wäre jede eine feine Partnerin für den König gewesen. Aber als Seine Kaiserliche Agonistische Majestät an einem bestimmten, verwirrenden Geschöpf ganz in Gold stehenblieb, waren die Anzeichen der königlichen Gunst unübersehbar, vor allem, als Goody Garvice sich besonders tief verbeugte und äußerst sorgfältig den Namen aussprach.

Vlada Flay lächelte. Triumphierend glitt ihr Blick zu Jeli und dann zur Herrin Quick. Die feierlichen Bratschen stimmten einen Tanzrhythmus an, als der König sich umdrehte, um, ganz nach der Etikette, seine Wahl zu treffen. Er streckte die Hände aus.

Jeli schwankte. Verzückt schloß sie die Augen und streckte ihre eigenen Hände aus, um die Berührung des Königs wie eine Segnung entgegenzunehmen.

Plötzlich entstand Unruhe. Die Musik brach ab, und man hörte entsetzte Rufe.

Jeli öffnete die Augen.

Was war das? Was geschah da? Durch den Ballsaal stürmte eine Frau, die die Menschenmenge wie Grashalme teilte. Sie hatte gewaltige Brüste und war vollkommen aufgelöst, barfuß und trug nur Lumpen am Körper. Die Frau war schmutzig und stank entsetzlich. Ihr rotes Haar war eine wilde Masse, stand in alle Richtungen ab, und ihr einst weißes Kleid war zerrissen und voller Stroh. Höflinge stürmten vor, aber die Wachen rührten sich nicht. Der König streckte die Arme aus.

»Maddy!«

»Sire! Sire!«

Es herrschte schockiertes Schweigen, als der König die Gefangene aus den Verliesen umarmte. Liebevoll hüllte er sie in seinen hermelinbesetzten Samtumhang ein. Als sie schließlich zurücktrat, drohten ihre gewaltigen, gefleckten Brüste fast aus ihrem Mieder zu quellen. Der König sah sich um, blinzelte und stampfte dann mit dem Fuß auf den Boden.

»Orchester! Spielt!« rief er, ja, er schrie es beinahe, aber nur zögernd, einer nach dem anderen, begannen die Musiker, die Lauten, die Bratschen, die Hörner und das Cembalo, die ersten Takte von Schuvarts gefeiertem Walzer in J zu spielen. Mittlerweile herrschte in der Reihe der vornehmen Blumen heillose Verwirrung. Einige schluchzten, andere flohen, und wieder andere sahen mit fassungslosem Entsetzen zu, wie der König und seine stinkende Dirne ihre Kreise auf dem Parkett zogen.

Dann gesellten sich allmählich andere Paare dazu.

Freddy Chayn schnappte sich die nächstbeste Debütantin. Pellam Pelligrew folgte seinem Beispiel. Genau wie sein Freund, der junge Mann, den er Nova nannte. Schluchzend registrierte Miss Jelica Vance kaum den sanften Druck der Hand, die sie zum Tanz zog.

Freddy?

Es war nicht Freddy.

»Ihr weint. Tut das nicht.«

»Was?«

»Ihr seid so wunderschön.«

»Wer seid Ihr?« Jeli wischte sich die Tränen aus den Augen und runzelte die Stirn, als sie in die klaren Augen blickte. »Lord Empsters Mündel? Laßt mich los! Wer hat Euch erlaubt, mit mir zu tanzen?«

»Wir müssen tanzen, hab ich recht? Ich glaube, der König will es so.«

»Der König! Ich bin noch nie in meinem Leben derart gedemütigt worden!«

»Wer ist diese Frau?«

»Keine Ahnung. Ich weiß genausowenig, wer Ihr seid!«

»Ihr habt doch gerade gesagt, daß ich Lord Empsters Mündel bin.«

»Eben, ein Mündel. Ihr könntet jeder sein! Habe ich Euch nicht schon einmal gesehen?«

»Niemals. Nennt mich Nova. Wißt Ihr, daß Eure Augen wie Juwelen funkeln?«

»Ich glaube, Ihr seid ein sehr aufdringlicher junger Mann!«

»Ganz und gar nicht, ich bin außerordentlich schüchtern. Ihr müßt es aus mir herausholen.«

»Was herausholen?«

»Alles, was Ihr an mir nicht mögt.«

»Ich habe nicht gesagt, daß ich Euch nicht mag. Ich habe nur gesagt, daß ich nicht weiß, wer Ihr seid.«

»Also mögt Ihr mich?«

»Seid Ihr sicher, daß wir uns noch nie zuvor begegnet sind?«

In der Tat, sie waren sich noch nie begegnet. Später würde Jem kaum begreifen, welcher Impuls ihn zu dieser blonden, aufgerüschten Cousine getrieben hatte. Vielleicht war es der Ruf des Blutes, aber noch wahrscheinlicher der der Begierde. Es war fast so, als hätte sich endlich etwas in ihm befreit. Viel zu lange, so kam es Jem vor, hatte er sinnlos und furchtlos ein Mädchen geliebt, das kaum noch existierte. Natürlich hatte er Pell dazu gedrängt herauszufinden, ob eine gewisse Miss Wolveron unter den Debütantinnen war. Aber Pell hatte gar nichts herausgefunden. Selbst heute abend hatte sich Jem gefragt, ob er vielleicht mitten im Ballsaal plötzlich in Catas geheimnisvolle, dunkle Augen blicken würde. Aber Cata war verschwunden, als hätte sie niemals existiert. Und als er an ihr Zusammentreffen in Varby dachte, war Jem beinahe erleichtert. Dieses Mädchen war nicht Cata gewesen, nicht seine Cata. Was konnte Jem anderes tun, als die Tage zu vergessen, die längst vergangen waren? Cata war eine Erinnerung, die er immer wertschätzen würde, aber die Tür, die zu dieser Erinnerung führte, mußte er jetzt hinter sich schließen. Liebevoll, aber entschlossen.

Und jetzt öffnete sich eine neue Tür in seinem Herzen.

Aber es sollte keine Chance für diese Tür geben, sich weiter zu öffnen. Plötzlich schrie jemand gellend auf. Dann ertönte ein verzweifelter, erstickter Schrei. Der Tanz brach ab, und alles schrie und rannte durcheinander.

Jem wußte nicht, wohin Jeli lief. Er wußte nur, daß er einen Augenblick später, gebannt vor Entsetzen, auf die große freie Fläche mitten im Ballsaal starrte, wo eine schlanke Gestalt, die er nicht kannte, den zusammengesunkenen, reglosen Körper der Hure des Königs und den kauernden König selbst überragte. Die schlanke Gestalt trug eine leuchtendrote Robe.

Nein, nicht rot.

In ihrer Hand hielt sie einen Dolch.

Die Robe war weiß gewesen und jetzt von Blut getränkt.

Erst später sollte Jem begreifen, was eigentlich passiert war. Der König hatte anscheinend veranlaßt, daß seine alte Geliebte aus dem Kerker befreit wurde. Hatte es eine öffentliche Erklärung seiner Liebe gegeben? Auf jeden Fall hatten die Wachen ihm gehorcht, aber sie hatten nicht mit dem Zorn des Ersten Ministers gerechnet. Tranimel hatte sich hintergangen gefühlt und sofort Rache genommen, sich an den Tanzenden vorbeigeschoben, den Dolch im Gewand.

Jetzt glitt sein eisiger Blick über die Gesellschaft, als er gelassen erklärte: »Der König ist bekümmert, weil er die Perfidität erkennt, die ihn beinahe das Leben gekostet hätte.« Verächtlich drehte der Bruder die blutige Leiche um, und seine Stimme erhob sich zu einer ungewohnten Lautstärke, als er rief: »Eine feindliche Agentin! Eine hinterlistige Hure, die von den Zenzanern geschickt wurde, ausgestattet mit bösen Kräften, die selbst den König fasziniert haben! Fürchtet Euch nicht, Sire, Ihr werdet gerächt werden! Und alle Geiseln aus Zenzau werden fallen, wie auch diese verruchte Hure gefallen ist!«

Plötzlich versetzte der blutige Bruder dem Leichnam einen Stoß, woraufhin frisches Blut auf den Boden floß. Der König schluchzte nur, ohne auf diesen neuen Anfall von Jähzorn zu achten. Jem wäre vor Entsetzen fast wie viele andere zu Boden gesunken. Er sah sofort, daß in Tranimel eine Kraft ruhte, die keinen Widerstand dulden würde und die nichts anderes als die absolute Macht wollte.

Dann war der Sturm vorbei, genauso plötzlich, wie er begonnen hatte. Der Bruder ließ seinen Dolch zu Boden fallen und drehte sich um.

»Schnell, Rum-und-Orandy, um die Nerven Seiner Majestät zu beruhigen!«

28. Der Schatten des Erdon-Baums

Jem lernte einiges über Ritterlichkeit. Lord Empster hatte ihn angewiesen, viele Dinge zu studieren, dicke Wälzer über Geschichte, Sprachen, Philologie und Philosophie. In der Bibliothek beugte sich das Mündel pflichtschuldigst über die großen Bücher und wunderte sich, wie die Seiten so dick und die Buchstaben so klein sein konnten. Er würde sich noch die Augen verderben, aber alles, was die Lektüre in ihm auslöste, war Müdigkeit. Immer öfter, wenn er allein war, verkroch sich Jem in eine Ecke der Bibliothek, weit weg von den staubigen Bänden aus Leder und glänzendem Gold. Dort, fast versteckt in einem Regal am Boden, befanden sich schäbige Exemplare, die nur in Leinen gebunden waren und deren Titel längst verblichen waren.

Doch von allen Büchern in Lord Empsters Haus liebte Jem diese am meisten. Es waren die Silverby-Romane, diese typischen Vertreter der Reise-Bibliothek aus den Zeiten der Königin-Regentin. Pell würde ihn auslachen, aber etwas in den Romanen von Sir Bartel Silverby erregte Jem fast ebenso wie jedes Erlebnis, das damals sein wirkliches Leben für ihn bereitzuhalten schien.

In Silverbys Romanen wurden schneidige Gentlemen mit Namen

wie Reeves J. B. Roamer und Viscount Vyles Ventura auf gefährliche Missionen geschickt, kreuzten ihre Klingen mit bösen Widersachern im Dienst der Gerechtigkeit, der Wahrheit und der Liebe. Im *Verbrechen und Herausforderung* konnte ein junger Lord, der von seinem bösen Halbbruder zum Bastard gebrandmarkt worden war, seine ehrenvolle Geburt nur dadurch beweisen, daß er eine lange Reise in die entferntesten Gebiete von Ana-Zenzau unternahm, noch hinter das vianische Gebirgsmassiv. Im *Prinz der Schwerter* wagte nur ein einziges junges Mitglied einer vornehmen Gesellschaft sich dem verbrecherischen Skyle Kelming-Skyle zu widersetzen, der nicht nur beim Kartenspiel betrog, sondern auch Leute verleumdete und hinterlistig kämpfte, indem er seine Duellpartner mit einer vergifteten Klinge tötete. Der Silverby-Held war stets ein junger Mann von äußerster Ehrenhaftigkeit, der fälschlicherweise von einer gedankenlosen Welt verachtet wurde. Seine Ehrenhaftigkeit wurde am Ende immer mit der Liebe einer edlen und tugendsamen jungen Lady belohnt.

Manchmal machten Jem diese Enden traurig, und er dachte an die junge Lady, die er verloren hatte. Liebste Cata! Wie er sie vermißte! Aber dann dachte Jem an die Abenteuer, und die Zukunft sah schon wieder strahlender aus!

In dem Band *Vom Kombüsenjungen zum König* war der enterbte Sproß eines Königsgeschlechts gezwungen, zur See zu fahren, und mußte vielerlei Gefahren überwinden, bis er schließlich sein Königreich für sich gewann. Eine Zeitlang liebte Jem die See leidenschaftlich und träumte von den Gefahren, die er in den weit entfernten Ländern bestehen würde.

Als er eines Tages mit Pell herumfuhr, blickte Jem eindringlich über die Wälle, die den oberen Teil der Insel umgaben. Es war ein kurzer Tag, und es wurde schon dunkel, aber der Golf von Ejland glitzerte eisig in der Ferne – wie Glas. Zum erstenmal dachte Jem über dieses merkwürdige Gewässer nach.

Bevor er nach Agondon gekommen war, hatte er das Meer nur auf Bildern gesehen, auf den Radierungen in seinen modernen Büchern oder den rußigen Gemälden, die schief an den Vertäfelungen der Burgwand hingen. Er hatte die genau gemalten, steifen Wellen mit ihrer Schaumkrone, die in der Bewegung erstarrt zu sein schienen, staunend betrachtet, sich die Schiffe angesehen, die darüber glitten und deren Segel sich gehorsam blähten. In einer Geschichte des Mythologicons war eine gewaltige, schuppige Kreatur des Bösen aus dem Wasser unter einer felsigen Küste aufgestiegen und hatte ein Fischerdorf zerstört. Jem wußte nicht mehr, warum eigentlich. In dem Bild dazu hatte das Meer, das Element der Schlange, getobt wie dunkles Feuer. Jem hatte noch nie ein Meer wie dieses gesehen und fragte sich, ob er es eines Tages erleben würde. Der Golf von Ejland schien träge und unbeweglich dazuliegen und zu glänzen und wirkte fast wie eine Verlängerung der Marschen. Er sah aus wie eine gigantische Ebene.

Man hätte darauf spazierengehen können …

»Pell, was ist das Meer?« fragte Jem plötzlich.

»Nova?«

Es war eine alberne Frage, das wußte Jem, aber dann überlegte er, warum sie eigentlich albern war. Was ist das Meer? Und was ist der Himmel? Vielleicht gab es ja gar keine anderen wichtigen Fragen. Er dachte an den Kombüsenjungen, der König geworden war, und er wußte, daß er eines Tages, wenn er seine Suche fortsetzen würde, auch dieses merkwürdige Medium überqueren mußte, das das Land vom Land trennte. Und da wurde ihm klar, daß die See ebenso eine Straße war, die sich Geheimnissen und Abenteuern entgegenwand, wie die Fahle Landstraße seiner Kindheit, die sich über die grünen Hügel gewunden hatte.

Danach ging Jem oft zum Hafen, wo er knarrende Schiffe betrachtete, ihre komplizierte Takelage, ihre Flaggen und ihre eingeholten Segel, dem Knarren und Dröhnen zuhörte, wenn sie gegen die muschelübersäten Kais schlugen. Seine Augen leuchteten beinahe vor Erregung, wenn er gewaltige Ketten betrachtete und Netze und schuppige, schlangenartig zusammengerollte Taue. Er sah merkwürdige Männer mit Tätowierungen und Pferdeschwänzen, die ein Faß nach dem anderen ausluden. Einmal kam ein Gentleman, es mußte einer sein, denn er trug sowohl eine Perücke als auch ein Holzbein, auf den Jungen zu, als er ihn herumstehen sah, und fragte ihn freundlich, ob der junge Mann wohl nach einer Überfahrt suchte.

Jem war verwirrt und erwiderte, daß er es nicht genau wüßte.

»Dann entschließt Euch, Junge, entschließt Euch!« Der Gentleman hatte eine enorme rote Nase und kleine, zwinkernde Augen. Er streckte die Hand aus und tippte gegen Jems Stirn. »Ich bin Käpt'n Porlo, Faris Porlo, der Herr der *Catayane* ...«

»Die *Catayane*?«

»Ihr seid sicher ein junger Händler, der auf seine erste Reise geht? Ach, ich erinnere mich noch gut an meine ersten Jahre. Seht Euch mein Schiff an ...« Jem hatte die Galionsfigur bewundert, die tatsächlich eine gewisse Ähnlichkeit mit Cata aufwies. »Mit ihm werdet Ihr sicher zu den entlegensten Gebieten getragen, zu lodernden Ländern, in denen die Sonne heiß strahlt, zu den weit entfernten Inseln des Westens. Was sage ich, für den entsprechenden Preis reist Ihr immer weiter, weit jenseits dieser armseligen Länder von El-Orok!«

Jem wirkte nachdenklich. Er hatte einiges über Geographie gelesen, das war schon richtig, aber wenn es um die Länder hinter den Vier Ländern ging, dann wurden die Bücher ziemlich ausweichend, die Landkarten waren nur noch skizzenhaft, und es wimmelte von Andeutungen über ungeformte und wüste Länder, Zufluchtsorte der Kreaturen des Bösen.

Aber der Kapitän redete weiter. »Seht Euch die *Catayane* an! Gibt es einen Ort, an den sie nicht gelangt? Mit ihr werdet Ihr sicher wie auf einem sosenicanischen Teppich reisen, zu Höfen von Kalifen und bösen Zauberern, zu Geistern und Eunuchen und üppigen, verschleierten Jungfern, über die Ihr jetzt nur in Euren Büchern gelesen habt. Kommt, junger Gentleman, legt den Grundstein für Euer Glück. Wollt Ihr nicht in diese Länder jenseits des Meeres reisen?«

»Guter Herr«, erwiderte Jem, »wenn ich meine Zukunft selbst bestimmen könnte, dann würde ich zweifellos mit Euch gehen. Aber ich sehe eine gewisse Merkwürdigkeit in Eurem Verhalten und vermute, ihr seid ein Fremder. Sagt mir, unter welcher Flagge segelt Eure *Catayane?«*

»Flagge? Wir sind hier in Ejland, oder nicht? Also segelt meine *Catayane* natürlich unter dem Blauen Ejard.« Der Gentleman senkte seine Stimme zu einem Flüstern. »Aber ist ihr wahres Königreich nicht das, das keinen König kennt?«

»Gibt es denn ein solches Königreich?«

»Aye, und es hat auch keine Königin. Obwohl viele hölzerne Ladies ...«, er deutete auf die Galionsfigur, »... sich als ihre Herrin betrachtet haben. Bis die salzige Gischt kommt und sie eines Besseren belehrt.«

»Also ist die See Euer Königreich?«

»Und ich behaupte, sie hat keinen König!« Der Kapitän sprach immer noch leise. »Was brauchen wir Könige, wenn wir das Meer und den Himmel haben?«

Fragend blickte Jem zum Horizont, der wie ein grauer Nebel weit jenseits der Wasser des Golfs schimmerte. Er hätte das Gespräch gern weitergeführt, aber es war kalt, und etwas an dem Tonfall des Kapitäns machte ihm angst. Auf die letzte Frage gab er nur ein höfliches Lächeln zur Antwort und entbot seinem neuen Freund ein hastiges Lebwohl.

»Auf Wiedersehen, junger Händler!« rief der Kapitän liebenswürdig. »Merkt Euch meinen Namen: Porlo, Kapitän Faris Porlo! Ich sehe Euch bald auf der *Catayane,* da bin ich ganz sicher!«

Die *Catayane* ... Während Jem wegging, schien es ihm, als schalle der Name des Schiffs hinter ihm her, als springe er gegen die schlüpfrigen Bohlen des Schiffs, die Kais, die Lagerhäuser. Er zitterte nach diesem Erlebnis, aber als er die Kutsche erreichte, in der Pell ihn gelangweilt und ungeduldig erwartete, drehte er sich um und blieb stehen. Eine Frage brannte ihm auf der Zunge.

Kapitän, sagt mir, warum habt Ihr Euer Schiff Catayane *genannt?*

Aber als er zurückging, war der Kapitän schon fort. Und als Jem am nächsten Tag zu den Docks ging und seinen neuen Freund suchte, erfuhr er, daß die *Catayane* bereits abgelegt hatte und zu der felsigen, zenzanischen Küste segelte, weit hinter der entferntesten Spitze von Tiralos.

Aber das Meer, auch wenn es ihn weiter ablenkte, schmolz wie eine Pfütze auf der Straße dahin, als Jem das Buch *Vom Kombüsenjungen zum König* beendet hatte und sich den Band *Der Schatten des Erdon-Baums* vornahm. In diesem Roman, vielleicht der finsterste im ganzen Silverby-Zyklus, soll der Held wegen eines Mordes gehängt werden, den er selbstverständlich gar nicht begangen hat. Der Roman beginnt und endet mit einer düsteren Massenszene unter dem berühmten Baum draußen auf dem Wrax-Weg, wo die braven Bürger Agondons sich bei öffentlichen Hinrichtungen versammeln. Das war eine althergebrachte Unterhaltung, auch wenn es ihr vielleicht ein wenig an Abwechslung oder Spritzigkeit mangelte. Später sollten die Adligen ihrer müde werden und in dem Baum einen Tick Provinzielles entdecken. Von Zeit zu Zeit allerdings brachte auch heute noch die Hinrichtung eines adligen Schurken eine wahre Prozession an Kutschen auf den Wrax-Weg. Nachdem Lord Varry Vignal den Liebhaber seiner Frau getötet hatte, warf er noch vom Schafott einen wahren Regen von Epigrammen unter die Leute, die selbst, da waren sich alle Kritiker einig, die plaudernden Flaneure im Königlichen Theater in der Unschuldsstraße zum Schweigen gebracht hätten. Aber leider hatten die Kriminellen selten seine Klasse. Und außerdem gab es eine Grenze im Unterhaltungswert, so würde Pell es ausdrücken, den der Anblick eines, sagen wir mal, schmutzigen Ausgestoßenen bieten konnte, der erst in Ketten kauerte, während die Liste seiner Vergehen vorgelesen wurde, und der dann in seinen zerrissenen Lumpen in die Luft gerissen wurde, was weder Stil noch Grazie hatte. Nein, so schloß Pell, der Baum hatte, wenn alles vorbei war, doch nur für die unteren Klassen einen Unterhaltungswert, und er würde Jem auf keinen Fall erlauben, dorthin zu gehen.

Also mußte Jem an einem Nachmittag, als eine Hinrichtung anberaumt war, allein aus dem Haus schlüpfen. Warum er sie sich anschauen wollte, wußte er nicht genau, aber er vermutete, daß er nur sehen wollte, was Silverby beschrieben hatte. In dem Roman war der Erdon-Baum ein Ort von trauriger Vornehmheit, von großen Emotionen und Gesten. Und Jem hatte Pells trockener Ironie nicht so recht Glauben schenken wollen.

Als er die Außenbezirke der Stadt erreichte, war er hungrig und durstig und wünschte, er hätte nicht die vornehmen Kleider von Quisto angezogen. Aber es gab zumindest keine Probleme, den richtigen Weg zu finden. Viele Leute gingen in dieselbe Richtung. Die Menschenmenge unter dem Erdon-Baum war riesig und randalierte. Die meisten waren anscheinend betrunken. Sie drängelten, lachten und sangen obszöne Lieder. Als die Gefängniswagen in Sicht kamen, scharten sie sich um sie, johlten und warfen mit verdorbenen Äpfeln und Tomaten.

Wie enttäuschend. Im *Schatten des Erdon-Baums* hatte ein überirdisches Schweigen die Menge ergriffen, als Reeves J. B. Roamer seinem Tod ins Auge sah. Es war nur schwer zu glauben, daß diese Meute schweigen würde und vor jemandem Respekt haben würde! Außerdem war heute an den Verurteilten nichts Besonderes. Ein paar Ausgestoßene vom Ufer des Riel, ein paar Zenzaner, einige Huren und ein paar Vaga.

Ein Junge hinter ihm rief: »Ich habe gehört, sie hätten Bob Scarlet gefangen!«

»Bob Scarlet?« Eine Hand gab dem Jungen eine Kopfnuß. »Sei nicht albern, Junge! Glaubst du, daß sie jemals den alten Bob Scarlet erwischen könnten?«

»Verräter!« rief ein Betrunkener.

»Selbst Verräter!« kam die ärgerliche Antwort.

»Verräter?« mischte sich ein dritter ein. »Bob ist ein Held!«

Jem versuchte weiterzukommen und entfernte sich von der Schlägerei, die unausweichlich schien. Er landete zwischen einem alten Mann und einer alten Frau, beides Bauern, und zwar der untersten Klasse. Sie stanken, waren schmutzig und häßlich und brüllten sich gegenseitig an. Ihr Atem stank, und er sah zwischen ihnen hin und her, aber sie schienen ihn kaum zu bemerken, ihn oder seine feine Kleidung.

»Wenn ich daran denke, wie sie den König ermordet haben!«

»Den König? Das war niemals der König, altes Weib!«

»Wen nennst du altes Weib?« Sie streckte die Hand aus und zog an dem Backenbart des Mannes.

Sie zwickten und schlugen sich. Der Alte hielt einen Krug mit Bier unsicher in den Klauen und verteilte eine Menge davon auf Jems Wams, als er die Alte anschrie: »Er hatte doch die ganze Zeit eine Maske vor dem Gesicht, oder?«

»Was, glaubst du denn, daß er sein Gesicht zeigt wie deinesgleichen? Das war Respekt, du Narr. Respekt vor einem König.«

»Respekt? Ihn hierherzubringen, zum Erdon-Baum? Ich sag dir, Weib, das war niemals der König!«

»Warum haben sie dann gesagt, daß es der König war, wenn er es doch nicht war?«

»Blödes Weib! Weißt du denn nicht, daß der Rote König tot sein muß?«

»Tot? Wieso, was meinst du damit?«

»Wenn der Rote König noch am Leben wäre, könnten wir dann einen Blauen haben?«

»Alter, weißt du nicht, daß der König ein Verräter war?«

»Ein Verräter? Wie kann der König ein Verräter sein?«

Aber die alte Frau war nicht in der richtigen Stimmung für Logik. »Rotrock! Rotrock!« schrie sie lustvoll, als würde sie ihren Ehemann nur zu gern den Klauen des Pöbels überlassen.

Jem bemühte sich verzweifelt, sich von ihnen zu befreien, aber er hatte nicht die Zeit, einen anderen Standort zu suchen. Der erste Karren hatte mittlerweile den Erdon-Baum erreicht, und die aufgeputschte Menschenmenge stürmte vor. Was hatte dieser schmutzige Ausgestoßene getan? Vielleicht hatte er Lämmer aus einem Stall gestohlen, vielleicht auch ein adliges Kind vergewaltigt. Auf jeden Fall würde die Menge schreien und johlen, bis der Ausgestoßene am Baum baumelte.

Der schwarzgekleidete Domherr, der die Anklage vorlas – Mord –, wollte unbedingt eine moralische Lektion halten. Aber er schweifte etwas zu weit ab. Die Menge fing langsam an zu klatschen. »Hängen!« riefen einige. »Hängen! Hängen!«

Da sah Jem etwas Außergewöhnliches. Die Menge hatte ihn bis nach vorn gedrückt, nah an die Wagen mit ihrer jämmerlichen Fracht. Als er sich vor dem Bombardement der Tomaten in Sicherheit bringen wollte, sah er ein Gesicht auf der anderen Seite der Wagen, das sich bemühte, einen Blick auf die Gefangenen werfen zu können.

Ein Gesicht, das er kannte.

Ein dunkles Gesicht.

»Raj!« rief Jem. »Raj!«

Aber wenn es Rajal war, dann war er zu weit weg; Jem konnte sich nicht schnell genug durch die dichtgedrängte Menschenmenge schieben. Viele schrien ärgerlich auf.

»He, paß auf!«

»Er hält sich wohl für was Besseres, der hier!«

»He, Bursche, wohin so eilig?«

Rauhe Hände zerrten an Jems feiner Kleidung, jemand schubste ihn, und er fühlte, wie eine Tomate in seiner Perücke zerplatzte. Verzweifelt versuchte er zu fliehen und stöhnte erleichtert auf, als er eine Peitsche über den Köpfen der Menge knallen hörte. »Nova!« rief eine Stimme, die er kannte.

Einen kurzen Moment lang dachte Jem, es wäre Rajal.

Aber der war es nicht.

»Nova!«

»Pell!«

29. Der Strudel

»Ich erhöhe.«

»Ihr blufft.«

»Ich erhöhe.«

»Sehr gut.«

»Nein!«

»Getrumpft!«

Jeli nahm triumphierend die Karten ihrer Tante. Jetzt war der grüne Filz auf der Seite ihrer Tante leer. Und nicht zum ersten Mal gehörten alle Karten und Knöpfe Jeli.

»Du lernst schnell, Mädchen.«

»Tante, Ihr laßt mich doch nicht einfach gewinnen?«

Tante Vladas Augen funkelten. »Wie könnte ich dich gewinnen lassen, Kind? Es ist deine Art, mit der Königin der Schwerter umzugehen. Wußtest du, daß du eine ganz bestimmte Art mit ihr hast?«

Das wußte Jeli nicht.

Man hatte an diesem Morgen ein Spinett in ihre Wohnung gebracht, damit Jeli üben konnte. Sie hatte noch nicht angefangen, aber jetzt ging Tante Vlada zu dem kleinen, samtbezogenen Hocker. »Du kennst die ›Königin der Schwerter‹ nicht, Liebes? Miss Sorrettis unsterbliche Verse, die an ein Mädchen gerichtet sind, das zufällig deinen Namen hat. Wenn das nicht merkwürdig ist …«

Tante Vlada trillerte mit einer Stimme, die vielleicht für eine so schlichte Melodie ein bißchen durchdringend war, aber keinen Zweifel daran ließ, daß sie in der Tat die Tochter von Hartia Flay war.

Wie kommt es, Jeli, daß immer, wenn wir
Karten zusammen spielen, du ständig
wie mit einer seidenen Kordel
die Königin der Schwerter ziehst?

Ich habe dich prüfend gemustert,
entschlossen, deine Heimlichkeiten aufzulösen:
Aber so genau ich auch hingesehen habe,
ist deine Art doch immer noch ein Geheimnis.

Ich hebe ab und mische und hebe erneut ab,
aber all mein Abheben und Mischen ist vergeblich:
Vergebliche Hoffnung, vergebliches Mühn,
diese Königin fällt immer wieder dir zu!

Jeli fühlte sich von dem Lied geschmeichelt und sah sich träumerisch im Zimmer um. Erst jetzt bemerkte sie, daß Ring ein wenig irritiert zu sein schien. Der Schwanz der schwarzen Katze zuckte, und ihre Barthaare bebten, während sie unruhig auf dem Teppich herumlief. Sie suchte sich ihren Weg durch den üblichen Müll und blieb von Zeit zu Zeit stehen, spähte in eine Hutschachtel oder hinter das Sofa oder in kleine Tunnel, die irgendwelche Stoffalten bildeten. Sie tapste sogar unter den Kartentisch, doch als Jeli die Hand ausstreckte, um sie zu kraulen, zuckte sie ärgerlich mit den Ohren.

Was hatte sie nur?

Ich habe sie einmal fallen lassen, absichtlich, doch
noch bevor alle Karten ausgeteilt waren, schienst du
schon ihr Fehlen zu bemerken.
Da muß noch eine Karte mehr sein! riefst du
und suchtest den Boden ab!

Tante Vlada hatte die Augen geschlossen und trug das kleine Lied mit mehr Gefühl vor, als es vielleicht verdiente. Sie hatte Ring nicht bemerkt.

Es war Jeli, die begriff, was nicht in Ordnung war.

»Es ist Rheen!« rief sie. »Der arme Ring, er hat sie verloren!«

Sofort hockte Jeli auf den Knien und krabbelte zwischen den Beinen von Tante Vlada umher, die anscheinend nichts bemerkte. Das

Dienstmädchen, das in dem Augenblick das Zimmer betrat, war ein wenig schockiert.

Ich habe einmal betrogen, ich machte einen kleinen
Kratzer auf den Rücken der Königin und paßte auf
wie ein Luchs!
Doch eine andere Karte mit Kratzer
täuschte mich in dem Pack!

Wenn der Kenner in Tante Vladas Stimme den Geist von Hartia Flay hörte, dann war dies leider eine Hartia Flay ohne Übung, eine, deren Fähigkeiten lange ungenutzt gewesen waren. Die Magd war ohnehin nicht unbedingt eine glühende Verehrerin ihrer neuen Herrin und hätte sich am liebsten die Ohren zugehalten. Statt dessen mußte sie folgendes Gespräch führen:

MISS: Elpetta?
MAGD: Miss?
MISS: Elpetta ...
MAGD: Miss, hier gibt es keine Elpetta.
MISS: Tante Vlada sagt, daß alle Dienstmädchen Elpetta gerufen werden sollten.
MAGD: Entschuldigt, Miss, aber ich kann auf keinen zenzanischen Namen reagieren. Ich bin schließlich eine gute Ejländerin. Ich heiße Berthen Spratt, und ich höre auch auf keinen anderen Namen.
MISS: Vergessen Sie Ihren albernen Namen!
MAGD: Albern? Nicht alberner als viele andere auch.
MISS: Vergessen Sie's, habe ich gesagt! Elpetta ... Berthen, haben Sie eine Maus gesehen?«
MAGD: Eine Maus, Miss?

Die Königin der Türme hat durch ungeahnte Künste
einen imitierten Kratzer bekommen wie den meinen;

Dieser Kratzer ist nicht von mir
und hat mich in den Ruin gelockt!

MISS: Eine weiße Maus. Sie hört auf den Namen Rheen.

MAGD: Sie hört …? Nun, ich habe so etwas noch nie gehört. Aber wenn es Euch gefällt, Miss, ich habe heute morgen eine Maus, auf die diese Beschreibung zutrifft, hinausgebracht.

MISS: Hinausgebracht? Was soll das heißen, Berthen?

MAGD: Ich meine, ich habe eine weiße Maus in meiner Falle gefunden. Sie hatte sich den Hals gebrochen, weil sie zu gierig an meinem Varby-Käse genascht hat. Ich habe sie aus dem Fenster geworfen, Miss, wie ich es mit allem Ungeziefer mache, das ich im Haus des Erzherzogs finde. Jedenfalls mit dem kleinen …

MISS: Sie dummes Frauenzimmer! Gehen Sie mir aus den Augen! Raus! Hören Sie? *(Die Magd geht ab, Türen knallend.)*

VERMEINTLICH GROSSES UNGEZIEFER *(improvisiert eine mitreißende Spinettpassage und nähert sich bedenklichen Gebieten auf der Tastatur.):* Berthen Spratt, na so was! Ihr Name ist Vanta Shessey. Als Mädchen hat sie in den Varlan Follies die Beine noch am höchsten geschwungen! Jetzt ist sie zur anderen Seite übergelaufen, das tun diese Varl-Frauen immer. Aber sie war eine von Würgers Besten in ihrer Zeit, glaub mir. Sie haben bis auf die andere Straßenseite Schlange gestanden!

JELI *(unsicher):* Würger? Wer war Würger?

IHRE GEHEIMNISVOLLE TANTE: Ah, ich gehe ein bißchen zu schnell für dich vor, Liebes. Du wirst es verstehen. Wenn es soweit ist.

(Tante Vlada nähert sich einem gewagten Tonartwechsel. Bisher hatte sie sich im gewöhnlichen V-Dur versucht, doch jetzt spielt sie in den aufregenden Höhen von J-Moll, eines dieser merkwürdigen Rätsel, das uns die menschliche Natur so häufig beschert. Die Modu-

lation ist kein Erfolg, trotzdem gibt es eine Klasse von musikalischen Darbietungen, in denen die Leidenschaft für alles herhalten muß. Tante Vlada gehört zu dieser Klasse.

Es verblüfft mich, das Rätsel zu lösen,
es muß Fertigkeit sein oder Geschick oder Glück.
Es sei denn, es wäre tatsächlich
natürliche Affinität!

(Das Lied ist zu Ende. JELI schluchzt. Die BEMERKENSWERTE *macht sich bemerkenswert wenig Sorgen um Rheen.)*

ABER NATÜRLICH MACHT SIE SICH SORGEN UM JELI: Komm schon, Liebes, laß mich dich trösten. Komm her und setz dich zu deiner Tante.

JELI: Tante?

TANTE: Mein Liebes?

IHR LIEBES: Vielleicht könntet Ihr mir eine Geschichte erzählen?

TANTE: Um dich aufzuheitern?

JELI: Um mich aufzuheitern.

DIE TRÖSTERIN: Nun, vielleicht könnte ich dir tatsächlich eine Geschichte erzählen.

DIE GETRÖSTETE: Liebe Tante Vlada! Können alle Tanten so lieb sein?

TANTE *(mit einem gerissenen Lächeln)*: Hast du jemals darüber nachgedacht, Liebes, daß Uly und Marly meine *Tanten* waren? Sie waren immerhin die Schwestern meines Vaters!

Die Geschichte von Uly

»Natürlich vermittelt es nicht den richtigen Eindruck, wenn man sie Tanten nennt. Sie waren bloß Mädchen, kaum älter als ich. Und sie waren wunderschön. Ich glaube, sie waren die schönsten Mädchen ihrer Generation. Selbst jetzt schlägt mein Herz noch heftig, wenn ich an sie denke, allerdings nur, wenn ich an ihre äußerliche Gestalt denke. Sie waren groß und schön, während ich untersetzt und braun war. Wie eine Bäuerin, sagten sie immer. Ich muß zugeben, daß sie vermutlich recht hatten. Sie waren stolz, selbstbewußt und hatten keine Angst. Und dann gab es mich: ein Nervenbündel, das sogar Angst davor hatte, die Treppe vom Kindergarten hinunterzugehen, weil ich mich fürchtete, daß sie zu laut knarren könnte!

Ulinda war die ältere, und ich meine, sie war auch die stolzere. Marlia dagegen war schöner, daran konnte es keinen Zweifel geben. Einige behaupteten sogar, daß Uly nur der erste Entwurf von Marly wäre, eine grobe Skizze sozusagen. Trotzdem, wenn beide Mädchen so strahlend sind, wer kann dann im Vergleich dazu anders als widerlich abschneiden? In den nächsten Jahren würden sie die Gesellschaft von Agondon erobern, das sagten alle. Weißt du, es waren noch Mädchen, und sie hatten noch viele Jahreszeiten vor sich, bis sie ihr Debüt geben würden. Doch schon damals besuchten Gentlemen Onkel Onty, nur um einen Blick auf sie zu erhaschen. Er erhielt regelmäßig Verlobungsofferten für sie, und ein weniger liebender Vater hätte sie vermutlich sofort weggegeben, sie für die Angebote verschachert, die manche ihm machten, wenn sie diese Blumen noch vor ihrer Blüte pflücken durften!

Aber nach der schrecklichen Enttäuschung über seinen Sohn war Onkel Onty entschlossen, daß seine Töchter keinen Millimeter vom vorgeschriebenen Pfad der Tugend abweichen sollten. Erst würden beide ein spektakuläres Debüt geben (Uly würde vielleicht die Wegbereiterin für Marlys größeren Ruhm sein), und dann würde eine noch spektakulärere Hochzeit folgen (auch hier sollte Uly vorangehen), und zwar nur an die höchsten und edelsten Freier. Onkel Onty sinnierte liebevoll darüber, ob nicht Prinz Jagenam selbst ein Mädchen erwählen würde, das so schön war wie Marly! Stellt euch vor, seine Marly – Königin von Ejland!

Von mir wurde erwartet, daß ich eine Gouvernante oder Begleiterin werden würde.«

»Arme Tante Vlad! Wie verbittert müßt Ihr gewesen sein!«

»Verbittert? Nein, mein Liebes. Du mußt verstehen, daß ich damals vollkommen im Bann meiner Cousinen stand. Die Tatsache, daß ich mich Uly und Marly unterlegen fühlte, war irgendwie die selbstverständlichste Tatsache der Welt, etwas, das so klar war wie der Tag, zum Beispiel, daß das Gras grün ist, der Himmel blau und die Sonne sich um die Erde dreht. Sie waren zwar grausam zu mir, aber konnte ich das in Frage stellen? In meinem kindlichen Verstand war das vollkommen berechtigt.

Aber ich schweife ab.

Die Aussichten für die Mädchen waren sehr gut, mehr als das, sie waren brillant. Aber zuerst kamen die eingehüllten Zyklen, die Jahreszeiten der Abgeschiedenheit, bevor die Träume meines Onkels wahr werden konnten. Nichts durfte seinen Plänen entgegenstehen, und er schirmte die Mädchen sorgsam gegen die Welt ab. Aber trotzdem, fürchte ich, waren diese Schönen nicht ganz … unschuldig.«

»Tante Vlad?« Jeli sah sie ungläubig an.

Ihre Tante lachte. »Nein, ich spreche nicht von diesem zarten, kleinen Vorhang, auf den aufzupassen euch Herrin Quick sicher ermahnt hat. Was ist schon Unschuld? Ist wahre Unschuld nicht eine Haltung der Seele? Ist das nicht der wahre Grund, warum nichts in der Natur schöner ist als ein Mädchen, dessen Tugend noch nicht verspielt ist?«

»Aber Tante Vlad, Ihr meint doch nicht …« Trotz der Monate mit ihrer Tante fühlte sich Jeli immer noch ein bißchen der Tradition verpflichtet.

»Mein Liebe, was du gelernt hast, Tugend zu nennen, war für mich verloren, sobald ich das Haus meines Onkels betreten habe. Ich wurde auf meine eigenen Mittel zurückgeworfen, und ich mußte meinen eigenen Weg in dieser Welt finden.« Tante Vlada lehnte sich zurück und zündete sich einen Tobarillo an. »Aber ich spreche hier von einer, sagen wir, anderen Unschuld. Es ist eine Unschuld, die kein Mann verletzen kann, die aber dennoch so unauffällig schmelzen kann wie Schnee. Sie wird von innen gewärmt. Niemand macht sich die Mühe, sie zu erhalten, denn niemand merkt, daß sie verschwindet, bis sie weg ist. Aber das weißt du sicher alles, mein Liebes. Du weißt es im Herzen, wenn nicht in deinem Verstand.« Tante Vlada beugte sich vor und glättete Jelis Locken. »Du hast so hübsche Löckchen. Weißt du, daß sie denen von Marly sehr ähnlich sind?«

Jeli betrachtete ihre Tante staunend. Doch die hatte jetzt, während sie an ihrem Tobarillo zog, ihre Geschichte wirklich begonnen. Schon bald tauchte ihre wohltönende Stimme Jeli in eine träumerische Faszination.

»Mein Onkel wohnte in einem großen Haus an einem See, auf der anderen Seite des Flusses, gegenüber von Agondon. Ja, es war möglich, auf der anderen Seite des Flusses von Agondon zu wohnen, denn das war noch zu einer Zeit, bevor die Neustadt erbaut wurde.«

Jeli versuchte sich diese Zeit vorzustellen und scheiterte.

»Habe ich dir von den Spaziergängen erzählt, die wir am Seeufer entlang unternommen haben? Mit dem Kindermädchen war das eine steife Angelegenheit, außer wenn die alte Frau unter einer Weide eingeschlafen war und meine Cousinen mich nach aller Herzenslust verspotten und quälen konnten. Manchmal jagten sie mich und brachten mich dazu, mich zu verstecken. Ihr liebstes Spiel war es, mich so weit weg zu jagen, daß ich mich verirrt hatte, wenn ich schließlich wieder aus dem Versteck kam. Natürlich erzählten sie dem Kindermädchen nicht, wo ich war, sondern sagten nur, ich wäre weggelaufen, und sie wüßten nicht, wohin. Wie ärgerlich sie dann war! Andere Spiele dienten nur dazu, daß ich mich schmutzig machte, denn natürlich haßte das Kindermädchen Dreck mit einer Leidenschaft, die der Ur-Gott selbst empfunden haben muß, als er feststellte, daß der Vaga-Gott hingegangen und die Erde erschaffen hatte. Einmal haben die Mädchen mich sogar in das Schilf am Ufer geworfen. Mein weißes Kleid war ganz naß und schmutzig! Oh, wie das Kindermädchen mich an dem Tag bestraft hat!

Aber die Dinge wurden besser, als Pell kam und blieb.«

»Pell?«

»Oh, natürlich nicht der junge Mann, den du jetzt unter diesem Namen kennst! Ich meine damit seinen … seinen Großonkel.«

»Sir Pellion?«

»Den wohl kaum. Ich meine seinen älteren Bruder, Pelleas.«

»Pelleas?« Mittlerweile war Jeli ziemlich verwirrt, aber in ihrem träumerischen Zustand akzeptierte sie ihre Verwirrung. Träge kraulte sie dem armen Ring die Ohren. Er hatte aufgehört herumzulaufen und saß jetzt auf dem Sofa. Jeli hoffte, daß vielleicht das warme Feuer oder auch ihr eigener Schoß ihm halfen, sich nicht ganz so elend zu fühlen.

»Der teure Vetter Pell!« sagte Tante Vlada. »Eine Weile wurde er von meinem Onkel Onty favorisiert. Er hoffte, daß Pell, der Sohn seiner Schwester, den eigenen Stammhalter ersetzen könnte, den er verloren hatte. Er vertraute Pell und liebte ihn. Und ich liebte ihn auch. Als Pell kam, ließ Onkel Onty uns allein gehen. Das Kindermädchen murrte zwar, aber es murrte nur vor sich hin. Welche Freiheit, sie endlich zurücklassen zu können! Was sind wir gehüpft! Wie haben wir getanzt! Oder vielmehr Uly und Marly. Natürlich war ich zurückhaltender, aber Vetter Pell sorgte dafür, daß ich bei den Spielen nicht übergangen wurde. Während einer sehr schönen Jahreszeit mochten mich sogar meine Cousinen. Mit gelockerten Hutbändern und schwingenden Händen spielten wir die ganzen warmen Tage des Theron hindurch.

Ein Tag stach dabei besonders hervor. Das Kindermädchen hatte uns niemals erlaubt, uns auf den See hinauszubegeben, obwohl ein Ruderboot scheinbar für immer an einem kleinen Steg an der abgelegenen Seite des Hauses vertäut lag. Die Dienerschaft munkelte, daß der See gefährlich sei, denn vor langer Zeit, als das Kindermädchen noch jung war, war ein Lakai ertrunken, als er versucht hatte, über den See zu schwimmen. Mächtige Strömungen mitten auf dem See zogen ihn hinab. Aber als wir das Pell erzählten, lachte der nur und ruderte uns hinaus auf das ruhige Wasser. Wie schön der Wind mit Marlys goldenen Locken spielte! Sie wickelte sie um die Finger und lächelte. Selbst Uly war nett und sang mit ihrer lieblichen Stimme eine alte Ballade. Wie glücklich wir waren! Ich habe diesen Nachmittag noch lange danach als den glücklichsten Tag meines Lebens in Erinnerung behalten.«

»Es war nur einmal, Tante Vlada?«

»Liebes?«

»Ihr seid nur einmal auf den See hinausgerudert?«

»O ja. Danach nie wieder.«

»Aber Tante, warum nicht?«

»Ach meine Liebe! Als wir uns der Mitte des Sees näherten, wurde Pell plötzlich ganz ernst. ›Seht!‹ rief er und brachte Uly zum Schweigen. ›Könnt ihr den Strudel sehen?‹ Er streckte die Hand aus. Uly runzelte die Stirn, und Marly hörte auf, ihre Locken um den Finger zu wickeln. Wir alle sahen hin, und da, genau im Mittelpunkt des Sees, der ansonsten so ruhig war, sahen wir einen geheimnisvollen dunklen Strudel. Ich schrie auf. Dieser Strudel war bereit, uns hinunterzuziehen, und doch, einen Augenblick lang – so faszinierend war dieser Strudel! – sehnte ich mich fast danach, mich von ihm verschlingen zu lassen!

Pell brachte uns gerade noch rechtzeitig in Sicherheit. Wir zitterten vor Angst. Aber als er uns ernst ans Ufer zurückruderte, befahl er uns zu überlegen, was wir gesehen hatten. Wie alberne Narren hatten wir uns nahe an den Strudel bringen lassen und hatten nicht geglaubt, was man uns erzählt hatte. Und, das beschämte mich am meisten, war da nicht eine Sehnsucht gewesen, die uns zu diesem Strudel geführt hatte?

In dieser Nacht lag ich noch lange wach und dachte an den merkwürdigen Tag, den wir erlebt hatten. Zuerst stellte ich mir noch einmal die Idylle vor, die Pell uns gezeigt hatte, die weiche, buttergelbe Helligkeit der Sonne, die duftenden Blumen am Strand und das kühle Wasser mit seinen Lilien und den summenden Insekten. Erneut hörte ich Ulys süßes Lied, das mit dem Rhythmus des Bootes zu verschmelzen schien. Und dann starrte ich in die dunklen, rauschenden Tiefen des Strudels und wandte zu guter Letzt den Blick ab. Ich dachte an die Lektion, die Pell uns erteilt hatte. Es war eine

Lektion, die ich zwar noch nicht verstand, aber ich wußte, daß sie sehr gründlich gewesen war.

Später sollte ich Vetter Pell für den besten Lehrer halten, den ich je hatte.«

Besorgt versuchte sich Jeli den Strudel vorzustellen. Dann versuchte sie sich die Lektion vorzustellen.

»Aber Uly und Marly? Was dachten die?«

»Nun, sie waren wütend. In dieser Nacht erzählten sie dem Kindermädchen, was Pell getan hatte. Und am nächsten Morgen erzählten sie es ihrem Vater. Onkel Onty verfiel in seinen Ur-Gott-Ärger. Kaum auszudenken, daß seine Töchter, seine teuren, geliebten Töchter, dem Tod so nahe gekommen waren! Pell wurde sofort des Hauses verwiesen und durfte niemals wieder einen Fuß über die Schwelle setzen.

Der arme Pell! Wenn ich daran denke, daß ich mir einmal ausgemalt habe, daß ich ihn heiraten könnte. Natürlich war es nur eine liebevolle Phantasie gewesen. Er ertrank einige Monate später auf einer Wanderung durch die Agonistische Erlösung. Sein Bruder, Sir Pellion, hat leider nicht seine Weisheit. Ich fürchte, daß er mich nie sehr gern gemocht hat, weil er glaubt, daß ich eine Hure bin, zu der ich angeblich wurde, nachdem ich das Haus meines Onkels verlassen hatte.«

»Armer Pell! Armer, armer Pell!«

Die Geschichte war für den Abend vorbei, und Jeli schluchzte. Ihre Tante wollte sie umarmen, aber genau in dem Moment, als die Asche von Tante Vladas Tobarillo fiel, ertönte ein merkwürdiges Pochen am Schlafzimmerfenster. Jeli erschrak, doch dann zeichneten sich Überraschung und Freude auf ihrem Gesicht ab. Denn draußen vor dem Fenster pickte eine regenbogenfarbene Wenaya-Taube an das Glas, als wollte sie Einlaß begehren.

Schnell öffnete Tante Vlada das Fenster. Jeli war davon überzeugt, daß der Vogel wegfliegen würde, aber statt dessen hüpfte er fröhlich vor und hockte sich auf Tante Vladas Handgelenk.

»Tante, er ist zahm!«

»Zahm?« Tante Vlada lachte. »Aber Liebes, erkennst du ihn denn nicht?«

»Tante Vlad?«

»Das ist Rheen, mein Liebes! Siehst du das nicht? Es ist Rheen!«

Und der Vogel stieß, wie zur Bestätigung, ein durchringendes *Ul, ul, ul, ul* aus.

30. Feste, Ausflüge und Verrücktheiten

»Pell?«

Die jungen Männer sitzen in Lord Empsters Bibliothek. Probehalber versucht Jem einen Jarvel. Pell hat immer eine kleine silberne Dose in einer Tasche seiner bunten Weste. Ein versteckter Hebel öffnete sie. *Zing!* Jem kann sich immer wieder darüber amüsieren. Auf einer Seite stecken Tobarillos in weißem Papier. Auf der anderen Seite die dunkleren, kräftigeren Jarvels. Rauchen, sagt Pell, ist ein wesentliches Attribut eines Gentlemans, und soll er Jem nicht die Freuden eines Gentlemans lehren?

Jem nimmt einen tiefen Zug und unterdrückt den Hustenreiz. Er hat das Gefühl, als müßte er dies schaffen. Heute hat es genug Schande gegeben. Großes Gelächter war den beiden jungen Gentlemen gefolgt, als sie zu ihrer Kutsche zurückgingen. *Ich dachte schon, daß ich dich hier finden würde!* murmelte Pell ironisch. *Siehst du jetzt ein, daß Sir Bartel Silverby bloß ein Romantiker war?* Zunächst war Jem nur verbittert und schweigsam. Jetzt wollte er mehr sagen, aber das war nicht ganz einfach.

»Pell?« versucht er es erneut.

Sein Freund antwortet nicht. Er döst in einem weichen Chintzsessel, die Füße auf dem Tisch und auf dem Schoß einige Blätter mit Sportszenen. Sein eigener Jarvel ist schon ziemlich weit heruntergebrannt, und über dem Tiralos-Teppich schwebt ein langer Aschezylinder. Es ist fast Abend, und die safrangelb gekleideten Diener haben die Lampen entzündet und die Vorhänge vorgezogen. Leder und Mahagoni strahlen prachtvoll in dem Licht, eine Andeutung von Gold, das tief im Dunkel verborgen ist.

Dieser Jarvel-Tabak ist sehr stark. Jem fühlt, wie sich der Raum zu drehen beginnt. Er schließt die Augen, öffnet sie wieder, und das Gold in der Dunkelheit springt vor wie eine Flamme. Pell kichert und hält sein Buch hoch. Sieh doch! Goodman Jumbel, wie er über einen Zauntritt steigt! Während der drahtige Fuchs am unteren Rand der Zeichnung durch ein Stechginsterdickicht verschwindet!

Jem kichert ebenfalls. Sein fetter Freund sieht genauso aus wie Goodman Jumbel.

Aber hinter Jems Fröhlichkeit verbirgt sich ein wachsendes Unbehagen. Er reibt sich die Augen. Was ist mit ihm passiert? Er hatte angenommen, daß hier in Agondon sein Leben endlich Gestalt annehmen, Form gewinnen würde. Es sind schon Monate verstrichen, seit ein zerlumpter Junge die Treppe zu diesem Haus hinaufgestiegen ist. In seiner mit goldenen Tressen verzierten Jacke und seiner engen Seidenhose ist der Junge jetzt Nova Empster, Lord Empsters junges Mündel. Er hat viel gewonnen, aber was hat er verloren?

Jem, sagte der Faszinierende, *du bist jetzt hier bei mir.* In Sicherheit, Sicherheit. Wenn Jem des Nachts unter seinen Laken liegt, dann sehnt er sich nach der Aufgabe, die vor ihm liegt, eine Aufgabe, die sein Wächter ihm vorzuenthalten scheint. Leidenschaftlich umklammert er die geheime Last, die er so lange mit sich herumgetragen hat, die seine Haut aufscheuert. Nur ein langweiliger Stein, den er aus dem Schlamm gegraben hat ... Aber Jem hat gesehen, wie es ist, wenn er aufflammt und die Welt mit seiner purpurnen Macht erfüllt!

In einer Nacht, als er sich in einem unruhigen Traum wälzte, hatte Jem das Gefühl, daß sein Beschützer sich über ihn beugte und die Hand nach dem Beutel ausstreckte, in dem sich der Kristall befindet. Aber als Jem hochschrak, war sein Wächter fort.

Wo ist Lord Empster? Und wer ist er wirklich?

Erneut schüttelt sich Jem krampfhaft. Dann durchfährt ihn Angst wie ein Dolch. Gab es vielleicht irgendwo irgendwie einen Fehler? *Bin ich im falschen Haus gelandet? Irgendwo wartet der wirkliche Lord Empster ungeduldig auf mich. Aber hier halten sie mich fest, als Gefangenen, der mit seidenen Schnüren gebunden ist, aber dennoch ein Gefangener!*

Es ist natürlich nur eine Illusion des Jarvel, aber einen schrecklichen Augenblick lang glaubt Jem, daß es stimmt. Was weiß Lord Empster tatsächlich von der Aufgabe? Er hat nichts gesagt, gar nichts! Was waren denn diese Worte, die so süß in Jems Ohren gedrungen sind, anderes als eine lange Rauchfahne von Betörungen? *Komm, Nova! Mein Schneider hat dir einen neuen Anzug geschickt! Oder Nova, sollen wir noch einen Jarvel rauchen?* Sie waren reiten und sind auf dem gefrorenen Fluß während des Koros-Frosts Schlittschuh gelaufen. In Pells schicker Kutsche sind sie umhergefahren, Pell hat vor den Damen den Hut gezogen und die anderen Gecken mit lautem Hallo begrüßt. Am Kanonischen Tag standen sie Seite an Seite im Großen Tempel, und Pell hat die Lieder der Überlegenheit mit einer Inbrunst gesungen, zu der Jem niemals fähig war. Ja, sie haben viel unternommen, und es liegt auch noch viel vor ihnen. Die Ollon-Lustgärten! Die Wrax-Oper!

Es ist alles eine Falle, es kann gar nicht anders sein! Aber jeden Abend, wenn Pell ihn verläßt, sieht Jem ihm kläglich hinterher, wenn er die lange Davalon-Allee entlangfährt. Sein Freund ist ein närrischer, oberflächlicher Geck, der *verräterischer Rotrock* sagt und es wirklich meint, aber jedesmal, wenn er weg ist, sehnt sich Jem nach ihm.

»Pell«, bringt Jem jetzt mühsam heraus. »Was weißt du eigentlich über Lord Empster?«

»Ich würde sagen, Nova, das ist eine ausgesprochen komische Frage!«

Und Jem kann beinahe das Lachen in der Luft hören.

Es ist spät, und Jem hört die Glocken, die im Tempel auf der anderen Seite des Riel läuten.

Bimm, Bamm.

Er blickt hoch. Pell schläft in seinem Chintzsessel, und *Feste, Ausflüge und Verrücktheiten* ist auf den Boden gefallen.

Bimm, Bamm.

Jem tritt ans Fenster. Als hätte er Angst, plötzlich krank zu werden, drängt er sich rasch durch die Vorhänge und öffnet das lange Wrax-Fenster.

Er tritt auf den Balkon hinaus. Die Luft ist so kalt! Er sieht zum Himmel hinauf – es ist Hornlicht-Mond!

Jem sieht zur Seite. Hat er nicht einmal irgendwo gehört, daß man nicht zu dem Hornlicht-Mond hinaufblicken soll? Und warum nicht? Jem weiß es nicht mehr. Er zählt die Schläge der Glocken.

Fünf, sechs, sieben, acht.

Er ist schrecklich niedergeschlagen. Er denkt an die Szene am Erdon-Baum. Er denkt an Kapitän Porlo. Er denkt an den Jungen, der wie Rajal ausgesehen hat, und an die Galionsfigur, die wie Cata aussah.

Die Glocken schlagen neun, zehn, elf, und Jems Ängste sind in eine Schattenwelt geglitten, wo niemals wieder etwas Reales passieren wird.

Wie krank er sich fühlt! Sein Magen brennt. Er beugt sich über den Balkon, aber die erwartete, erleichternde Welle kommt nicht. Trostlos blickt er auf die Welt unter sich. Es schneit seit der Zeit des Ausgehverbots, und die Davalon-Allee ist kreideweiß.

Die Uhr schlägt zwölf, dreizehn, vierzehn.

Hätte er sich nicht so weit über den Rand des Balkons gebeugt, hätte er die Gestalt nicht gesehen, die sich vorsichtig und lautlos an einer Wand entlangdrückt.

Eine Gestalt in einem Umhang und einem breitkrempigen Hut.

Warum sollte Lord Empster allein ausgehen, ohne Kutsche, in einer so kalten Nacht und so lange nach dem Ausgehverbot?

Jem runzelt die Stirn.

Die Uhr schlägt fünfzehn.

Einen Augenblick spielt er mit dem Gedanken, seinem Wächter zu folgen, hinter ihm durch die dunklen Straßen zu gehen. Doch dann hört Jem ein Lied, oder ist es eine Jarvel-Illusion? Es dringt durch die Luft und scheint auf den hallenden Echos der Glockenschläge zu schweben. Er strengt sich an, um die Worte verstehen zu können, und es kommt ihm so vor, als habe er das Lied vor langer Zeit schon einmal gehört. Aber er weiß nicht, wo.

Wie geht es noch?

Alles ist Zitrone, und nichts ist Limone,
aber selbst die Wahrheit wird bald enthüllt werden;
dann werden wir aus den Scheinbaum-Kalebassen trinken
und speisen mit dem König und der Königin …

Was hat das zu bedeuten?

Plötzlich ist Jems Gesicht genauso weiß wie der Schnee. Er fällt um und übergibt sich.

31. Echsenmann

»Gezinkte Karten!«

Der junge Leutnant sprang vom Tisch auf und hätte ihn fast umgeworfen. Ein Bierkrug kippte um und ergoß sich auf den grünen Filz. Es ertönten Schreie und Pfiffe und langsames Klatschen, als der benebelte Kerl sich hier- und dorthin wendete und erfolglos versuchte, sein Schwert zu ziehen. Der Kerl, der seine Wut ausgelöst hatte, ein Dandy vom Scheitel bis zur Sohle, starrte ihn eine Sekunde ausdruckslos an, sprang dann plötzlich auf und packte die Kehle des anderen.

»Jungs! Jungs!« drang ein beschwichtigender Ruf durch die verqualmte Luft. Ausgestoßen hat ihn ein häßlicher alter Mann in einer langen, gesteppten Rauchjacke. Zwischen den echsenartigen Lippen brennt ein dicker Jarvel, und an jedem Finger der klauenartigen Hände, die die fraglichen Karten wegwischen, funkeln Gold- und Silberringe.

»Setzt euch, Jungs, also wirklich! Gezinkte Karten beim Würger? Das habe ich noch nie gehört!«

Der alte Mann trug keine Perücke, und sein kahler Kopf sah aus wie eine fleckige, haarlose Birne. Das Gesicht darunter war eine Maske aus zerknittertem Pergament. Jeder der jungen Männer hätte ihn mit einem Schlag beiseite wischen können, aber wie ein Talisman beruhigte die zischelnde Stimme sofort ihre Leidenschaft.

Sie sanken verlegen auf ihre Plätze zurück.

Der alte Mann entblößte seine braunen Zähne, schnippte mit den Fingern und bestellte bei einem Kellner »Bier! Bier für alle!«, woraufhin Applaus zu hören war.

Das war die Szene, die Jem an einem späten Abend im letzten Monat des Jahres erlebte. Es war Kanonischer Tag, und es war ein langer Tag, den er ganz in der Gesellschaft von Pell verbracht hatte. Nach dem Morgengottesdienst tauschten sie die fromme Kleidung des Glaubens gegen ihre beste Dandykleidung. Dann statteten die Freunde einigen Damen aus Pells Bekanntschaft einen Besuch ab, bevor sie den Nachmittag im Ollon-Pavillon verbrachten. Dort aßen sie Koteletts, tranken Punsch und Bier, würfelten, schossen auf Lehmenten und stolzierten etwas weniger höflich als zuvor vor anderen jungen Damen einher, die am Nachmittag von faulen, liberalen Erzieherinnen von der Leine gelassen worden waren.

Als es dunkel wurde, fuhren sie wieder in die Stadt zurück und hielten in der Lund-Straße an. Meister Quisto machte sein Geschäft auf, obwohl Kanonischer Tag war, um an Pell eine weitere Anprobe für seinen Festspielanzug vorzunehmen. Dann bat Professor Mercol, Pells alter Tutor, sie zu einem Glas Tiralos in seine gemütlichen Kollegräume, bevor er sie zu einem Empfang bei Lady Cham-Charing begleitete, wo die Füchsin in Varl-Soße ein wenig mißglückt war. Nach noch mehr Koteletts, Bier, Schwein und Strumpfbändern hatten die Freunde noch in den Volleys vorbeigeschaut. Gerade noch rechtzeitig, um Miss Tilsy Fash, die Zaxonische Nachtigall, zu hören, wie sie ihre gefeierte Version von *Der Alte Narr des Königs* zum besten gab.

Es war eine aufregende Darbietung, und das war vielleicht der Grund, warum Pell, als sie zu seinem »Peitscher« zurückgingen, vorschlug: »Ich will noch nicht ins Bett, Nova. Wie wäre es mit dem ›Würger‹?«

»Würger?«

Sie gingen zu Fuß weiter an den imposanten Häusern vorbei, die sich im Herzen der Altstadt aneinander drängten. Die Ausgangssperre war lange überschritten, und nur noch Adlige tummelten sich auf den Straßen.

Der Würger, erklärte Pell, war eine Art Club, der von den vornehmsten jungen Männern Agondons besucht wurde. Jem stellte sich einen tempelartigen Vorgarten vor, eine massive Treppe und vielleicht gewaltige Türen, die mit Juwelen und uralten Symbolen geschmückt waren.

Doch er war ein bißchen enttäuscht, als Pell ihn statt dessen durch eine dunkle Gasse führte, wo über einer niedrigen, schmalen Tür eine einzige Laterne brannte. Hier sollte es sein? Pell klopfte in einem bestimmten Rhythmus, und ein winziges Paneel in der Tür glitt zur Seite. Kalte Augen musterten sie, und dann knurrte jemand. Die Tür wurde geöffnet, und man bat sie herein.

»Der Würger«, murmelte Pell, »ist ein wesentlicher Teil der Erziehung eines jungen Gentlemans. Aber es wäre vielleicht nicht schlecht, Nova, wenn du das Lord Empster gegenüber nicht erwähnen würdest. Versprochen?«

Jem versprach es.

»Meister Pelligrew!« begrüßte sie Würgers jammernde Stimme, als die beiden Freunde die steile Treppe in den Keller hinabstiegen.

Eifrig packte der alte Echsenmann Pells Hände und rief nach einem Diener, der ihnen die Mäntel und Handschuhe abnehmen sollte. Ein Lakai, der genauso betrunken war wie die jungen Männer am Tisch, schlurfte in seiner abgetragenen Uniform herbei.

Die Tressen an seiner Livree waren aufgetrennt wie Seile.

»Und wer ist Euer junger Freund?« fragte Würger freundlich und drehte sich zu Jem um. »Meister Empster? Ich wußte gar nicht, daß Lord Empster in dieser Welt einen Verwandten hat. Aus Chayn? Ach, das erklärt alles. Meine verstorbene Frau sagte immer, daß dieses Provinzleben gleichbedeutend damit sei, lebendig begraben zu sein, und wißt Ihr was? Ich glaube, sie hatte recht. Jedenfalls, was das anging. Willkommen, junger Herr, im *Leben*!«

Und der Echsenmann deutete stolz auf sein Reich.

Jem sah sich einen Moment unsicher um und wurde Opfer einer merkwürdigen Illusion. Die Beleuchtung war sehr spärlich, und der dichte Rauch hing wie Nebel in der Luft. Er verhinderte jeden Blick auf die restlichen Bereiche von Würgers Etablissement. Aber auf Jem wirkten diese Keller merkwürdig endlos. Immer und immer wieder sah er die Spieltische, die jungen Offiziere, die Höflinge, selbst den »Mann des Tuchs«, den Kleriker, die sich breitbeinig aufgebaut hatten oder sich zurücklehnten, lachten, ihre Jarvels rauchten, ihre Bierkrüge stemmten, ihre Karten in den Händen hielten.

Einen verwirrenden Moment glaubte Jem, daß dieser Ort sich wirklich endlos unter der Oberfläche ausdehnte. Erst später, als er durch die Rauchschwaden blickte, erkannte er ein schäbiges Abbild seiner selbst in den feinen Kleidern und begriff, daß der Würger Spiegel an seinen Wänden angebracht hatte.

Vieles, was dann passierte, lief wie in einem Traum ab, die Art von ruhelosem Traum, aus dem man von Zeit zu Zeit hochschreckt und in dessen Umarmung man nur widerwillig zurücksinkt.

So kam es Jem jedenfalls vor. Pell hingegen schien in seinem Element zu sein.

Die Freunde saßen bald neben den zwei jungen Männern, die kurz davor die kleine Störung verursacht hatten. Jarvel und ein immer wieder aufgefüllter Bierkrug hatten den Leutnant beruhigt, sein Gefährte hingegen blieb sauertöpfisch und hockte trübselig am

Tisch, nachdem der Würger sein Kartenspiel konfisziert hatte. Auf dem Tuch vor ihm glänzte ein Stapel mit Münzen. Von Zeit zu Zeit legte er besitzergreifend die Hände darüber und runzelte die Stirn.

Eine goldene Krawatte prangte am Hals des übellaunigen Kerls.

»Seid nett zu Meister Burgrove«, zischte Würger. »Er hat ganz schön in der Klemme gesteckt. Sein Jahr in Varby hat er diesmal nicht besonders genossen.«

»Ach nein?«

Es folgten keine weiteren Einzelheiten, aber Jac Burgrove rührte sich schließlich und sagte: »Schreckliche Sache das mit Ihrer kleinen Schwester Pelligrew. Natürlich war ich da schon weg.«

Pell trank sein Bier. Er hatte das Mitleid satt.

»Komm schon, Jac. Teil aus ... Jac hat sicher nichts Gutes vorgehabt«, murmelte er Jem zu. »Eine Lady, da wette ich mit dir! Würger haut seine Leute immer raus«, fuhr er fort. »Wußtest du, daß er angeblich gute Kontakte zum Ersten Minister hat?«

Nachdenklich betrachtete Jem ihren Gastgeber. Für jemanden, dessen Aufgabe es war, die mondäne Welt zu unterhalten, war Würgers Vernachlässigung seines eigenen Äußeren phänomenal. Die Rauchjacke, die er trug, mußte vor langer Zeit einmal prächtig gewesen sein, eine geschmückte Augenweide aus Goldfäden und Perlen, aber jetzt war sie schmierig von Schweiß und Flecken und Jarvel-Löchern. Der Pyjama, den er darunter trug, war genauso schmutzig, steif vor Schweiß und Pißflecken. Als der alte Mann wieder zur Tür schlurfte, um neue Gäste willkommen zu heißen, sah Jem seine Knöchel über den Schlappen. Sie waren schrecklich geschwollen und hatten eiternde Geschwüre.

Angewidert wandte er den Blick ab. »Warum nennt man ihn Würger?«

»Da mußt du die Mädchen fragen.«

»Die Mädchen?«

Für Pell war das Thema beendet. »Komm schon, spiel. Erinnerst du dich an die Regeln, Nova?«

Die Karten zuckten mit der Farbe nach unten über den grünen

Filz, aber sosehr sich Jem auch bemühte, er verstand nur sehr wenig. Er hob die Hand. Eine Fünf der Federn, eine Vier der Schwerter, eine Acht der Ringe. Was bedeuteten sie?

Sie spielten ein Spiel, das sich Orokon-Schicksal nannte. Pell hatte die Regeln zwar vorher erklärt, aber Jem hatte wenig Talent für Spiele wie dieses und schien nicht einmal in der Lage, selbst die einfachsten Bluffs und Tricks zu lernen, die ein Spieler anwendete, um ein ganzes Set mit »Gott-Karten« zu bekommen. Etwas an den Bildern auf seinen Karten störte ihn. Eine schien sogar wie ein Harlekin auszusehen.

Zögernd legte Jem die Karte mit dem Gesicht nach oben auf den Tisch.

»Vaga-Abschaum«, murmelte Jac Burgrove. Warum, wußte Jem nicht.

»Nova, nein!« lachte Pell und beugte sich vor, um die Karte seines ignoranten Freundes zu mustern. »Man wirft keine Joker weg, ganz gleich, wie alt die sind!«

»Joker?«

»Gibt mir mal jemand Feuer«, forderte der Leutnant mit trunkener Stimme. Er war ein schlaksiger, dünner Kerl, in dessen Verhalten eine gewisse Nervosität lag, die vom Alkohol und den Drogen überdeckt wurde.

Seine Augen hatten einen traurigen Ausdruck.

»Vaga-Abschaum«, wiederholte Jac Burgrove und blickte auf die bunte Gestalt des Harlekins. Er nahm einen langen Zug aus seinem Krug. Bier tropfte auf seine Krawatte, und er fluchte: »Wann die alle endlich ausgelöscht werden, das möchte ich mal wissen!«

»Wenn wir die Zenzaner ausgelöscht haben«, erwiderte der Leutnant gelangweilt, als habe er die Frage schon oft beantwortet. »Prioritäten sind Prioritäten. Jac, gebt mir Feuer, ja?«

Jac Burgrove ignorierte ihn. »Wenn es nach mir ginge«, donnerte er plötzlich los, »dann würde jedes dieser dreckigen Vaga-Schweine hier im Reich ausgelöscht werden – wie lästiges Unkraut.«

»Feine Reden schwingt Ihr da«, sagte der Leutnant und winkte einem Kellner für ein Streichholz. »Jac hatte einmal ein Offizierspatent, sogar bei den Blauen Ejards. Hat sich freigekauft, könnt ihr das glauben? Ja, ja, feines Gerede, alles nur Gerede!« Er lachte mitleidlos und lehnte sich zurück, während er an seinem Jarvel zog. »Euer Spiel, Jac.«

»Ich sage Euch ...« Meister Burgrove wandte sich plötzlich an Pell. »Es war Vaga-Abschaum, der Eurer kleinen Schwester das angetan hat, wißt ihr!«

»Das ist nicht wahr!« stieß Jem hervor. Er stand auf, zitternd und rot im Gesicht. Es hatte lange gedauert, bis er endlich begriffen hatte.

Jac.

Jem hatte gewußt, daß ihm an dem Burschen etwas bekannt vorgekommen war.

»Jungs, Jungs«, mischte sich Würger ein und eilte herbei, um ein weiteres kleines Feuer zu löschen. »Kommt, junger Empster, regt Euch nicht auf. Meister Burgrove ist dieser Tage ein bißchen gereizt, mehr nicht. Anscheinend hat man ihm das Leben zur Hölle gemacht, bevor er mir eine Nachricht zukommen lassen konnte. Man sollte meinen, daß er ein wenig Dankbarkeit zeigt, nicht wahr? Aber ich erwarte keine Tugenden von meinen jungen Männern – nur Laster!«

Bei diesen Worten stieß Würger ein keifendes Lachen aus, und Jem fühlte sich genötigt, darin einzustimmen.

Pell war erschüttert. Er hatte zwar versucht, sich dagegen zu wappnen, aber manchmal überwältigte ihn der Gedanke an Pelli immer noch. Wenn er nur dagewesen wäre, wenn er nur in Varby gewesen wäre!

Er schüttelte sich und unterdrückte die Tränen.

»Ich will hoffen«, nuschelte der Leutnant, dessen Weltläufigkeit immer mehr bröckelte, »daß Euer Kumpel kein Vaga-Freund ist. Das überlasse ich den Kerls von der Mannschaft, und zwar den Häßlichen.«

»Kommt«, sagte Würger, »der Abend fängt gerade erst an. Möchtet Ihr nicht für uns spielen, Meister Pelligrew? Bringt uns in Stimmung. Wir alle hören Euch gern spielen.«

Das Kartenspiel wurde beendet, als Pell dem Werben nachgab und zu einem ramponierten Cembalo in der Ecke ging. Irgendwo hatten über all dem Lachen und Geschrei einige Geiger den Abend begleitet. Jetzt gesellte sich Pell dazu. Eines seiner Talente war seine laute Baritonstimme. Am Morgen im Tempel hatte sie beeindruckend gedröhnt und die Lieder der Überlegenheit mit einer martialischen Sicherheit geschmettert, die ihnen vielleicht auch angemessen war. Wenn er sie jedoch für eine romantische Melodie einsetzte, dann machte sie selbst eine rührende Ballade, wie sie sie in den Volleys gehört hatten, zu etwas, das eher einem Marschlied der Soldaten glich. Im ganzen Würger wurden Bierkrüge im Takt geschwungen, wenn der Refrain ertönte:

Papperlapapp, machte der Narr des Königs
in den alten Zeiten!
Jetzt hat den armen kleinen Kerl
ein Mißgeschick ereilt,
und er plappert nicht mehr!

Würger hatte mittlerweile Jem auf ein Sofa geschoben und seinen Kopf auf weiche Kissen gelegt. Irgend jemand löste seine Stiefelbänder, und ein anderer steckte ihm einen Jarvel in die Hand. Langsam nahm Jem einen Zug. Die Lampen, die schon zuvor dämmrig gewesen waren, wurden noch weiter heruntergedreht, und der Würger war jetzt weniger eine Spielhalle als ein dunkler, verzauberter Käfig, in dem hundert junge Männer, berauscht oder betrunken oder beides, sich träge herumlümmelten.

Dann bemerkte Jem noch eine Veränderung.

Langsam drängte sich zwischen die jungen Männer eine Prozession junger Frauen. Wo kamen sie her? Sie trugen nur hauchdünne Nachtgewänder und schoben sich einladend vorwärts. Auf Jem wirkten sie wie Visionen, Gespenster, andere dagegen, so schien es, zweifelten nicht daran, daß sie real waren. Es ertönten Pfiffe, Juchzer und lautes Klatschen.

Plötzlich überkam Jem Angst.

Pell hatte aufgehört zu spielen. Jetzt hörte man nur die Bratschen und Geigen schluchzen, und Jem sah zu seinem Freund hinüber. Er hatte den Stuhl des Cembalos herumgeschwungen und umarmte ein Gespenst. Überall in dem dämmrigen Keller wiederholte sich diese Szene, die von den matten Spiegeln endlos wiederholt wurde. Überall senkten sich weißgekleidete Gestalten wie Gespenster auf die Jungen herab – auch auf die, die fast besinnungslos auf dem grünen Filz zusammengesunken waren.

Aber wenn das Gespenster sein sollten, gewannen sie rasch Festigkeit. Menschliches Stöhnen vermischte sich mit dem Schluchzen der Geigen, weiße Gewänder glitten glatte Schenkel hinauf. Man hörte schweres Atmen, Stoff, der zerriß. Und zwischen alldem stand der Würger, der sich die Lippen leckte. Das verlebte Gesicht war plötzlich dicht vor Jems, und alte Hände liebkosten ihn. Jem schrak zusammen. Er wollte sich aufrichten, aber der Jarvel hatte ihm alle Kraft geraubt.

»Meister Empster, seid Ihr vielleicht noch ein Fremder im Garten der Lust? Fürchtet Euch nicht. Was ist der Würger schon, wenn nicht eine Akademie für die Jugend?«

Das Flüstern klang freundlich. Dann griff der alte Mann hinter sich und zog wie mit Zauberhand ein sehr junges, schlankes Mädchen hervor. Das blonde Haar umgab ihr Gesicht wie ein Vorhang.

»Meine Neueste. Die Frische für den Frischen. Kopf hoch, Jilda, zeig dich dem Gentleman. Sie ist doch hübsch, nicht wahr? Ich habe sie lange bewundert, ein schnippisches kleines Ding, laßt Euch nicht von ihrer Art täuschen. Und ich habe ihr gesagt, daß sie sicher eine Karriere beim Würger machen kann, wenn sie zufällig ihre jungfräuliche Reinheit verliert. Gesegnet sei der junge Blaurock, der sie brach. Sie hat Klasse, Meister Empster. Ja, es gibt keine gewöhnlichen Dirnen beim Würger. Qualität für Qualität, das ist mein Motto …«

Der alte Mann zog sich langsam zurück, und das Mädchen begann geschickt, Jems Hose aufzuknöpfen. *Es ist richtig, es ist richtig,* flüsterte der Würger kaum hörbar.

Das Mädchen beugte sich vor und küßte Jem auf die Lippen. Ihre langen Haare berührten sein Gesicht und seinen Hals.

Eine Welle der Lust stieg in ihm hoch. Wie lange waren die wilden Tage mit Cata schon vergangen? Er hatte geschworen, sich für immer für sie aufzuheben, aber welchen Sinn hatte das? Würde er sie jemals wiedersehen? Sie hatte sich jedenfalls *nicht* für ihn aufgehoben!

Einen Moment schwebte die Vision von Cata vor seinen Augen, ihr Gesicht, die wundervollen Konturen ihres Körpers; dann stieg die Welle wieder an und spülte das Bild weg.

Das, was jetzt passierte, war zuviel, zu real.

Jetzt arbeitete das Mädchen mit allen Tricks, die der Würger ihr gezeigt hatte, um Jems Lust zu unerträglichen Höhen zu führen. *Es ist richtig, es ist richtig.* In wenigen Augenblicken, das merkte Jem, würde er das Mädchen unter sich ziehen und sich auf sie pressen, sich sein Vergnügen holen, während er auf den Wogen seiner Lust davonritt.

Hektisch sah er sich in der Dunkelheit um. Das letzte, was er wahrnahm, bevor er sich hingab, war die plumpe Gestalt seines Freundes, der über das Cembalo gebeugt war und heftig zwischen die Schenkel seiner Partnerin stieß.

Schräge Dissonanzen drangen durch den Raum.

Später sollte Jem bereuen, was er in dieser Nacht tat. Er hatte das Gefühl, als habe er einen schrecklichen Verlust erlitten.

Aber nur manchmal ging es ihm so, und es dauerte nicht lange.

Er würde wieder und wieder den Würger aufsuchen.

32. Eiskönigin

»Was für eine Grazie!«

»Und wie präzise!«

»Wie elegant sie gleiten!«

»Selbst Freddy hat eine gewisse Eleganz, hab ich recht?«

»Freddy ist stets elegant. Es ist die wichtigste Aufgabe in seinem Leben.«

»Ich wußte schon immer, daß er oberflächlich ist.«

Die Redner waren Lady Cham-Charing, Lady Margrave, Lord Empster und Tishy. Sir Pellion saß ebenfalls bei ihnen, aber er hatte nichts zu sagen. Es war der Tag von Lady Cham-Charings Festspiel-Empfang. Von der berühmten Glasterrasse von Lady Cham-Charings Haus konnte man über den Riel blicken.

»Ich mache mir Sorgen um Freddy«, sagte Lady Margrave. »Sollte er sich denn so oft mit dem Mädchen zeigen?«

»Ich weiß gar nicht, warum Mama sie überhaupt eingeladen hat. Sie ist doch niemand, wirklich nicht.«

»Das stimmt nicht ganz, mein Liebes. Aber es ist nicht das Mädchen, wegen dem ich mir Sorgen mache. Mußtet Ihr auch ›Tante Vlada‹ einladen, Constansia?«

»Man kriegt die eine nicht ohne die andere. Und man tut es, um Freddy glücklich zu machen.«

»Ich dachte, Ihr wolltet ihn unglücklich machen.«

»Mathanias, das war überflüssig. Wenn es so aussieht, als hätte ich gewisse Aufmerksamkeit auf Freddy gerichtet, dann tut es mir leid.«

Die arme Tishy schlug die Augen nieder.

»Aber der Prinz von Chayn ist eine Zierde für jeden Empfang.«

»Eine Trophäe, die man behalten muß?«

»Ich kann wirklich nichts vor Euch verbergen, Mathanias. Wie froh bin ich, daß meine Jugend vorbei ist! Die Gesellschaft ist nicht mehr das, was sie einmal war.«

Und Lady Cham-Charing blickte nicht zum ersten Mal über ihre Schulter in den Salon. In einer Ecke am Kamin saß die Bemerkenswerte Vlada Flay, vertieft im Gespräch mit dem Erzmaximus.

Die Augen des großen Mannes funkelten. Nach dem Festessen hatte er die Hände über seinem gewaltigen Bauch gefaltet, und ab und zu nickte er anerkennend, begleitet von einem herzhaften Grunzen. Wenn ich mir vorstelle, daß ich das mitansehen muß, dachte Lady Cham-Charing. Es gab heutzutage jedes nur denkbare Gesindel in der Gesellschaft. Was konnte man auch anderes erwarten, wenn schon die Edelleute, die wirklichen Edelleute, sich derart gehen ließen?

Lady Margrave redete weiter: »Euer junges Mündel ist ein wirklicher Gentleman geworden, Lord Empster.«

»Ja, wirklich«, meinte Lady Cham-Charing, froh über dieses neue Thema. »Man erkennt in ihm kaum den jungen Burschen vom Ball wieder. Er scheint ein bißchen kleiner, dicker und roter im Gesicht zu sein.«

»Das ist Pellam Pelligrew, Mama. Ich glaube, du brauchst deine Brille.«

»Tishy, du weißt sehr wohl, daß meine Brille nur Dekoration ist.« Aber die Lady hob sie trotzdem an die Augen. Sie verlieh ihr eine unerwartete Ähnlichkeit mit ihrer Tochter. Seit dem letzten Monat trug Tishy eine Hornbrille und ihr Haar zu einem Zopf geflochten.

»Ach ja«, fuhr ihre Mutter fort. »Diese Jungen sind unzertrennlich geworden, hab ich recht? Ich finde es immer sehr erfreulich zu beobachten, wie junge Leute mit gutem Charakter sich amüsieren. Ihr nicht auch, Sir Pellion? Die jungen, ahnungslos Jungen und die glücklichen Jungen.«

Sir Pellion blickte benommen auf. Den ganzen Nachmittag über waren alle Versuche, den alten Gentleman aus der Reserve zu locken, fehlgeschlagen. Wirklich, er war nicht in Festtagslaune! Die nächsten fünf Tage waren die Meditationen oder Gottestage, an denen die Frommen fasteten und beteten. Sollte man sich nicht wenigstens amüsieren, wenn man es noch konnte? Von Tishy war natürlich wenig zu erwarten. Doch die Gäste, dachte Lady Cham-Charing, sind eine andere Sache. Wenn man eine Einladung annahm, für die, so sagte sie sich, halb Agondon jemanden umbringen würde, um dann nur den ganzen Tag mürrisch herumzusitzen, war das extrem anstrengend. Wie oft hatte sie Mitleid gezeigt? Es wurde immer schwieriger. Man dachte an die kleine Pellicent, aber alles, an was man sich erinnerte, war eine fettige Nase. Sicher, die Nase war auf ihre Art durchaus rassig gewesen und hätte sicherlich irgendwann auch auf den Puder reagiert. Der Tod des Mädchens war tragisch. Aber mußte man es jetzt bis ans Ende aller Tage bedauern?

»Ich kenne leider jemanden, der sich niemals wieder amüsieren wird«, seufzte Sir Pellion und wrang sein Tränentuch in den Händen.

»Ich kenne jemanden, der sich überhaupt noch nicht amüsiert hat«, meinte Lady Cham-Charing mit einem Seitenblick auf ihre Tochter.

Tishy errötete und sah wieder in das schwere Buch, das auf ihren Knien lag.

Geräuschvoll blätterte sie eine Seite um.

»Welch eine Präzision!«

»Und welche Anmut!«

»Ein hinreißendes Mädchen, sage ich!«

»Ich habe sie zuerst gesehen!«

Pell lachte. »Nimm sie dir, Nova, wenn du kannst. Mir reichen die Mädels des Würgers, bis die Zeit für einen Sohn und Erben kommt. Aber ich glaube, daß Miss Vance vielleicht Freddy Chayn versprochen ist.«

»Der fette Geck! Was kann sie an ihm schon finden?«

»Er ist ein Prinz. Außerdem haben auch fette Gecken vielleicht Charme, Nova.«

Jem errötete. »Natürlich. Aber!«

»Aber!« Pell lachte erneut und rezitierte:

Frauen können den Geist eines Mannes nicht kennen,
und Männer können keine Frau erfassen;
sie sind sich so fremd wie die Sterne und ärgern sich,
so funktionieren die beiden verschiedenen Geschlechter.

»Pell, ich bin beeindruckt.«

»Eigentlich ist es Coppergate. Aber das wüßtest du, Nova, wenn du lernen würdest.«

»Aber!«

Jetzt lachten beide. Sie ruhten sich aus und saßen nebeneinander auf Lady Cham-Charings Steg. Über ihnen führte eine Treppe von Lady Cham-Charings Haus nach unten. Vor ihnen auf dem Eis lief die junge Elite Ejlands Schlittschuh. Hier die Herzogin von Vantage und der Marquis von Heva-Harion, dort Lord Xorgos, Erbe des Grafen von Cascos, hier die Prinzessin von Nieder-Lexion, die Herzogin von Fargold, die junge Erina Aldermyle, dort die Brüder Venturon und die Schwestern Flonce, Miss Huskia Bichley und Lady Berthen Beechwood-Bounce.

Ja, die junge Elite Ejlands, aber zwischen allen fegte in Pelzen von der Farbe des Eises Miss Jelica Vance. Sie hätte eine Königin sein können, die Königin von ihnen allen, und Freddy Chayn verfolgte sie, ihr Prinzgemahl.

Jem sah ihr fasziniert und begeistert nach. Was hatte seine Cousine an sich? War sie das hübscheste Mädchen ihres Jahrgangs? Überhaupt nicht. Hatte sie die ausgeprägteste Persönlichkeit? Ganz und gar nicht. Wenn man sie genau betrachtete, dann hatten ihre Züge etwas Langweiliges. Mittlerweile hatten viele andere Debütantinnen »Nova Empster« ein aufmunterndes Lächeln geschenkt. Miss Alfredina Flonce errötete und lächelte geziert, immer wenn Nova ins Zimmer kam. Und Miss Alfredina, da stimmte Pell zu, war Miss Vance ebenbürtig, mindestens.

Manchmal glaubte Jem, daß Jeli geheime Kräfte hatte. Am letzten Kanonischen Tag im Tempel war das dann zur Gewißheit geworden. Pell und er hatten sich verspätet. Respektvoll, mit ausführlichen

Entschuldigungen, hatten die jungen Männer in der Reihe hinter ihr Platz genommen. Ihre Herzen pochten, und sie waren erschöpft, denn sie waren direkt vom Würger gekommen, wo die besten Huren ihnen die ganze Nacht wiederholt das höchste Vergnügen bereitet hatten. Dann hatte Jeli in dem gedämpften Licht des Tempels ihren blonden Kopf ein wenig gedreht, nur ein kleines bißchen, und Jem angesehen. Das war alles. Es war ein Blick, der alles oder nichts meinen konnte. Sie hatte sich auch sofort wieder umgedreht, aber für Jem hatte es genügt. Während des ganzen Gottesdienstes hatte sein Herz vor Begierde gehämmert.

Als er sich daran erinnerte, überkam ihn diese Begierde erneut.

»Keine vom Würger ...«

»Was meinst du, Pell?«

»Du weißt schon, Nova ...« Pell senkte die Stimme. »... daß eine Adlige etwas ganz anderes ist als die Mädchen beim Würger? Der Würger leistet uns einen großen Dienst, gesegnet sei er dafür, aber seine Art kann einem Gentleman in der Gesellschaft nicht als Vorbild dienen. Ich dachte nur, ich sollte es erwähnen, Nova. Falls du durcheinanderkommst.«

Plötzlich wurde Jem wütend. »Pell, hältst du mich für blöd?«

»Ich glaube, daß du einen Ständer hast!« Pell lachte und schlug Jem auf den Schenkel.

Jem stimmte in das Lachen mit ein.

»Und das will bei dieser Kälte schon was heißen.« Mit der überraschenden Eleganz, die er stets an den Tag legte, glitt Pell wieder aufs Eis. »Noch eine Runde!« rief er. »Dann wird es Zeit für die Vaga-Schau.«

»Vaga-Schau?«

»Habe ich das nicht gesagt? Eine alte Sitte bei Ma Cham. Sie hat immer speziell für uns die Silbermasken.«

Dann war Pell weg und glitt auf das Eis hinaus. Jem taumelte hinter ihm her. Er war noch nicht so erfahren darin und brauchte länger, bis er den richtigen Schritt fand. Aber er war ein guter Eisläufer, wenn er erst einmal dahinglitt. Er liebte es, Geschwindigkeit zu bekommen, er liebte das weiche Gleiten der Kufen unter seinen Füßen. Wenn er an sein altes Leben als Krüppel dachte, konnte Jem nur laut lachen. Voller Freude nahm er seinen Platz in dem großen Eistanz ein, ein Tanz, der, wie er annahm, weit eleganter war als jeder Tanz, den man in dem stickigen Ballsaal des Koros-Palastes finden konnte.

Die gefrorene Welt drehte sich um ihn herum. Das Haus der Cham-Charing und die Häuser ihrer vornehmen Nachbarn, die massiv und großzügig am Fuß der Insel lagen. Agondons Neustadt erhob sich elegant über der Uferstraße des Riel, den Brücken, der alten Agondon-Brücke im Norden, auf der sich wankende Häuser erhoben. Im Süden befand sich der karge Bogen der Regenten-Brücke, die die Grenze zwischen der vornehmen Stadt und dem finsteren Labyrinth des Hafens markierte.

Wirbelnd sah Jem das alles ganz klar in der eisigen Luft, aber er sah noch mehr, sah seine hübsche Cousine, die in einem Kreis außerhalb seiner Reichweite fuhr.

Ach, Jeli, Jeli!

Ob sie wirklich in Freddy Chayn verliebt war?

Jetzt hat der Prinz ihren Arm gepackt, und sie wären beinahe hingefallen. Er lacht, und jetzt löst sie sich von ihm und fährt voraus, ein silberner Komet, so schnell sie kann. Der Prinz hätte sie vielleicht verfolgt, aber nun stürmt Miss Bichley kühn vor und nimmt Jelis Stelle an seinem Ellbogen ein. Jetzt klingelt über der Glasterrasse die Glocke.

Kinder, sagt sie, es ist Zeit hereinzukommen!

Immer und immer weiter fährt der silberne Komet, und Jem sieht ihr die ganze Zeit bewundernd nach.

Ach, Jeli!

»Es wird Zeit, Nova!« Pell umkreist ihn.

»Sie ist weg!«

»Hm?«

Aber im nächsten Moment wird Pell weggestoßen und fällt aufs

Eis, als Jem sich von ihm losreißt und über die zernarbte Fläche in Richtung Regenten-Brücke rast.

»Sie ist zu weit gefahren!« ruft er. »Sie ist in Gefahr!«

Pell seufzt und reibt sich den Bauch, während einer der Brüder Venturon ihm auf die Beine hilft.

»Ich glaube nicht, daß Miss Vance in Gefahr ist. Oder was meint Ihr, Ulgar?«

»Ich bin Ruddy.«

»Wie?«

»Ich bin der andere.«

»Entschuldigt. Ich kann Euch beide nicht auseinanderhalten. Wie es wohl sein muß, wenn man einen so ähnlichen ... Zwilling hat ...«

Pell schwingt sich herum. Die Sonne geht bereits unter. Er schützt seine Augen gegen die Strahlen. Schon bald wird der Fluß golden glänzen, wie flüssiges Gold. Er winkelt die Kufen ab und bleibt still stehen, während er zur Regenten-Brücke blickt. Seine Augen gleiten kurz zur Uferböschung, zu dem Verkehr, den Lampen, den kahlen Bäumen. Auf der Inselseite steigen die anderen bereits gehorsam die Treppe hinauf, und ihre silbrigen Kufen hängen von den behandschuhten Händen herunter.

»Komm schon, Pell!« ruft jemand, aber der rührt sich nicht.

Die Stille hüllt ihn ein, wie eine plötzliche Einsamkeit. Ein kalter Wind fegt vom Golf heran und pfeift unter der Brücke hindurch. Er scheint eine Vorahnung mit sich zu bringen. *Ich bin nicht, was ich scheine,* denkt Pell, und der Gedanke erschreckt ihn. Seit dem Tod seiner Schwester weiß er, daß er nur noch unbeteiligt durchs Leben geht. Aber ist es nicht schon länger so? Wann hat es angefangen?

Natürlich, als er seinen Meister gefunden hat. *Empy* nennt Pell seinen edlen Lord und lacht über ihn und reißt Witze, aber von Anfang an hat sein Arbeitgeber ihn beunruhigt.

So hat es angefangen. Mit schwankendem Blick hat Pell tief in die rauchgrauen Augen gesehen. Langsam hat Empy, Empster, an der elfenbeinernen Pfeife gezogen und ebenso langsam den Rauch ausgestoßen. *Ich kenne dich, Pellam Pelligrew. Komm zu mir, und deine*

Schüchternheit wird wie Schnee dahinschmelzen. Komm zu mir, und deine unbeholfene Gestalt wird eine neue Grazie bekommen. Komm zu mir, und du wirst die Liebe der Frauen kennenlernen. Alles, was du tun mußt, Pelligrew, ist, mir zu dienen. Du mußt mir nur dienen!

Außerdem, wer war Nova?

Mein junges Mündel kommt, Pelligrew. Du wirst dich seiner annehmen. Betrachte dich, wenn dir das gefällt, als eine Art männliche Gouvernante. Darüber hatte Empy gelacht. *Aber merke dir, daß mein Mündel dich niemals so wahrnehmen darf. Für ihn bist du sein Freund, Pelligrew, sein treuer Freund.*

Sein treuer Freund ... Aber es stimmte! Und auf einmal schüttelte sich Pell in der Kälte und schaute noch angestrengter in den Dunst hinaus.

»Nova!« rief er und wollte gerade loslaufen, hinter ihm her.

Doch das war nicht nötig. Durch den Nebel kamen zwei Gestalten auf ihn zu, wie durch einen Vorhang. Sie fuhren Hand in Hand und glitten ruhig unter den Bögen der Brücke hindurch. Die sinkende Sonne badete sie in Gold. Sie hätten Götter sein können. Absurderweise erschrak Pell, und zwar so sehr, daß er wieder auf das Eis fiel.

»Noch einmal, und es bricht, Pell«, meinte Jem lachend, während er vorbeiglitt. Wie sein Blick triumphierend leuchtete! Das Vance-Mädchen lachte ebenfalls, ein mädchenhaftes Kichern.

Pell wurde wütend.

»Und darf ich Euch meine Aufwartung machen?« hörte er seinen Freund galant fragen, während er der jungen Lady auf den Steg half.

Pell ließ er einfach auf dem Eis sitzen. Der Himmel wurde noch etwas dunkler. Auf der Uferböschung hörte man das Hufgeklapper des Verkehrs, und aus der Nähe drang ein Geräusch an Pells Ohren, das er seit vielen Jahren weder gehört noch registriert hatte.

Ti-witt, Ti-woo!

Ein kleiner Vogel, ein Bob Scarlet, sah ihn neugierig an.

»Selber *Ti-witt, Ti-woo*«, knurrte Pell gereizt.

33. Gold und Grün

»Was für eine Eleganz!«

»Und wie präzise!«

»Es gibt doch niemand Besseren als die Masken, hab ich recht?«

»Niemanden.«

Die Feiernden hatten sich, in ihre warmen Pelze gehüllt, auf den drei Seiten der Galerie eingefunden, die über dem Hof des Cham-Charing-Hauses förmlich an den Wänden klebte. An der vierten Seite spielte ein Vaga-Orchester, das einzige seiner Art, mit Tamburinen und Hirtenhörnern, Lauten und »Harions«, Pfeifen aus Orandy und solchen aus Koros, seine seltsamen Melodien.

Darunter hingen Leuchter an den Wänden. Sie waren mit seltenen, langsam brennenden Hölzern bestückt und verbreiteten einen kräftigen, weihrauchartigen Duft. Mitten auf dem Hof glitten Tänzer mit der Leichtigkeit von Gespenstern über die Pflastersteine. Sie trugen Masken und purpurne Umhänge und bewegten sich in perfekter Harmonie. Nur leidenschaftliches Training konnte dies hervorbringen, und doch schaffte es die Truppe, ihren Tanz mühelos aussehen zu lassen, als könnten sie im Einklang denken. Ihre Umhänge bauschten sich hinter ihnen auf und erzeugten die Illusion eines rauschenden, purpurnen Meeres.

Im nächsten Augenblick waren die purpurnen Tänzer verschwunden und wurden von Gestalten in Grün ersetzt. Aber wann genau die einen gegangen und die anderen gekommen waren, konnte keiner so genau sagen.

Jem sah nicht zu. Er verfolgte Jeli und schlängelte sich durch die dichtgedrängte Menge. »Ihr habt meine Frage nicht beantwortet«, meinte er drängend.

»Frage?«

Jeli drehte sich nicht um. Sie wirkte kalt und schien die Vertrautheit zu bedauern, die sie ihm auf dem Eis gestattet hatte. Auf der

Treppe hatte sie schon seinen Arm abgelehnt. Und jetzt im Haus zog sie sich sofort zurück und hatte es eilig, zu ihrer exzentrischen Gefährtin zurückzukehren.

Hatte sie denn wirklich seine Hand gehalten?

Wütend streckte Jem die Hand aus und packte ihren Arm. »Ich habe Euch gefragt, ob ich Euch meine Aufwartung machen darf.«

Jelis Augen blitzten auf. »Wir sind selten zu Hause.«

»Ich weiß, wo Ihr wohnt. Ich bleibe draußen stehen und warte.«

»Dann wäret Ihr ein bemerkenswert hartnäckiger junger Mann ... Und außerdem ein ziemlicher Narr.«

Diese letzte Bemerkung kam nicht von Jeli, sondern von ihrer Tante Vlada. Errötend ließ Jem den Arm seiner Cousine los. Die Menge schloß sich um die beiden, und dann waren sie verschwunden.

Auf dem Hof waren die Umhänge mal rot, mal blau, dann wieder golden; dann hüpfte der Schwarze Wächter mit seinem langen, geteilten Wams und den glühenden Augen herbei, sprang hierhin und dorthin, während er wie verrückt versuchte, den Hüpfenden Jongleur zu fangen. Affen schwärmten zu ihren Füßen in geometrischen Mustern aus, aber niemals verlor der Jongleur auch nur eine einzige seiner bunten Kugeln. Gold regnete von der Galerie herunter. Während der ganzen Darbietung ertönte ein unablässiges Klingeln von Münzen auf dem Pflaster, die von den Adligen bei jeder beeindruckenden Wendung geworfen wurden. Am Ende würden die Pflastersteine ein glitzernder See sein, beschienen vom Licht der Fackeln.

Lady Cham-Charing warf eine Krone hinunter.

»Sie versetzen einen wirklich in die Zeit der Kindheit zurück!« sagte sie seufzend.

»Ihr habt Eure Kindheit unter den Vaga verbracht? Aber Constansia, ich wußte gar nicht, daß Ihr ein Karawanen-Kind wart. Haben Sie Euer Gesicht auch mit Schuhwichse geschwärzt?«

»Mathanias, das meinte ich nicht, und das wißt Ihr sehr wohl! Erinnert Ihr Euch denn nicht an die großen Vaga-Jahrmärkte, die jedes

Jahr auf den Ollon-Feldern stattfanden? Die Masken waren damals noch neu und kleiner, aber was für ein Anblick! Erinnert Ihr Euch noch daran, wie sie den ersten Löwen aus Unang Lia mitgebracht haben? Wieviel Angst wir hatten, bis wir hörten, daß sie ihm Zähne und Krallen gezogen hatten!«

Die alte Frau seufzte.

»Die Felder sind jetzt vollkommen zugebaut. Aber ach, wie glücklich wir unter unseren Strohhauben waren, damals in den warmen Tagen des Theron! Das war natürlich noch bevor sie die Regenten-Brücke gebaut haben. Wir haben noch mit Barken übergesetzt.«

»Wir?«

»Ihr erinnert Euch doch noch, Elsan, oder? Es waren Mazy Tarfoot und Ary Heva-Harion und Dahlia Flonce und ... wer noch, Elsan? Wer? Vlada Flay? Nun ja.«

Constansia konnte es sich nicht verkneifen, einen mißbilligenden Blick durch den Raum zu werfen. Auf der anderen Seite der Galerie stand die Bemerkenswerte gebieterisch zwischen ihrem Mündel und dem rotgesichtigen Erzmaximus. Wirklich bemerkenswert! Selbst ihr Umhang, eine bunte Mischung aus Fuchs, Bär und Tiger, war von einer Extravaganz, die selbst im Haus der Cham-Charing selten gesehen wurde.

»Was für eine Gesellschaft ist das«, fühlte sich Constansia zu fragen genötigt, »in der eine Hure, dazu noch von zenzanischem Geblüt, sich unter die feinsten Edelleute drängen kann, ohne daß etwas anderes als ihr Ruf ihr den Weg ebnet?«

»Ihr habt sie selbst eingeladen, Constansia.«

»Mathanias, man muß eben mit der Zeit gehen.«

Lord Empster lächelte nur. Die arme Constansia! Früher einmal hätte sie sich niemals der Welt gebeugt. Es hatte einmal eine Zeit gegeben, in der sie wie eine inoffizielle Königin über die Gesellschaft geherrscht hatte. Ihr großzügiges Haus war ein zweiter, rivalisierender Palast gewesen. Damals konnten nur die vornehmsten Adligen damit rechnen, über ihre Schwelle gehen zu dürfen. Ihre Einladungen, die sie mit einer mädchenhaften Handschrift auf kleine Karten mit Goldrand schrieb, wurden teurer geschätzt als Juwelen.

Nun, die Feier war so geschäftig wie immer. Die Pracht war geblieben, aber da war etwas Hohles, Brüchiges. Auf der anderen Seite des Flusses in Agondons Neustadt ließen prachtvolle neue Gebäude das Haus von Lady Cham-Charing ein wenig schäbig aussehen, altmodisch. Die Gastgeberin selbst hatte ebenfalls etwas von ihrem alten Glanz verloren. Früher einmal war ihr Name mit scheuer Bewunderung ausgesprochen worden; war diese nun von unterschwelliger Verachtung verdrängt worden? Bei Lady Venturon wurden Feiern der Kunst, der Musik und der Literatur gewidmet, bei Baroneß Bolbar drehte sich alles um Jugend, Schönheit und Liebe. Was hatte Lady Cham-Charing jemals geschätzt und angebetet außer der Gnade der richtigen Geburt und einer überheblichen Einhaltung der Anstandsregeln?

An Lady C ... Sir, verschwendet Euren Geist nicht;
denn das eine weiß ich: Der Strahl wird niemals treffen.

Das hatte Coppergate gedichtet. Constansia war erfreut über das Kompliment gewesen, bis ihr dämmerte, daß es gar kein Kompliment war.

Domherr Feval hatte mit einem überlegenen Grinsen diese Zeilen nur zu gern zitiert. Als hohle Klatschtante hatte er niemals in Lady Cham-Charings Haus gepaßt, mit seinen gemessenen Traditionen, der dezenten Verschwiegenheit. Obwohl Constansias Freunde froh waren, daß er gegangen war, wußten sie doch auch, daß die Bedrohung, die er darstellte, keineswegs aus der Welt geschafft war. War es wirklich eine gute Idee gewesen, ihn wegzuschaffen? Fevals Ladies wendeten sich in immer größerer Zahl gegen Constansia, und unaufhörlich schien sich Constansias lange Herrschaft dem Ende zuzuneigen.

»Die Cham versucht es wirklich mit allen Mitteln, hm?« murmelte ein Höfling im Hintergrund.

»Tatsächlich? Mit den Silbermasken, ich bitte Euch! Hat nicht einfach jeder sie schon hundertmal gesehen?«

Aber das stimmte nicht. Jeder nicht.

Zuerst hatte Jem kaum auf das Spektakel im Hof geachtet. Er hatte nur Augen für Jeli, für die teure Jeli, die auf der anderen Seite der Galerie stand und sittsam lächelte. Sie war querköpfig, aber konnte er ihr das verübeln? Vielleicht witterte sie ja etwas Widerwärtiges an ihm. Wie oft hatte er in der dämmrigen Lasterhöhle des Würgers seine Augen geschlossen und so getan, als ob diese oder jene kleine Hure, die unter ihm stöhnte, Jeli wäre …

Furcht und Scham erfüllten ihn.

»Da bist du ja, Nova.«

Schwang da nicht ein unterschwelliger Vorwurf ins Pells Stimme mit? Er drängelte sich neben seinen Freund.

»Wie ich sehe, war die Vance-Affäre sehr kurzlebig. Oder versteh ich das falsch?«

»Was?«

»Du Glückspilz, Nova. Laß mich raten – du hast sie unter der Brücke genommen, hm? Muß ziemlich kalt gewesen sein. Ich würde sagen, einige Teile von ihr waren … Heh, beruhige dich, ich hab nur Spaß gemacht!«

Unten im Hof schritten große Gestalten in Gold und Silber, die Kaiserlichen mit wirbelnden Zeptern, durch die Menge der abgerissenen, herumeilenden Betrachter. Die vielen menschlichen Körper bildeten einen fünfzackigen Stern, an dessen Spitzen ein Löwe hockte, der durch einen brennenden Reifen sprang. Eine neue Kaskade aus Münzen regnete herab, und in der allgemeinen Aufregung bemerkte niemand, daß der junge Nova Empster seinen Freund an der Kehle gepackt hatte.

»Wie kannst du es wagen, so von Miss Vance zu sprechen? Hast du keinen Respekt vor einer tugendhaften Frau?«

»Tugend?« Pell wurde blaß. »Nova, hat dich denn der Würger nichts gelehrt?«

»Du ekelst mich an!«

»Was?«

»Du hältst dich für so vornehm, so modern. Du bist nichts weiter als ein schmutziger, pockennarbiger Hurenbock!«

Pell war so schockiert, daß er nicht einmal daran dachte zu sagen, wenn das stimmte, dann müßte es auch für seinen Freund gelten.

Er stolperte zurück, als Jem ihn zur Seite schob.

Sehnsüchtig starrte Jem auf die andere Seite der Galerie zu Jeli. Aus einem Impuls heraus schwor er allen Verworfenheiten ab. Wie Silverbys Helden würde er sich ab jetzt seiner Geliebten würdig erweisen. Er würde ihr dienen, für sie leiden. Aber konnte Jeli seine Liebe denn jemals akzeptieren? Das Mädchen verfolgte gespannt das Spektakel. Und Jem sah ebenfalls rasch hinunter, als Jelis Tante ihm ein ironisches Lächeln zuwarf.

»Nova, natürlich respektiere ich eine tugendhafte Frau«, sagte Pell. »Ich hoffe, daß ich eines Tages auch eine heiraten kann. Ich habe nur Spaß gemacht, Nova.«

Aber es hatte keinen Sinn.

Jem starrte fasziniert auf den Stern im Hof, der vor ihm wie eine ruhige, helle Vision schimmerte. Jetzt traten große Gestalten auf Stelzen vor und füllten die Lücken, wo der Stern nach innen zeigte. Die Stelzenmänner trugen große, groteske Köpfe aus Pappmaché, in denselben Farben wie die Umhänge der Tänzer. Purpurn, grün, rot, blau und golden.

Aber es gab noch viel mehr. Gleich würden die Schlacht mit dem Einhorn, der Visionen-Tanz und der gefeierte Kreis der Bestimmung folgen, und all das führte zu dem Höhepunkt, dem Konflikt zwischen Schicksal-Blau und dem Roten Ringer. Es war das »Blau gegen Rot«-Spiel, dasselbe Spiel, das Jem in Varby dargeboten hatte. Doch es war hier so prächtig, daß es vollkommen anders wirkte. Plötzlich flatterte ein ganzer Schwarm bunter Vögel vor den Füßen der Tänzer hoch.

Jem schnappte vor Begeisterung nach Luft. Er vergaß sich völlig und konzentrierte sich nur noch auf die brillante Darbietung vor sich. Niemand war besser als die Masken! Das stimmte. Immer weiter schlugen die Tamburine, bliesen die Hörner, und die Goldmünzen regneten unaufhörlich herab. Der Rauch des Holzes kräuselte sich nach oben und stank aufdringlich in der kalten Luft des Hofs.

Wegen ihres prachtvollen Spiels ließen die Masken ihre Zuschauer mit dem Wunsch zurück, noch mehr zu sehen. Als Schicksal-Blau auf dem Einhorn seinen Widersacher mit einer goldenen Lanze niederstreckte, schwärmte die ganze Truppe plötzlich in den Hof, rannte in einer langen Reihe die Treppe zur Galerie hoch und tanzte in einer strahlenden, verwirrenden Kette durch die Zuschauer.

Dann waren sie verschwunden. Im ganzen Hof gingen die Brennstäbe aus und hinterließen nur noch ihren scharfen Duft.

Dunkelheit. Es war vorbei.

Aber noch nicht ganz. Es gab noch eine kurze, gedämpfte Zugabe. Es war ein besonderes Privileg und nur wenigen vorbehalten. Lady Cham-Charings Herz schwoll vor Freude an. Zuerst leuchtete nur eine einzige Lampe mitten auf dem Hof. Einen Moment später tauchten daneben zwei ältere Gestalten auf. Die erste war schlank und runzlig und trug ein buntes Kostüm, das den schlanken und runzligen Körper noch betonte. Die Maske leuchtete geheimnisvoll im Licht der Lampe.

Jem war fasziniert gewesen, doch dann verwandelte sich seine Verzückung in Beunruhigung.

»Ich hätte es fast vergessen«, sagte er laut.

»Nova?« Pell stand neben ihm und hoffte auf einen Stimmungswechsel seines Freundes.

Unter großem Applaus hatte sich der Clown zum Harlekin hinzugesellt. Lady Cham-Charing wischte sich die Augen. Das waren die ältesten Mitglieder der Truppe, die letzten Überlebenden der Tage auf den Ollon-Feldern. Sie traten selbst fast gar nicht mehr auf, sondern übten ihre Talente hauptsächlich hinter der Bühne aus. All die großen Kunststücke waren von ihnen ersonnen worden.

»Ich hatte Angst vor ihnen«, sagte Jem leise. »Aber glaubst du, daß sie wirklich böse sein können?«

»Nova, wovon sprichst du?«

Die beiden alten Darsteller begrüßten sich feierlich und verbeugten sich mit der gemessenen Eleganz des Alters. Dann kamen von allen Seiten jüngere Gestalten angelaufen. Sie schwankten wie in einer Brise. Diese Figuren waren in prächtiges Grün gekleidet, und ihre Kostüme raschelten. Sie sahen aus wie große Blätter.

In wenigen Augenblicken hatten diese Gestalten die beiden alten Männer umringt. Sie liefen im Kreis um sie herum, und als sie sich zurückzogen, stand eine dritte Gestalt zwischen dem Harlekin und dem Clown. Es war ein wunderschöner Junge, dessen Kostüm ganz aus Grün und Gold bestand. Selbst seine Maske war grün und golden und hatte lange gebogene Hörner, in jeder Farbe eins.

Währenddessen hatte die ätherische Vaga-Musik weitergespielt. Jetzt erklangen schwere Akkorde von den Lauten, die Koros-Flöten spielten eine lebhafte Melodie, und der Junge, der steif aufgerichtet dastand, fing an zu singen. Seine Stimme war hoch und gleichzeitig feierlich, lieblich und doch von einer schwer faßbaren Trauer erfüllt. Während er sang, glitt er langsam in den Hintergrund zurück, während der Harlekin seine Worte mit Gesten begleitete, mit den Gesten, Handbewegungen und Wendungen, die der Junge unterließ. Er hätte die entkörperte Stimme des Harlekins sein können.

Das Lied begann:

Alles ist Zitrone, und nichts ist Limone,
aber selbst die Wahrheit wird bald enthüllt werden;
Dann werden wir aus den Scheinbaum-Kalebassen trinken
und speisen mit dem König und der Königin der Schwerter!

Dieses Lied hatte Jem schon vorher gehört, wenn auch nur zum Teil. Dieser Teil war ihm immer wie Unsinn vorgekommen, und bald hatte er begriffen, daß das ganze Lied Unsinn war. Aber trotzdem überkam ihn eine merkwürdige Verzauberung, während sich die albernen Verse aneinanderreihten. Nach einer Weile blickte er kaum noch auf den gestikulierenden Harlekin, sondern versuchte krampfhaft, den Sänger zu entdecken, der im Schatten stand.

Alles ist verborgen, und nichts ist bekannt,
denn selbst die Wahrheit ist wie die Knochen eines alten Köters.
Kommt, laßt uns auf den Scheinbaum-Dielen niederknien
und für den König und die Königin der Schwerter beten!

Es war Unsinn, aber Jem dachte über diese merkwürdigen Worte nach. Der König und die Königin der Schwerter? Wer konnte das sein?

Die Antwort wurde ihm schnell gegeben. Unter den Bögen glitt jetzt eine neue Prozession von Gestalten über den Hof. Sie trugen rechteckige Schilder über Brust und Rücken, die wie Spielkarten bemalt waren.

Natürlich! Die Farbe der Schwerter!

Lady Margrave liebte das Spiel und warf einen ganzen Tiralos hinunter.

Die Münze segelte im hohen Bogen auf die Steine.

Alles ist Wasser, und nichts ist naß,
und selbst die Wahrheit ist wie eine unbezahlte Schuld.
Was, ihr wollt die Lords des Scheinbaums ärgern?
Trotzdem wirst du neben der Königin der Schwerter liegen!

Was hatte das zu bedeuten?

Langsam, aber sicher gewann Jem die Überzeugung, daß dieses Lied alles andere als Unsinn war, sondern statt dessen eine verborgene Bedeutung hatte. Mehr noch, es hatte eine Bedeutung für ihn.

Aber wie?

Einen Moment verblaßten die Zuschauer auf der Galerie, und Jem schien es, als wäre er allein, als würde der Sänger in Grün und Gold nur für ihn singen.

Alles ist Kiesel, und nichts ist Stein,
wenn selbst die Wahrheit allein liegen muß.

Narr, du willst den Hort des Scheinbaums plündern?
Dann stirb mit dem König und der Königin der Schwerter!

Während des Lieds trat der Clown zur Seite und spielte wie zufällig mit einem kleinen Vogel. Es war eine Regenbogentaube, wie Mylas Eo eine gewesen war. An einer Klaue war eine Schnur befestigt und an dieser Schnur ein kleiner Taktstock. Als die Melodie ertönte, schwang der Clown diesen Stock, während er mit der anderen Hand eine Reihe von Reifen jonglierte. Immer und immer wieder flatterte die Taube durch einen Reif, und je weiter sich das Lied dem Ende näherte, desto kleiner wurden diese Reifen. Beim letzten Akkord, als der Harlekin sich verbeugte, konnte sich der Vogel befreien und stieg auf, an der Galerie vorbei, und verschwand.

Alles wird fallen, doch nichts stürzt herab,
obwohl selbst die Wahrheit verschwindet, wenn du sie rufst;
kommt, laßt uns alles nehmen, was dieser Schein-Spott hergibt ...
Kommt, laßt uns im Land der Schwerter leben!
Kommt, laßt uns im Land der Schwerter träumen!

»Nova?« Pell stieß seinen Freund an.

Das Lied war vorbei, der Vogel weggeflogen, und Applaus und Münzengeklimper erfüllten den Hof. Trotzdem starrte Jem benommen hinunter, wo Grün-Gold stand. Der Harlekin und der Clown ließen sich feiern, während der Junge, der so schön gesungen hatte, unbeteiligt dastand.

Dann passierte es.

Unmittelbar bevor er abtrat, bewegte der Junge plötzlich die Arme, die bisher reglos an seinen Seiten gehangen hatten. Der Umhang flatterte davon, dann die gehörnte Maske, und darunter zeigte sich das Gewand, das er trug. Der Junge war wie der Harlekin gekleidet. Genau wie der Harlekin.

Jem schrie vor Überraschung auf.

Pell lachte. »Ich glaube, du hast zuviel Kraut geraucht! Ruhig, Nova. Miss Vance sieht her.«

Aber Jem hatte im Moment keine Augen für das Mädchen. Er dachte nur noch an seine vereitelte Aufgabe und an die merkwürdigen Mächte, die ihn in ihrem Griff zu halten schienen. Tief in dieses Geheimnis versunken, begriff er plötzlich, daß er einen Schlüssel suchte und daß seine Verwirrung verschwinden würde, wenn er diesen Schlüssel drehte.

Wenn der Harlekin ihm nun den Schlüssel geben konnte?

Er drehte sich unvermittelt um. »Ich muß zu ihm!«

»Was?« Pell packte ihn am Arm, aber Jem riß sich los. Grob drängte er sich durch die Menschenmenge und stürmte die Treppe hinunter. Unten wäre er beinahe gestrauchelt und hingefallen.

Schweratmend stolperte er auf den Hof.

Dort war es merkwürdig ruhig. Jem sah sich um. Die Goldmünzen lagen noch auf den Pflastersteinen, und die Lampe in der Mitte brannte noch. Er blickte hoch. Die Galerie war leer, und der Himmel war bleiern. Es würde bald schneien.

Etwas knirschte.

Jem drehte sich um. Zwei kleine Vaga-Jungen kamen auf den Hof und fegten die Münzen mit langstieligen Besen zusammen. Andere tanzten um sie herum und sammelten die Kupfermünzen in kleine Lederbeutel. *Kling! Kling!* Sie hoben sie ernst auf.

Jem sahen sie nicht.

Er räusperte sich. »Ich suche den Harlekin!«

»Meinst du mich?« Die Stimme kam ihm bekannt vor.

Jem erschrak. Er hatte gedacht, daß der Junge gegangen, mit den anderen verschwunden wäre. Jetzt trat die bunte Gestalt aus dem Schatten. Seine silberne Maske glänzte im Licht der Lampe.

»Du bist nicht derjenige, den ich suche«, flüsterte Jem.

»Bist du dir da so sicher?«

Jem war sich sicher. Das war nicht sein Harlekin. Natürlich nicht. Er war jünger, kleiner und hatte eine dunklere Haut. Dann kam ihm der Gedanke, daß es vielleicht der ältere Harlekin sein könnte, der auf wundersame Weise jünger gemacht worden war. Gab es zwei Versionen desselben Mannes, die beide gleichzeitig anwesend sein konnten?

Die Münzen landeten weiterhin in den Beuteln.

Der Junge trat näher, und als er sprach, klang seine Stimme vertraut, spöttisch. »Ich habe gesehen, wie du uns beobachtet hast. Du weißt, wer ich bin, stimmt's?«

Pause.

»Du weißt es nicht?«

Er beugte sich vor, tanzte im Kreis um Jem herum, und Jem packte seinen Arm.

»Du mußt nicht gleich grob werden, Nova!«

»Raj!«

Der Harlekin nahm die Maske ab.

34. *Schnell, sagte der Vogel*

»Tante Vlad?«

»Liebes?«

»Dieser Junge ...«

»Welcher Junge, Liebes?«

»Tante, Ihr wißt genau, wer!«

»Ich nehme an, du meinst das Mündel von Lord Empster?«

»Er ist ganz schön hartnäckig, stimmt's?«

»Das habe ich ihm auch gesagt.«

»Ihr habt ihm auch gesagt, daß er ein Narr sei.«

»Das habe ich.« Tante Vlada lächelte. Der Fest-Empfang war vorbei. Die beiden Frauen saßen untergehakt in der Kutsche des Erzherzogs und fuhren die steilen Straßen der Insel hinauf. Sie hatten die Ausgangssperre schon lange überschritten, und es war kein gewöhnliches Volk mehr auf den Straßen. Es war ruhig, nur ab und zu läutete eine Meditationsglocke.

»Tante, warum denn?«

»Warum er ein Narr ist? Darf ich sagen, deshalb, weil er den Saum deines Gewandes berührt hat?«

Jeli konnte sich nicht daran erinnern. »Er ist aber doch ein ehrbarer junger Mann, oder nicht?«

»Meine Liebe, die Welt ist voller ehrbarer junger Männer! Aber wartet nicht weit mehr auf meinen Liebling?«

»Mehr?«

»Ein junges Mündel aus den Provinzen? Wer ist er denn schon? Ein Niemand! Meine Liebe, du hast bei Chams einen großartigen Eindruck hinterlassen. Constansia Cham-Charing kann mich zwar nicht ausstehen, aber sie mußte mich trotzdem zu ihrem kleinen Fest einladen. Aus Höflichkeit? Nein, kein bißchen. Diese Art Mensch ist frei von Höflichkeit. Sie hat mich eingeladen, damit sie *dich* bekommen konnte. Miss Jelica Vance steht bereits in einem gewissen Ruf.«

Jeli wirkte etwas verlegen.

Tante Vlada lachte. »Mein Liebe, ich meinte damit nicht das, was Herrin Quick unter diesem Wort versteht. Nein, es ist meine Aufgabe, Miss Jelica Vance zu der begehrtesten jungen Frau ihrer Generation zu machen. Und das wird sie sein. Keine Angst, das wird sie sein!«

»Ach Tante, warum seid Ihr so gut zu mir?«

»Gut zu dir? Mein Liebes, bin ich nicht auch gut zu mir, wenn ich gut zu dir bin?«

Jeli konnte mit dieser Antwort nicht viel anfangen, aber sie schien trotzdem gut zu sein. Sie ruhte verträumt in den Armen ihrer Tante und gab sich den Träumen vom Ruhm hin. Wie genau dieser Ruhm aussehen mochte, wußte sie nicht, aber allein diese Ungenauigkeit schien zu seinem Zauber zu gehören. Wie der Schein, der, sagen wir, eine goldene Krone umgibt, die in den Sonnenstrahlen leuchtet.

Lord Empsters Mündel war bald vergessen. Er war für den Moment amüsant gewesen, mehr nicht.

Als sie im Bett lag und ihre heiße Milch trank, konnte Jeli sich nicht vorstellen, wirklich einschlafen zu können. Sie war viel zu aufgeregt. Lächelnd saß Tante Vlada neben ihr auf dem Bett und streichelte ihre Handgelenke und ihr Haar. Ring lag am Fußende, und Rheen hockte auf dem Bettgestell und gurrte zufrieden.

»Liebe Tante Vlada!« Jeli seufzte. »Wenn Vater mich nur schon von Anfang an in Eure Obhut gegeben hätte! Wie viele Jahre habe ich verschwendet! Wenn ich daran denke, daß ich einen ganzen Zyklus bei Quicks vergeudet habe!«

»Es war nicht ganz vergeudet, Liebes. Ich würde sagen, daß Herrin Quick einige sehr nützliche Dinge lehrt. Kannst du nicht hervorragend mit einem Fischmesser umgehen? Und kannst du nicht auch eine Treppe hinaufgehen, während du auf dem Kopf ein Exemplar von Coppergate balancierst? Nein, wir wollen nicht zu hart über deine alte Lehrerin urteilen!«

Jeli lachte. Wie lange her schienen ihr selbst die Tage ihrer Kindheit zu sein! »Seid Ihr bei Quicks gewesen, Tante Vlada?« Sie hatte den Eindruck, daß ihre Tante deren Regime sehr gut kannte.

»Bei Quicks? Wirklich, Liebes! Herrin Quick ist zwar alt, das ist wahr. Aber glaubt Ihr, daß sie so alt ist? Als ich damals bei Uly und Marly gelebt habe, dachte niemand daran, die Mädchen zur Schule zu schicken. Wir wurden zu Hause unterrichtet, wenn wir überhaupt unterrichtet wurden.

Zufällig war mein Onkel Onty ein bißchen mehr erleuchtet. Man könnte tatsächlich sagen, daß diese Erleuchtung weitreichende Konsequenzen hatte.«

»Tante Vlad?«

Die Geschichte von Uly (Ende)

»Du weißt, daß Onkel Onty das Beste für seine Mädchen wollte. Als sich Ulys Debüt näherte, bemühte er sich, daß sie nicht eines dieser unwissenden Gesellschaftsdämchen sein sollte. Onkel Onty schlug auf den Eßtisch und meinte, daß die duchschnittliche Debütantin – und daran erinnere er sich noch sehr gut! – eine solche Närrin gewesen sei, daß sie nicht einmal Agondon auf einer Landkarte finden konnte.

Uly wurde rot. Und Marly auch.

Also beschloß Onkel Onty, einen Lehrer zu engagieren. Ein junger Gentleman vom Tuch schien die beste Wahl zu sein, und nach ein paar Tagen fand man auch einen solchen Gentleman in den Mauern des Tempelkollegs. Der Erzmaximus hatte ihn mit den ausführlichsten Referenzen ausgestattet. Der junge Mann war eindeutig einer von der ernsthaften, studierten Sorte, für den schon der Gedanke an Unkeuschheit ungeheuerlich war. Es war nicht einmal sicher, so versicherte der Erzmaximus Onkel Onty, ob der junge Mann überhaupt das Geschlecht seiner Schüler bemerken würde. Sein Name war Silas Wolveron.«

»Das ist ein sehr merkwürdiger Name, Tante.«

»Ja, Liebes, das stimmt. Aber solche Namen findet man oft unter frommen Provinzlern. Da, wo Silas herkam, waren alle jungen Männer mit solchen Namen belastet – wie ›Ebenezer‹ oder ›Nathanian‹ oder sogar ›Poltiss‹. Trotzdem nennen wir ihn nicht bei seinem agonistischen Namen, sondern lieber ›Kandidat‹ oder ›Kandidat Wolveron‹. Das war sein Titel. Er war noch kein Geweihter, aber er wartete auf die Zeit seiner Einführung.

Unser altes Kinderzimmer wurde rasch zu einem Schulraum umgebaut, mit Schönschreibheften, Tafeln, Tintenfässern und Schreibpulten. Onkel Onty duldete keinen Widerspruch. Wir sollten an jedem Tag Unterricht haben, außer an Kanonischen Tagen.

Ich erinnere mich noch an Ulys und Marlys Gestöhne am ersten Morgen, als wir im Schulzimmer saßen und Kandidat Wolveron erwarteten. Wie würde er aussehen? Uly und Marly übertrafen sich gegenseitig in grotesken Schilderungen. Wenn man ihnen Glauben schenkte, war Kandidat Wolveron im besten Fall, den schlimmsten wollte man sich gar nicht erst ausmalen, ein gewaltiger, fetter Kerl mit roten Wangen und einem glänzenden Kahlkopf, der nach

Schnupftabak roch. Die Wirklichkeit, ein weichhäutiger, schlanker Junge mit klaren Augen und dunklen Locken, schockierte sie.

Ich möchte natürlich nicht behaupten, Liebes, daß Kandidat Wolveron ein besonders gutaussehender Junge war, ich will keine Kleinmädchenträume inspirieren. Nein, er war ein durchaus sympathischer, aber in vielen Dingen recht gewöhnlicher junger Mann. Du mußt wissen, daß Uly und Marly so gut wie niemals etwas vom anderen Geschlecht gesehen hatten, jedenfalls nicht von seinem geeigneteren Teil.«

»Aber Tante Vlad, dieser Kandidat war doch sicherlich nicht geeignet!«

»Allerdings nicht, Liebes, denn er war kurz davor, sich einem Leben im Zölibat zu verschreiben. Natürlich war das nur so dahingesagt.«

Jeli runzelte die Stirn. »Und was ist mit Cousin Pell?«

»Das stimmt, aber sie betrachteten Pell als Bruder, und außerdem mochten sie ihn ja auch nicht mehr. Ich möchte sagen, daß sich ihre Leidenschaft unausweichlich auf Kandidat Wolveron konzentrieren mußte. Wenn sie mich des Nachts zu Ende gequält hatten, denn wir drei teilten ein Zimmer, dann lagen Uly und Marly wach und sprachen in den glühendsten Tönen von den Vorzügen des Lehrers.

Natürlich begann es als ein rcines Spiel. Aber, Liebes, was als Spiel beginnt, kann sehr schnell zu tödlichem Ernst werden! Kandidat Wolveron war so empfindsam, so sensibel. Wie schnell erröteten seine weißen Wangen! Das hatte Uly beobachtet. Was, meinte Marly, war mit seinem Adamsapfel, der auf eine höchst faszinierende Art und Weise hoch und runter rutschte? Oft stellten sie sich vor, wie sich der junge Mann rasierte. War es nicht faszinierend, daß Männer sich rasieren konnten? Allein bei dem Gedanken daran mußten sie lachen. Wie gern sie gesehen hätten, wie er dastand, das Rasiermesser in der Hand, das dann seine Reise den Hals hinunter begann! Wie konnte man vermeiden, den Adamsapfel zu verletzen? Aber wenn man genau hinsah, dann bemerkten sie Risse. Kleine blutige Risse.

Ja, es war ein Spiel, und der junge Mann bot sich als Opfer geradezu an. Schon bald würde der Einsatz sich erhöhen, und an einem Koros-Nachmittag geschah das dann auch. Ich erinnere mich noch genau an den kalten Glanz des Schnees, der auf unsere Schreibtische schien! Kandidat Wolveron erklärte eine geometrische Frage und legte seine Hand neben Ulys Schiefertafel. Das war alles. Eine Hand neben einer Schiefertafel! Aber dann legte Uly, wie aus Versehen, ihre Hand auf seine. Er errötete und zog sein Hand weg. Es war ein so winziger Zwischenfall! Er dauerte höchstens ein Ticken der Olton-Uhr. Das warme Feuer im Kamin mochte einmal geknistert haben, mehr nicht.

Und doch war das der Anfang. Jetzt begann es wirklich.

Danach waren die Mädchen entschlossen, die Aufmerksamkeit und Zuneigung von Kandidat Wolveron zu erlangen. Wenn Uly mit ihrer Hand ›zufällig‹ die seine berührte, dann ließ Marly ihren Rock an seinen Waden vorbeigleiten. Schon bald machten sie dem armen Kerl das Leben zur Hölle. Und vielleicht brachten sie ihn auch in Versuchung. Seine cremigen Wangen waren jetzt ständig gerötet.

Wenn Onkel Onty auch nur einen Moment geahnt hätte, daß der Lehrer eine solche Leidenschaft in den Mädchen geweckt hatte, hätte er Kandidat Wolveron genauso schnell weggeschickt wie Vetter Pell. Aber Onkel Onty war, das ist mir mittlerweile klar, ein einfacher Mann. Er erinnerte sich nur an die Empfehlungen des Erzmaximus. Hatte der nicht gesagt, daß Kandidat Wolveron nicht einmal das Geschlecht seiner Schüler bemerkte? Manchmal wartete Onkel Onty im Flur auf den Lehrer und meinte amüsiert: »Sagen Sie, Kandidat, wie machen sich die *Jungs?*« Diese Frage belustigte Onkel Onty ungemein. Kandidat Wolveron muß ihn für verrückt gehalten haben.

Es war ein Spiel, ein entzückendes Spiel, um unberührten Mädchen die Langeweile in einem großen, einsamen Haus zu vertreiben, wenn der See zugefroren war und der Boden unter einer dicken Koros-Schneedecke lag. Aber als der Schnee schmolz und den langen, heißen Tagen wich – damals hatten wir noch wirklich schöne

Theron-Tage, Liebes! –, nahm das Spiel eine dunklere, unheimlichere Färbung an.

Ich glaube, es war Uly, die den Feldzug anführte. Marly, so dachte ich, würde ihr folgen und ihrer Schwester Einhalt gebieten, wenn die Dinge zu weit gediehen. Ich sollte mich irren.

Ich muß dazu sagen, daß Kandidat Wolveron ein junger Mann von höchsten moralischen Grundsätzen war. Ich meine damit, Liebes, daß er sie wirklich hatte und nicht nur so tat. Nein, er war kein grausamer Verführer, der sich nur das falsche Gewand der Frömmigkeit übergestreift hatte. Daß er sein Keuschheitsgelübde reinen Herzens ablegen würde, hatte für mich nie in Frage gestanden. Allerdings hatte er die Rechnung ohne Uly und Marly gemacht. Denn jetzt hatten sich die beiden Mädchen darauf versteift, daß der arme Tutor dieses Gelübde niemals ablegen sollte. Uly und Marly hatten ihr eigenes Gelübde abgelegt, und das sah vor, daß sie den Tutor verführen würden.

Die Versuchungen wurden immer leidenschaftlicher. Ich habe dir ja schon gesagt, Liebes, daß Uly und Marly niemals wirklich unschuldig waren. Aber was zunächst noch eine mädchenhafte Narretei gewesen war, wurde jetzt mit wirklichem Drang weiterverfolgt. Die Mädchen schworen, Gelegenheiten zu finden, bei denen sie allein mit Kandidat Wolveron waren. Als es wärmer wurde, bat Uly ihren Vater, daß er uns erlaubte, im Freien unterrichtet zu werden. Onkel Onty hatte ja keine Ahnung und konnte Naturstunden nur fördern. Pah! dröhnte er, in seiner Jugend gab es Mädchen, die nicht einmal den Unterschied zwischen Jakobskraut und einem Veilchen kannten!

Diese Tage des Theron müssen wirklich eine Tortur für den armen Kandidaten Wolveron gewesen sein. Manchmal gingen wir um den See herum und blieben stehen, um aufmerksam Wurzeln, Blumen und die Zweige einer Trauerweide zu betrachten. Das rotgoldene Leuchten herumflitzender Fische entzückte Uly. Sie packte Kandidat Wolverons Arm und marschierte mit ihm voraus. Er sollte unbedingt ihren Wissensdurst stillen.

Und die Wälder. Damals erstreckten sich die Wälder vom Varby-Tal bis zu den Ollon-Marschen. Vom Fenster des Hauses konnten wir nicht nur auf die silbrige Oberfläche des Sees blicken, sondern auch auf bewaldete Hügel. Zuerst schien es mir unwahrscheinlich, daß Onkel Onty uns so weit über seinen Besitz hinaus herumstreifen lassen würde. Aber diese Hügel gehörten nach Onkel Ontys Ansicht ebenfalls zu seinem Land, jedenfalls so gut wie, und waren seine Jungs (hier kicherte er unvermeidlich) nicht vollkommen sicher bei Kandidat Wolveron?

Die Spaziergänge im Wald waren besonders quälend. Nur der Gedanke daran, daß der Lehrer es mißbilligen könnte, hinderte die Mädchen daran, mich fortzujagen, wie sie es vor vielen Jahren getan hatten. Aber keine wollte riskieren, zu schreien oder unbeholfen herumzulaufen. Jede versuchte, attraktiv zu wirken, sogar brav und sittsam, oder jedenfalls stellten sie es sich absurderweise so vor. In Wahrheit wurden Uly und Marly, wenn sie sich unbeobachtet fühlten, noch verrückter in ihren Attacken, das Wort ist nicht übertrieben, Liebes, auf Kandidat Wolveron.

Schamlos senkten sie den Blick, wenn er sie ansprach! Sie stolperten auf unebenen Pfaden und hielten sich an seinem Arm oder seiner Hand fest! Nach einem überraschenden Regenschauer rettete nur die Entdeckung eines Umwegs den Lehrer davor, beide Mädchen nacheinander über eine tiefe Pfütze tragen zu müssen!«

Tante Vlada lächelte und hätte beinahe gelacht. Aber Jeli war wütend. »Wirklich, Tante, der Mann empört mich! War er ein Narr? Konnte er denn nicht sehen, was diese Mädchen mit ihm machten?«

Das Lächeln ihrer Tante wurde traurig. »Ach, meine Liebe, wir müssen uns in Erinnerung rufen, daß Kandidat Wolveron ein junger Mann von äußerster Unschuld war. Heutzutage dürfte man einen solchen Menschen kaum noch finden, möchte ich behaupten, nicht einmal in den Mauern des Tempelkollegs. Wie hätte sich unser Lehrer eine solche Verworfenheit in den Herzen von unberührten Mädchen ausmalen sollen? Ich glaube, er hielt sie für unschuldig und ihre kleinen Taktlosigkeiten für unabsichtlich.

Ich hätte ihn gern getröstet! Aber Kandidat Wolveron war ein sehr gehorsamer Mann, und Onkel Onty hatte ihm eingeschärft, nur die nötigste Aufmerksamkeit auf die Zenzanerin zu verwenden. Ich wurde sehr oft in den duftenden, von der Sonne gesprenkelten Waldwegen zurückgelassen, während die Mädchen mit ihrem Lehrer vorausliefen. Jede wollte, daß er sie an die Hand nahm! Traurig blickte ich zu den weißen Mauern von Onkel Ontys Haus, das sich blendend weiß auf der Ebene weiter unten erhob. Wie traurig ich damals war! Aber wie lange es schon her ist! Wie lange!

Die Jahreszeit brannte weiter, aber der Feldzug der Mädchen hatte immer noch wenig mehr Früchte getragen als gelegentliches Erröten und Stammeln des Kandidaten Wolveron. Schon bald heckten die Mädchen Pläne aus, um weiterzukommen, und gingen abwechselnd mit ihm in den Wald. Waren sie vielleicht zuviel zusammen? Würde er freier auf *ein* Mädchen reagieren, statt auf zwei? Uly meinte, daß es nur auf eins ankäme: den Tutor dazu zu bringen, sich zu erklären, und dann seine Schwüre zu verspotten. Was sie jedoch nicht bedachte, war, wie sie empfinden würde, wenn er sich Marly gegenüber erklärte. Die Qualen, die sie anderen zufügten, hatten die beiden Mädchen zusammengeschweißt. Aber der Neid lauerte bereits wie eine Schlange auf ihrem Weg.

An einem Abend heckte Uly im Bett einen besonders gerissenen Plan aus. Die Zeit der Entführung des Tutors rückte immer näher. Neue und effektivere Methoden waren erforderlich. Während Marly ihn ablenkte – ›Geh ein bißchen mit ihm voraus und plaudere über Jakobskraut‹, befahl ihre Schwester –, wollte Uly so tun, als hätte sie sich den Knöchel verrenkt. Ob sie ihn wirklich verrenken wollte oder nur so tat, wußte ich nicht genau. Jedenfalls sollte ich hinterherlaufen und den Lehrer zurückholen. Das würde eine größere Krise heraufbeschwören, meinte Uly. Und ihre Verletzung würde neue Gefühle in Kandidat Wolveron auslösen, daran hegte Uly keinen Zweifel. Und sie glaubte genauso felsenfest, daß ihm nichts anderes übrigbleiben würde, als sie über den Hügel zum Haus zurückzutragen.

Natürlich wollte ich mit diesen Plänen nichts zu tun haben. Aber wie hätte ich mich widersetzen sollen, wenn mich Uly und Marly beim geringsten Ungehorsam ins Bett drückten und mit ihren zusammengeknoteten Nachthemden verprügelten?

Es fing an wie geplant. Am nächsten Tag gingen wir wieder in den Wald. Nach einer Weile und auf ein Signal von Uly hin begann Marly, Kandidat Wolveron über eine gewisse Sorte Pflanzen auszufragen, die sie am Tag zuvor angeblich gesehen hatte. Arglos (so schien es) nahm sie seinen Arm und zog ihn mit sich. Schon bald waren sie tief im Wald verschwunden.

Ich wartete bei Uly. Sie war an diesem Tag so glücklich, daß sie mich beinahe angelächelt hätte. Verträumt setzte sie sich auf einen Baumstamm und betrachtete das strahlende Haus ihres Vaters. Eines Tages, so sagte sie, würde sie die Herrin dieses Hauses sein. Es würde alles ihr gehören, alles. Mehr konnte sie sich nicht wünschen.

›Aber Herzschwester‹, fragte ich sie. ›Was ist mit Kandidat Wolveron? Willst du nicht, daß er der Hausherr wird?‹

Du mußt verstehen, Liebes, daß ich damals noch vollkommen unschuldig war. Uly sah mich nur an, verwirrt und leicht verärgert.

Nach einem Augenblick forderte sie mich auf, den Lehrer zu suchen.

›Herzschwester‹, meinte ich, ›du hast dir aber noch nicht den Knöchel verstaucht!‹

Ulys Ärger wuchs. ›Blöde kleine Zenzanerin! Verschwinde endlich!‹

Ich ging. Ich tat, als wäre ich beunruhigt, und rief den Namen des Lehrers. Aber niemand antwortete mir. Schon bald war Uly weit hinter mir, und ich wußte nicht, wo die anderen waren. Und kurz darauf konnte ich auch das sichere Haus nicht mehr sehen. Trotzdem lief ich weiter. Der Wald war dunkel und dicht, und ich hatte Angst.

Schließlich gelangte ich in einen merkwürdigen Teil des Waldes. Himbeerbüsche und Farne versperrten mir den Weg. Ich kam nur sehr langsam voran.

Und dann sah ich sie. Als ich mich näherte, hörte ich ein seltsames Geräusch, fast wie ein Tier, das vor Entsetzen winselt. Ich habe Tiere immer schon sehr gemocht, was du sicher zu schätzen weißt, Liebchen …», Tante Vlada hielt inne und streichelte Rings Hals, »… und du kannst dir sicher vorstellen, daß ich irgendwie beunruhigt war. Ob ein Hermelin oder ein Fuchs in die grausame Falle eines Jägers geraten war?

Erst glaubte ich nicht, was ich sah. Kandidat Wolveron hockte auf den Knien, umfaßte Marlys Taille und schluchzte. Ich wußte sofort, daß er sich erklärt hatte. ›Meine Teuerste‹, jammerte er. ›Mein Liebling Marly!‹ In diesem Moment wollte ich wegschleichen. Mein Herz hämmerte heftig, und ich hatte die Hände vor den Mund geschlagen. Ich schwor mir, daß Uly niemals erfahren sollte, wessen ich hier Zeuge geworden war. Niemals!

Was ich jedoch nicht ahnte, war, daß Uly mittlerweile ungeduldig geworden war. Sie war zu lange allein gewesen und hatte uns gesucht. Natürlich hatte sie nicht versucht, sich ihren Knöchel zu verrenken. Der Plan sollte bis zu einem anderen Tag warten.

Als ich mich umdrehte, sah ich sie. Sie wollte mich schon ärgerlich fragen, was ich hier machte. Doch es drang kein Wort über ihre Lippen. Statt dessen stieß sie einen langen, klagenden Schrei aus, als sie zwischen den Zweigen sah, was ich zuvor gesehen hatte. Schluchzend wollte sie weglaufen. Doch da verrenkte sie sich den Knöchel und fiel ins Farnkraut.

Die arme Uly! Jetzt wurde ihr Traum wahr: Kandidat Wolveron trug sie nach Hause. Allerdings war er alles andere als der hinreißende Retter, den sie sich erträumt hatte. Er zitterte vor Scham und, ich muß dazusagen, daß der junge Mann nicht sonderlich kräftig war, auch vor Anstrengung, weil er seine Last kaum schleppen konnte. Ulys Knöchel schlug gegen Zweige, und auf dem Weg den Hügel hinunter fing es auch noch an zu regnen. Einmal wäre Kandidat Wolveron beinahe im Schlamm ausgeglitten.

Ich ging mit Marly hinterher. Sie sagte kein Wort.

Von da an beobachtete ich die Schwestern aufmerksam. Uly

mußte nur ein paar Tage das Bett hüten. Zwiebelsud heilte ihre Kratzer, und die Verstauchung war nicht so schlimm. Aber die folgenden Tage waren genug, um die Leidenschaft zwischen der Schwester und dem Lehrer zu festigen.

Was für eine schreckliche, verzehrende Angelegenheit doch der Neid ist! Ich nehme an, Liebes, daß du solche Gefühle nicht kennst?«

Jeli schüttelte den Kopf. »Aber natürlich nicht, Tante Vlada!«

Tante Vlada lächelte und fuhr fort.

»Das Spiel war vorbei. Oder vielmehr, es war jetzt kein Spiel mehr. Uly stellte ihre Schwester zur Rede. An diese Szene kann ich mich noch sehr lebhaft erinnern! Es war morgens im Schulzimmer, und während die Sonnenstrahlen durch das lange Fenster schienen, erinnerte ich mich daran, daß dieser Raum einmal unser Kinderzimmer gewesen war. Statt der Tafeln, der Schreibtische und der Tintenfässer sah ich für einen Moment Ulys altes Schaukelpferd und Marlys große Puppe mit dem lächelnden, genähten Gesicht. Ich war tieftraurig.

Uly hatte ihre Schwester extra dorthin bestellt. Sie war gerade erst vom Krankenbett aufgestanden und konnte nur unter Schwierigkeiten humpeln. Überall in ihrem Gesicht waren rote Narben, und das Kindermädchen hatte sie mit einer roten Tinktur behandelt. Die arme Uly hatte noch nie so häßlich ausgesehen. Daß Marly die hübschere der beiden Schwestern war, ist selten so deutlich zu Tage getreten.

›Schwester‹, sagte Uly, ›du hast das Spiel verraten!‹

›Wie denn, Schwester?‹ Marly hob arrogant eine Braue. ›Hast du nicht gesagt, daß sich der Mann selbst erklären sollte?‹

›Aber du hast heimlich seine Leidenschaft geschürt!‹

Jetzt richtete sich Marly hoheitsvoll auf. ›Ich muß seine Leidenschaft nicht schüren. Er liebt mich, und wir werden heiraten.‹

›Sag mir, daß das ein Witz ist!‹ stieß Uly hervor.

Aber es war kein Witz. Während ihre häßliche Schwester ungläubig zusah, enthüllte Marly nun die erstaunliche Wahrheit. Wie ihre *närrische Schwester* – das waren ihre Worte – hatte auch sie damit angefangen, den armen Silas zu becircen.«

»Sie nannte ihn bei diesem Namen?«

»Allerdings, Liebes. Wie du siehst, hatten sich die Dinge weit entwickelt. Silas liebe sie, sagte Marly, und seine Absichten wären ehrenhaft. Uly versuchte, ihre Schwester von ihrem Weg abzubringen. Was würde ihr Vater sagen? Durfte sich ein Mädchen, das vielleicht ins Bett des Königs gelangen konnte, an einen armen Tempel-Kandidaten wegwerfen, der direkt aus den Provinzen kam? Vater würde das niemals erlauben!

›Da kann Vater tun und lassen, was er will‹, antwortete Marly. ›Ich werde Silas mit oder ohne seinen Segen heiraten. In einem Monat soll Silas seine Einführung erhalten. Diese Einführung wird niemals stattfinden. Morgen geht Silas zum Erzmaximus und bittet um seine Entlassung. Wir werden schnell heiraten und fortgehen.‹

›Aber was willst du tun? Wovon willst du leben?‹

›Silas wird sein Leben der Gelehrsamkeit widmen. In der entfernten Provinz, aus der er kommt, wird er eine kleine Schule gründen. Ich werde seine Helferin sein. Was interessieren mich die Äußerlichkeiten einer Gesellschaft, wenn ich die Liebe eines solchen Mannes habe? Ach, Schwester, was für ein edles Gemüt ist das, das du, in deiner Eitelkeit und Grausamkeit, nur zu irritieren suchtest!‹

›Schwester, das ist verrückt!‹ rief Uly, aber Marly hörte nicht mehr zu. Im Garten wartete Kandidat Wolveron darauf, den heutigen Unterricht zu beginnen.

Doch an dem Tag sollte ihn nur Marly begleiten.

Allein gelassen gab Uly ihrer Wut freien Lauf. Sie fluchte, sie schluchzte, sie stöhnte. Aber die Lösung war trotzdem klar. Die dumme Marly! Wie konnte sie ihre Pläne so offen kundtun! ›Ich gehe zu Vater!‹ rief Uly. ›Er wird dieser Verrücktheit Einhalt gebieten! Er wird Marly eher in ein Zimmer stecken und sie hungern lassen, als daß er erlaubt, daß sie ihre Tugend an einen wertlosen jungen Mann aus den Provinzen wegwirft! Und den Mann! Hah, Vater wird ihn auf die Straße werfen!‹

Leider hatte Uly das Pech, daß Onkel Onty an diesem Tag nicht zu Hause war, sondern einen alten Geschäftsfreund besuchte. Diese Abwesenheit sollte tödliche Folgen haben. Wütend, traurig, schmerzerfüllt und schließlich verängstigt stampfte Uly über das Grundstück ihres Vaters. Als sie müde wurde, ließ sie sich vom Kindermädchen einen Rollstuhl bringen und forderte mich auf – mich! –, sie zum See zu schieben! Das Kindermädchen machte Einwände, aber Uly griff sie so heftig an, daß sie in Tränen ausbrach.

Wir gingen um den See herum. Was für eine Last ein wütendes, häßliches Mädchen sein kann! Die Jahreszeit des Theron war fast vorüber, und der Wind kräuselte die Oberfläche des Wassers. Ein kühler Wind wehte über das Schilf und die Weiden. Wo war Marly? Wo waren sie und ihr Liebhaber? Gehässig stellte sich Uly vor, wie sie sich im Wald wälzten und sich in irgendeiner geheimen Höhle irgendwelchen schlimmen Unreinheiten ergaben.

Allerdings konnten weder Uly noch ich uns vorstellen, worin diese Unreinheiten bestehen sollten. Trotzdem war schon der Gedanke an sich beunruhigend.

Zufällig stießen wir auf sie. Erinnerst du dich noch an das alte Boot, Liebes, das an dem kleinen Landungssteg am anderen Ende des Sees vertäut war? Dort hatten sie sich versteckt. Marly und ihr Geliebter lagen eng umschlungen auf dem Boden des Bootes. Sie schliefen.

Wie glücklich sie aussahen!

Die Wut, die dieser Anblick in Uly erzeugte, war so ungeheuerlich, daß kein Ausdruck ihr gerecht werden würde. Sie stand steif auf und inspizierte die Szene. Aber es gab weder Tränen noch Schreie. Sofort drehte sie sich wieder um. Ihr Gesicht war weiß, tödlich weiß unter den Kratzern. Sie sank wieder in den Stuhl und befahl mir leise, sie weiterzuschieben.

Wir gingen noch einmal um den See herum. Dann war ich erschöpft, und am Himmel zogen dunkle Wolken auf. Ja, die Jahreszeit des Theron war fast vorüber! Erste Regentropfen trafen mein Gesicht, und ich bat Uly inständig hineinzugehen. Ungeduldig brachte sie mich zum Schweigen. Als wir uns dem kleinen Steg näherten, bekam ich Angst. Uly war so ruhig! Ich hoffte, daß sich die Liebenden endlich rührten!

Als wir ankamen, hob Uly die Hand und befahl mir stehenzubleiben. Ich wäre beinahe in den Stuhl gesunken, aber statt dessen sah ich atemlos zu, wie Uly auf den Steg ging. Schnell und vorsichtig, um die Liebenden nicht zu stören, nahm sie die Ruder aus dem Boot, löste die Fangleine vom Steg und gab dem Boot einen kleinen, winzigen Stoß. Dann kehrte sie zum Stuhl zurück und befahl mir, sie weiterzuschieben.

Warum ich ihrem Befehl gehorchte, mein Kind? Nach all den Jahren weiß ich es nicht mehr. Doch selbst jetzt, wenn ich das sage, selbst während ich die Unwissenheit zugebe, als hoffte ich, daß Unwissenheit und Unschuld dasselbe wären, erinnere ich mich noch schwach an die Lektion von Cousin Pell, auch wenn ich sie nicht wirklich verstehe. Habe ich nicht im tiefsten Grund meines Herzens gewußt, daß etwas in mir nach diesem Strudel verlangte? Früher einmal dachte ich, ich selbst sehnte mich danach, darin zu verschwinden, in dem Entsetzen dieses wirbelnden Schlundes! Jetzt jedoch weiß ich, daß es andere Arten gibt, auf die wir diesen Strudel kennen, ihn nur zu gut kennen.

Wir waren bereits fast halb um den See gegangen, als wir die Rufe und Schreie auf dem See hörten. Kandidat Wolveron sprang aus dem Boot. Vermutlich hatte er die wahnsinnige Idee, Hilfe zu holen. Leider eignete er sich nicht sonderlich zum Helden. Verzweifelt teilten seine dünnen Arme das Wasser, während er sich bemühte, dem gierigen Strudel zu entkommen. Marly hatte er solange im Boot gelassen, das immer näher auf den Strudel zuglitt. Sie konnte nicht schwimmen. Sie hüpfte wahnsinnig vor Angst wie eine Puppe in dem schwankenden Boot hin und her. Schließlich sprang ich in den See, allerdings zu spät. Aber was hätte ich tun sollen? Nach einigen Augenblicken kippte das Boot hecküber in den Strudel und riß Marly mit sich, die jämmerlich schrie.

Uly saß dabei die ganze Zeit steif in ihrem Stuhl und war kreideweiß unter ihren Kratzern.

Es dauerte nur Momente, und als die Diener aus dem Haus gestürzt kamen, konnten sie nichts mehr tun. Jedenfalls nicht für Marly. Kandidat Wolveron wurde hustend und schluchzend aus dem See gezogen. Er wurde unehrenhaft entlassen. Nur die Barmherzigkeit des Erzmaximus hielt meinen Onkel davon ab, ihn gerichtlich verfolgen zu lassen. Natürlich hat Onkel Onty niemals die Wahrheit erfahren. Er starb kurz darauf, untröstlich über diesen furchtbaren Verlust.

Und jetzt war Uly tatsächlich die Herrin, die einzige Herrin ihres Vaterhauses! Was ihr wohl durch den Kopf ging, als sie die Erbschaft antrat? Das ist schwer zu sagen. Nach der Beerdigung von Onkel Onty habe ich nie wieder mit ihr gesprochen. Mein Vater hatte mir eine kleine Erbschaft hinterlassen, nicht viel, sicher, aber ich wollte gut darauf achtgeben. Deshalb brauchte ich ihre Hilfe nicht. Natürlich bin ich ihr noch in Gesellschaft begegnet. Oft, sehr oft sogar.«

»Aber Tante, was ist aus ihr geworden? Hat sie geheiratet?«

Tante Vlada lachte. »Du weißt sehr gut, was aus ihr geworden ist, Liebes. Vielleicht war es ja ihr schlechtes Gewissen, wer weiß? Jedenfalls hat Uly an den Traum ihrer Schwester gedacht, eine kleine Schule mit ihrem Geliebten aufzubauen. Vielleicht haben aber auch ihre Gedanken einfach nur sehnsüchtig in dem Schulzimmer verweilt, dem ehemaligen Kinderzimmer, wo sie so glücklich gewesen waren und unseren Lehrer gequält hatten! Auf jeden Fall baute sie das Haus ihres Vaters zu einer Akademie zur Erziehung junger Mädchen um.

Den See allerdings erhielt sie nicht, und von den Fenstern in ihren weißen Wänden blickt sie jetzt nur noch auf Marschland hinaus.«

Jeli beugte sich staunend vor.

»Dann ist Uly ...«

»Aber natürlich, Liebes! Nun sag nicht, daß ich versäumt habe, den Nachnamen meines Onkels zu erwähnen. Quick, meine Teure. Quick!«

Bei diesen Worten flatterte Rheen auf Tante Vladas Schulter und krächzte wie ein Papagei: *Quick! Quick!* Tante Vlada lachte laut auf und legte den Kopf in den Nacken, als wäre diese schreckliche Geschichte in Wahrheit nichts anderes als ein zwar merkwürdiger, aber dafür ungemein komischer Scherz.

35. Eine Herausforderung für Nova

»... Coppergate? Aber Sir, Ihr habt nicht einmal einen Funken Kritikfähigkeit in Euch. Mein alter Freund Farley Cham-Charing würde von Coppergate sagen, daß er im Vergleich zu Schuvarts subtilem Quintett in J wie eine Schwingtür ist, deren Angeln quietschen!«

»... Marrick? Marrick! Ich sage Euch, sein König der Schwerter war aufgeblasen und bombastisch, ohne einen Funken Gefühl! Wie ich schon zu Reny Bolbarr sagte: Wenn ich einen Abend lang herumgeschubst, mißbraucht und bespuckt werden wollte, dann würde ich zum Würger gehen und nicht ins Königliche Theater, Unschuldsstraße!«

»... Mein guter Doktor, ich mag Euch kaum glauben! Ihr würdet Vytonis *Diskurs über die Freiheit* als Euer Vorbild bezeichnen? Pah, es ist eine theoretische Arbeit, die sich auf Zustände beruft, die in dieser Zeit des Sühneopfers niemals eintreten werden! Blasphemie! Wollt Ihr den El-Orokon anzweifeln, der erklärt, daß wir alle in Kümmernis leben müssen?«

»Sie sind heute abend wirklich in Form«, meinte Rajal grinsend.

Das Kaffeehaus war überfüllt. Draußen häufte sich der Schnee auf den Straßen, die von den Toren der Universität wegführten, aber im Websters, so nannte man den Ort, wurde genausoviel Hitze von den heftigen Diskussionen entfacht wie von dem Kaminfeuer und von Zaxos-Schwarz.

»Heute abend?« fragte Jem. Es war schon ziemlich spät. Sie saßen in der Nische, in der er auch mit Pell gesessen hatte. »Dann bist du nicht heute erst in Agondon angekommen? Und du warst es auch, den ich am Erdon-Baum gesehen habe! Raj, unsere Pfade haben sich immer wieder gekreuzt!«

»Ich wußte, daß du mich irgendwann finden würdest. Ich war nur neugierig, wie lange es dauern würde.«

»Du wußtest, daß ich in Agondon war?«

»Ich habe dich gesehen. Eines Tages habe ich aus dem Fenster im Royal gesehen, und da warst du.«

Jem wirkte verwirrt, also erklärte Raj: »Das ist Agondons vornehmstes Logierhaus, Nova. Wir können zwar keinen Besitz kaufen, aber wir mieten das beste.«

Mit »wir« meinte sein Freund die Masken, das wußte Jem mittlerweile. Er schüttelte bewundernd den Kopf. »Aber Raj, wie ist es dir ergangen? Du hast mir immer noch nichts erzählt.«

Rajal lächelte und senkte den Blick, während er mit seiner Kaffeetasse spielte. Einen Moment wirkte er beinahe scheu. Dann sah er hoch, und Jem fand, daß seine Augen fast trotzig blitzten.

Jem musterte das Gesicht seines Freundes. Rajal hatte sich verändert. Er wirkte älter, klüger oder zumindest wissender. Der Babyspeck war von den Wangen verschwunden, und sein dunkles Gesicht hatte eine jugendliche Attraktivität, die es zuvor noch nicht gehabt hatte. Die Augenlider waren schwer, und selbst sein Mund schien irgendwie anders zu sein, voller, ausgeprägter. Es dauerte einen Moment, bis Jem erkannte, daß sein Freund noch geschminkt war.

Er machte vorsichtig einen Scherz. »Du bist ein ganz schöner Geck!«

»Das bist du, Nova. Ich bin ein Vaga, vergiß das nicht!« Rajas Lächeln wirkte jetzt anders. Er zog die Mundwinkel hoch.

»Aber was für ein Vaga!« sagte Jem.

»Oh, trotzdem ein Vaga!«

Jem mußte lachen.

Rajal hatte sein Harlekinkostüm ausgezogen und trug jetzt einen prachtvollen purpurnen Anzug mit Spitzen an Ärmeln und Hals und dem königlichen Wappen auf der Brust. Auf einem Garderobenständer in der Ecke hingen der dazu passende Umhang in Regenbogenfarben und sein modischer, breitkrempiger Hut. Er trug sogar einen mit Juwelen besetzten Schmuckdolch.

Sein Selbstbewußtsein paßte zu seinem neuen Äußeren. Es war Rajal gewesen, nicht Jem, der vorgeschlagen hatte, das Kaffeehaus aufzusuchen. Rajal hatte an der Tür gestanden, mit den Fingern geschnippt und einen Jungen gerufen, um einen Tisch zu verlangen.

Jem beneidete ihn beinahe. Dann fiel ihm auf, wie unfair das war. Websters war einer der wenigen Orte, an dem ein Vaga-Junge den jungen Lord spielen durfte. In der Großen Welt waren die Masken kaum mehr als Diener. Lady Cham-Charing mochte von dem Blau- und Rotspiel begeistert sein, aber nicht einmal der Harlekin und auch nicht der Clown würden jemals als Gäste in ihr Haus eingeladen werden.

Rajal schlürfte seinen Kaffee. »Erinnerst du dich noch daran, wie wir durch Varby gegangen sind?«

»Du meinst die Mittsommernacht?«

»Ich könnte genauso fragen, was aus dir geworden ist.«

Jem lachte. »Glaubst du, daß ich mich in einem Händlerkarren versteckt habe? Hals über Kopf. Als ich wieder aufwachte, war ich schon fast in Agondon. Das war nicht sehr clever.«

»Ich weiß nicht. Du bist gegangen, wohin du gegangen bist. Ich bin in die andere Richtung gelaufen. In die Stadt.«

»Na, das war nicht sehr clever!«

»Nein? Warte, bis ich es dir erzähle. Ich bin um eine Ecke gebogen, und was sah ich? Eine riesige goldene Schlange, die auf mich zuglitt. Ich habe geschrien, aber einen Moment später habe ich gelacht. Es war ein Papierdrache, der mit Holzschwertern zerhackt wurde.«

»Sassoroch?« fragte Jem. Das Bildnis der fliegenden Schlange glitt an seinem inneren Auge vorbei, und er schüttelte sich.

»Ja«, meinte Rajal wissend. »Die Masken spielen Sassoroch jedes Jahr in Varby. Das ist das große Finale der Mittsommernachtsparade. Nun, ich bin mittenrein gelaufen.«

»Das muß ja toll gewesen sein!«

»Toll? Es war unglaublich! O Nova, da waren sie, Vaga-Jungen wie ich, die überall herumliefen, die ganze Strecke der Eldrics-Parade entlang! Tamburine schlugen, Flöten trillerten. Im nassen Himmel explodierte Feuerwerk. Die Harlekins sagen, daß nichts mit dem Mittsommernachtsball in Varby zu vergleichen ist. Du mußt es dir einmal ansehen, Nova. Dagegen war diese kleine Aufführung bei ihrer Ladyschaft heute abend kalter Kaffee.«

»Kalter Kaffee?«

»Sagen wir so: Ich habe in dieser Nacht einige Freunde kennengelernt.« Rajal lächelte auf seine neue Art. »Willst du ein bißchen Jarvel, *Junge*?«

»Ich nehme an, wir sind beide dort angekommen, wo wir hinwollten«, sagte Jem leise.

Er senkte den Blick. Er dachte an sein altes Leben auf der Straße mit Rajal und wurde schrecklich traurig. Er war nicht sicher, ob er diesen neuen Rajal mochte.

Andererseits wußte er auch nicht, ob er den neuen Jem mochte.

»Raj«, sagte er. »Was ist mit Myla? Und der Großen Mutter?«

Rajal zuckte mit den Schultern. Er warf dem Diener einen Tiral zu, reckte sich, gähnte und lächelte.

Jem wurde ernst und packte Rajals Ellbogen.

»Raj, weißt du denn nicht einmal, wo sie sind?«

Er wollte noch mehr sagen, doch plötzlich gab es eine Störung. Die Tür flog auf, und ein eiskalter Wind fegte herein. Eine gebieterische Stimme verlangte nach der Bedienung; ihr Besitzer, das war klar, war mehr als nur ein bißchen betrunken.

»Intellektuelle!« knurrte er verächtlich. »Hätte ich mir denken können. Alle anderen Kneipen in der Stadt schließen wegen der Meditationen – selbst der Würger hat uns heute nacht rausgeworfen. Aber das Geistesstübchen macht nie die Klappe zu, he? Klappe zu! Klar? Junge, komm her! Komm schon her, Junge!«

Wütend protestierten die anderen Gäste.

»Verdammt, Sir, schließt die Tür!«

»Impertinenter Kerl, glaubt er, er ist in einer gewöhnlichen Spelunke?«

»Was? Was?« plapperte ein alter Gelehrter. Er befand sich mitten in einer hitzigen Diskussion über das Versmaß und war äußerst wütend darüber, daß er den Faden verloren hatte. »Sir, habt Ihr denn keinen Respekt vor dem Agonistischen Hexameter?«

Fasziniert und angewidert zugleich spähten Jem und sein Freund um die Ecke ihrer Nische.

»Kennen wir den Kerl nicht?« wollte Rajal wissen.

Jem nickte. »O ja, den haben wir schon gesehen.«

Es war Mr. Burgrove, aber er war so abgerissen, daß nur noch seine goldene Krawatte, die sich halb von seinem Hals gelöst hatte, seine Identität erkennen ließ. Seine feine Kleidung war schmutzig, seine Augen waren blutunterlaufen und seine Wangen flammend rot. Er war in Begleitung des nervösen jungen Blaurocks aus dem Würger. Mittlerweile umringten die Kellner beunruhigt die beiden Neuankömmlinge. Ein kleiner drahtiger Kerl mit einer Schürze, offenbar Webster, war aus dem rückwärtigen Teil des Ladens gestürmt. Seine Augen glühten, und er wedelte mit den Armen.

Rajal mußte lächeln, weil er diesmal zur Abwechslung von Ejländern unterhalten wurde.

Aber die Gewalt, auf die er gehofft hatte, wurde noch aufgeschoben.

»Bitte«, stammelte der Blaurock, »nehmt es ihm nicht übel. Er ist sehr betrunken, aber er will niemandem etwas Böses. Wirklich nicht.« Schnell legte er Mr. Burgrove einen Arm um die Schultern, um zu verhindern, daß er stürzte. »Keine Sorge, wir zahlen für jeden Schaden. Er möchte auch keinen Alkohol. Aber vielleicht könnten wir etwas Kaffee bekommen, damit er wieder nüchtern wird? Guten, starken Kaffee?«

Webster spitzte die Lippen. »Mein Kaffee ist immer gut und stark. Also gut, Gentlemen, setzen Sie sich in eine Nische. Weiter hinten, denke ich«, fügte er bissig hinzu.

Mr. Burgrove wäre fast ohnmächtig geworden, als der junge Blaurock ihn auf die Bank sinken ließ. Rajal sah aufmerksam zu und mußte lachen, als der Kopf des Säufers mit einem lauten Geräusch auf den Tisch fiel.

Dann setzten sie ihr Gespräch fort. »Also, was macht die Zukunft, Rajal? Bist du der neue Harlekin?«

Rajal lachte. »Du meinst das Kostüm? Nein, das ist nur ein kleiner Witz des Clowns. Es gibt nur einen Harlekin der Silbermasken. Es *gab* einmal einen anderen, sagte er, vor vielen Jahren. Der arme Harlekin hat es kaum ertragen, daß er gegangen ist.«

Jems Herz klopfte. »Ein anderer Harlekin?«

»Harlekin hat ihn alles gelehrt, was er wußte. Dann ist er einfach verschwunden. Dieser Junge, meine ich. Er war wohl nicht wirklich ein Vaga, das war das Problem. Ein flüchtiger Ejländer. Wie du, Nova. Dieser Junge, meine ich.«

Jem senkte nachdenklich den Blick. »Ich wünschte, ich könnte ihn finden.«

»Wen?«

»Ich habe ihn getroffen. Den anderen Harlekin.«

Rajal lachte. »Es gibt viele Harlekins! Ich habe nur von den Silbermasken geredet. Ach Nova, ich bin so glücklich! Wer hätte damals in Varby gedacht, daß Rajal vom Geblüt der Xal jemals an etwas so Edlem, Vornehmem teilhaben würde?«

Jem warf ihm einen bitteren Blick zu.

»Was ist mit Myla?« fragte er. »Glaubst du, daß sie jemals den Masken beitreten könnte?«

Rajal lächelte. »Du bist nicht sehr aufmerksam, Nova, nicht? Hast du nicht bemerkt, daß wir alle Jungen sind? Nein, ich habe etwas gefunden, das Myla nicht haben kann.«

»Raj, das ist gehässig.«

»Aber wahr, Nova. Begreifst du denn nicht, daß ich mich selbst gefunden habe? Ich meine, ich habe herausgefunden, wer ich bin!«

Dann hielt Rajal inne und verzog den Mund. »Glaubst du denn, daß jeder neue Junge in der Truppe unter feinsten Seidenlaken schläft?«

Rajal redete nicht weiter, und Jem konnte nicht ganz folgen. Nachdenklich schlürfte er seinen Kaffee. Dann erinnerte er sich an das, was der alte Harlekin gesagt hatte, kurz bevor er aus der Kutsche in Varby entkommen war. *Du wirst unser Freund sein, unser besonderer Freund. Clown und ich hatten viele solcher Freunde, nicht wahr, Clown?*

Plötzlich verstand Jem.

»Rajal, du bist eine Hure! Eine männliche Hure!« zischte er.

»Shh! Das ist nicht nett, Nova!«

»Aber es ist wahr!«

»Es ist, was ich bin. Es ist auch das, wofür ich gut bin, verstehst du?«

Das verstand Jem nicht.

»Raj, wie konntest du das tun? Was würde die Große Mutter sagen?«

Rajal seufzte nur. »Weiß sie nicht sowieso alles? Noch bevor es passiert?« Er stützte die Ellbogen auf den Tisch und beugte sich vor. Hilflos blickte Jem in seine dunklen Augen.

»Verurteile mich nicht zu sehr, Nova«, sagte Rajal. »Ich möchte dir etwas erzählen. Als wir nach Agondon gekommen sind, bin ich ins Vaga-Viertel gegangen. Natürlich nicht so gekleidet. Ich habe meine alten Lumpen behalten, falls ... Ach, ich weiß nicht. Es reicht, wenn ich sage, daß ich vom Royal den Hügel hinuntergegangen bin, zu dem Gewirr von Straßen um die alte Agondon-Brücke. Wo, sagtest du noch, wohnst du, Nova? In der Neustadt von Agondon? Anscheinend hast du dich nie um das Viertel der Vaga gekümmert. Erinnerst du dich noch an das Lager in Irion, bei der alten Scheune? Es lag wenigstens auf einem Hügel. Und es war großzügig angelegt. Stell dir fünfzigmal mehr Menschen vor, oder sogar hundert, die in schmutzigen Wohnungen hausen, Reihe an Reihe, Stockwerk über Stockwerk, die so hoch gebaut sind, daß die Sonne niemals auf die Straße unten scheint!«

Der Jarvel, den sie vor langer Zeit bestellt hatten, war endlich gekommen. Sie inhalierten tief.

»Ich bin durch die Slums gegangen, als ich hierherkam.«

»Die Slums! Entschuldige, Nova, aber das kann man kaum vergleichen. Die Slums sind für Ejländer, die kein Geld haben und keine Hoffnung. Sie sind nicht nur da, weil sie Ejländer sind, richtig?«

Jem deutete auf das prächtige Gewand seines Freundes. »Nicht alle Vaga leben in diesem Viertel.«

Rajal verzog den Mund. »Genau. Du warst nie da, stimmt's? Es ist ein Labyrinth. Wie der größte Vaga-Jahrmarkt, den du jemals gesehen hast. Wie viele Vorhänge haben Sterne? Wie viele Stände haben hochgetürmte Trinkbecher? Wie viele Roben gibt es, wie viele Straßperlen? Wie viele Huren sitzen in den Fenstern? Straßenhändler handeln, Sänger singen und Karren rumpeln vorbei, Leute rufen ärgerlich, Lauten, Flöten und Drehorgeln spielen hundert verschiedene Lieder.

Denk darüber nach. Kein Raum, keine Sonne, keine Ruhe. Und es hört niemals auf. Oh, wir wären lieber draußen auf der Straße, glaub mir, wenn sie uns nicht hier, da und überall verbannt hätten. Ich habe gehört, daß selbst Varby jetzt für normale Gruppen verboten ist. Warum sollten sie uns hier wohl zusammentreiben? Diese Frage kann ich dir beantworten. Es wird irgendwann ein Feuer in diesem Viertel ausbrechen. Oder eine Bombe hochgehen. Und zwar sehr bald, das sage ich dir. Sehr bald!«

»Aber du bist keiner von ihnen, Raj!« sagte Jem bitter.

»Sie sind mein Volk!«

»Nicht mehr.«

»Sag das nicht.« Plötzlich traten Raj Tränen in die Augen. »Nova, ich habe nach ihnen gesucht!« rief er. »Ich habe wirklich nach ihnen gesucht. Nacht auf Nacht bin ich in diesem schmutzigen Labyrinth herumgeirrt, habe jede Hinrichtung besucht! Warum glaubst du wohl, war ich am Erdon-Baum? Die Große Mutter ist eine Vaga-Legende. Glaubst du denn, daß sie in Agondon ankommt, ohne daß jeder es sofort erfährt? Sie sind verschwunden! Sie sind niemals hier angekommen. Das ist alles, was ich weiß, Nova, ich schwöre es dir!«

Er beugte sich vor und vergrub das Gesicht in den Händen.

Jem wollte ihn trösten, aber ihm fiel nichts ein, was er hätte sagen können. Diese Neuigkeiten hatten ihn mit einer schrecklichen Vorahnung erfüllt. Einen Augenblick schien der warme Raum um sie herum plötzlich dunkel und kalt zu sein, als ließen die Wände den Wind und den Schnee hindurch.

Da ertönte ein Schrei durch das Kaffeehaus. »Vaga-Abschaum!«

Jem riß den Kopf herum. In seiner Nische auf der anderen Seite der Wand hatte Jac Burgrove sich anscheinend erholt. Aber der Kaffee hatte seine Aggressivität nur angestachelt.

»Wer hat den Vaga-Abschaum hier hereingelassen?«

Der junge Blaurock versuchte ihn zum Schweigen zu bringen, aber es war hoffnungslos. Der Betrunkene war aufgestanden und deutete wütend auf die dunkle Gestalt von Rajal.

»Ich sagte, wer hat den dreckigen Abschaum hier hereingelassen?«

Rajals Miene erstarrte. Die Kunden hatten sich angewidert umgedreht. Webster stürmte wieder in seinen Laden, aber bevor der kleine Mann einschreiten konnte, stand Jem auf.

»Verschwindet, Burgrove«, sagte er ruhig.

Burgrove stürzte sich auf ihn. »Nova Empster! Sieh an, sieh an! Das Leben ist voller Überraschungen! Also gehört er zu Euch, der angemalte kleine Dunkelmann?«

»Ich sagte, verschwindet!« wiederholte Jem.

Der Säufer spitzte die Lippen. Er verschwand nicht, sondern machte weiter. »Was würde wohl Empster sagen?« stammelte er. »Aber wißt Ihr, wer mir leid tut, ist der Würger. Nein, hört zu, da steht der arme Kerl, arbeitet sich die Finger wund, um solche Kerle wie Euch mit … den schönsten Freuden zu versorgen, die die Natur zu bieten hat. Qualität für Qualität, das ist sein Motto. Aber man kann es eben nie wissen, stimmt's? Man kann tun, was man will, aber es gibt immer welche unter uns, die es tatsächlich vorziehen, sich in einem schmutzigen Stall zu wälzen, in dem Krankheiten und unnatürliche Laster …«

Er hätte sicher noch mehr Derartiges von sich gegeben, aber Jem trat vor und schlug dem Mann zweimal heftig in sein aufgedunsenes Gesicht.

Burgrove stürzte zu Boden.

Jem sah den Blaurock an, der vor Verlegenheit die Hände rang. »Nehmt ihn mit nach Hause. Und laßt ihn seinen Rausch ausschlafen!«

»Faß mich nicht an!« Wütend schüttelte Burgrove seinen Gefährten ab. Er richtete sich schwankend auf und stolperte vor. Anklagend deutete er auf Jem, wie er kurz zuvor noch auf Rajal gezeigt hatte. Jem wich zurück, als der Trunkenbold näher kam und wütend flüsterte: »Ihr, Sir, habt mich beleidigt.« Sein Atem stank.

Jem drehte sich weg, aber Burgrove packte ihn an der Schulter und zwang ihn, ihm ins Gesicht zu sehen. »Ich sagte, Sir, daß Ihr mich beleidigt habt!« brüllte er. »Ich verlange Genugtuung!«

Im ganzen Kaffeehaus hörte man Laute des Entsetzens. Jem erbleichte und wirbelte erneut herum, als eine andere Stimme ertönte. »Er hat recht, Nova. Das ist der Ehrenkodex eines Gentlemans. Ich dachte, daß ich dir wenigstens das beigebracht hätte.«

»Pell!«

Pellam Pelligrew trat vor und klopfte sich den Schnee vom Mantel.

»Ich würde gern sagen, Nova, daß ich froh bin, dich gefunden zu haben, bevor du in die Bredouille gerätst. Aber so, wie es aussieht, kann ich mir kaum vorstellen, daß du dich in größere Schwierigkeiten hättest bringen können.«